KB077342

심연

DEEP WATER

by Patricia Highsmith
First published in 1957
Copyright ⓒ1993 by Diogenes Verlag AG Zürich

심연
DEEP WATER

퍼트리샤 하이스미스 지음
홍성영 옮김

오픈하우스

E.B.H. 그리고 티나에게

자기 자신을 속이는 게 최고의 속임수지.
자신을 굳건히 믿는 사람은 아무도 없으니까.

- 도스토옙스키, 『악령』에서 표트르 스테파노비치

1

빅터가 춤을 추지 않는 이유는 대부분의 남자들이 대는 핑계와는 달랐다. 그가 춤을 추지 않는 이유는 아내가 춤추는 걸 좋아하기 때문이다. 보잘것없는 핑계인 데다 실제로 그렇게 생각하지도 않았지만, 그는 멜린다가 춤추는 모습을 볼 때마다 그런 생각이 들었다. 춤을 출 때면 그녀는 못 봐줄 정도로 멍청해 보였다. 춤추는 모습을 보는 것 자체가 당혹스럽고 난처했다.

시야에 들어왔다 사라졌다 하면서 춤추는 멜린다를 거의 의식하지 않던 그는 익숙한 동작을 보고서 그녀임을 알아본 것 같은 생각이 문득 들었다. 그는 물에 탄 스카치위스키 잔을 조심스럽게 들어 올려 한 모금 마셨다.

그는 멜러 부부의 집 기둥 주변에 놓인, 천을 덧댄 긴 의자에 구부정한 자세로 멍하게 앉아 있었다. 사람들의 춤 동작이 바뀌는 걸 쳐다보던 그는 오늘 밤 집에 가서 차고에 있는 허브 화분에 심어둔 디기탈리스가 올라왔는지 확인해야겠다고 생각했다. 서너 가지 허브를 키우고 있는 그는 허브의 풍미를 돋우려고 물과 햇빛을 평소보다 절반으로 줄였다. 매일 점심 식사를 하러 집에 와서 오후 1시에 허브 화분을 햇빛에 내놓았다가, 3시에 출판사 겸 인쇄소로 돌아갈 때면 다시 차고에 들였다.

빅터 반 앨런은 서른여섯 살로, 키는 평균보다 약간 작고, 뚱뚱하기보다는 체격이 탄탄하고 조금 통통한 편이다. 맑고 푸른 눈동자 위로 올이 굵은 갈색 눈썹이 도드라져 보인다. 짧게 자른 곧은 갈색머리는 눈썹처럼 올이 굵고 억세 보인다. 굳게 다문 입술은 오른쪽 입가가 살짝 내려가서 보는 사람에 따라서는 유달리 단호하거나 혹은 유머러스하게 보일 수도 있다. 그의 얼굴이 애매해 보이는 이유는 왠지 냉혹해 보이는 입 모양새 때문이다. 분별력 있어 보이는 커다랗고 푸른 눈동자를 보면 그가 어떤 생각을 하거나 감정을 느끼는지 도무지 짐작할 수 없다.

무도회가 끝나갈 무렵 사람들의 목소리가 좀 더 높아지고 요란한 라틴 음악이 막 흘러나오자, 사람들은 내키는 대로 춤을 추기 시작했다. 음악 소리가 귀에 거슬렸지만 빅터는 집주인 서재에 가서 책을 둘러봐도 된다는 걸 알면서도 가만히 자리에 앉아 있었다. 술을 꽤 마신 탓에 귓속에서 리드미컬한 울림이 희미하게 들리는 것도 그다지 나쁘지 않았다. 사람들이 모이는 파티나 술자리에서는 사람들 목소리가 커지는 것에 맞춰 술을 마시는 게 상책이다. 사람들 목소리가 커질수록 자기 목소리를 높이면 되는 법이다. 애써 유쾌한 목소리로 떠들다 보면 거의 모든 상황이 느긋하게 보인다. '맑은 정신이어서도 안 되고 술에 취해서도 안 된다'는 라틴어 속담이 있다. 멋진 격언이지만 안타깝게도 실제로는 그렇지 않은 것 같다. 그는 대개 정신을 바짝 차리고 있는 걸 좋아했다.

춤추던 사람들이 갑자기 지그재그 행렬로 죽 늘어서자, 그의 시선이 언뜻 그곳으로 향했다. 멜린다가 어깨너머로 '나 잡아봐라'라는 듯 웃는 모습이 보였고, 그녀 뒤에 바짝 붙다 못해 그녀 머리칼에 얼굴을 묻은 남자는 바로 조엘 내쉬었다. 빅터는 한숨을 내쉬고는 스카치위스키를 한 모금 마셨다. 내쉬는 어제 새벽 3시까지, 그저께는 5시까지 흔들어대고도 지금 신나게 춤추고 있었다.

빅터가 자리에서 일어서려는데 누군가 그의 왼팔을 가볍게 잡았다. 나이 지긋한 포드냄스키 부인이었는데, 그는 그녀가 옆자리에 있다는 사실조차 까맣게 잊고 있었다.

"빅터, 오늘 정말 고마웠어요. 날 파트너로 선택한 걸 정말 후회하지 않겠어요?" 그녀는 5분 전에도 똑같은 말을 했다.

"네, 물론입니다." 빅터가 웃으면서 일어서자 그녀도 자리에서 일어섰다. "내일 1시 15분 전에 잠깐 들르겠습니다."

바로 그때 내쉬의 팔짱을 끼고 나타난 멜린다는 얼굴은 포드낸스키 부인을 마주 보면서도 시선은 빅터를 향하며 말했다. "고루하게 굴지 말고 춤 좀 추지그래?" 포드낸스키 부인은 깜짝 놀라 어색한 웃음을 짓고는 자리를 비켰다.

멜린다와 춤을 추며 멀어지던 내쉬는 유쾌하면서도 약간 술에 취한 듯한 웃음을 지었다. 빅터는 어떤 웃음으로 봐야 할지 생각해보았다. 동지애가 느껴지는 웃음, 그 표현이 적당할 것이다. 조엘 내쉬는 예전부터 그런 관계를 원했다. 의도적으로 조엘을 쳐다보지 않던 빅터는 머릿속으로는 그의 얼굴과 관련된 생각을 떠올렸다. 빅터를 짜증 나게 하는 건 다소 당혹스럽고 멍청하기도 한 위선적인 태도가 아니라, 그의 얼굴이었다. 소년처럼 동그스름한 뺨과 이마, 예쁘장하게 굽슬거리는 갈색 머리칼, 그리고 그를 좋아하는 여자들에게는 평범해 보이지 않을 지극히 평범한 이목구비. 빅터가 생각하기에, 대부분의 여자들은 내쉬를 미남으로 볼 것이다. 빅터는 어젯밤 내쉬가 소파에 앉아 빈 술잔을 건네던 모습을 떠올렸다. 그는 예닐곱 잔을 마셨음에도 한 잔 더 받아 마시고 15분 동안 더 지체하는 걸 부끄러워하는 듯했지만, 얼굴에는 어쩐지 뻔뻔하면서도 무례한 표정이 엿보였다.

지금껏 멜린다가 사귄 남자들은 최소한 내쉬보다는 더 똑똑했고 덜 무례했다. 하지만 조엘 내쉬는 오랫동안 그녀 곁에 머물지는 않을 것이다. 매사추세츠 주 웨슬리에 있는 퍼니스 클라인 화학회사의 세일즈맨인 그는 신제품 홍보차 몇 주 동안 와 있는 거라고 했다. 내쉬가 웨슬리나 리틀 웨슬리에 머물 집을 구한다면, 랠프 고스든을 대신할 게 분명했다. 멜린다가 그에게 싫증이 나거나 다른 면에서 별 볼 일 없는 사람임이 드러난다 해도 마찬가지일 것이다. 멜린다는 미남이라고 생각하는 남자를 보면 가만히 있지 못했기 때문이다. 멜린다의 눈에는 조엘 내쉬가 고스든보다 더 잘생겨 보일 것이다.

빅터가 고개를 들자 호러스 멜러가 곁에 서 있는 것이 보였다. "호러스, 앉을 자리 찾아요?"

"아니요, 괜찮아요." 호러스는 홀쭉한 체형에 머리칼이 희끗한 중년 남자로, 좁다랗고 예민한 얼굴에 숱이 많은 검은 콧수염을 기르고 있었다. 콧수염 밑으로는 파티를 주관한 집주인답게 다소 긴장하면서도 예의를 차리는 미소를 지었다. 호러스는 늘 긴장하는 유형이었지만 파티는 잘 진행되고 있었다. "빅터, 요즘 출판사 일은 어때요?"

"크세노폰(기원전 4, 5세기에 활동한 고대 그리스의 철학자이자 역사가-옮긴이) 책을 준비 중입니다." 빅터가 대답했다. 주변이 시끄러워서 이야기를 나누기가 여의치 않았다. "저녁에 한번 들르세요." 호러스에게 출판사 사무실로 오라는 말이었다. 스티븐과 칼라일이 5시에 퇴근하기 때문에 그는 그때부터 7시까지 늘 혼자 있었다.

"네, 그러죠." 호러스가 말했다. "술은 괜찮아요?"

빅터는 괜찮다며 고개를 끄덕였다.

"이따 또 봐요." 호러스는 그렇게 말하고는 멀어져갔다.

호러스가 떠나자마자 빅터는 허전하고 어색한 기분이 들었다. 호러스는 일부러 무언가를 말하지 않았고, 빅터는 그게 무엇인지 알고 있었다. 호러스는 일부러 조엘 내쉬 얘기를 피했던 것이다. 조엘이 괜찮은 사람이라는 말도 하지 않았고, 그에 관해 무언가 물어보지도 않았으며 평범한 인사치레도 하지 않았다. 멜린다는 조엘이 파티에 초대되도록 교묘하게 유도했는데, 빅터는 그저께 멜린다가 메리 멜러와 통화하는 걸 들었다. "……우리 손님은 아니지만 왠지 파티에 데려가야 할 것 같아요. 마을에 아는 사람이 별로 없거든요…… 어머, 고마워요, 메리. 추가 손님이 오면 불편해할 줄 알았거든요. 무척 미남인 데다……" 조엘에 대한 멜린다의 관심은 무슨 수를 써도 막을 수 없을 것 같았다. 빅터는 이제 일주일, 정확히 7일 밤이 남았다고 생각했다. 조엘 내쉬는 1일 일요일에 떠날 것이었다.

벌어진 어깨에 흰색 재킷 차림의 조엘 내쉬는 술잔을 들고서 여기저기 모습을 드러냈다. "안녕하세요, 반 앨런 씨." 조엘은 짐짓 격식을 차리면서 포드낸스키 부인이 앉았던 자리에 털썩 앉았다. "오늘 밤 파티 어때요?"

"늘 그렇죠 뭐." 빅터가 가볍게 웃어 보이며 말했다.

"말씀드릴 게 두 가지 있어요." 조엘은 그 순간을 기다려왔다는 듯이 갑자기 눈빛을 반짝이며 말했다. "우선 첫 번째는, 회사에서 여기 두어 주 더 있으라고 했습니다. 그래서 말인데, 지난주에 두 분께서 보여주신 호의에 보답할 수 있었으면 좋겠습니다. 그리고……" 조엘은 고개를 폭 숙이고는 소년처럼 소리 내어 웃었다.

빅터는 멜린다가 조엘 내쉬 같은 남자들을 찾아내는 데 천재적이라고 생각했다. 서로 상대방의 진심을 알아보는 것이다. "그럼 두 번째는요?"

"두 번째는, 음…… 제가 당신 아내 분을 만나는 걸 아무렇지 않게 대하는 모습이 무척 호인다워 보이십니다. 부인을 자주 만난 건 아니고 두어 번 점심 식사를 하고 야외로 드라이브한 것뿐이지만……"

"그런데요?" 빅터는 갑자기 정신이 번쩍 들면서 술 취한 조엘의 모습이 역겨웠다.

"보통 남자들 같으면 대수롭지 않은 일을 부풀려 생각해서 날 때려눕혔을 겁니다. 당신은 약간 짜증을 낼 수도 있을 텐데 그렇지 않으시군요. 내 얼굴에 주먹을 날리지 않아서 고맙게 생각한다고 말씀드리고 싶습니다.

물론 주먹을 날릴 만한 일은 전혀 없었습니다만. 혹시 의심되면 아내 분에게 물어보세요."

'멜린다에게 물어보면 퍽이나 솔직하게 대답하겠군.' 빅터는 속으로 중얼거렸다. 차분하고 무심한 표정으로 조엘을 쳐다보던 그는 아무 대꾸도 하지 않는 게 상책일 것 같았다.

"아무튼 당신은 상당히 공정한 것 같군요." 조엘이 덧붙여 말했다.

조엘 내쉬가 세 번 연속으로 영국식 특유의 표현으로 말하자 빅터는 불쾌해졌다. "당신 생각은 알겠지만 난 남의 얼굴에 주먹을 날리는 데 시간을 낭비하는 사람이 아닙니다. 누군가가 정말 마음에 들지 않으면 죽여버리죠." 빅터가 희미하게 웃으며 말했다.

"죽여버린다고요?" 조엘이 재미있다는 듯이 웃으며 물었다.

"네. 말콤 맥레이 기억하죠?" 빅터는 조엘이 말콤 맥레이를 알고 있다고 확신했다. 멜린다가 그에게 '맥레이 미스터리'에 관해 자세히 얘기했을 것이고, 조엘은 뉴욕에서 업무차 맥레이를 두어 번 만나서 꽤 관심 있을 것이기 때문이다.

"네." 조엘 내쉬가 주의를 집중했다.

그의 입가에 번진 웃음이 희미해졌다. 방어적인 자세를 취한다는 표시였다. 멜린다는 말콤이 그녀에게 반했었다는 얘기를 조엘에게 했을 게 분명한데, 그것만으로도 이야기는 벌써 흥미진진해졌다.

"설마 농담이겠죠." 조엘이 말했다. 그 순간, 빅터는 조엘의 말과 표정에서 두 가지를 알아차렸다. 첫 번째는 조엘 내쉬가 벌써 멜린다와 관계를 가졌다는 것이다. 그리고 두 번째는 멜린다와 조엘 앞에서 무척 침착한 그의 태도가 꽤 인상적이었을 거라는 사실이었다. 조엘은 지금 이 순간뿐 아니라 저녁때 집에 찾아왔을 때에도 빅터를 보고 겁을 먹었다. 빅터는 남자들이 흔히 그렇듯이 질투하는 내색을 보인 적이 한 번도 없었다. 으레 기대되는 행동을 하지 않는 사람을 보면 겁을 먹는 법이다. "아니요, 농담 아닙니다." 빅터는 한숨을 내쉬고는 담뱃갑에서 담배를 꺼내 조엘에게 권했다.

조엘 내쉬는 괜찮다며 고개를 가로저었다.

"사람들 말처럼 그는 주제넘게 내 아내를 대했지요. 아내한테 들어서 알 겁니다. 하지만 그 못지않게 싫었던 건 그의 성격입니다. 독단적인 데다가 어디선가 취해서 인사불성이 되면 사람들은 그냥 참아줘야 했죠. 정나미가 떨어질 정도로 인색하기도 했고요." 빅터는 파이프에 담배를 채워 입에 물었다.

"믿을 수가 없군요."

"속으로는 믿을 겁니다. 물론 상관없긴 하지만."

"정말 말콤 맥레이를 죽였나요?"

"그럼 누가 그랬을 거라고 생각해요?" 빅터는 가만히 기다렸지만 조엘은 아무 대답이 없었다. "아내가 말하길 당신은 그와 만난 적이 있거나 아는 사이라고 하더군요. 혹시 다른 가능성이 있다면 말해줘요. 난 다른 사람들이 추측하는 그럴듯한 이야기를 듣는 걸 좋아하죠. 때로는 사실보다 더 흥미로우니까."

"아니요, 없습니다." 조엘이 방어적인 어투로 말했다.

긴 의자에 앉아 있는 조엘을 바라보던 빅터는 그가 위축되고 두려워하고 있음을 알아차렸다. 빅터는 등을 기대고 숱이 많은 갈색 눈썹을 살짝 올렸다가 내리고는 조엘에게 담배 연기를 훅 불었다.

잠시 침묵이 흘렀다.

조엘이 무슨 말을 할지 머릿속으로 이런저런 생각을 떠올리고 있는 게 확실했다. 빅터는 그가 무슨 말을 할지도 알 것 같았다.

"당신은 그와 친구 사이였는데," 조엘은 빅터가 예상했던 말을 꺼냈다. "그의 죽음에 대해 그런 농담을 하다니 기묘합니다."

"그는 내 친구가 아니었어요."

"물론 아내 분 친구였죠."

"그건 서로 다른 문제라는 걸 알 텐데요."

조엘은 고개를 가볍게 숙이고는 억지웃음을 지었다. "그렇다고 해도 그런 농담을 하는 건 이상합니다." 그러면서 그는 자리에서 일어섰다.

"미안합니다. 다음번엔 말조심하도록 하죠. 아, 잠시만요!"

조엘 내쉬가 뒤돌아섰다.

"아내는 전혀 모르는 일입니다." 빅터는 여전히 꼼짝도 하지 않은 채 기둥에 기대어 말했다. "아내한테는 말하지 않는 편이 좋을 겁니다."

조엘은 웃는 얼굴로 손을 흔들며 멀어져갔다. 손 모양새가 어색했다. 빅터는 조엘이 호러스와 필 코원이 이야기를 나누고 있는 거실 반대편으로 가는 모습을 지켜보았다. 조엘은 그들과 이야기를 나누는 대신 혼자 서서 담배를 피웠다. 조엘은 다음 날 아침에 일어나서도 빅터의 말이 농담일 거라 여길 테지만, 의구심을 완전히 떨쳐내지 못하고 빅터 반 앨런이 말콤 맥레이를 어떻게 대했는지 몇몇 주변 사람들에게 물어볼 것이다. 그러면 호러스 멜러를 포함한 여러 사람들, 심지어 멜린다마저도 빅터와 말콤은 사이가 그다지 좋지 않았다고 말할 것이다. 그리고 코원 부부나 멜러 부부에게 캐물으면 말콤과 멜린다는 약간 수상한 관계였는데 간혹 희롱을 주고받는 사이였다고 말할 것이다.

말콤 맥레이는 광고회사 간부였다. 업계에서 알아주는 인물은 아니었지만 밉살스럽게 잘난 척하고 윗사람인 척하는 데가 있었다. 여자들은 혹하지만 남자들은 대개 질색하는 유형이었다. 키가 크고 호리호리한 체격이라 흠잡을 데가 없었다. 길고 좁다란 얼굴에는 에이브러햄 링컨처럼 오른쪽 뺨에 사마귀가 있는 것 말고는 특별히 기억에 남는 점이 없었지만, 눈빛은 분명히 매혹적이었다. 그는 뚜렷한 이유 없이 맨해튼 아파트에서 피살되었고, 범인은 지금껏 잡히지 않았다. 조엘이 빅터의 이야기를 듣고 그렇게 깜짝 놀란 건 그 때문이었다.

기둥에 기댄 채 긴장을 풀고 양쪽 다리를 차례로 앞으로 뻗던 빅터는 말콤이 골프를 치다 뒤에서 멜린다를 껴안듯이 양팔을 잡고 골프를 더 잘 치려면 어떻게 해야 하는지 가르쳐주던 모습을 떠올렸다. 그리고 새벽 3시에 멜린다가 우유를 마시고 수줍게 잠자리로 되돌아가며 말콤에게 방에 들어가 이야기하자고 했던 순간도 떠올렸다. 당시 꼿꼿한 자세로 거실에 앉아 있던 빅터는 책을 읽는 척하며 말콤이 그녀의 방에 있는 한 몇 시간이라도 기다리겠다고 작정했었다. 말콤과 멜린다의 지적 수준은 비교할 수 없었고, 말콤은 그녀와 반나절만 함께 보내도 질리고 말 것이었다. 하지만 성적 유혹이 있었다. 멜린다는 별일 아니라는 듯이 늘 이렇게 말하곤 했다. "여보, 난 그를 사랑해. 진심으로 사랑하지만 그런 식은 아니야. 몇 년 전부터 그랬어. 그도 날 그런 식으로 좋아하지는 않아. 그러니 제발……" 그러면서 초록색이 감도는 갈색 눈동자를 반짝이며 무언가 기대하는 눈빛으로 그를 올려다보았다. 말콤은 약 20분이 지나서 멜린다의 방에서 나왔다. 빅터는 두 사람 사이에 아무 일도 없었다고 확신했다. 하지만 작년 12월에 말콤이 살해되었다는 소식을 들었을 때 마음 한구석에서 만족감이 차올랐다. 작년 12월이 아니라 올해 1월이었던가? 빅터에게 가장 먼저 떠올랐던 생각은, 말콤이 질투에 눈먼 유부녀의 남편에게 살해당했을지도 모른다는 것이었다.

빅터는 잠시 상상에 빠졌다. 그가 차고 반대편에 있는 자기 방으로 가고 말콤이 멜린다의 방으로 갔을 때 치밀하게 살인 계획을 세우고서, 뉴욕으로 가서 내리닫이 창을 열고 말콤의 집에 침입해서 그를 때려죽이는 상상. (신문 보도에 따르면, 말콤이 범인을 순순히 집 안으로 들인 것으로 보아 면식범의 소행일 가능성이 컸다.) 빅터는 실제 범인처럼 지문을 전혀 남기지 않

17

고 조용하게 범행 현장을 나와 곧장 리틀 웨슬리로 돌아와서, 혹시 누군가 물어볼 경우에 대비해 말콤이 살해되던 당시 그랜드 센트럴에서 영화를 보고 있었다는 알리바이를 만들 상상을 했다. 물론 그 영화는 언젠가 보면 될 것이다.

"빅터?" 메리 멜러가 그에게 상체를 숙이고 물었다. "무슨 생각을 그렇게 골똘히 해요?"

빅터는 웃음을 지으며 천천히 자리에서 일어섰다. "아무것도요. 복숭앗빛이 무척 화사하군요." 그는 그녀의 원피스 색깔을 칭찬했다.

"고마워요. 구석 자리로 가서 얘기 좀 나눌까요?" 메리가 말했다. "저녁 내내 그 자리에 앉아 있었으니 이제 자리 좀 바꿔야죠."

"저기 피아노 의자로 갈까요?" 빅터가 말했다. 두 사람이 나란히 앉을 수 있는 자리가 그곳뿐이었기 때문이다. 춤은 잠시 멈추었다. 그는 메리가 그의 손목을 잡고 피아노 의자로 안내하는 대로 따라갔다. 메리는 특별히 그와 이야기를 나누고 싶지 않지만 파티를 주최한 여주인 역할을 훌륭하게 해내려는 것 같았고, 그가 꽤 까다로운 손님임을 알고 마지막에서야 말을 거는 것 같았다. 빅터는 개의치 않았다. '난 자존심이 없으니까.' 그는 속으로 생각했다. 그는 멜린다에게도 종종 그렇게 말하곤 했는데, 그녀가 그 말에 짜증을 냈기 때문이다.

"포드낸스키 부인과 무슨 얘기를 그렇게 오랫동안 했어요?" 자리에 앉자 메리가 물었다.

"잔디깎이 얘길 했어요. 포드낸스키 부인이 잔디깎이 날을 갈아야겠다고, 지난번 클라크가 해준 게 마음에 들지 않는다고 했어요."

"그래서 당신이 해주겠다고 했겠군요. 빅터 반 앨런, 당신이 없다면 포드낸스키 같은 과부가 뭘 할 수 있을지 모르겠어요. 시간도 없을 텐데 여러 선행을 베푸는 게 놀라워요."

"시간은 충분해요." 빅터는 내키지 않았지만 감사하는 표정으로 웃어 보였다. "어떤 일이든 시간 낼 수 있어요. 기분 좋은 일이니까요."

"하긴 우리는 늘 시간 탓을 하면서 책 읽기를 미루죠. 당신은 그렇지 않지만요." 메리는 웃음을 터뜨리고 즐겁게 떠드는 손님들을 둘러보고는 다시 빅터를 쳐다보았다. "친구 분인 내쉬 씨도 좋은 시간 보냈으면 좋겠네요. 그는 리틀 웨슬리에 정착할 건가요 아니면 잠시 머무는 건가요?"

빅터는 조엘 내쉬가 이제 더 이상 좋은 시간을 보내고 있지 않다는 걸 알았다. 그는 혼자 우두커니 서서 발끝에 말린 카펫 무늬를 골똘히 내려다보고 있었다. "업무차 일주일 정도 있을 것 같던데요." 빅터는 대수롭지 않은 듯 말했다.

"그와는 잘 모르는 사인가 보군요."

"네, 얼굴만 아는 사이죠." 빅터는 멜린다와 책임을 나누는 게 싫었다. 멜린다는 조엘 내쉬 같은 사람을 만날 작정으로 거의 매일 오후 5시 반쯤에 가는 로드 체스터필드 바에서 그를 처음 알게 되었다.

"빅터, 인내심이 지나친 건 아닌가요?"

메리를 슬쩍 쳐다본 빅터는 살짝 긴장한 듯 촉촉해진 그녀의 눈빛에서 그녀가 술기운이 약간 오른 것 같다고 생각했다. "글쎄요."

"맞아요. 당신은 계속 참다가 어느 날 갑자기 일을 낼 사람이죠. 폭발할 정도는 아니겠고 속마음을 털어놓겠죠."

메리가 대꾸할 수 없도록 말을 끝내자 빅터는 가만히 웃었다. 그는 엄지로 반대편 손의 가려운 데를 긁었다.

"술을 석 잔이나 마셨고 앞으로는 기회가 없을 것 같으니 말해두죠. 빅터, 당신은 정말 좋은 사람이에요." 그를 성서에 나오는 '선한 사람'이라는 뜻으로 말한 메리는 그런 투로 말한 걸 다소 어색해했다. 빅터는 그녀가 곧 웃음을 터뜨리며 어색한 분위기를 무마할 거라 생각했다. "우리 두 사람 다 미혼이라면 당장 청혼했을 거예요." 그러면서 그녀가 웃음을 터뜨리자 모든 상황이 종료되는 것 같았다.

빅터는 의아했다. 사랑 때문에 결혼하고 아이를 낳고 행복한 결혼 생활을 하는 여자들조차 왜 성적으로 아무것도 요구하지 않는 남자를 더 좋아하는 걸까? 그건 실제로는 그럴 수 없음에도 잃어버린 처녀성과 멍청하고 부질없는 환상으로 되돌아가고 싶은 감상에 불과했다. 그런 여자들은 남편이 그런 점을 소홀히 하면 제일 먼저 모욕감을 느낄 유형이었다. "안타깝게도 전 유부남이어서요." 빅터가 말했다.

"그러게 말이에요." 메리가 비웃듯이 말했다. "당신은 아내를 무척 사랑하죠. 그녀가 발걸음을 디딘 곳마저 신성하게 여길 테죠. 그리고 그녀 역시 당신을 사랑한다는 사실을 잊지 마세요."

빅터는 그녀의 말을 자르듯이 말했다. "부인이 생각하듯이 전 그렇게 좋은 사람이 아닙니다. 악마적인 면도 있지만 잘 숨기는 거죠."

"맞아요." 메리가 소리 내어 웃었다. 그녀가 가까이 다가오자 라일락과 시나몬 향이 섞인 향수 냄새가 코끝에 와 닿았다. "빅터, 술 더 하겠어요?"

"이거면 됐어요."

"당신은 술 마시는 것에 있어서도 좋은 사람이군요. 그런데 손을 왜 긁는 거예요?"

"빈대 때문에요."

"빈대라고요? 맙소사, 어디서 물렸어요?"

"그런 마운튼 호텔에서요."

메리는 믿기지 않는 듯 입을 다물지 못하더니 이내 날카로운 웃음을 터뜨렸다. "거긴 왜 갔어요?"

"빈대가 나타나면 잡아달라고 몇 주 전부터 얘기해뒀거든요. 마침내 여섯 마리를 모았고 팁으로 5달러를 줬지요. 지금은 빈대들이 잘 수 있는 매트리스 조각을 유리 상자에 넣어 차고에 보관하고 있어요. 가끔씩 일부러 빈대에게 물리는 이유는 그래야만 빈대들이 정상적인 생활을 유지할 수 있기 때문이죠. 지금은 알을 두어 더미 낳았어요."

"알은 왜요?" 메리가 키득거리며 물었다.

"곤충에 관해 글을 쓰는 일부 곤충학자들이 생식 주기를 잘못 알고 있어서요." 빅터가 빙긋이 웃으며 말했다.

"어떤 점에서요?" 메리가 관심을 보이며 물었다.

"부화 기간에 관해 약간 잘못 알고 있더군요. 누군가에게 가치가 있을지는 잘 모르겠지만, 곤충을 기르는 업자들은 알아야 하는 사실이죠."

"빅터?" 멜린다가 허스키한 목소리로 물었다. "앉아도 될까?"

빅터는 약간 놀란 표정으로 그녀를 쳐다보고는 의자에서 일어나 우아한 손짓으로 피아노를 가리켰다. "얼마든지."

"피아노를 연주할 건가요?" 메리는 기대감에 들떠 즐거워했다.

남자 다섯 명이 피아노 주변에 모여들었다. 멜린다는 반짝이는 머리칼을 커튼처럼 드리워 오른쪽에 있는 사람들에게 얼굴이 보이지 않도록 하면서 의자에 털썩 앉았다. 빅터가 오른쪽에 있었기 때문이다. 하지만 빅터만큼 그녀의 얼굴을 잘 아는 사람이 누가 있을까? 아무튼 그는 멜린다의 얼굴을 보고 싶지 않았다. 술에 취했을 때라고 더 아름다워 보이지는 않았기 때문이다. 빅터는 발걸음을 옮겨 아무도 없는 소파로 향했다. 멜린다가 과장된 편음으로 연주하는 〈10번가의 살인사건〉(리처드 로저스가 작곡한 코미디 뮤지컬 《활기찬 당신(On your toes)》에 나오는 곡-옮긴이) 도입부가 들렸고, 연주 솜씨는 형편없었다. 그녀의 연주는 요란하고 부정확하고 당혹스러울 정도였지만, 사람들은 가만히 듣고 있었다. 연주를 들은 사람들은 연주 때문에 멜린다를 더 좋아하지도, 덜 좋아하지도 않을 것이다. 연주는 그녀가 사람들과 어울리는 데에 손해를 끼치지도, 그렇다고 도움이 되지도 않을 것 같았다. 그녀가 실수를 하고는 어린아이처럼 당혹스러워하며 손을 내젓고 연주를 멈추자, 사람들은 여전히 그녀를 보며 감탄해 마지않았다. 그녀는 '살인사건' 대목에서는 더듬거리며 실수하지 않을 것이다. 실수한다 해도 '눈먼 생쥐 세 마리' 대목으로 넘어갈 수 있기 때문이었다.

빅터는 소파 구석 자리에 앉았다. 포드낸스키 부인, 에벌린 코원, 호러스 말고는 모두 피아노 근처에 있었다. 멜린다가 메인 테마를 힘차게 연주하자 주변에 모인 남자들이 즐거워하며 감탄했다. 피아노를 향해 상체를 숙인 조엘 내쉬를 쳐다보던 빅터는 눈을 감았다. 그는 가만히 귀도 닫고서 빈대를 떠올렸다.

마침내 박수 소리가 울렸고, 멜린다가 더 자신 있는 〈댄싱 인 더 다크〉를 연주하기 시작하자 박수 소리는 곧바로 잦아들었다. 빅터가 눈을 뜨자, 조엘 내쉬가 멍하지만 강렬하면서도 겁에 질린 듯한 눈빛으로 그를 쳐다보고 있었다. 빅터는 다시 눈을 감았다. 넋을 잃고 연주를 감상하는 것처럼 고개를 뒤로 젖혔다. 실제로는 술에 취한 조엘 내쉬가 무슨 생각을 하는지 생각해보았다. 그는 양손을 가지런히 복부에 대고는 가만히 소파에 앉아 있는 자기 모습을 내려다보았다. 느긋한 웃음을 짓는 그의 얼굴을 보며 조엘 내쉬는 지금쯤 수수께끼 같다는 생각을 할 것이다. 조엘은 그렇게 생각할 것이고, 벌써 그런 생각을 했을지도 모른다. '그렇기 때문에 빅터는 멜린다와 나에게 그렇게 이상할 정도로 무심한 거야. 그는 살인자야.'라는 생각.

멜린다는 30분 동안 연주를 하고서 〈댄싱 인 더 다크〉를 한 번 더 연주했다. 그녀가 피아노 의자에서 일어나자 사람들은 연주를 더 해달라고 했고, 메리 멜러와 조엘이 가장 큰 목소리로 부추겼다.

"그만 집에 가야 해요. 늦었어요." 멜린다가 말했다. 그녀는 피아노에 앉아 연주를 하고는 곧장 파티장을 떠나곤 했다. 그녀는 승리감에 가득 차서 빅터가 있는 곳을 가리키며 그를 불렀다.

빅터는 그녀가 시키는 대로 자리에서 일어났다. 호러스가 그에게 손짓하는 모습이 보였다. 호러스가 벌써 이야기를 들은 것 같아 빅터는 그에게 갔다.

"당신 친구 내쉬에게 무슨 얘기를 한 겁니까?" 호러스가 검은 눈동자를 반짝이며 물었다.

"내 친구라니요?"

호러스는 좁은 어깨를 으쓱하며 억지웃음을 웃었다. "당신 잘못은 아니죠. 그가 괜한 이야기를 퍼뜨리지 않아야 할 텐데요."

"농담이었어요. 그도 농담으로 듣지 않았나요?" 빅터는 심각한 척 가장하며 물었다. 그는 호러스와 잘 아는 사이였다. 호러스는 빅터에게 '멜린다 일에 대해서는 단호하게 처신하라'고 종종 말하곤 했고, 그런 조언을 할 수 있는 사람은 그뿐이었다.

"그는 꽤 진지한 것 같더군요." 호러스가 말했다.

"그냥 내버려둬요. 소문을 퍼뜨리든지 말든지."

호러스는 웃음을 터뜨리며 빅터의 어깨를 가볍게 쳤다. "당신이 감옥에만 안 가면 되겠죠."

차로 걸어가는 동안 멜린다가 약간 비틀거리자 빅터는 팔꿈치를 가볍게 잡아주었다. 빅터와 키가 비슷한 멜린다는 항상 굽이 낮은 샌들이나 단화를 신었다. 빅터가 생각하기에, 그를 위한 배려라기보다는 낮은 신발이 더 편한 데다가 보통 남자들과 키가 잘 어울리기 때문인 것 같았다. 약간 비틀거리면서도 그의 팔을 잡아당길 때면, 키 크고 탄탄한 체격인 그녀한테서 남자 못지않은 강인한 힘과 동물적인 야성이 느껴졌다. 차를 향해 걸어가는 그녀의 걸음걸이는 마구간으로 향하는 말처럼 거침이 없었다.

"오늘 조엘에게 뭐라고 했어?" 멜린다가 차에 올라타서 물었다.

"아무 얘기도."

"무슨 얘기를 한 게 분명해."

"언제?"

"당신이 그 사람하고 얘기하는 걸 봤어." 그녀가 졸린 목소리로 말했다. "무슨 얘길 한 거야?"

"빈대 얘길 했을 거야. 아니 그 얘기는 메리한테 했던가?"

멜린다는 빅터가 소파 쿠션인 양 아무렇지 않게 그의 어깨에 머리를 기댔다. "무슨 얘길 한 게 분명해. 조엘이 당신과 이야기를 나누고 나서 행동이 달라졌으니까."

"그가 뭐라고 했는데?"

"어떤 말을 한 게 아니라 행동이 이상했다고." 그녀는 단어를 길게 끌어 말하고는 곧 잠이 들었다.

빅터가 차고에 차를 세우고 시동을 끄자 그녀는 그의 어깨에 기대고 있던 고개를 들고는 잠꼬대하듯 말했다. "잘 자, 여보." 그러고는 거실로 이어지는 차고 측면 문을 통해 집 안으로 들어갔다.

차고는 차 다섯 대를 세울 수 있을 만큼 넓었지만 그들에게는 차가 두 대뿐이었다. 빅터가 차고를 넓게 지은 건 작업실로 사용하거나 공구나 화분, 달팽이 수족관같이 그가 관심 있거나 공간이 필요한 실험을 하기 위해서였다. 차고 안에는 모든 게 질서정연하게 정리되어 있고 공간도 넉넉했다. 그는 집에 딸린 차고 반대편 방에서 잤다. 방문은 차고로 통하는 것 하나뿐이었다. 그는 방으로 가기 전에 허브를 심은 화분을 살폈다. 예닐곱 개가 올라온 디기탈리스의 연두색 어린가지에 잎이 세 개씩 모여 나는 특징이 벌써 나타나고 있었다. 빈대 두 마리가 매트리스 조각을 기어 다니며 살과 피를 찾고 있었지만, 오늘 밤 빅터는 자신의 손을 내줄 기분이 아니었다. 그가 손전등을 비추자 빈대 두 마리는 평평한 몸을 움직여 숨을 곳을 찾았다.

2

멜러 부부 집에서의 파티 이후 사흘이 지나 조엘 내쉬가 찾아왔다. 빅터가 저녁을 먹고 가라고 했고 멜린다도 그러라고 했지만, 조엘은 저녁 식사를 함께하지 않았다. 선약이 있다고 했지만 누가 봐도 거짓말이었다. 그는 앞으로 2주 동안 더 머무르지 않고 금요일에 떠날 거라고 웃으며 말했다. 그는 어느 때보다 웃음 띤 얼굴이었고 매사에 유쾌해하며 방어적인 태도를 보였다. 빅터가 보기에, 조엘은 그가 했던 말을 무척 진지하게 받아들인 것 같았다.

조엘 내쉬가 떠나자, 멜린다는 빅터가 그에게 기분 나쁜 말을 했던 게 분명하다며 다시 그 얘기를 꺼냈다.

"내가 무슨 얘기를 했겠어?" 빅터는 아무것도 모르는 양 말했다. "혹시 당신이 기분 상할 말을 했던 거 아니야? 혹은 기분 나쁜 행동을 했거나."

"난 그런 적 없어." 멜린다가 실쭉거리며 말했다. 그러고 나서는 늘 그렇듯이 빅터에게 부탁하지 않고 자기 잔에 술을 따랐다.

빅터는 조엘 내쉬가 떠난다 해도 멜린다는 그다지 개의치 않을 거라 생각했다. 여기저기 출장을 다니는 영업사원인 조엘은 오랜 시간 동안 그녀 곁에 있지 않았기 때문이다. 랠프 고스든은 달랐다. 랠프도 조엘처럼 쉽게 겁먹을지 궁금해진 빅터는 한번 시도해봐야겠다고 마음먹었다. 평범한 능력을 가진 스물아홉 살의 초상화 화가인 랠프 고스든은 조카를 무척 사랑하는 고모에게 받는 적은 용돈으로 살아가고 있었다. 그는 30킬로미터 떨어진 밀레트빌 근처의 집을 1년간 임대했는데, 아직 6개월이나 남아 있었다. 랠프는 지난 넉 달 동안 일주일에 두어 번 저녁 식사를 하러 왔다. 그는 그들의 집이 무척 근사하고, 음식도 훌륭하고, 축음기도 훌륭하며, 리틀 웨슬리에 반 앨런 부부만큼 자신을 환대해주는 사람은 없다고 했다. 멜린다는 일주일에 서너 번씩 랠프의 집에 들렀으면서도 그곳에 다녀왔다고 시인하는 법이 없었다. 마침내 두 달 후 멜린다는 랠프가 그려준 초상화를 가져왔다. 그제야 빅터는 집에 왔던 오후 1시 혹은 저녁 7시에 왜 그녀가 집에 없었는지 알 수 있었다. 서둘러 대충 그린 그 끔찍한 초상화는 멜린다의 침실 벽에 걸렸다. 빅터가 거실에는 절대 걸지 못하게 했기 때문이다.

랠프의 위선적인 태도를 볼 때면 빅터는 속이 메슥거렸다. 랠프는 빅터가 관심 있을 만한 소재라면 뭐든 이야기했지만, 실제로는 평범한 여자들의 관심사를 넘지 못했다. 그는 겉으로는 우정을 가장하면서 멜린다와의 은밀한 관계를 감추려 애썼다. 빅터는 랠프 고스든을 볼 때마다 자신은 멜린다가 다른 남자와 정분이 나는 건 반대하지 않는다고 스스로에게 되뇌었다. 하지만 그런 멍청한 놈들을 골라 친구 집 파티에 데려가거나 마을에 있는 유일한 바인 로드 체스터필드에 데려가서 마을 사람들에게 소문을 퍼뜨리는 건 싫었다. 빅터의 굳건한 원칙 하나는, 아내를 포함해 모든 사람들은 다른 사람에게 상처를 주지 않고 책임을 질 수 있는 한 자기가 원하는 대로 할 수 있어야 한다는 것이었다. 책임이란 가정을 지키고 자식을 돌보는 것으로, 멜린다는 늘 그렇지는 않았지만 가끔씩 그런 책임을 졌다. 많은 남자들은 아내에게 들키지 않고 정분이 나는데, 대개는 여자들보다 더 조용하게 일처리를 한다. 호러스는 멜린다 문제로 빅터에게 조언을 할 때면 왜 그런 행동을 참아주느냐고 했다. 빅터는 예전처럼 배우자를 불결하다고 욕하고 이혼을 요구하거나, 자신의 사소한 욕구를 충족시키려고 아이의 인생을 망가뜨려야 하느냐고 반박했다. 빅터는 호러스나 은근히 멜린다 얘기를 꺼내는 사람들에게 그녀의 행동은 일시적인 일탈일 뿐이며 모르는 척 지나가는 게 최선이라고 말했다.

멜린다가 3년이 넘도록 그런 행동을 보이자 리틀 웨슬리 마을 사람들은 빅터가 성인처럼 참을성이 강하다고 했고, 빅터는 그런 말을 들을 때마다 속으로 은근히 기분이 좋았다. 호러스와 필 코원 등 이제는 거의 모든 사람들이 그 상황을 알고 아내를 견디는 그를 이상하게 여겼지만, 빅터는 그런 상황을 개의치 않았다. 대개 남들과 똑같은 삶을 살아가기에 바쁜 시골에서 그런 자신이 오히려 내심 자랑스러웠다.

멜린다 역시 이상한 구석이 있었다. 그렇지 않았다면 빅터는 그녀와 결혼하지 않았을 것이다. 그녀에게 구애하고 결혼하자고 설득하는 과정은 무척 섬세했지만, 야생마를 길들이는 것이나 마찬가지였다. 그녀는 고집세고 막무가내였고, 계속된 반항으로 학교에서 쫓겨나는 유형이었다. 실제로 멜린다는 학교 다섯 군데에서 퇴학당했고, 빅터를 만났던 스물두 살에는 인생이란 쾌락을 좇는 게 전부라고 여겼다. 지금도 그렇게 생각하는 건 마찬가지지만, 스물두 살에는 인습 타파와 상상력으로 가득 찬 모습이 매력적이었다. 그 역시 같은 생각이었기 때문이다. 지금 그녀는 상상력은 모두 잃어버렸고, 인습 타파란 비싼 화병을 벽에 던져 깨버리는 것 정도였다. 집에 남아 있는 유일한 화병은 금속으로 만든 것으로, 칠보 세공에는 이가 빠졌다.

그녀는 아이를 원하지 않았다가 다시 원했다가 다시금 마음을 바꿨고, 마침내 4년이 지나서 다시 마음을 바꿔 아이를 낳았다. 산모의 초산이 힘든 법이라고 한 의사들의 말과는 달리 멜린다는 그다지 힘들지 않았다고 했다. 빅터는 일도 제쳐두고 모든 시간을 쏟아 정성스럽게 간호해주었지만, 멜린다는 분만 이전에도 그리고 이후에도 몹시 투덜거렸다. 빅터는 자신과 멜린다의 아이를 보고 뛸 듯이 기뻤지만, 멜린다는 아이에게 관심을 거의 보이지 않았고 길 잃은 강아지에게 먹이를 주는 것 이상으로 아껴주지도 않았다. 빅터가 생각하기에, 천성적으로 반항심이 강한 그녀는 아이를 낳고 한 남자의 아내가 된 걸 도저히 견딜 수 없는 것 같았다. 아이를 키운다는 건 책임감을 가져야 한다는 뜻인데, 멜린다는 아이가 커가는 모습에 난처해했다. 그녀는 예전처럼 그를 더 이상 낭만적으로 사랑하지 않는 척 가장하며 분노를 표현했다. 빅터는 꾹 참아주었지만, 사실 그녀의 모습에 싫증이 나기 시작했다. 그녀는 그가 관심 있는 것에 관심이 없었지만, 그는 다양한 것에 관심이 많았다. 그는 인쇄술과 책 제본, 양봉, 치즈 만들기, 목공, 좋은 음악과 그림에 관심이 있었고, 근사한 망원경이 있었으므로 별을 바라보는 것과 정원 가꾸기도 좋아했다.

베아트리체가 두 살이 될 무렵, 멜린다는 리틀 웨슬리에서 멀지 않은 승마 학교에서 만난 젊지만 그다지 똑똑하지 않은 강사인 래리 오스번과 정분이 났다. 그녀는 몇 달 전부터 부루퉁해졌지만, 빅터가 왜 그러냐고 물어도 아무 대답을 하지 않았다. 래리와 관계를 맺기 시작한 이후로는 빅터를 대하는 태도가 더 밝고 유쾌해졌는데, 특히 그가 상황을 담담하게 받아들일 때면 더욱 그랬다. 빅터는 실제 마음보다 더 담담하게 받아들이는 척하면서도, 멜린다에게 이혼하고 싶은지 물었다. 그녀는 이혼하고 싶지 않다고 했다.

빅터는 50달러를 들여 두 시간 동안 뉴욕에 있는 정신과 의사에게 그 상황을 상담했다. 정신과 의사는 멜린다가 자신이 남편을 불행하게 해서 결국 이혼하게 될 거라는 상담을 귀 기울여 듣지 않을 것이므로, 빅터가 매몰차게 대해야 한다고 했다. 성인으로서 상대방을 매몰차게 대하는 건 빅터의 원칙에 위배되었다. 멜린다가 성인답게 행동하지 않는다 해도 그는 그녀를 계속 성인으로 대할 작정이었다. 빅터가 정신과 의사를 통해 새로 알게 된 사실은, 멜린다는 아이를 가진 많은 여성들처럼 아이 아빠를 더 이상 남자나 남편으로 여기지 않는다는 것이었다. 멜린다가 그처럼 원초적인 모성애를 가지고 있다고 생각하자 기분이 이상했고, 정신과 의사의 그말이 떠오를 때마다 빅터는 씩 웃곤 했다. 멜린다는 그런 모순 때문에 그를 거부하게 된 것 같았다. 그가 자신을 사랑한다는 걸 아는 그녀는 자신도 그를 사랑하는 모습을 보여주면 그가 좋아하지 않을 거라 여긴 것이다. 사랑이라는 표현이 적절하지 않을지도 모른다. 두 사람은 서로에게 애착을 갖고 의존했으며, 상대방이 집에 없으면 허전해했다. 빅터가 멜린다에게 느끼는 감정은 혐오와 애착이 한데 뒤섞여 정확하게 표현할 단어가 없었다. 정신과 의사는 '참을 수 없는 상황'과 이혼을 준비하라는 얘기도 했는데, 빅터는 그가 틀렸음을 증명하고자 하는 생각뿐이었다. 그는 정신과 의사에게 견딜 만한 상황임을 확인시켜줄 것이며 절대 이혼하지 않는 모습을 보여줄 것이다. 그리고 그는 결코 비참해지지 않을 것이다. 세상은 흥미로운 일로 차고 넘쳤다.

멜린다가 래리 오스번과 정분이 난 5개월 동안 빅터는 부부 침실을 나와 자기 방에서 지냈다. 정분이 나고 두 달 후 빅터는 차고 반대편에 방을 하나 만들어 그곳으로 옮겨갔다. 그는 그녀가 정분이 난 어리석은 상황에 항의하며 그 방으로 건너갔다. 래리를 탓했던 것은 순전히 그의 어리석음 때문이었다. 하지만 몇 주 후 현미경과 여러 서적을 방 안에 들이고 나서는, 밤에 멜린다가 깰까 봐 걱정하지 않고 일어나서 별을 보거나 낮보다는 주로 밤에 움직이는 달팽이를 관찰하기가 훨씬 수월하다는 걸 알고 그 방을 계속 침실로 쓰기로 마음먹었다. 멜린다가 래리를 저버렸을 때, 혹은 빅터의 생각대로 래리가 멜린다를 저버렸을 때 빅터는 부부 침실로 되돌아가지 않았다. 멜린다가 그가 되돌아오는 걸 원치 않았고 당시엔 그 역시 마찬가지였기 때문이다. 그는 각방을 쓰는 게 좋았고 멜린다도 그런 것 같았다. 멜린다는 래리와 어울릴 때만큼 즐거워 보이지 않았지만, 또 다른 연인 조조 해리스를 찾아냈다. 웨슬리에 얼마 가지 못한 음반 가게를 차린 청년으로, 갑상선 기능 항진증을 앓고 있었다. 조조와의 관계는 10월에서 1월까지 이어졌다. 멜린다는 그의 가게에서 수백 달러어치 음반을 사주었지만 그것으로 가게를 유지할 수는 없었다.

사람들은 멜린다가 빅터의 돈을 보고 함께 산다고 여겼고, 실제로 어느 정도는 그럴 수도 있었다. 하지만 그는 신경 쓰지 않았다. 그는 돈에 관해서는 늘 무심한 태도를 견지했다. 그는 별다른 수입 없이 조부의 재산으로 살았다. 빅터와 빅터의 아버지에게 돈이 있는 건 조부의 자손으로 태어났기 때문인데, 그의 아내인 멜린다는 왜 똑같은 권리를 누릴 수 없단 말인가? 빅터는 만 스물한 살 때부터 연간 4만 달러의 수입이 있었다. 리틀 웨슬리 사람들이 멜린다를 참아주는 건 빅터를 무척 좋아하기 때문이라는 말도 있었지만, 빅터는 그 말을 믿지 않았다. 객관적으로도 멜린다는 진지한 대화를 나누지 않는 한 무척 사랑스러운 여자였다. 사람들에게 관대하고, 즐거움을 선사하고, 파티 분위기를 한껏 띄워주었다. 지금껏 멜린다의 치정을 드러내놓고 인정하는 사람은 아무도 없었다. 상업 시설과 새로운 입주민들이 많은 웨슬리에서 6킬로미터 떨어진 오래된 주거 지역인 리틀 웨슬리 마을 사람들은 뉴잉글랜드의 청교도 정신의 불명예를 피하려는 듯 얌전 빼는 이가 아무도 없었다. 하지만 지금껏 멜린다의 도덕성을 문제 삼은 이는 한 사람도 없었다.

3

멜러 부부 집에서 파티가 열리고 나서 일주일이 지난 토요일 밤, 랠프 고스든이 저녁 식사를 하러 왔다. 그가 평소에도 그렇지만 특히 더 쾌활하고 자신감에 차 보였던 건 뉴욕에 있는 고모 집에 열흘 동안 다녀왔기 때문이다. 그는 반 앨런 부부가 예전처럼 자신을 환영해주지 않는 듯한 느낌을 받았을지도 모른다. 저녁 식사 후 랠프는 뉴욕 전시회에서 보긴 했지만 전혀 알 수 없는 수소 폭탄 대피소에 관해 빅터와 이야기를 나누다 말았고, 멜린다는 이런저런 음반을 틀었다. 랠프는 새벽 4시가 되어서도 좋아 보였지만, 반 앨런 부부 집에 새벽까지 있는 건 이번이 마지막일 것이다. 랠프는 새벽 늦게까지 머물며 민폐를 끼쳤는데, 원하면 다음 날 오전에 잠을 잘 수 있었기 때문이다. 빅터가 새벽 4, 5시 심지어 아침 7시까지 함께 있었던 이유는, 랠프가 빅터는 그만 물러나고 멜린다와 단둘이 있고 싶어 한다는 걸 알았기 때문이다. 빅터 역시 원하면 다음 날 오전에 잠을 잘 수 있었다. 그가 랠프보다 잘 견딜 수 있었던 이유는, 주로 잠자리에 드는 시간이 새벽 2, 3시였고 졸릴 만큼 술을 많이 마시는 법이 없었기 때문이다.

즐겨 앉는 안락의자에 앉아 거실에서 『뉴 웨슬리언』을 보던 빅터는 랠프와 멜린다가 춤추는 모습을 신문 너머로 슬쩍 쳐다보곤 했다. 뉴욕에서 구입한 데이크론 섬유 양복을 입어 몸매가 돋보이는 랠프는 여자아이처럼 즐거워했다. 새로운 춤을 시작할 때마다 멜린다의 허리를 잡는 랠프의 손길에서 공격성을 느낄 수 있었다. 무모하고 자신감에 찬 랠프의 모습을 보자 빅터는 쾌락을 즐기다가 마지막 순간에 갑자기 끔찍한 죽음을 맞는 수

컷 곤충이 떠올랐다. 멜린다가 틀어둔 열정적인 음악은 그 상황에 무척 잘 어울렸는데, 최근에 구입한 〈테디베어〉였다. 샤워를 하면서 그 음악을 들을 때면 어떤 이유에서인지 가사가 계속 머릿속에서 윙윙거렸다.

아무도 보지 않는 나무 아래에서
그들은 원하는 만큼 오랫동안 숨바꼭질을 한다네.
오늘은 테디베어가 소풍 나온 날이라네.

랠프 고스든은 웃음을 터뜨리며 커피 테이블에 놓인 술잔을 잡았다.
'집에서는 지적인 단어 한마디 들리지 않는군.' 빅터는 마음속으로 생각했다.
"쿠가트(1900~1990, 라틴음악 오케스트라를 이끈 스페인 출신의 음악가-옮긴이) 음반 어디 있지?" 멜린다가 물었다. 그녀는 음반 선반 앞에 무릎을 꿇고 앉아 여기저기 뒤지고 있었다. "어디에도 보이질 않아."
"거기엔 없을 거야." 빅터가 말했다. 멜린다가 그의 음반을 보관하는 곳에서 음반을 꺼냈기 때문이다. 잠시 멍하니 쳐다보던 그녀는 얼굴을 찌푸리며 음반을 제자리에 두었다. 빅터는 맨 아래 칸 선반에 자신의 음반을 보관했는데, 바흐와 세고비아 음반, 그레고리안 성가와 모테트(종교 합창곡-옮긴이), 처칠의 연설을 녹음한 음반도 있었다. 멜린다가 음반을 다루면 금방 망가지기 때문에 그는 그녀에게 음반을 틀지 못하도록 했다. 그의 음반들 가운데 그녀가 좋아하는 건 단 하나도 없었다. 랠프를 만나러 나가기 전에 옷을 갈아입으며 그레고리안 성가를 들은 적은 있지만, 그 음반을 좋아하지는 않았다. "이런 음악을 들으면 죽고 싶은 마음밖에 들지 않아!" 그날 밤 그녀는 그에게 그렇게 지껄였다.
랠프가 술을 더 마시러 부엌에 들어가자 멜린다가 물었다.

"여보, 신문을 밤새 읽을 작정이야?"

그녀는 빅터가 잠자리에 들기 바랐다. 빅터는 웃는 얼굴로 그녀에게 말했다. "사설란에 실린 오늘의 시를 외우는 중이야. '직원들은 일반에 봉사하며 자기 자리를 지켜야 한다. 하지만 이 세상에서 겸손을 지키는 건 불명예가 아니다. 나는 여러 번 스스로에게 묻는다……'"

"그만해!" 멜린다가 말했다.

"당신 친구 레지널드 던랩이 쓴 시야. 당신은 그가 꽤 괜찮은 시인이라고 말했는데, 기억나?"

"지금 그럴 기분 아니야."

"레지널드 역시 이 시를 쓸 때 그럴 기분이 아니었을 테지."

멜린다가 자기 친구를 얕보는 빅터에게 보복하려고 혹은 괜한 변덕 때문에 볼륨을 갑자기 높이자, 그는 화들짝 놀랐다. 하지만 이내 마음을 가라앉히고는 아무 일 없었다는 듯 께느른하게 신문을 넘겼다. 랠프가 소리를 줄이려 하자, 멜린다는 그의 손목을 힘껏 잡으며 가로막았다. 그러고는 그의 손목을 들어 올려 입을 맞추었다. 그들은 다시 춤을 추었다. 멜린다의 기분에 맞추어 랠프는 엉덩이를 흔들며 스텝을 옮겼고, 커다란 웃음소리는 요란한 음악소리에 묻혀 들리지 않았다. 빅터는 랠프를 쳐다보지 않았지만 그가 이따금 흘깃 쳐다보는 시선이 느껴졌다. 즐거움과 공격성이 뒤섞인 시선으로, 저녁에 도착했을 당시의 예의 바른 태도와는 달리 공격성이 서서히 하지만 분명하게 드러나 보였다. 멜린다가 의도적으로 그리고 교묘히 부추겼을 것이다. 그녀는 음흉한 랠프를 유혹해 자기 마음대로 조종하면서 모든 사람들에게 보란 듯이 자신의 모습을 내보였다. 빅터가 아무런 대꾸도, 의자에서 일어나지도, 어떠한 반응도 하지 않을 것이기 때문이다. 그렇기 때문에 그를 면전에 두고 모욕하는 것이다.

빅터는 거실을 가로질러 책장에 꽂힌 로렌스의 『지혜의 일곱 기둥』(아랍의 독립을 위해 싸운 영국 군인이자 고고학자인 T. E. 로렌스의 자서전-옮긴이)을 천천히 꺼내어 자리로 돌아왔다. 바로 그때, 잠옷 차림의 트릭시(베아트리체의 애칭-옮긴이)가 문간에 언뜻 보였다.

"엄마!" 트릭시가 소리쳤지만 멜린다는 소리를 듣지도, 딸의 모습을 보지도 못했다.

빅터는 포기하고는 트릭시에게 다가가 몸을 숙여 물었다. "트릭시, 왜 그래?"

"너무 시끄러워서 못 자겠어요!" 트릭시가 화를 내며 소리쳤다.

멜린다는 뭐라 소리치고는 축음기로 가서 소리를 줄였다. "왜 그러는 거야?" 그녀가 트릭시에게 물었다.

"잠을 못 자겠어요." 트릭시가 말했다.

"말도 안 되는 불평이라고 하지그래." 빅터가 멜린다에게 말했다.

"알았어, 이제 낮출게." 멜린다가 말했다.

트릭시는 잠을 자다 부어오른 눈으로 엄마를 노려보고는 랠프를 쳐다보았다. 빅터는 자그마하고 탄탄한 딸의 엉덩이를 가볍게 두드렸다.

"얼른 다시 자야지. 내일 소풍 갈 건데 이렇게 깨어 있으면 안 되잖아." 빅터가 말했다.

트릭시는 소풍이라는 말에 미소 짓고는 랠프를 쳐다보며 물었다. "랠프 아저씨, 뉴욕에서 반짇고리 가져왔어요?"

"미안하지만 안 가져왔어." 랠프가 다정한 목소리로 말했다. "여기 리틀 웨슬리에서 구해줄게."

"그럴 필요 없어요." 멜린다가 말했다. "트릭시는 아직 바느질할 줄도 몰라요."

"당신도 마찬가지지." 빅터가 끼어들었다.

"당신 오늘 밤 무례하군." 멜린다가 쌀쌀맞게 말했다.

"미안해." 빅터는 랠프에게 할 이야기가 있어서 오늘 밤 일부러 무례하게 굴고 있었다. 랠프가 그의 모습을 보고 이제 한계에 이르렀다고 생각하기 바랐다.

"아저씨, 아침 먹고 갈 거예요?" 트럭시가 빅터의 품에 안겨 몸을 이리저리 흔들며 말했다.

랠프는 실없이 크게 웃었다.

"그래야겠지." 빅터가 말했다. "손님을 빈속으로 돌려보내면 안 되잖아. 안 그래, 트럭시?"

"맞아요, 랠프 아저씨하고 아침 먹으면 재밌어요."

"뭐가 재밌는데?" 빅터가 물었다.

"계란으로 저그를 해요."

"저글링을 한다는 말입니다." 랠프가 트럭시의 말을 바로잡아주었다.

"그럼 아침 식사 때까지 있어야겠군요." 빅터가 말했다. "트럭시, 그만 자야지. 이제 조용해졌으니 이 순간을 놓치지 말아야지."

트럭시는 기꺼이 아빠와 함께 침대로 갔다. 그녀는 아빠가 침대에 눕혀주고, 잘 때 안고 자는 캥거루 인형을 찾아주고, 양쪽 뺨과 콧등에 입맞춤해주는 걸 좋아했다. 빅터는 딸아이의 응석을 받아준다는 걸 알면서도, 엄마가 딸을 차갑게 대하니 자신이 보완해줘야 할 것 같았다. 그는 딸아이의 보드라운 목에 코를 묻었다. 그러고는 고개를 들고 환하게 웃었다.

"아빠, 채석장에 소풍 가도 돼요?"

"음, 채석장은 너무 위험해."

"왜요?"

"바람이 강하게 불면 우리 모두 날려서 밑으로 떨어질 거야."

"난 괜찮아요. 엄마도 소풍 가요?"

"모르겠어." 빅터가 말했다. "함께 갔으면 좋겠네."

"랠프 아저씨도 가요?"

"아닐 거야."

"아빠 랠프 아저씨가 좋아요?"

침대 옆 테이블에 놓인 회전목마 모양의 불빛에 비친 트릭시의 초록 눈동자에는 엄마처럼 갈색 반점이 있었다. "음, 넌 좋아해?"

"음, 조조 아저씨가 더 좋았던 것 같아요." 트릭시가 애매하게 말했다.

트릭시가 아직 조조의 이름을 기억하고 있다는 생각에 빅터는 마음이 약간 아팠다. "조조 아저씨를 왜 좋아했는지 알 것 같아. 크리스마스 선물을 잔뜩 사줬으니까. 그건 누군가를 좋아하는 이유가 될 수 없지. 아빠도 트릭시한테 선물 많이 사주지 않아?"

"난 아빠가 제일 좋아요. 정말이에요."

빅터는 트릭시가 고분고분하다는 생각이 들었다. 트릭시는 지나칠 정도로 고분고분해지고 있었다. 빅터는 자신이 말콤 맥레이를 죽였다고 하면 트릭시가 무척 좋아할 거라는 생각이 들자 웃음이 났다. 트릭시는 말콤을 좋아하지 않았다. 말콤은 처음부터 인색했고 선물을 사준 적도 없었기 때문이다. 빅터가 말콤을 죽였다고 하면 트릭시는 기뻐하며 소리칠 것이다.

"그만 자야지." 빅터가 침대에서 일어서며 말했다. 빅터는 트릭시의 양쪽 뺨과 콧등, 정수리에 입을 맞추었다. 트릭시의 머리칼 색깔은 엄마를 닮았지만 시간이 지나면 아빠처럼 좀 더 짙어질 것이다. 가르마 없이 흘러내린 머리칼을 보면 여섯 살짜리 개구쟁이 같았지만, 멜린다는 컬을 만들려면 무척 힘들다며 투덜거렸다. "자니?" 그가 나지막이 물었다.

트릭시의 속눈썹이 아래로 내려와 뺨에 닿아 있었다. 빅터는 불을 끄고 까치발로 문간으로 향했다.

"안 자요!" 트릭시가 키득거리며 소리쳤다.

"자, 이제 그만 자야지."

트릭시가 아무 대꾸도 하지 않자 빅터는 만족스러웠다. 그는 방을 나가 문을 닫았다.

멜린다가 램프 하나를 더 꺼서 거실은 훨씬 어두워졌다. 그녀와 랠프가 거실 구석에서 느리게 스텝을 옮기며 춤을 추고 있었다. 이제 곧 4시였다.

"술은 더 필요 없어요, 랠프?" 빅터가 물었다.

"네? 아, 술은 충분히 마셨어요."

랠프가 새벽 4시에 집을 나설 생각을 하고 있지는 않을 것이다. 멜린다는 양팔을 그의 목에 감고서 춤추고 있었다. 그녀는 빅터가 조엘 내쉬에게 무척 무례한 말을 했으므로 오늘 밤 랠프에게 늦게까지 있도록 허락할 것이라고 여길 터였다. 계속 있어달라고 하면서 아침 식사 때까지 있어달라고 할 것이다. 랠프가 가끔 그렇듯이 백짓장처럼 창백해져도 그렇게 말할 것이다. "계속 있어줘요. 난 오늘 밤을 지새우고 싶으니까." 그러면 랠프는 물론 밤을 새웠고, 그들 셋 모두 밤을 새웠다. 다음 날 아침 빅터는 출근해야 했지만, 랠프는 그렇지 않았다. 시간이 늦어져 빅터가 방으로 가고 나면 랠프가 멜린다와 단둘이 있을 기회도 많아질 것이다. 빅터는 이따금 새벽 6시가 되면 멜린다와 랠프가 단둘이 있도록 배려해주었는데, 밤새 함께 있었으니 아침 식사를 하기 전 두 시간 반 동안 함께 있어도 괜찮을 거라 여겼다. 멜린다를 찾아온 손님과 밤새 거실에 함께 있으면서 그녀를 짜증 나게 하는 건 쩨쩨한 처사였지만, 빅터는 그들을 즐겁게 해줄 요량으로 자기 집을 나갈 정도로 너그러울 수는 없었다. 그리고 시간을 헛되이 보내지 않으려고 늘 책을 읽었다.

오늘 밤 고스든을 보며 빅터는 예전에는 느끼지 못했던 강한 반감을 가졌다. 고스든에게 버번위스키를 벌써 몇 병째 대접했다는 생각이 들었다. 고스든이 저녁에 찾아와 그의 기분을 망쳤던 기억도 떠올랐다. 빅터는 자리에서 일어나 선반에 책을 꽂고는 차고로 열리는 문 쪽으로 가만히 갔다.

멜린다와 랠프는 이제 그의 뒤편에서 거의 껴안다시피 서로를 애무하고 있었다. 그가 아무 말도 하지 않고 가버린다면 (a) 키스하는 두 사람을 당황하게 만들고 싶지 않거나 (b) 잠시 후 되돌아오거나 (c) 그들의 행동에 너무 짜증이 나서 인사조차 하고 싶지 않다고 비칠 것이다. 실제로는 (b)가 옳았지만 멜린다만 그렇게 여길 것이다. 고스든은 빅터가 갔다가 되돌아오는 걸 한 번도 본 적이 없었기 때문이다. 그는 조조를 상대로 서너 차례 그렇게 했었다.

형광등을 켜고 천천히 차고를 지나던 빅터는 가지런히 놓인 화분과 달팽이가 든 수족관을 슬쩍 쳐다보았다. 달팽이는 축축한 귀리 가지와 목초용 풀 위를 지나고 있었고, 열린 채로 작업대에 놓인 전기 공구함을 곁눈질하자 모든 도구가 제자리에 정리되어 있었다.

그의 방은 차고처럼 삭막하고 최소한의 기능만 있었다. 짙은 초록색 커버가 덮인 다소 작은 침대, 등받이가 곧은 의자, 가죽으로 만든 책상 의자와 커다란 책상 하나가 놓여 있었다. 평평한 책상에는 사전과 목공 입문서, 잉크병, 펜과 연필, 회계 장부, 이미 납입했거나 아직 하지 않은 청구서들이 가지런히 정돈되어 있었다. 벽에는 그림이 걸려 있지 않고, 지역 회사에서 나눠준 평범한 달력이 책상 위쪽에 걸려 있었다. 그는 알람시계나 누군가의 도움을 받지 않고 원하는 시간만큼 자고 일어날 수 있는 능력이 있었다. 손목시계를 확인하고는 30분 후 5시 7분 전에 일어나야겠다고 마음먹었다. 잠자리에 누운 그는 머리부터 발끝까지 체계적으로 몸을 이완시켰다.

그는 1분도 지나지 않아 잠들었다. 교회에서 멜러 부부를 만나는 꿈을 꿨다. 호러스 멜러는 결혼 생활을 지키려고 말콤 맥레이를 죽인 건 잘한 일이라며 웃어주었다. 리틀 웨슬리 마을 사람들 모두 교회에 모여서 웃는 얼굴로 그를 바라보았다. 잠에서 깨어나자 빅터는 말도 안 되는 상황과 스스로에 웃음이 났다. 아무튼 그는 교회에 다니지 않았다. 그는 휘파람을 불며 머리를 빗고는 열은 푸른색 캐시미어 스웨터 아래로 셔츠 매무새를 고치고 차고를 지나갔다.

소파 구석 자리에 앉아 있던 랠프와 멜린다는 몸을 기대고 있었던 게 분명했다. 빅터를 보자마자 두 사람 다 상체를 일으켰기 때문이다. 눈이 충혈된 랠프는 술기운에 취해 믿기지 않는다는 듯 성난 표정으로 빅터를 아래위로 훑어보았다.

빅터는 책장으로 가서 상체를 숙이며 책 제목을 자세히 살폈다.

"아직 책 읽어?" 멜린다가 물었다.

"음." 빅터가 말했다. "음악은 안 들어?"

"방금 가려던 참이었어요." 랠프는 목쉰 소리로 말하며 자리에서 일어났다. 그는 지쳐 보였지만 담뱃불을 붙이고 나서 성냥을 벽난로 쪽으로 힘껏 내던졌다.

"가지 말아요." 멜린다가 손을 잡으려 하자, 한 걸음 뒤로 물러나며 몸을 피하던 랠프는 약간 비틀거렸다.

"너무 늦었어요." 랠프가 말했다.

"어느덧 아침 먹을 시간이군요." 빅터가 유쾌하게 말했다. "혹시 스크램블드에그 먹을 사람?"

하지만 아무도 대답하지 않았다. 빅터는 언제든 즐겁게 훑어볼 수 있는 포켓북 『세계 연감』을 꺼내 안락의자로 갔다.

"아무래도 졸릴 텐데." 멜린다는 랠프만큼이나 화난 표정으로 빅터를 쳐다보며 말했다.

"괜찮아." 빅터는 잠을 깬 듯이 눈을 깜박였다. "방금 방에서 잠깐 눈붙였어."

그 말에 랠프는 패배를 자인한 듯 깜짝 놀란 표정을 지으며 낙담했지만, 창백한 얼굴에 충혈된 눈빛은 더 강렬해졌다. 그는 빅터를 죽일 듯이 노려보았다. 빅터는 조조와 래리 오스번의 좁다랗고 멍한 얼굴에서도 그런 표정을 본 적이 있다. 래리 오스번이 멜린다와 함께 소파에 기댄 채 15분마다 몸을 일으키려 했지만 점점 더 눕다시피 소파에 기대던 새벽 5시 무렵, 빅터는 악마처럼 기분 좋은 표정을 지으며 맑은 정신으로 깨어 있었던 것이다. 랠프는 술이 가득 든 잔을 들어 한 번에 절반을 마셨다. 빅터는 그가 이제 무척 견디기 힘들 거라고 생각했다. 아침 6시가 가까워진 시각이었고, 아무튼 그날을 망쳤으니 지금 집에 가서 잠을 청한다 해도 무슨 소용이 있겠는가? 랠프는 정신을 잃고 쓰러진다 해도 이곳에 계속 있을 것이다. 그는 술에 취한 나머지 원한다면 그날 오후 내내 멜린다와 함께 있을 수 있다는 걸 모르는 것 같았다.

갑자기 보이지 않는 무언가에 밀린 듯이 랠프는 뒤로 물러나 소파에 털썩 주저앉았다. 얼굴은 땀으로 번들거렸다. 멜린다는 그의 목을 안아 가까이 당기고는 술잔에 적신 손끝으로 그의 관자놀이를 시원하게 해주었다. 랠프는 힘없이 손발을 쭉 뻗고 있었지만 입은 꼭 다물고 있었고, 눈빛은 한곳을 쳐다보며 정신을 차리려는 듯 빅터를 빤히 노려보았다.

빅터가 멜린다에게 웃어 보이며 말했다. "스크램블드에그를 만들어야겠어. 랠프한테 뭔가 먹여야 할 것 같아."

"랠프는 괜찮아." 멜린다가 싸울 듯이 말했다.

빅터는 그레고리안 성가를 휘파람으로 불면서 부엌으로 가서 커피 끓일 물을 주전자에 부었다. 버번위스키 병을 확인했더니 랠프가 5분의 4를 마셨다. 그는 거실로 가서 물었다. "랠프, 계란은 어떻게 익혀줄까요? 저글링은 못 하겠지만 말입니다."

"계란 어떻게 익혀줄까요?" 멜린다가 그에게 재차 물었다.

"저글링을 하듯이 절묘하게." 랠프가 중얼거렸다.

"하나는 저글링을 하듯 절묘하게." 빅터가 말했다. "나비, 당신은 어떻게 해줄까?"

"나비라고 부르지 마."

예전에 빅터는 그녀를 고양이를 부를 때 쓰는 애칭인 나비로 부르곤 했지만, 무척 오래전 일이었다. 숱이 많은 금발 눈썹 아래로 노려보는 그녀의 눈빛을 보자, 빅터는 그녀가 결혼할 당시나 어제저녁처럼 나비로 보이지 않는다는 걸 인정해야 했다. 립스틱은 번졌고 길고 끝이 살짝 올라간 코는 립스틱이 묻은 것처럼 번들거리고 불그스름했다. "계란은 어떻게 익혀줄까?" 그가 물었다.

"아무렇게나."

빅터는 계란 네 개에 크림을 섞어 자신과 멜린다가 먹을 스크램블드에그를 만들었다. 랠프는 음식을 먹을 수 있는 상태가 아니었다. 빅터는 멜린다가 토스트를 먹지 않을 걸 알고 한 장만 구웠다. 멜린다는 이 시간에 커피도 마시지 않을 것이므로 그는 커피를 다 내릴 때까지 기다리지 않아도 되었다. 빅터는 잠시 후 고스든과 함께 커피를 마시면 될 것이다. 그는 소금과 후추를 약간 쳐서 두 접시에 나누어 담은 스크램블드에그를 가져왔다. 멜린다는 먹지 않겠다고 했지만 빅터는 그녀 옆에 앉아 포크에 조금 덜어 먹여주었다. 포크가 입가로 다가올 때마다 그녀는 고분고분 입을 벌렸다. 줄곧 그를 바라보는 그녀의 눈빛은 먹이를 주는 이를 믿는 야생동물의 눈빛 같았다. 덫 같은 것은 보이지 않고 먹이를 주는 사람의 느긋하고 부드러운 손길을 믿고 먹이를 받아먹는 야생동물의 눈빛. 고스든은 약간 붉은 기가 감도는 금발 머리를 어느새 멜린다의 무릎에 기대고 있었다. 입을 벌리고는 볼썽사납게 코를 골고 있었다. 빅터가 예상했던 대로 멜린다는 그가 주는 마지막 음식은 받아먹지 않았다.

"마지막이니까 먹어." 빅터가 말했다.

그녀는 받아먹었다.

"고스든 씨는 여기 있는 게 좋을 것 같아." 빅터는 고스든에 관해 달리
할 말이 없어 그렇게 말했다.

"나도 같은 생각이야." 멜린다가 말했다.

"그럼 자리에 눕히자."

멜린다는 자리에서 일어나 그를 눕히려 했지만, 술을 마시고 지친 탓에
그의 어깨가 너무 무겁게 느껴졌다. 빅터는 양손을 랠프의 겨드랑이에 넣
고는 머리가 소파 팔걸이 바로 아래에 닿도록 끌어당겼다.

"구두는?" 빅터가 물었다.

"구두엔 손도 대지 마!" 멜린다는 비틀거리며 랠프의 발로 가서 구두끈
을 풀었다.

랠프는 어깨를 뒤척였고 희미하게 이 가는 소리를 냈다.

"추울 테니 담요를 가져올게." 빅터가 말했다.

"내가 가져올게." 멜린다는 비틀거리며 침실로 향했지만 방향을 바꾸어
욕실로 들어가는 걸 보니 깜박 잊어버린 것 같았다.

빅터는 남은 구두 한 짝을 벗기고는 멜린다의 방 안 어딘가에 늘 놓
여 있는 격자무늬 무릎 담요를 가지러 갔다. 담요는 헝클어진 침대 아래
쪽 바닥에 놓여 있었다. 빅터가 7년 전 멜린다에게 생일 선물로 사준 거였
다. 무릎 담요를 보자 메인 주에서 여름에 즐겁게 소풍을 다녔던 기억과
어떤 이유에서인지 난방이 안 되던 어느 겨울날 벽난로 앞에서 담요를 덮
고 바닥에 누워 있던 기억이 떠올랐다. 그는 잠시 멈칫하고는 무릎 담요 대
신 초록색 모직 담요를 가져갈까 생각했지만 아무 의미 없는 것 같아 그
냥 무릎 담요를 챙겼다. 멜린다의 방은 늘 그렇듯이 지저분했고, 그는 그런
모습을 볼 때면 싫기도 하고 흥미롭기도 했다. 그녀의 방에 거의 들어가지
않는 그는 잠시 방 안을 둘러보는 걸 좋아했지만 자세히 살펴보는 일은 없

었다. 그는 방을 나와 문을 닫았다. 욕실에서 물 트는 소리가 들리자 멜린다가 속에 든 것을 게우지 않았으면 좋겠다는 생각이 들었다.

랠프는 상체를 일으키고는 초점 없는 멍한 눈빛으로 앉아 있었고, 오한이 난 것처럼 몸을 부들부들 떨었다.

"뜨거운 커피 갖다줄까요?" 빅터가 물었다.

랠프는 아무 대꾸도 하지 않았다. 빅터가 담요를 어깨에 덮어주자 랠프는 몸을 떨며 힘없이 소파에 눕고는 양쪽 발을 들어 올리려 애썼다. 빅터는 그의 발을 들어 올리고는 그 밑에 담요를 깔아주었다.

"당신은 좋은 사람이군요." 랠프가 중얼거렸다.

빅터는 희미한 웃음을 지으며 소파 구석 자리에 앉았다. 멜린다가 욕실에서 토하는 소리가 들리는 것 같았다.

"오래전에 날 내쫓아야 했을 텐데 말입니다." 랠프가 나지막이 말했다. "자기 주량을 제대로 모르는 사람은……" 그가 소파에서 일어나려는 듯이 다리를 움직이자 빅터는 발목을 지그시 누르며 만류했다.

"아무 생각 말아요." 빅터가 달래듯이 말했다.

"자기 주량도 제대로 모르고 마셨으니 토하거나 죽어도 할 말이 없죠." 랠프의 푸른 눈동자에 눈물이 고이자 눈빛이 더 흐리멍덩해 보였다. 가는 눈썹은 바르르 떨렸다. 그는 집 밖으로 내쫓겨도 할 말이 없다는 걸 육감적으로 알아차리고 스스로를 힐난하는 인사불성 상태인 것 같았다.

빅터는 헛기침을 하며 웃음을 지었다. "나를 짜증 나게 했다면 집 밖으로 내쫓았겠지요." 그는 상체를 숙여 랠프에게 좀 더 가까이 다가갔다. "멜린다 문제로 짜증 나게 한다면," 그는 턱으로 욕실을 가리키며 말했다. "누구든 죽여버릴 겁니다."

"네, 당연히 그렇겠죠." 랠프는 무슨 말인지 이해한 것처럼 심각하게 말했다. "난 당신과 멜린다와 친구로 지내고 싶습니다. 두 분 모두 좋아합니다. 진심입니다."

"난 마음에 들지 않는 사람은 죽여버립니다." 빅터는 랠프에게 가까이 다가가 웃음 짓고는 목소리를 더 낮추어 말했다.

랠프 역시 얼빠진 듯이 웃었다.

"예컨대 말콤 맥레이가 그런 경우였죠. 내가 그를 죽였어요."

"말콤을요?" 랠프가 멍한 표정으로 물었다.

빅터는 랠프가 말콤을 잘 알고 있음을 직감했다. "네. 멜린다에게 들어서 알 겁니다. 그의 아파트에 찾아가 망치로 죽였어요. 작년 겨울에 신문 기사를 봤을 겁니다. 그는 멜린다와 지나칠 정도로 가깝게 지냈지요."

빅터는 상대방이 충분히 새겨들었는지 그렇지 않은지 잘 알 수 없었다. 랠프의 눈썹이 서서히 아래로 처졌다. "기억납니다…… 당신이 그를 죽였다고요?"

"그렇습니다. 그자가 사람들 보는 앞에서 멜린다를 희롱하기 시작했거든요." 빅터는 멜린다의 라이터를 들어 두 번, 세 번, 네 번 켰다. 랠프는 충분히 새겨들은 것 같았다. 그는 팔꿈치를 대고 몸을 일으켰다.

"멜린다도 당신이 그를 죽였다는 사실을 압니까?"

"아니요, 아무도 모릅니다." 빅터가 나지막이 말했다. "그리고 멜린다한테 말하면 안 됩니다. 알겠어요?"

랠프의 표정이 더 어두워졌다. 랠프는 다소 견디기 힘들겠지만 위험한 사태임을 충분히 알아차렸을 것이다. 랠프는 이를 악물더니 빅터가 잡고 있는 양발을 갑자기 확 뺐다. 그러고는 떠날 채비를 했다.

빅터는 말없이 구두를 건네주었다. "집까지 태워줄까요?"

"직접 운전할 수 있습니다." 랠프는 비틀거리며 구두를 신다가 마침내 자리에 앉아 마무리했다. 그러고 나서는 자리에서 일어나 비틀비틀 현관 문으로 향했다.

빅터는 그를 따라가서 빨간색 끈을 댄 밀짚모자를 건네주었다.

"즐겁게 있다 갑니다. 안녕히 계십시오." 랠프는 서둘러 말하며 현관문을 나섰다.

"즐거웠다니 다행이군요. 내가 했던 이야기를 멜린다한테 절대 해서는 안 된다는 거 잊지 말아요. 잘 가요, 랠프." 빅터는 그가 컨버터블 차에 올라타서 멀어지는 모습을 지켜보았다. 차는 길 끝에서 오른쪽으로 돌아 좁은 길을 따라 쭉 내려갔다. 빅터는 랠프가 차를 몰고 베어 호수에 빠진다 해도 개의치 않을 것이다. 바로 앞에 보이는 숲 위로 밝은 오렌지색으로 물든 태양이 떠오르고 있었다.

욕실에서 아무 소리도 들리지 않는 걸 보니, 멜린다는 바닥에 주저앉아 또다시 구토가 올라올 순간을 기다리고 있을 것이다. 그녀는 구토가 날 때마다 그렇게 했고, 속이 완전히 가라앉을 때까지는 고집을 부리며 바닥에 쭈그려 앉아 있곤 했다. 한참을 기다리고 나서 빅터는 자리에서 일어나 욕실로 가서 외쳤다. "괜찮아, 여보?" 그러자 그녀가 괜찮다고 대답하는 목소리가 꽤 또렷하게 들렸다. 그는 부엌으로 가서 커피를 따랐다. 그는 커피를 무척 좋아했고 잠을 청할 때 방해되는 법도 없었다.

가운 차림으로 욕실에서 나온 멜린다는 30분 전보다 괜찮아 보였다. "랠프는 어디 있어?"

"집에 갔어. 즐거운 시간 보냈다고 인사하고 떠났어."

멜린다는 실망한 기색이었다.

"담요를 덮어줬더니 몸이 괜찮아진 것 같아." 빅터가 덧붙여 말했다.

멜린다가 다가와 그의 어깨에 손을 올렸다. "오늘 밤 랠프에게 무척 다정하게 대하던걸."

"다행이네. 어젠 내가 무례하게 대한다고 말했잖아."

"당신은 무례한 적 없어." 그녀는 그의 뺨에 입을 맞추었다. "잘 자."

빅터는 그녀가 침실로 가는 모습을 지켜보았다. 랠프가 내일 멜린다에게 뭐라고 말할지 궁금했다. 랠프가 그녀에게 말할 게 분명했다. 그는 그런 유형이었다. 멜린다는 늘 그렇듯이 랠프에게 전화할 것이다. 그가 집을 나서고 나서 곧바로 잠들지 않는 한 말이다. 하지만 빅터가 생각하기에, 랠프는 그녀에게 전화할 것 같지 않았다.

4

빅터는 내심 놀랐다. 그 소문이 무척이나 빨리 퍼져나갔고 모두들, 특히 빅터에 관해 잘 모르는 사람들조차 관심을 보였지만 손 하나 까딱하거나 경찰에 신고하는 사람이 아무도 없었기 때문이다. 빅터와 멜린다와 꽤 잘 아는 사이여서 그가 왜 그런 이야기를 지어냈는지 알고서 재미있어하는 사람들도 물론 있었다. 그들의 단골 식료품점 주인인 나이 지긋한 핸슨 씨도 재미있어했다. 하지만 소문으로만 그들을 아는 사람들은 그 이야기를 듣고서 탐탁지 않은 얼굴을 하고, 그 이야기가 사실이든 그렇지 않든 경찰 조사를 받아야 마땅하다고 여겼다. 빅터는 마을 중심가를 걸어 내려가다가 사람들의 표정을 보고서 그런 사실을 알아차렸다.

랠프에게 그 얘기를 하고 나서 나흘 동안, 빅터가 예전에 만나거나 알아차리지 못했던 사람들이 차를 타고 지나가는 그를 주의 깊게 보곤 했다. 그는 오래되었지만 잘 관리해온 올즈모빌 차를 타고 다녀서, 훨씬 더 새 차를 타고 다니는 마을 사람들 사이에서 눈에 띄기 마련이었다. 사람들은 그를 가리키면서 서로 귓속말을 나누었는데, 낯선 사람들은 그렇지 않았지만 그의 친구들은 웃음을 짓곤 했다.

그 나흘 동안 랠프 고스든은 코빼기도 내밀지 않았다. 멜린다는 랠프가 아침 이른 시각에 떠난 일요일에 전화해서 만나자며 고집을 부렸고, 그를 만나러 갔다고 했다. 그날 빅터는 트릭시와 단둘이 베어 호수에 소풍을 갔고, 그곳에 있는 보트 관리인에게 트릭시가 여름 내내 카누를 빌릴 수 있도록 했다. 집으로 돌아왔을 때 이미 귀가해 있던 멜린다가 난리를 쳤다. 랠프가 빅터에게 들었던 이야기를 멜린다에게 전했던 것이다.

멜린다는 빅터에게 소리쳤다. "지금껏 들은 이야기 가운데 가장 멍청하고 저급하고 어리석은 얘기야!" 빅터는 그녀의 질책을 차분하게 받아들였다. 그녀가 화난 건 랠프가 겁쟁이처럼 보였기 때문일지도 몰랐다. 빅터는 두 사람이 어떤 얘기를 나누었을지 짐작이 갔다.

랠프: 사랑하는 멜린다, 그 이야기가 사실은 아니겠지만 당신 남편은
　　내가 더 이상 얼쩡거리는 걸 원치 않는 게 분명해요. 그래서 말인
　　데……
멜린다: 남편이 뭘 원하든 상관없어요. 좋아요, 그렇게 겁쟁이여서 내 남
　　편과 맞설 수 없다면……

멜린다는 랠프와 이야기를 나누다 빅터가 조엘 내쉬에게도 같은 말을 했던 게 분명하다는 걸 깨달았을 것이다.

"랠프는 내가 정말 맥레이를 죽였다고 생각한단 말이야?" 빅터가 물었다.

"물론 그렇지 않아. 그냥 당신이 바보이거나 제정신이 아니라고 생각하는 거지."

"재밌는 이야기라고 생각하지 않다니 유감이로군." 빅터는 안타깝다는 듯이 고개를 가로저었다.

"뭐가 재미있다는 거야?" 멜린다는 양손을 허리에 올리고 모카신을 신은 발을 넓게 벌리고서 거실에 서 있었다.

"당신도 내가 했던 이야기를 들었으면 재밌어했을 거야."

"그렇군. 그럼 조엘도 재미있다고 했어?"

"물론 그렇지 않았지. 그는 겁에 질려 이곳을 떠난 것 같아."

"그게 당신이 원했던 거 아니야?"

"음, 솔직히 그렇지."

"랠프에게도 겁주고 싶었던 거 아니야?"

"그는 겁먹지 않았어. 괜한 소리 하지 마. 그런 애길 믿을 사람은 아무도 없을 테니까. 안 그래?"

빅터는 양손을 머리 뒤에 대고는 안락의자에 몸을 기댔다. "조엘 내쉬는 무언가 믿었던 게 분명해. 갑자기 사라졌으니까. 현명하지 못한 행동이었고, 그가 현명하다고 생각한 적은 한 번도 없었어."

"맞아. 당신 말고는 아무도 현명하지 않지."

느긋한 멜린다를 보자 빅터는 웃음이 났다. "조엘이 당신한테 뭐라고 말했어?" 멜린다가 자세를 바꾸고 소파에 털썩 주저앉는 모습을 보자 빅터는 조엘 내쉬가 그녀에게 아무 말도 하지 않았음을 알았다. "랠프는 뭐라고 했고?"

"당신이 무척이나 불친절하게 대한다고 생각해서……"

"무척이나 불친절하다니, 참으로 이상하군. 난 그들과 일주일에 몇 차례씩 와인을 마시고 식사를 하는 게 몹시 지루했고, 바보 같은 이야기를 듣는 게 정말이지 지루했고, 그들이 당신한테 무슨 생각을 품고 있는지 내가 전혀 알지도 못하고 상관하지도 않는다고 생각하는 게 무척이나 지루했어. 정말 무척이나 한심했어."

멜린다는 잠시 깜짝 놀라 그를 빤히 쳐다보았다. 얼굴을 찌푸린 채 입꼬리가 아래로 내려오더니, 잠시 후 양손으로 얼굴을 감싸고 눈물을 흘렸다.

빅터는 그녀에게 다가가 어깨에 손을 얹었다. "여보, 그게 울 일이야? 조엘 내쉬하고 랠프가 울 가치가 있어?"

그녀는 갑자기 고개를 들었다. "그들 때문에 우는 게 아니야. 억울해서 우는 거야."

"역겨워." 빅터가 자기도 모르게 중얼거렸다.

"누가 역겹다는 거야?"

빅터는 한숨을 내쉬며 위로할 말을 애써 떠올렸다. '난 여전히 당신 곁에 있어. 사랑해.'라고 말해봐야 소용없을 것이다. 그녀는 더 이상 그를 원하지 않았고 앞으로도 그럴 것이다. 그리고 그는 괜한 심술쟁이는 되고 싶지 않았다. 그녀가 능력과 자존감이 있고 진중한 생각이 있는 남자를 사귀는 걸 반대하지는 않았다. 하지만 안타깝게도 멜린다는 절대 그런 남자를 고르지 않을 것이고, 그런 남자들 역시 멜린다를 선택하지 않을 거라는 생각이 들었다. 빅터는 그들 셋이 함께 행복하게 어울리며 서로 도움을 줄 수 있는 관대하고 공정하고 문명화된 관계를 머릿속으로 그릴 수 있었다. 도스토옙스키는 빅터의 마음을 알았을 것이고, 괴테 역시 이해했던 것 같다.

"그저께 신문에서 봤는데," 빅터는 다시 대화를 시작했다. "밀라노에서 부부와 한쪽 애인, 그렇게 셋이 함께 산다는 기사를 읽었어. 물론 어떤 사람들인지는 모르겠지만, 서로 친하게 지내던 남편과 애인이 오토바이 사고로 함께 사망하자 아내는 자신이 나중에 묻히게 될 묘 옆에 두 남자를 함께 묻었다고 해. 묘비에는 '두 사람은 행복하게 함께 살았다.'라고 새겼고. 그럴 수도 있는 거잖아. 당신이 원하면 한 남자 혹은 서너 명을 골라도 괜찮아. 머릿속에 생각이 있는 사람들로. 그럴 수 있다고 생각하지 않아?"

"응, 그렇게 생각해." 멜린다는 눈물을 흘리며 말했다. 빅터는 자기가 한 말을 그녀는 생각조차 하지 않음을 알았다.

그날은 일요일이었다. 나흘이 지나서도 멜린다는 여전히 부루퉁해 있었지만, 그가 잘 대해주면 사나흘 후엔 괜찮아질 것이다. 그녀는 에너지가 넘치고 즐겁게 지내는 걸 워낙 좋아해서 오랫동안 부루퉁해 있지는 않았다. 그는 뉴욕에서 상연되는 뮤지컬 코미디 두 편의 티켓을 구입했는데, 혼자였다면 다른 공연 두 편을 예매했을 것이다. 그 공연은 나중에 볼 시간이 있을 것이다. 이제 멜린다가 바쁘지도 않고 저녁에 피곤해지는 일도 없으니 시간이 많았다. 티켓을 사러 뉴욕에 갔던 날, 그는 공공 도서관에 가서 예전에 발행된 신문을 찾아보았다. 맥레이 사건의 자세한 사항을 대부분 잊어버렸기 때문이다. 살인자를 목격한 유일한 증인인 아파트의 엘리베이터 안내원은 범인이 약간 살집이 있고 키는 그다지 크지 않다는 등 애매모호한 진술을 했을 뿐이다. 빅터 역시 그 진술에 맞아들었고, 그 얘기를 호러스에게 했다.

호러스는 희미한 웃음을 지었다. 의학 분석 실험실에서 일하는 화학자인 그는 신중하고 말수가 적은 편이었다. 그는 빅터의 이야기가 다소 허황되고 위험하기도 했지만 멜린다 문제를 해결하기 위해서라면 뭐든 해야 할 거라고 생각했다. 그가 말했다.

"예전부터 늘 말했지만, 멜린다 문제를 해결하기 위해서는 당신이 단호하게 나서야 해요. 그녀가 하는 행동에 당신이 신경 쓴다는 걸 슬쩍 보여주는 거죠. 이제 어느 정도 상황이 만들어졌으니 잘해봐요. 두 사람이 다시 행복하게 지내는 걸 보고 싶어요."

호러스는 두 사람이 행복하게 지내는 모습을 3, 4년 동안 봐왔지만 무척 오래전 일인 것 같았다. 빅터는 호러스가 그 시기를 기억한다는 사실조차 놀라웠다. 어느 정도 상황이 만들어졌다는 건, 멜린다가 집에 머물면서 싫든 좋든 트릭시나 그와 함께 시간을 더 많이 보내는 거였다. 하지만 그녀는 아직 그런 상황을 즐거워하지 않았다. 빅터는 칵테일을 마시려고 로드 체스터필드 바에 그녀를 서너 차례 데려갔다. 바텐더 샘조차 맥레이에 관한 소문을 들었을 것이므로, 멜린다가 혼자 가고 싶어 하지 않을 것 같아서였다. 그녀는 예전에 랠프나 래리 혹은 조조와 함께 로드 체스터필드 바에 자주 갔었다. 어느 날 오후 빅터는 책 디자인 두 가지를 보여주며 그녀의 관심을 불러일으키려 애썼는데, 두 가지 모두 블레어 피바디가 직접 한『크세노폰의 시골 생활과 경제학』의 책 표지였다. 코네티컷의 헛간에서 가게를 운영하는 가죽 장인인 블레어 피바디는 빅터가 펴낸 가죽 장정 책에 필요한 모든 과정을 맡아서 해주었다. 블레어가 제작한 두 디자인은 그리스 건축에서 모티프를 따왔다. 하나는 다른 하나보다 덜 장식적이고 덜 남성적이었지만, 빅터가 보기엔 둘 다 아름다웠다.

그는 멜린다가 두 가지 가운데 하나를 고르며 즐거워할 거라 생각했지만, 그녀는 관심을 갖고 찬찬히 살펴보려고도 하지 않았다. 무관심으로 그를 모욕할 작정이던 그녀는 마지못해 예의상 하나를 골랐다. 빅터는 멜린다가 원할 때면 자신에게 얼마나 큰 마음의 상처를 줄 수 있는지 알고서 가끔 놀라곤 한다. 그날 오후 그녀는 로드 체스터필드에서 여름 동안 연주하기로 계약한 피아니스트에게 더 관심을 보였다. 바 구석에 그의 사진이 실린 포스터가 붙어 있었다. 일주일에 한 번씩 연주할 예정이라고 했다. 멜린다는 그가 작년의 연주자처럼 듀친(1909~1951, 우아하고 감상적인 연주로 대중적인 인기를 얻은 미국의 피아니스트-옮긴이) 스타일로 연주한다면 절대 오지 않을 거라고 말했다.

뉴욕에서 뮤지컬 코미디를 관람한 저녁은 훨씬 더 나았다. 두 번의 공연이 모두 토요일 밤이어서 첫 번째 공연 때 트릭시는 절친한 친구 제이니의 부모님인 피터슨 집에 있었고, 두 번째 공연 때는 제이니 어머니가 제이니와 함께 집으로 와서 트릭시와 같이 있어주었다. 트릭시는 늦어도 밤 10시가 되면 깊은 잠에 빠져들었고, 제이니 어머니는 함께 있다가 자정 무렵에 집을 나섰다. 공연을 보러 갔던 이틀 저녁 모두 빅터와 멜린다는 댄스악단이 있는 고급 나이트클럽에 갔지만, 빅터는 멜린다에게 거절당할까 봐 함께 춤추자고 하지 않았다. 기분 좋은 멜린다를 보자, 빅터는 조엘과 랠프를 내친 자신에게 분노했던 그녀의 모습이 사그라지는 것 같았다.

두 번째 공연을 본 날에는 새벽 4시에 집으로 돌아왔다. 멜린다는 기분 좋을 때 가끔 그렇듯이 집에서 몇 미터 떨어진 숲 속에 있는 개울에 발을 담그며 건너거나 코원 부부 집으로 가서 수영장에 풍덩 뛰어들 것 같았지만, 그런 행동은 랠프나 조조 같은 사람들과 있을 때만 했다. 그녀는 집으로 돌아올 때 빅터에게 개울에 발을 담그며 건너자고 하지 않았다. 함께 있는 남편이 따분한 데다가 열정적인 젊은이가 아니었기 때문이다. 그는 개울을 건너자고 말하려다가 그만두었다. 그런 멍청한 짓을 하고 싶지 않았고, 어두워서 잘 보이지 않는 돌에 걸려 발을 다치고 싶지도 않았다. 또한 멜린다가 그런 제안을 고마워하지도 않을 것 같았다.

두 사람은 옷을 그대로 입고서 멜린다의 침대에 앉아 맨해튼에서 사온 일요일 자 신문을 훑어보았다. 일요일 아침에 집에 배달된 『타임』은 읽지 않았다. 멜린다는 『뉴스』 기사를 보며 웃음을 터뜨렸다. 그녀는 차를 타고 집으로 오는 내내 그의 어깨에 기대어 잠을 잤다. 빅터는 정신이 말짱해서 아침까지 깨어 있을 수 있을 것 같았다. 그렇게 정신이 말짱한 건 멜린다의 침대에 앉아 있는 특이한 상황 때문인 것 같았다. 그녀의 침대에 앉는 건 몇 년 만이었다. 그는 중국에 체류 중인 미국 망명자에 관한 기사를 흥미롭게 읽으면서, 한편으로는 그녀의 침대에 앉아 있으면 어떤 느낌이 드는지 자신의 속마음을 주시했다. 친밀감이나 신뢰감 혹은 그런 감정은 기대하지 않는 것 같았다. 다소 불편한 마음이었다. 하지만 오늘 밤 그녀의 방에 함께 있어도 되는지 그녀에게 물어보라고 무언가가 부채질하는 듯했다. 그녀를 꼭 안고 잠들거나 혹은 손도 대지 않고 잘 수도 있을 것이다. 그는 그녀를 짜증 나게 하는 일은 아무것도 하지 않을 것이다.

바로 그때, 차를 몰고 뉴욕으로 가던 길에 멜린다가 코원 부부에 관해 했던 이야기가 떠올랐다. 빅터가 맥레이 얘기를 떠벌린 '고약한 취향' 때문에 코원 부부의 태도가 달라졌고, 멜러 부부 역시 예전보다 냉랭하게 그녀를 대한다고 했다. 멜린다는 사람들이 자신들을 피하고 있다고 했지만, 빅터는 그렇지 않다며 사소한 증거를 열거했다. 그리고 코원 부부가 조용히 지내는 이유는, 남편 필이 경제학 책을 열심히 집필 중이고 강의가 시작되는 9월 전에 마치려고 애쓰기 때문이라고 했다. 빅터는 오늘 밤 그 방에 있어도 되는지 물어보는 위험을 무릅써야 할지 혹은 그녀가 기다렸다는 듯 화를 내며 거절하면서 아직 화가 풀리지 않았음을 보여줄 기회로 삼을지 알 수 없었다. 화를 내며 거절하지 않는다 해도, 깜짝 놀라면서 그날 저녁의 좋았던 기분을 망쳐버리지 않을까? 그런데 그는 정말 그녀와 한방에 있고 싶은 걸까? 사실, 그렇지 않았다.

멜린다가 하품을 했다. "뭘 그렇게 열심히 읽어?"

"망명자에 관한 기사. 중국으로 건너가는 미국인들을 변절자라고 부르지. 중국인들이 미국으로 건너오면 자유를 사랑하는 사람들이라고 하고. 어느 입장에서 말하는지에 따라 달라지지." 그는 그녀를 보며 씩 웃었다.

멜린다는 아무 대꾸도 하지 않았다. 빅터 역시 그녀가 대꾸할 거라 기대하지 않았다. 그는 천천히 침대에서 일어섰다. "잘 자, 여보. 푹 쉬어." 그는 상체를 숙여 그녀의 뺨에 입을 맞추었다. "오늘 저녁 즐거웠어?"

"응, 그랬던 것 같아." 멜린다는 서커스 구경을 하고 나서 할아버지에게 대답하는 어린 여자아이처럼 아무런 감흥이 없었다. "잘 자, 여보. 가는 길에 괜히 트릭시 깨우지 말고."

빅터는 방을 나서면서 자기도 모르게 씩 웃음이 났다. 3주 전만 하더라도 멜린다는 트릭시 생각을 하지 않았을 것이다. 그녀에겐 그가 방에서 나가자마자 랠프에게 전화할 생각뿐이었을 것이다.

5

6월은 기분 좋은 달이었다. 너무 덥지도 너무 건조하지도 않았고, 저녁 6시 무렵 두세 차례 30분 정도 비가 내려서 집 뒤쪽 숲에 있는 산딸기와 딸기가 과즙이 풍부해지며 맛있게 익어갔다. 빅터는 트릭시와 제이니 피터슨과 함께 토요일 오후 서너 차례 숲에 가서 두 가족 모두 일주일 동안 시리얼과 파이, 아이스크림에 넣어 먹을 만큼 넉넉히 산딸기와 딸기를 땄다. 트릭시는 제이니가 함께 가지 않는다는 이유로 올여름엔 캠프를 가지 않았다. 트릭시와 제이니는 리틀 웨슬리에서 6킬로미터 떨어진 하이랜드 초등학교의 여름학교에 등록했는데, 평일 오전 9시부터 오후 4시까지 소수 학생을 대상으로 스포츠와 미술 공예 수업을 진행하는 과정이었다. 트릭시는 올해 처음으로 배우는 수영을 무척 잘해서 나이별로 열린 경기에서 1등을 했다.

빅터는 트릭시가 올여름에 캠프를 가고 싶지 않다고 하자 기뻤다. 딸과 함께 있고 싶어서였다. 피터슨 가족의 형편이 넉넉하지 않은 덕분에 트릭시와 함께 있을 수 있었다. 웨슬리에 있는 가죽 공장에서 전기 기술자로 일하는 찰스 피터슨은 리틀 웨슬리 대부분의 주민들보다 벌이가 적었다. 혹은 찰스 피터슨은 직접 일해서 번 돈으로 가족을 부양하는 반면, 빅터나 필 코원 같은 리틀 웨슬리 주민들은 직접 버는 수입 말고 다른 부수입이 있다고 할 수 있었다. 안타깝게도 멜린다는 피터슨 가족을 다소 초라하게 여겼고, 자신들이 맥퍼슨 가족보다 초라하다는 걸 알지 못했으며, 피터슨 가족이 사는 흰 미늘벽판자 집에도 가려 하지 않았다. 트릭시는 그렇지 않아서 빅터에게는 그나마 다행이었다.

6월에 발행된 영국 발행인 연감에서 '매사추세츠 주 리틀 웨슬리에 있는 그린스퍼 출판사는 정확한 표기법과 훌륭한 공정이 돋보이며 전체적으로 훌륭하다'는 평가를 받았다. 빅터는 그 평가가 어떤 물질적인 성공보다 더 소중했다. 그가 발행한 스물여섯 권의 책 가운데 표기법 오류가 단 두 개뿐이었다는 건 그의 자랑이었다. 그가 스물일곱 번째로 발행할 『크세노폰의 시골 생활과 경제학』은 왼쪽 페이지에 그리스어를 싣는 위험을 감수했음에도 그와 꼼꼼한 인쇄공인 스티븐 하인즈는 지금껏 아무 실수도 찾아내지 못했다. 빅터는 열심히 교정을 본다 해도 저지르기 쉬운 표기법 실수를 주제로 언젠가 책을 쓸 생각이었다. 표기법 실수에는 어느 정도 악마적이고 도저히 막을 수 없는 성질이 있는 것 같았다. 인간의 존재에 늘 자연적인 악이 스며들어 있듯이, 혹은 아무리 정성 들여 가꾼다 해도 기어코 생기고 마는 잡초처럼 그 자체로 생명력이 있는 것 같았다.

멜린다는 마을 사람들이 자신을 차갑게 대한다고 했지만 빅터는 오히려 사람들과 어울리는 게 훨씬 더 수월했다. 멜린다는 초대에 응했다가도 마지막 순간에 랠프나 다른 남자와 데이트를 하려고 약속을 번복하는 경우가 간혹 있었는데, 멜러 부부와 코원 부부는 빅터 부부를 초대하면서도 예전처럼 조심스러운 태도를 보이지 않았다. 모두들 이제 빅터와 멜린다를 부부로 대했고, 행복하고 사이좋게 지낸다고 여겼다. 빅터는 지난 몇 년 동안 파티를 주관하는 여주인들이 다 이해한다는 듯이 인심 좋게 대해주고 그가 마치 불쌍한 아이나 불구인 양 지나치게 음식을 권하는 게 정말 싫었다. 멜린다와의 결혼 생활이 이상적이지는 않았지만 세상에는 그들보다 못한 부부도 많았다. 술주정, 가난, 질병이나 정신병, 고부 갈등, 불륜을 저질렀지만 상대 배우자가 용서해주지 않는 경우 등.

빅터는 신혼 때만큼 혹은 그 이상으로 멜린다를 존중하고 사랑해주었다. 그녀가 랠프를 그리워하고 있음을 알았기 때문이다. 그는 그녀가 지루해하거나 외로워하지 않길 바랐고, 남편이 신경 써주지 않는다고 생각하기 원치 않았다. 그는 뉴욕에서 상연하는 공연에 두세 번 더 그녀를 데려갔고, 탱글우드 음악제의 음악회에도 두어 번 데려갔다. 주말에는 주디스 앤더슨이 나오는 연극을 보려고 트릭시와 함께 케너벙크포트로 차를 몰고 가서 하룻밤을 호텔에서 묵기도 했다. 저녁에 귀가할 때면 늘 멜린다에게 줄 작은 선물을 사왔다. 꽃다발, 향수, 웨슬리에 있는 양품점 가운데 유일하게 괜찮은 반다나에서 봐두었던 스카프 혹은 『홀리데이』 같은 잡지를 사가기도 했다. 멜린다는 구독료가 비쌀 뿐 아니라 매달 오는 잡지가 집 안 여기저기에 있으니 정기구독은 하지 말자고 했는데, 빅터가 보기에 『홀리데이』는 정기구독을 계속 갱신해온 다른 여러 잡지들보다 나은 것 같았다. 멜린다의 경제 감각은 이상했다.

예컨대 집안일을 도와주는 사람을 절대 두지 않으면서도 집안일을 하지 않았다. 책장에 쌓인 먼지는 빅터가 넉 달마다 주기적으로 청소했다. 멜린다는 가끔씩 진공청소기로 집 청소를 시작했지만 거실이나 방을 잠깐 청소하고는 그만두었다. 손님이 올 예정이면, 멜린다의 막연한 표현을 빌리자면 거실과 부엌과 욕실을 '확인'하는 정도였다.

하지만 냉동실에 스테이크를 넉넉히 보관해두고 냉장실에 야채와 감자, 오렌지를 준비해두는 건 믿을 만했다. 빅터가 그녀에게 무척 고마워하는 것 가운데 하나는 오후에 무엇을 하든 저녁 준비는 늘 해주는 거였다. 그녀가 그에게 식사는 꼭 준비해줘야 한다는 의무감을 갖고 있는지는 알 수 없었지만, 사귀는 남자들과의 약속만큼이나 식사는 꼭 준비해주었다. 그리고 일주일에 한 번은 그가 아주 좋아하는 요리를 하나 해주었다. 프로방스식 개구리 뒷다리 요리, 칠레 고추를 넣은 스튜, 감자 수프, 웨슬리에서 직접 구해야 하는 꿩 구이 등. 그녀는 뉴욕에서 주문해야 하는 파이프 담배가 떨어지지 않도록 해주었다. 빅터가 이따금 피우는 데다 담배 보관 상자가 거실이나 그녀가 거의 들어가지 않는 차고나 그의 방에 있었기 때문에 담배가 떨어지지 않도록 하는 게 쉽지 않았다. 빅터는 주변 사람들, 심지어 호러스조차 멜린다의 이런 장점을 잊어버리는 것 같아 가끔씩 상기시켜주곤 했다.

7월 4일 토요일 밤, 빅터와 멜린다는 여름 행사 가운데 가장 큰 행사인 연례 무도회에 갔다. 클럽 회원이 아닌 피터슨 부부와 윌슨 부부 등도 회원들의 초대를 받아 참석해서, 빅터와 멜린다와 친분이 있는 거의 모든 사람들이 왔다. 빅터는 랠프 고스든이 왔을 줄 알고 둘러보았지만 그의 모습은 보이지 않았다. 에벌린 코원의 말에 따르면 랠프가 윌슨 부부를 자주 만난다고 했다. 에벌린은 정원 가꾸기에 무척 열심이었고, 준 윌슨에게 화단 가꾸는 법을 조언해주기도 했다. 리틀 웨슬리에 온 지 넉 달밖에 안 된 윌슨 부부는 마을 북쪽의 소박한 집에 살았다. 에벌린 코원은 어느 날 약국에서 돈 윌슨을 만났는데, 그는 빅터가 말콤 맥레이를 죽였다고 랠프에게 이야기한 걸 무척 진지하게 생각하고 있더라며 빅터에게 전해주었다. 랠프는 자신이 빅터의 질투와 시기, 고약한 취향의 희생자임을 자처하며 상황을 더 심각하게 만든 게 분명했다. 윌슨 부부는 빅터나 멜린다와 아는 사이가 아니었다. 그러므로 랠프는 윌슨 부부에게 자신은 멜린다와 단순한 친구 사이였다고 말했을 것이고, 그들은 그 말을 곧이곧대로 들었을 것이다. 리틀 웨슬리 사람들은 윌슨 부부가 이사 온 이후에도 그다지 친절하게 대해주지 않았는데, 빅터가 생각하기에 그건 돈의 잘못이었다. 돈 윌슨은 사람들과 어울릴 때 유머가 없고 쌀쌀맞았는데, 웃고 즐겁게 떠드는 모습은 지적인 작가와는 어울리지 않는다고 여기기 때문이었다. 그는 서부소설, 추리소설, 연애소설 등을 닥치는 대로 썼고, 아내와 함께 책을 쓰기도 했다. 아내의 전공 분야는 어린이 책이라고 들었는데, 윌슨 부부에게는 아이가 없었다.

　돈 윌슨과 그의 아내가 벽에 기대어 서 있었다. 여윈 체격의 돈은 시무룩해 보였고, 키가 자그마하고 무척 생기 있어 보이는 금발의 아내는 다소 의기소침해 보였다. 아는 사람이 별로 없어서 그럴 거라고 여긴 빅터는 고개를 가볍게 숙여 인사하고 그들과 이야기를 나누려 하다 돈 윌슨의 냉담한 태도를 보고 가만히 있기로 했다. 돈 윌슨은 빅터가 마치 아무 일 없었다는 듯이 오랜 친구들과 인사를 나누는 모습보다 그가 그곳에 왔다는 사실 자체에 더 놀란 것 같았다.

　댄스 플로어 모퉁이를 돌던 빅터는 맥퍼슨 부부와 코윈 부부와 이야기를 나누었고, 손자 둘과 함께 온 포드낸스키 부인과도 이야기를 나누었다. 둘째 손자인 월터는 최근에 하버드에서 법학 학위를 받았다. 그날 저녁 빅터는 모르는 사람들이 그를 피한다던 멜린다의 말이 어느 정도 사실임을 알아차렸다. 사람들이 함께 춤추는 파트너에게 빅터를 가리키면서 수군거리는 것 같았지만 무슨 말을 하는지는 알 수 없었다. 예전에는 자기소개를 하고 이야기를 나누었던 낯선 이들이 무언가 의식하듯 가벼운 미소를 지으며 그냥 지나갔다. 낯선 사람들 가운데 빅터에게 그가 운영하는 출판사에 관한 이야기를 물어보는 사람도 간혹 있었다. 하지만 빅터는 사람들이 그를 피하며 수군거리는 걸 개의치 않았다. 이상하게도 평소 파티에 참석했을 때보다 마음이 더 편안하고 안정되었다. 사람들이 빅터와 멜린다를 가리키며 수군거리고 있으니, 멜린다가 오늘 밤은 조신하게 처신할 거라는 확신 때문일지도 몰랐다.

　멜린다는 즐거운 시간을 보내고 있었지만, 빅터에게는 그렇지 않다고 말할 것이다. 호박 색깔의 광택 있는 소재의 새로 산 원피스를 입은 그녀는 아름다웠다. 벨트는 하지 않았고, 그녀의 몸에 맞게 재단한 것처럼 탄탄하면서도 가는 허리와 엉덩이에 꼭 맞았다. 자정이 되자 그녀가 함께 춤

춘 파트너는 열다섯 명에 이르렀고, 빅터가 모르는 청년 두어 명도 끼여 있었다. 그중 한 명은 정황으로 보아 랠프 고스든을 대신할 것 같았지만, 멜린다는 그저 유쾌하고 우아하게 대했을 뿐 남자들을 유혹할 때 흔히 쓰는 수법인 짐짓 수줍어하거나 수선을 떨거나 하지도 않았고, 팜므파탈처럼 보이려고 하거나 춤을 추다가 발이 부딪친 척하지도 않았다. 술을 많이 마시지도 않았다. 그날 밤 빅터는 멜린다가 무척 자랑스러웠다. 그녀의 겉모습이 자랑스러웠을 때는 가끔 있었지만, 그녀의 처신이 자랑스러웠을 때는 지금껏 거의 없었다.

멜린다가 춤을 추고 나서 빅터에게 다가오자, 어떤 여자의 말소리가 들렸다. "저 여자가 그 남자 아내야."

"그래? 예쁘게 생겼네."

누군가의 웃음소리 때문에 그들의 말소리가 더 이상 들리지 않았다. 바로 그때 다른 누군가의 목소리가 들렸다.

"그야 아무도 모르지. 하지만 그렇게 생각하는 사람들도 있어…… 그는 물론 그렇지 않을 거야, 안 그래?"

멜린다가 빅터에게 말했다. "계속 서 있는 거 지겹지도 않아?" 그녀는 초록색이 감도는 커다란 갈색 눈동자로 그를 무심한 듯 슬쩍 쳐다보았다. 그녀는 그런 눈빛으로 남자들을 쳐다보았지만 대개 웃음 띤 얼굴이었다. 그녀는 그를 쳐다보면서도 웃음을 지었다.

"계속 서 있었던 건 아니야. 자리에 앉아 포드낸스키 부인하고 이야기를 나누기도 했어."

"당신은 파티에 오면 그녀하고 함께 있는 걸 가장 좋아하지. 그렇지?"

빅터는 웃음을 터뜨렸다. "마실 것 갖다줄까?"

"스카치위스키 가득 부탁해."

빅터가 스카치위스키를 가지러 가려는 순간, 멜린다와 함께 춤추었던 청년 한 명이 다가와 엄숙한 목소리로 물었다. "잠시 실례해도 될까요?"

"네." 빅터는 웃음 띤 얼굴로 말했다. 빅터는 청년이 조심스럽게 실례를 구한 것이 맥레이 이야기를 들은 탓일 거라고는 미처 생각하지 못했다.

빅터가 슬쩍 쳐다보자 돈 윌슨이 또다시 그를 주시하고 있었다. 빅터는 레몬 아이스티를 석 잔째 마셨고, 그날 밤 술은 별로 마시고 싶지 않았다. 메리 멜러가 혼자 있는 것 같아 레몬 아이스티를 가져다주자 따뜻하고 상냥한 웃음을 지었다.

"댄스파티 끝나고 코원 부부가 자기 집에 가서 수영하자고 하는데, 멜린 다랑 함께 갈래요?" 메리가 물었다.

"수영복을 챙겨오지 않았어요." 빅터가 말했다. 다른 때였다면 코원 부부의 집에 벌거벗은 채로 뛰어들었을 것이다. 적어도 멜린다는 그랬다. 빅터는 그런 일에는 수줍어했다.

"집에 잠깐 들러서 수영복을 챙겨와도 되고 그냥 가도 괜찮아요." 메리가 유쾌하게 말했다. "어두운 밤인데 뭐 어때요?"

"아내한테 물어보죠." 빅터가 말했다.

"멜린다는 오늘 밤 예뻐 보여요, 그렇죠? 빅터……" 메리가 팔에 손을 올리자 그는 좀 더 가까이 다가갔다. "혹시 오늘 불편한 건 아니죠? 당신의 진짜 친구들은 늘 그렇듯 좋은 친구임을 잊지 말아요. 오늘 밤 무슨 얘기 들었는지 모르겠지만, 불쾌한 얘기는 아니었으면 좋겠네요."

"그런 말 한마디도 듣지 못했습니다." 빅터가 웃으며 그녀를 안심시켰다.

"에벌린하고 얘기해보니 그녀하고 남편 역시 우리와 같은 생각이었어요. 우리는 당신이 농담했다는 걸 아는데, 윌슨 부부 같은 사람들이 말하기를……"

"그들은 뭐라고 말하죠?"

"준은 아닌데 그녀의 남편 돈이 당신이 이상한 사람이라고 생각해요.

결국 우리 모두 이상한 데가 있지 않나요?" 메리가 유쾌하게 웃으며 말했다. "그는 이야기에 어울릴 법한 또 다른 음모를 찾고 있을 게 분명해요. 정말 이상한 사람이에요."

메리와 잘 아는 사이인 빅터는 그녀가 겉보기보다 마음속으로 더 걱정하고 있음을 깨달았다. "그가 뭐라고 해요?"

"음, 그는 당신의 반응이 정상적이지 않대요. 랠프 고스든이 뭐라고 얘기하고 다녔을지 짐작이 가요. 불에 기름을 끼얹은 격이죠. 돈 윌슨은 당신이 무척 수수께끼 같은 사람이라 주시해야 한대요." 메리는 수수께끼라는 단어를 나지막이 속삭이며 웃음 지었다. "그래서 난 당신을 10년 남짓지켜본 사람으로서 내가 아는 사람 가운데 가장 멋지고 다정하고 수수께끼와는 거리가 먼 사람이라고 말했죠."

"멜러 부인, 이번 곡에 맞춰 함께 춤출까요?" 빅터가 물었다. "남편 분께는 괜찮을까요?"

"어머, 빅터! 당신이 춤추자고 하다니 믿기지 않네요."

빅터는 자기 아이스티 쟁반과 그녀의 것을 두어 발자국 떨어진 음료대에 갖다 두고는 왈츠가 흐르는 댄스 플로어로 메리를 안내했다. 그가 가장 좋아하는 댄스는 늘 왈츠였다. 그는 왈츠를 근사하게 췄다. 멜린다가 그를 알아보고 깜짝 놀라는 게 보였다. 호러스와 에벌린 역시 그를 쳐다보았다. 빅터는 실수하지 않도록 스텝을 짧게 옮겼다. 오랫동안 억눌러온 기쁨에 들떠서 감정이 봇물처럼 터져 나왔기 때문이다. 댄스 플로어에 다른 커플들이 없다면 메리와 함께 물처럼 흐르듯 유연하게 춤출 수 있을 것 같았다.

"어머, 춤을 정말 잘 추네요." 메리가 말했다. "그런데 왜 지난 몇 년 동안 춤을 추지 않았어요?"

빅터는 굳이 대답하려 하지 않았다.

춤이 끝나고 나서 한참 후, 빅터는 승리를 거둔 것처럼 한껏 흥분감에 도취되었다. 멜린다가 춤을 마치자 그는 그녀에게 다가가 가볍게 고개를 숙이며 말했다. "멜린다, 함께 춤출까?"

그녀는 놀란 기색을 감추려는 듯 금방 눈을 감고 고개를 돌렸다. "음, 피곤해서 안 되겠어."

집으로 돌아가는 길에 멜린다가 물었다. "오늘 밤 무슨 바람이 불어서 춤을 춘 거야?"

빅터는 아무렇지 않은 듯 말하며 그녀의 기선을 제압할 수 있었다. "이상할 뿐 아니라 변덕을 부려서 사람들을 당혹스럽게 하고 싶었으니까. 당신도 알다시피 난 절대 춤을 추지 않잖아."

멜린다는 코원 부부의 수영장에 가서 수영하고 싶은 기분이 아니었지만 깍듯하게 예의를 갖추어 사양했다.

"당신 오늘 밤 매력적이었어." 빅터가 집에 돌아와 말했다.

"당신이 끼친 피해를 어느 정도 보완해야 했으니까." 그녀가 말했다. "오늘 밤 무척 노력했어."

빅터는 자기도 모르게 어깨를 으쓱하고는 가볍게 웃음 지으며 아무 말도 하지 않았다. 멜린다는 다른 무도회에서 그랬듯이 기분이 너무 좋거나 남자와 희롱하거나 혹은 속이 메슥거리거나 다른 이들의 이목을 크게 끌지 않는 사소한 문제를 일으켰을 때처럼, 오늘 밤도 즐거운 시간을 보냈다.

그날 밤 침대에 누운 빅터는 메리 멜러와 댄스 플로어에서 함께 춤추던 순간을 떠올렸다. 오늘 밤 파티에 온 사람들 가운데 그를 잘 모르는 몇몇 사람들은 빅터가 말콤 맥레이를 죽였다고 생각했을 것이다. 메리가 그에게 말하려 했던 이야기도 바로 그것이었다. 메리가 그를 잘 몰랐거나 그를 잘 안다고 생각했다면, 그녀 역시 그를 의심했을 것이다. 그날 밤 파티에서 그에게 '당신은 계속 참다가 어느 날 갑자기 일을 낼 사람이죠.'라고 말했을

지도 모른다. 빅터는 그 말이 또렷하게 떠올랐고 아무 생각 없는 그 말에 웃음이 났다.

그렇다, 그는 지난 몇 년 동안 멜린다가 어떤 행동을 하든지 침착하고 무심한 척했다. 자신이 느끼는 모든 감정을 의도적으로 감추었다. 멜린다 가 처음으로 정분이 났던 몇 달 동안 그는 마음속으로 무언가를 느꼈다. 그 감정이 단순한 놀라움이었다 해도, 그는 그 감정을 숨기는 데 성공했 다. 사람들을 당혹스럽게 한 건 바로 그것이었다. 사람들의 표정에서 심지 어 호러스의 표정에서도 알 수 있었다. 그는 으레 그렇듯이 질투심을 드러 내지 않고서 어떤 일을 저지를 기세였다. 사람들이 그렇게 결론 내렸고, 사 람들에게 소문이 그럴듯하게 들린 것도 그 때문이었다. 사람들은 빅터가 어떤 일을 저질렀으며, 멜린다의 애인 가운데 한 명을 죽였다고 수군거렸 다. 그런 소문은 빅터가 4년 동안 아무 말도 하지 않고 아무 짓도 저지르 지 않은 것보다 더 그럴듯하게 들렸다. 사람들은 빅터도 사람이므로 마침 내 감정이 폭발했을 거라고 이해했다. 세상 사람들 가운데 빅터가 말콤 맥 레이를 죽였다는 걸 증명할 수 있는 사람은 아무도 없겠지만, 그가 말콤 맥레이를 죽이지 않았다는 걸 증명할 사람 역시 없을 것이다.

6

7월 4일 댄스파티 이후 두어 주쯤 지난 어느 날 아침, 빅터는 트릭시와 아침을 먹다가 『뉴욕 타임스』에 실린 기사를 보았다.

뉴욕 거주 광고업자 살해범 검거
8개월 동안 미결이었던 말콤 맥레이 살인사건 해결

빅터는 자몽을 한 숟가락 뜬 채 신문을 내려다보았다. 경찰은 워싱턴 주 신사용 양품가게에서 점원으로 일하는 남자가 범죄를 저질렀다고 자백했으며, 그가 범인임이 분명하지만 사실 관계를 확인 중이라고 했다. 남자 이름은 하워드 올니였다. 서른한 살인 그는 한때 맥레이와 '친밀한 사이'였던 필리스 올니의 오빠였다. 신문에 따르면 하워드 올니는 맥레이가 남매 사이를 갈라놓았다며 그를 비난했다. 올니 남매는 주로 나이트클럽에서 공연하는 2인조 마술사 팀이었다. 필리스 올니는 1년 반쯤 시카고에서 맥레이를 만나고 나서 오빠와 함께 뉴욕에서 일하기로 한 계약을 파기했다. 하워드 올니는 돈이 떨어졌지만 돈을 보내주겠다고 약속했던 여동생은 약속을 지키지 않았다(말콤에게서 한 푼이라도 얻어낼 수 있었던 사람은 아무도 없을 것이다). 그리고 하워드 올니의 진술에 따르면, 필리스는 맥레이에게 버림받아 한 푼도 없었다. 그로부터 1년 후, 하워드는 지나가는 차를 얻어 타고 뉴욕에 와서 맥레이를 죽임으로써 자신과 여동생의 복수를 했다. 하워드 올니를 검사한 정신과 의사는 그가 조울병 증세를 보인다고 말했고, 재판이 시작되면 그 점이 감안될 것이다.

"아빠." 트릭시가 부르는 소리에 빅터는 정신이 번쩍 들었다. "오늘 아빠 벨트를 마무리하겠다고 했어요."

트릭시는 아빠를 세 번이나 부른 것 같았다. "그럼 좋지. 꼬아서 만든 벨트 말이구나."

"올여름에 만드는 벨트는 그것뿐이에요." 트릭시는 아빠에게 짜증 난 어투로 말했다. 통밀 시리얼을 덜어 앞에 놓인 콘플레이크에 부어 섞고는 케첩 병을 집었다. 트릭시는 요즘 케첩에 푹 빠져 있었다. 스크램블드에그부터 라이스 푸딩까지, 무엇이든 케첩을 뿌려 먹었다.

"기대돼." 빅터가 말했다. "아빠한테 맞게 충분히 크게 만들었겠지?"

"굉장히 커요."

"그래." 그는 햇볕에 그을린 보드라운 트릭시의 어깨에 멘 데님 멜빵을 내려다보았다. 트릭시에게 스웨터를 입으라고 말하려다가 다시 신문을 내려다보았다.

범인이 피해자와 거의 모르는 사이인 데다 범행 흔적이 남아 있지 않아 완전범죄가 될 뻔했다. 경찰은 사건이 일어나고 나서 몇 달 동안 피해자의 친구와 주변 인물들을 상대로 인내심 있게 탐문한 결과 올니의 덜미를 잡을 수 있었다……

그 소식이 오늘 저녁 『뉴 웨슬리언』에 실릴지 그렇지 않을지 알 수 없었지만, 리틀 웨슬리에 사는 많은 주민들은 매일 아침 『타임』을 받아보았다. 그 사건에 관심 있는 사람들이라면 오늘 밤에는 알게 될 것이다.

"베이컨하고 달걀 안 해줄 거예요?" 트릭시가 물었다.

트릭시는 늘 그 몫의 베이컨 한 조각을 더 먹겠다고 했다. 빅터는 지금

베이컨과 달걀을 먹고 싶지 않았다. 트릭시가 시리얼 그릇에 케첩을 너무 많이 뿌린 탓에 그녀조차 먹지 못할 것 같았다. 빅터는 천천히 자리에서 일어나 부엌으로 가서 프라이팬을 불에 올렸다. 베이컨 두 조각을 프라이팬에 올리자 속이 약간 메슥거렸다.

"아빠! 이제 5분밖에 안 남았어요." 트릭시가 소리치며 재촉했다.

"금방 갈게, 나비야." 그가 트릭시에게 소리쳤다.

"아빠, 언제부터 날 나비라고 불렀어요?"

빅터는 대답하지 않았다. 멜린다가 맥레이 살인사건의 범인이 잡혔다는 소식을 다른 사람을 통해 듣기 전에 오늘 아침에 말해주어야겠다는 생각이 들었다.

트릭시의 접시에 베이컨을 놓자마자, 스쿨버스가 나지막이 부르릉거리며 다가오는 소리가 들렸다. 트릭시는 종종걸음으로 돌아다니며 배드민턴 라켓과 무척 좋아해서 늘 목에 두르고 다니는 커다랗고 빨간 손수건을 챙기고는 한 손에 베이컨을 들었다. 현관문에서 돌아보며 베이컨을 입에 넣어 아삭 소리를 내며 씹었다. "다녀올게요, 아빠." 그러면서 트릭시는 가버렸다.

거실 소파를 쳐다보자 말콤이 정신을 잃고 소파에 누워 하룻밤을 보냈던 때가 떠올랐다. 소파에 누워 있던 말콤이 정신을 차리고 손님방에 가서 잤던 것도 기억났다. 랠프가 지난번에 왔을 때 말콤과 똑같은 위치에 머리를 두고 누워 있던 생각도 났다. 랠프가 그 이야기를 들으면 재미있어할 것이다. 랠프는 아마도 머지않아 다시 올 것이다.

빅터는 부엌에 가서 커피를 데워 멜린다가 마시도록 잔에 붓고는 설탕을 약간 탔다. 커피 잔을 들고 그녀의 방문을 두드렸다.

"응?"

"나야. 커피 가져왔어."

"들어와." 그녀는 잠이 덜 깨서 약간 짜증이 난 것처럼 느릿하게 말했다.

그는 방 안으로 들어갔다. 멜린다는 양팔을 머리 밑에 대고 누워 있었다. 잠옷 차림이었고 베개를 베지 않고 잤다. 빅터가 아주 가끔씩 그녀를 깨우러 방에 들어가 그녀 혼자 침대에 누워 있는 모습을 볼 때면, 어딘가 검소하고 엄격한 분위기가 느껴졌다. 추운 겨울 아침이면 방에 외풍이 들어 커튼이 흔들리곤 했다. 담요가 바닥에 떨어져 있기도 했는데, 멜린다는 거의 영하의 온도에서도 아무것도 덮지 않고 몸을 따뜻하게 유지할 수 있었다. 지금도 담요가 바닥에 떨어져 있었고 멜린다는 시트만 덮고 누워 있었다. 빅터는 커다란 커피 잔을 건네주었다. 그녀의 이름이 적힌, 푸른색과 흰색이 어우러진 커피 잔이었다.

멜린다는 커피를 한 모금 넘기더니 너무 뜨거웠는지 몸을 움찔하며 신음소리를 내고는, 커피 잔을 불안하게 손에 쥐고 침대에 기댔다.

빅터는 장식장 앞에 놓인 자그마하고 딱딱한 등받이 없는 의자에 앉았다. "오늘 아침에 신문 기사를 읽었어." 그가 말했다.

"그래? 어떤 기사?"

"말콤을 살해한 범인을 찾았대."

멜린다는 한쪽 눈썹을 치켜세웠고 잠이 달아난 것 같았다. "정말? 범인이 누구래?"

빅터는 겨드랑이에 끼고 있던 신문을 멜린다에게 건네주었다.

그는 즐거운 표정으로 집중해서 읽는 그녀의 모습을 주시했다.

"어머나." 깜짝 놀란 그녀는 한참 후에야 말문을 열었다.

"당신 기뻐하는 것 같네." 빅터가 유쾌하게 말했다.

그녀는 총알처럼 매서운 눈길로 그를 쳐다보았다. "당신은 안 그래?"

"당신만큼 기쁘지는 않은 것 같아." 빅터가 말했다.

침대에서 벌떡 일어난 그녀는 흰색 잠옷 바람에 선홍색 매니큐어를 칠

한 맨발로 빅터 옆에 잠시 서서 거울을 들여다보며 머리칼을 뒤로 젖혔다. "맞아, 그럴 리가 없지." 그러고는 트릭시만큼이나 민첩하게 욕실로 뛰어 들어갔다.

침대 옆 전화기가 울리자 빅터는 호러스일 거라 짐작했다. 호러스 역시 『타임』을 구독했다. 빅터는 방을 나가서 거실을 지나 복도에 놓인 수화기를 집어 들었다. "여보세요?"

"빅터, 오늘 아침 신문 봤어요?" 호러스의 말에 웃음이 느껴졌다. 악의적인 미소가 아니라 친절한 미소.

"네, 봤어요."

"아는 사람인가요?"

"아니요, 전혀 모르는 사람입니다."

"그렇다면," 호러스는 빅터가 말하기를 기다렸다가 말을 이었다. "이제 소문이 그치겠군요."

"그런 소문 듣지 못했는데요." 빅터가 다소 딱딱하게 말했다.

"난 들었어요. 소문이 그다지 좋지 않았어요."

"멜린다는 무척 다행스러워합니다."

"빅터, 내가 어떻게 생각하는지 알 겁니다." 호러스는 다시 머뭇거렸지만 적당한 말을 찾았다. "지난 두어 달 동안 멜린다가 상당히 좋아진 것 같아요. 앞으로 잘해나가길 바랍니다."

빅터는 욕실에서 나는 샤워 소리에 귀를 기울였다. 멜린다는 욕실에 있으니 침실 전화기를 들 수 없다는 걸 알면서도 그는 여전히 입이 떨어지지 않았다. 자신의 개인적인 문제를 호러스와 의논할 수는 없었다. 그는 결국 고맙다는 인사를 하고 전화를 끊었다.

빅터는 주로 9시 15분이나 30분에 출판사에 도착했다. 그런데 오늘은 9시 10분이 지났는데도 멜린다가 옷을 입기를 기다렸고, 그녀가 오늘 아침 무슨 말을 하든 듣고 싶었고, 어디로 가는지 알아내고 싶었다. 서둘러 준비하는 걸 보니 갈 데가 있는 것 같았다. 전화기 다이얼을 돌리는 소리가 들렸지만 방문이 닫혀 있어서 목소리가 들리지 않았고, 딱히 그녀가 하는 말을 듣고 싶지도 않았다.

랠프가 그런 겁쟁이 같은 모습을 보였으니 멜린다가 그에게 되돌아가는 건 상상할 수 없었다. 조엘은 뉴욕에 있었지만, 멜린다가 만나겠다고 작정하면 갈 수 없을 만큼 먼 거리는 아니었다. 빅터는 장미목으로 만든 커피 테이블 위에 놓인 담배 상자에서 담배 한 개비를 꺼냈다. 방금 그는 렌즈를 닦듯이 오목한 테이블 표면을 윤을 내며 조심스럽게 닦았다. 멜린다가 래리 오스번을 만날 당시, 그가 직접 만들어서 사용하던 커피 테이블은 왁스를 계속 발랐음에도 담뱃불 자국과 술잔 자국으로 얼룩져버렸다. 테이블 표면을 다시 손질하고 싶지 않아서 새로 만든 것이 장미목 테이블이었다. 그는 장미목 테이블에도 언젠가 위스키 잔 자국과 부주의로 생긴 담뱃불 자국으로 얼룩이 질 거라는 생각이 들었다. 멜린다의 방문이 열리는 소리가 들리자, 그는 신문을 계속 읽고 있었던 것처럼 보이려고 소파에 앉았다.

"그 기사 외우기라도 할 참이야?" 멜린다가 말했다.

"다른 기사 읽고 있었어. 등산에 관한 신간이 나왔는데 사고 싶어."

"근사하고 안전한 스포츠를 하는 게 어때?" 그녀는 담배 상자에서 담배를 꺼내 불을 붙였다. 흰색 셔츠에 갈색 코듀로이 플레어스커트에 갈색 모카신을 신었다. 그녀는 불안한 손길로 열쇠고리를 집었다. 남자와 정분이 나기 시작할 때 여러 차례 그랬듯이, 그녀는 불안하고 거칠어 보였다. 그런 기분일 때면 늘 속도위반 딱지를 받곤 했다.

"어디 가는 거야?" 그가 물었다.

"방금 에블린하고 점심 먹기로 했으니까 점심은 집에서 못 먹을 거야."

빅터는 그녀가 거짓말하는지 아닌지 알 수 없었다. 그녀는 어디로 가느냐는 그의 질문에 아직 대답하지 않았다. 그는 자리에서 일어나 기지개를 켜고는 스웨터를 바지 아래로 가지런하게 내렸다. "오늘 오후에 칵테일 마실까? 6시쯤 체스터필드로 올 수 있어?"

그녀는 눈썹을 내리고는 청소년처럼 한쪽 다리를 폈다가 발끝을 세웠다. "그럴 수 없을 것 같아. 당신도 별로 그러고 싶지 않잖아. 아무튼 고마워."

"유감이군." 그가 말했다. "이만 가봐야겠어."

두 사람은 함께 차고로 가서 각자의 차에 탔다. 빅터는 2분 정도 기다려 차를 예열했지만, 멜린다는 연초록색 컨버터블에 올라타자마자 곧 출발했다.

7

맥레이 사건이 대단원의 막을 내리고 나서 2, 3일 후, 빅터는 사무실로 걸려온 캐셀 씨의 전화를 받았다. 캐셀은 이스트라임에 있는 빙클리 부동산 회사 직원이라고 했고, 집을 임대하려는 찰리 드 리슬 씨가 보증인이라면서 그의 연락처를 주었다고 했다.

"찰리 드 리슬 씨요?" 빅터는 어리둥절했다. 처음 듣는 이름이었기 때문이다.

"반 앨런 씨, 사무실로 전화해서 죄송하지만 집에 계신 부인하고는 통화가 되지 않아서요. 사실 부인의 연락처를 받았지만 당신도 부인처럼 보증인이 되어줄 수 있을 것 같아서요. 그가 믿을 만한 사람인지 말해줄 수 있나요? 집주인에게 전해줄 말을 기입해야 해서 말입니다."

빅터는 그 이름이 문득 기억났다. 로드 체스터필드 바에서 본 피아니스트 이름이었다. "잘 모르지만…… 아마 괜찮을 겁니다. 정오에 아내한테 전화해서 오후에 연락하라고 전하죠."

"알겠습니다, 반 앨런 씨. 그렇게 해주시면 감사하겠습니다. 그럼 안녕히 계십시오."

"네, 그럼." 빅터는 전화를 끊었다.

스티븐이 새로운 종이 견본을 들고 기다리고 있었다. 두 사람은 200와트 알전구에 종이를 대고 두께가 일정한지 검사하기 시작했다. 그 종이는 그린스퍼 출판사에서 낼, 바드 칼리지의 젊은 강사 브라이언 라이더의 시집에 쓸 것이었다. 밝은 불빛에 드러나는 섬세한 대리석 무늬는 스티븐이 더 꼼꼼하게 봤지만, 전체적인 종이 질과 잉크가 잘 먹을지에 관해서는 빅터는 자신의 판단을 더 신뢰했다. 그들은 종이 질의 여섯 단계를 확인하고, 몇 분 후에 네 단계를 빼고는, 마침내 남은 두 등급 가운데 하나를 결정했다.

"지금 주문할까요?" 스티븐이 물었다.

"그래야겠어요. 지난번엔 너무 오래 걸렸으니까." 빅터는 책상으로 돌아가서 지난달에 원고를 보내온 시인 세 명과 소설가 한 명에게 원고를 거절하는 편지를 썼다. 빅터는 거절 편지를 늘 직접 손으로 썼다. 하기 싫은 일을 스티븐에게 떠넘기고 싶지 않았고, 원고를 퇴짜 놓는 작가에게 연락하는 방법은 발행인이 직접 손으로 예의를 갖추어 편지를 쓰는 것뿐이라 여겼기 때문이다. 그에게 보내오는 대부분의 원고는 좋았다. 그 가운데 몇몇은 무척 좋아서 책으로 내고 싶었지만, 마음에 드는 원고를 모두 발행할 수는 없었다. 그리고 무척 좋다고 여긴 원고의 작가에게는 다음번에 어느 출판사에 원고를 보내는 게 좋을지 신중하게 조언해주기도 했다. 그가 쓰는 편지는 대부분 이런 식이었다. "······당신도 알다시피 그린스퍼 출판사는 영세합니다. 수동 인쇄기가 두 대뿐이고 작동이 느린 탓에 1년에 많아야 네 권밖에 출간할 수 없습니다······" 그는 그린스퍼 출판사의 정신을 되새기며 겸손하게 말했지만, 10페이지를 찍어내는 데 닷새가 걸리는 느린 공정에 대해 지나칠 정도로 자부심을 갖고 있었다.

빅터는 특히 스티븐 하인즈를 무척 자랑스러워했고 그를 찾게 해준 신의 뜻에 감사했다. 스티븐은 서른두 살에 결혼해서 어린 자녀가 하나 있었다. 조용한 성격인 그는 늘 마음의 평정을 지켰고, 인쇄 과정에 수반되는 교정과 교열에 대단한 인내심을 발휘했다. 그는 빅터만큼 꼼꼼했다. 빅터는 힘들었던 처음 2년 동안 어느 누구도 자신처럼 정성을 들이지 않을 거라 생각했었다. 그런데 6년 전 어느 날 스티븐이 나타나 일자리를 달라고 했다. 그 전에는 브루클린에 있는 자그마한 상업 인쇄소에서 일했는데, 시골에서 살고 싶다고 했다. 그는 그린스퍼 출판사에서 일하는 걸 좋아할 것 같다는 생각이 들었다. 빅터는 처음에는 노동조합에서 정한 임금을 주었지만 2주 후에 20퍼센트를 인상해주었다. 스티븐은 그 돈을 받지 않으려 했다. 그는 인쇄소와 산이 있는 시골 풍경을 무척 좋아했다. 애리조나 출신인 그는 아버지가 운영하는 농장이 모래 강풍에 날아가버렸을 당시 미혼이었다고 했다.

5년 전 스티븐이 여자 친구인 조지앤느를 뉴욕에서 데려와 결혼했을 때 빅터는 신랑 들러리를 섰다. 조지앤느는 스티븐에게 꼭 어울리는 여자로 조용하고 겸손했으며 스티븐처럼 시골을 좋아했다. 그들은 리틀 웨슬리와 웨슬리 사이에 있는 커다란 부지의 게스트 하우스를 구입했다. 길이 이어진 숲 속 깊은 곳에 있는 집이어서, 차가 진입할 수 있도록 스티븐이 직접 진입로를 냈다. 빅터는 그들이 주택 융자를 받을 수 있도록 도와주었고, 스티븐은 지금까지 4분의 3을 갚았다. 그는 빅터에게 헌신하면서도 내색은 전혀 하지 않았다. 빅터를 대하는 태도에는 늘 존경 어린 마음이 있었다. 스티븐이 '선생님'이라고 부른 지 두 달이 지나자 빅터는 그런 호칭에 관해 농담을 했다. 이제 스티븐은 그를 '반 앨런 씨'나 '빅터'라고 부르곤 했고, 면전에서는 별다른 호칭을 쓰지 않았다.

그린스퍼 출판사의 또 다른 직원은 작은 키에 몸이 굽은 예순 살가량의 칼라일 씨다. 빅터는 술을 마시려고 웨슬리 거리에서 구걸하며 떠돌던 그를 구해주었다. 빅터는 그에게 술을 사주며 이야기를 나누기 시작했다. 빅터가 인쇄소에서 잡역부로 일하겠느냐며 일자리를 제안하자 그가 받아들였다. 이제 칼라일은 1년에 꼭 두 번 술을 마셨는데, 크리스마스와 생일 때였다. 그는 가족이 없었다. 빅터는 그가 리틀 웨슬리 북쪽에 있는 나이든 부인의 집에 세 들어 살면서 편안하게 지낼 수 있을 만한 임금을 주었다. 지난 4년 동안 칼라일이 맡은 업무는 점점 더 늘어나서 우편물 분리, 인쇄기에 기름칠하기, 스티븐이 인쇄기 쥠틀을 잠그도록 도와주기, 웨슬리 철도역에 우편물을 보내고 찾아오는 것까지 맡았다. 인쇄소 뒷문에 늘 세워져 있는 소형 트럭 운전도 믿고 맡길 수 있게 되었다. 칼라일이 주급으로 받는 60달러만큼 일하는지는 의문의 여지가 있었지만, 투자한 만큼 이익을 내지 못하는 건 그린스퍼 출판사도 마찬가지였다. 빅터는 아무도 고용하지 않을 칼라일에게 일자리를 주고 그가 노년을 행복하게 보낼 수 있도록 배려해주었다는 기분이 들었다. 칼라일이 문제를 일으켰던 건 소형 트럭을 몰다가 좁은 길 끝에 있는 다리 난간을 벗어난 것, 1년에 두 번 술 취하는 것, 잎담배를 질겅질겅 씹는 것뿐이었다. 아주 오래전부터 잎담배를 씹어온 그는 인쇄소 구석에 놓인 침 뱉는 그릇을 꽤 자주 비웠는데, 노환으로 세상을 떠날 때까지 그럴 것이다.

단층인 인쇄소 건물은 짙은 초록색으로 칠해서 주변에 빽빽하게 우거진 푸른 나무와 잘 구분되지 않았다. 예전에 각종 도구를 보관하는 데 쓰였던 자그마한 헛간 건물은 모양이 특이했다. 건물 안에는 인쇄기와 식자 테이블이 놓여 있었다. 빅터는 한쪽 끝에 자그마한 방을 만들어 자기 사무실로 썼고, 반대편에 만든 방은 종이와 타자기 등을 보관하는 저장실로 사용했다. 건물에 습기가 차지 않도록 건물 외부에 지붕 단열재를 설치하고는 전체적으로 얇은 주석판을 대고 페인트를 칠했다. 출판사에서 널찍한 큰길까지 이어지는 200미터 남짓의 좁은 길에는 자동차 바퀴 자국이 여기저기 패어 있었다. 출판사는 빅터가 사는 곳에서 차로 10분 거리였다.

찰리 드 리슬 일로 전화를 받았던 날, 빅터가 오후 1시에 집에 도착하자 멜린다는 없었다. 빅터는 혼자 점심 식사를 하고 식탁에서 책을 읽었다. 텅 빈 집 안을 걸어 다니면서도 누군가가 뒤에서 지켜보고 있는 것처럼 이상하게 마음이 불편했다. 3시 직전에 허브 화분을 차고에 들일 때에도 그레고리안 성가를 크게 틀어 그곳까지 들리도록 했다. 멜린다는 메모를 남기지도 않았다. 그녀가 방 안에 메모를 둔 적은 한 번도 없었지만, 방을 확인해보기도 했다. 그녀는 메모를 남길 때면 거실 한가운데에 두었다.

그녀는 찰리 드 리슬과 함께 있을까? 그런 의구심이 거품처럼 수면 위로 떠올랐고, 막상 문장으로 표현하자 작은 거품이 기분 나쁘게 터지는 것 같았다. 그가 왜 그런 생각을 해야 한단 말인가? 빅터는 찰리 드 리슬의 얼굴이 어렴풋이 기억날 뿐이었다. 좁고 까무잡잡한 얼굴에 머리칼에는 포마드를 잔뜩 발랐었다. 이탈리아 사기꾼처럼 생겼다고 생각했던 기억도 떠올랐다. 약 3주 전 로드 체스터필드 바에 멜린다와 함께 칵테일을 마시러 갔을 때 그를 꼭 한 번 봤었다. 멜린다는 찰리 드 리슬의 특이한 피아노 연주에 관해 한마디도 하지 않았다.

빅터는 찰리 드 리슬 생각을 머릿속에서 몰아냈다. 굳이 미리 의심할 필요 없으니 그러고 싶지 않았다. 멜린다는 잘못을 저지른 증거가 드러나기 전까지는 항상 결백했다.

그날 저녁 6시 45분, 빅터가 돌아왔을 때에도 멜린다는 여전히 집에 없었다. 4시 반에 집에 돌아와 있던 트릭시에게 빅터는 엄마에게 연락이 왔었는지 물었다.

"아니요." 트릭시는 무심하게 대답했다. 바닥에 엎드려서 『뉴 웨슬리언』의 만화를 읽고 있었다.

트릭시는 엄마가 이상한 시간에 외출하는 것에 익숙했고, 어릴 때부터 그런 경우가 많았다.

"스크래블 게임(알파벳이 새겨진 조각을 가로세로로 옮겨 단어를 맞추는 보드 게임의 일종—옮긴이) 할까?" 빅터가 물었다.

트릭시는 그를 올려다보며 곰곰이 생각했다. 햇볕에 그을린 갸름하고 자그마한 얼굴을 보자 빅터는 문득 도토리가 떠올랐다. 방금 나무에서 떨어진 반짝이는 도토리. 아랫부분은 트릭시의 턱처럼 뾰족하고 윗부분은 귀 중간까지 자른 트릭시의 단발머리 같은 도토리.

"좋아요." 트릭시는 마침내 그렇게 말하고는 벌떡 일어나 책장에 놓인 스크래블 상자를 가져왔다.

전화벨이 울리자 빅터가 전화를 받았다. 멜린다였다.

"8시쯤 갈게. 먹고 싶으면 먼저 저녁 먹어. 손님하고 함께 가서 한잔할 건데, 괜찮지?" 그녀의 어투로 보아 벌써 서너 잔 마신 것 같았다.

"괜찮아." 그가 말했다. 그는 그녀가 누굴 손님으로 데려올지 알았다. "그럼 이따 봐."

"응."

그는 전화를 끊었다. "엄마는 한 시간 후에 올 거야. 배고파?"

"안 고파." 트릭시가 말했다.

트릭시는 부모님과 함께 식사하는 걸 무척 좋아했다. 트릭시는 몇 시간이고 기다리려 했지만 빅터가 허락하는 시간은 9시까지였다. 주로 그들은 8시 반에 저녁 식사를 했다. 빅터는 오늘 밤은 그럴 수 없을 거라고 생각했다. 그는 애써 스크래블 게임에 정신을 집중했다. 둘의 점수를 비슷하게 맞추려고 그가 한 번 할 때 트릭시는 두 번 하도록 해주었다. 트릭시는 벌써 엄마보다 단어 맞추기 놀이를 더 잘했지만, 트릭시에게는 그런 말을 하지 않는 편이 나을 것 같았다. 그는 트릭시가 세 살 때 글을 가르쳤다. 그들은 두 번째 게임을 했고, 트릭시는 케첩을 뿌린 초콜릿 도넛을 먹었다. 밖이 어둑어둑해졌을 때 자동차 두 대가 진입로로 들어오는 소리가 들렸다.

트릭시 역시 그 소리를 듣고 고개를 갸우뚱거렸다. "두 사람이 와요."

"엄마가 손님을 데려오니까."

"누구요?"

"모르겠어. 엄마가 손님이라고만 했으니까. 네 차례야, 트릭시."

멜린다가 나지막이 무어라 말하면서 디딤돌을 지나 문을 여는 소리가 들렸다.

"나 왔어." 멜린다가 소리쳤다. "들어와요, 찰리. 여긴 찰리 드 리슬이고 여긴 내 남편이에요." 그녀는 형식적인 소개를 했다.

빅터는 자리에서 일어섰다. "처음 뵙겠습니다."

찰리는 뭐라고 중얼거리고는 고개를 가볍게 끄덕였다. 표정은 당혹스러워 보였다. 서른다섯 살가량에 마르고 키는 별로 크지 않았고, 미간이 좁아 눈빛이 다소 교활해 보였고 눈썹은 짙었다.

"찰리는 로드 체스터필드에서 연주하는 피아니스트야." 멜린다가 말했다.

"응, 알고 있어. 이곳에서 지내보니 어때요?" 빅터가 유쾌하게 물었다.

"좋습니다." 찰리가 말했다.

"앉아요, 찰리. 여보, 술 준비해주지 않을 거야? 뭐 마실래요?"

찰리는 물에 탄 라이 위스키를 마시고 싶다고 중얼거렸다. 빅터는 부엌에 가서 술을 준비했다. 찰리가 마실 것을 먼저 만들고는, 자신과 멜린다가 마실 스카치위스키를 따르고 물을 섞었다. 트릭시가 마실 오렌지 주스도 한 잔 따랐다. 거실로 돌아가자 거실 한복판에서 트릭시가 호기심 어린 눈길로 찰리 드 리슬을 빤히 쳐다보고 있었다. 빅터는 쟁반에 놓인 술잔을 나눠주었다.

"오늘 당신 일로 전화를 받았습니다." 빅터가 찰리에게 말했다.

찰리는 깜짝 놀라 멍한 표정으로 올려다보았다.

"부동산 중개인이 당신과 잘 아는 사이냐고 물었는데, 아쉽게도 신원보증을 해주진 못했어요." 빅터가 다정하게 웃어 보였다.

"맙소사, 당신한테 전화했다고?" 멜린다가 웃음을 터뜨렸다. "미안해, 여보. 내일 내가 전화할게." 그녀는 따분해하며 말했다. "찰리는 벌써 집을 구했고 내일 이사 들어가. 숲 속에 있는 멋진 오두막집이야. 이스트라임에서 남쪽으로 3킬로미터 정도 떨어진 작은 집 알아? 예전에 차를 몰고 가서 당신에게 한 번 보여줬던 것 같은데. 봄부터 비어서, 찰리가 6주 동안 더 있어야 하니 호텔보다 그곳이 더 나을 거라 생각했어. 마침내 그 집을 임대하는 부동산 중개업자를 찾아냈고 집을 얻었어. 찰리도 무척 좋아해." 멜린다는 축음기에 틀 음반을 고르고 있었다.

"잘됐네." 빅터가 말했다. 멜린다가 차를 몰고 가서 그 집을 보여준 건 자신이 아니라 다른 사람이었을 거라는 생각이 들었다. 이스트라임에서 남쪽으로 3킬로미터라면, 그가 생각했던 것보다 리틀 웨슬리에 3킬로미터 더 가까웠다. 그는 그런 생각을 머릿속에서 몰아내려고 애썼다. 그가 찰리 드 리슬에게 적대감을 가질 이유는 전혀 없었다. 찰리는 빅터의 그림자조차 두려워하는 것 같았다.

멜린다는 피아노 음반을 골라 약간 크게 틀었다. 두 번째 음반을 멈추고서 그녀는 누구의 곡인지 아느냐고 물었다. 찰리는 안다고 대답했다.

빅터는 자신과 멜린다가 마실 술을 한 잔씩 더 만들었다. 찰리는 한 모금씩 조금씩 마시고 있었다. 그가 거실로 되돌아오자 멜린다가 트릭시에게 말했다. "방에 가서 놀래? 저기를 엉망으로 만들었구나."

벽난로 앞에 앉아 멍하니 스크래블 조각을 쌓아 올리던 트릭시는 한숨을 내쉬더니 조각을 상자에 넣기 시작했다. 그렇게 느릿하게 하면 20분은 걸릴 것 같았다.

"술에 독을 타진 않았어요." 멜린다가 찰리에게 말했다.

"알아요." 그가 웃음 지으며 말했다. "궤양을 조심해야 하고 오늘 밤 연주도 해야 해서요."

"그래도 저녁 먹고 가요. 11시까지는 일하지 않아도 괜찮잖아요. 여기서 볼링어까지는 6분밖에 걸리지 않아요."

"로켓으로 가면 그렇겠죠." 빅터가 웃으며 말했다. "목숨을 부지하고 싶다면 20분은 걸릴 거예요."

"찰리는 11시부터 자정까지 볼링어에 있는 링컨 호텔에서 일해." 멜린다가 빅터에게 말했다. 콧등에 파우더를 살짝 발랐을 수도 있지만, 짙은 금발 머리를 바람에 날리듯 편안하게 뒤로 넘긴 그녀는 무척 건강해 보였다. 매끈하고 주근깨가 약간 있는 얼굴은 햇볕에 그을린 흔적과 야생의 기운으로 빛나는 것 같았다. 그녀는 피곤해질 만큼 많이 마시지는 않았다. 그녀의 모습을 보자 빅터는 남자들이 왜 그녀에게 매력을 느끼는지, 심지어 왜 그녀의 매력에 압도되는지 알 것 같았다.

그녀는 찰리의 팔에 한 손을 올리고 가까이 다가갔다. "찰리, 저녁 먹고 갈 거죠?" 그녀는 대답을 기다리지도 않고서 벌떡 일어났다. "맙소사, 스테이크를 차에 두고 왔네! 핸슨 가게에서 정말 맛있는 스테이크를 손수 골라 왔는데." 그녀는 서둘러 집 밖으로 나갔다.

하지만 찰리는 한사코 저녁 식사를 하지 않겠다며 사양했다. "그만 가야겠습니다." 그는 술잔을 비우자마자 말했다.

"한 곡도 연주하지 않고는 갈 수 없어요!" 멜린다가 말했다.

찰리는 멜린다와 이야기해봐야 아무 소용이 없음을 아는 것처럼 순순히 자리에서 일어나 피아노 앞에 앉았다. "특별히 원하는 곡 있어요?" 그가 물었다.

멜린다가 피아노 뚜껑을 열었다. "당신이 좋아하는 곡이라면 뭐든지."

찰리는 〈올드 버터밀크 스카이〉를 연주했다. 멜린다가 무척 좋아하는 곡이었다. 찰리가 첫 소절을 연주하며 윙크하는 걸 보니 그도 그걸 알고 있는 게 분명했다.

"나도 그렇게 칠 수 있었으면 좋겠어요." 연주가 끝나자 멜린다가 말했다. "나도 치지만 그렇게는 안 돼요."

"그럼 보여줘요." 찰리가 그렇게 말하며 피아노 의자에서 일어섰다.

멜린다는 고개를 가로저었다. "지금은 안 돼요. 당신한테 배우면 나도 그렇게 칠 수 있을까요?"

"열심히 연습하면 물론이죠." 찰리가 무뚝뚝하게 말했다. "그럼 이제 그만 가봐야겠습니다."

빅터가 자리에서 일어나면서 말했다. "만나서 반가웠습니다."

"고맙습니다. 저도 반가웠습니다." 찰리는 레인코트를 집어 들었다.

멜린다는 그와 함께 집을 나서서 차로 갔다. 그녀는 5분 정도 나가 있었다. 그녀가 들어오자 두 사람 모두 한동안 말이 없었다.

잠시 후 멜린다가 말했다. "오늘 별일 없었어?"

"응." 빅터가 대답했다. 별일 있었다고 말해도 그녀는 귀 기울여 듣지 않을 것이다. "저녁 식사 하기에 안성맞춤인 시간 같아. 그렇지?"

멜린다는 그날 저녁 내내 평소보다 기분이 좋았다. 그녀는 다음 날도 오후 1시에 집에 없었고 8시가 되어서야 들어왔다. 그녀는 오후에 찰리 드리슬에게 피아노 레슨을 받았다고 했다.

8

무슨 일이 벌어지고 있는지 상황을 파악한 빅터는 마을 사람들 모두에게 알려지기 전에 멜린다가 상황을 인정하고 그만두게 하려고 애썼다. 그는 멜린다에게 찰리 드 리슬을 너무 자주 만나는 것 같다고 차분하게 말했다.

"괜한 상상 하지 마." 그녀가 말했다. "날 추방자처럼 대하지 않는 사람과 얘기를 나눈 게 몇 주 만인 줄 알아? 당신은 이 상황을 싫어하는 거야. 당신은 내가 즐겁게 지내는 걸 원치 않는다고."

그녀는 마치 진심인 양 그렇게 말하는 것일 수도 있었다. 혹은 그를 난처하게 해서 그녀가 한 말이 진심인지 의구심을 갖게 만드는 것일 수도 있었다. 그는 멜린다를 공정하게 대하려고 그녀가 말하는 대로 상황을 보려고 했고, 그녀가 교활하고 아픈 환자처럼 보이는 나이트클럽 연주자에게 마음이 끌렸을 리가 없다고 생각하려 애썼다. 하지만 상황은 그런 식으로 보이지 않았다. 그녀는 조조와 사귈 때도 그렇게 발뺌을 했고, 조조 역시 빅터가 보기엔 고약한 인상이었지만 실제로 그런 일이 일어나고 말았다. 조조는 무척 즐거워했고 별일 아닌 일에도 늘 웃곤 했다. 트릭시에게도 무척 다정하게 대했다.

지금 멜린다에게 찰리 드 리슬은 정말 근사한 피아노 연주자로 보일 것이다. 그는 그녀에게 피아노를 더 잘 연주하는 방법을 가르쳐주고 있었다. 일주일에 두어 번씩 집으로 와서, 빅터가 점심 식사 후 출판사로 돌아가는 3시부터 시작해 5시까지 피아노 레슨을 하고 나서 5시에 로드 체스터필드 바에 가서 일했다. 오후엔 주로 트릭시가 집에 있으니 그가 온다고 해도 별다른 문제는 없을 것이다. 하지만 멜린다는 종종 점심시간에 집에 없었고 피아노를 전혀 치지 않기도 했다. 빅터가 오후 2시에 확인했을 때 피아노 건반 위에 놓여 있던 재떨이가 저녁 7시에 집에 왔을 때도 그 자리에 그대로 있었던 것이다. 가끔 멜린다는 피아노가 없는 찰리의 집에서 그와 함께 머물기도 했다.

"그런 상황을 내가 어떻게 생각할 것 같아?" 빅터가 그녀에게 물었다.

"아무 생각 할 것 없어. 당신이 왜 상관하는지 도무지 모르겠어."

멜린다에게 지난 2주 동안 만난 사람이 찰리 드 리슬뿐이라고 지적해봐야 소용없었다. 심지어 트릭시도 알고 있고 이젠 당연하게 여긴다고 말해도 소용없고 상황이 곤란해지기만 할 것이다.

찰리 드 리슬을 만난 지 두 주째 되던 어느 날, 빅터가 저녁에 돌아오자 멜린다는 집에 없었고 트릭시가 아무렇지 않게 말했다. "엄마는 찰리 아저씨 집에 있을 거야. 내가 집에 왔을 때 엄마는 없었어." 그러자 빅터는 찰리가 집에 처음 왔던 날 트릭시가 그를 쳐다보던 순간보다 더 큰 상처를 받았다. 새로 딴 술 두어 잔을 들고 거실로 오자 빅터는 안락의자 팔걸이에 앉아 있던 트릭시의 눈빛이 떠올랐다. 무언가 눈치챈 듯 눈을 동그랗게 뜨고 찰리를 빤히 쳐다보았지만 호기심이 가득한 눈빛이었다. 트릭시는 지금 쳐다보고 있는 남자가 랠프의 자리를 대신할 것이며, 자신이 그를 좋아하든 그렇지 않든 혹은 그가 다정하게 대해주든 그렇지 않든 상관없이 엄마는 지금부터 무척 자주 그를 만나게 될 것임을 아는 듯한 눈빛이었다. 안락의자에 앉은 빅터는 찰리를 쳐다보던 트릭시의 눈빛을 도저히 잊을 수 없었다. 마음속 의심이 확신으로 바뀐 것은 바로 그 순간이었다. 순진 무구한 트릭시는 빅터가 당시 의심하던 것을 직관적으로 알아차렸던 것이다.

빅터는 농담하듯 가벼운 어투로 말했다. "내가 당신과 결혼한 사이여서 유감이야. 그렇지? 당신과 전혀 모르는 사이이고 어느 날 문득 만난다면 나에게도 기회가 있을 텐데. 나는 돈도 있고 외모도 나쁘지 않고 재밌는 이야기도 많이 나눌 수 있을 테고."

"예를 들어 달팽이나 빈대 이야기?" 멜린다는 그날 오후 찰리를 만나러 나갈 채비를 하고 있었다. 빅터에게 선물받은 벨트를 허리에 매고, 빅터가 세심하게 골라 선물한 보라색과 노란색이 어우러진 스카프를 목에 맸다.

"당신도 예전에는 달팽이나 다른 여러 가지가 흥미롭다고 생각했지만 이젠 뇌가 위축되기 시작했어."

"고맙지만 난 괜찮으니 당신이나 신경 써."

일요일이었다. 빅터는 멜린다와 트릭시와 함께 베어 호수에 가서 노를 젓고 싶었다. 그와 멜린다는 노로 젓는 보트를 탈 것이고, 트릭시는 카누를 타면 될 것이다. 트릭시가 호수에 갈 수 있을 때는 주말뿐이었고 그녀는 그곳을 무척 좋아했다. 멜린다 역시 2, 3주 전만 하더라도 그곳에 가는 걸 좋아했다. 하지만 이제 그녀는 찰리와 데이트를 즐겼다. 차를 타고 시골을 돌아다닌다고 했지만 트릭시를 데려가지는 않았다.

"당신이 돌아오면 난 집에 없을 거야." 빅터가 말했다.

"그래? 어딜 가는데?"

"트릭시와 블레어 피바디를 만나러 갈 생각이야."

멜린다가 별다른 말이 없는 걸 보니 귀 기울여 듣지 않는 것 같았다. "그럼 잘 다녀와." 그녀가 복도를 지나며 말했다. "블레어랑 즐거운 시간 보내고."

빅터는 거실에 서서 점점 멀어져가는 그녀의 자동차 엔진 소리에 귀를 기울였다. 그녀의 뇌가 위축되기 시작했다고 말한 게 후회스러웠다. 그녀를 공격해야 아무런 이득이 없을 것이다. 그는 그 말을 한 자신을 자책했다.

그가 전혀 화나지 않은 것처럼, 화낼 일이 전혀 없는 것처럼 가볍고 편안하게 대하면 그녀는 1, 2주가 지나면 찰리에게 싫증을 낼 것이다. 그가 찰리가 싫다는 내색을 하면, 그녀는 오히려 찰리를 뒤쫓아 다닐 게 자명했다. 전략을 완전히 바꾸어 착한 사람처럼 굴어야 했다. 멜린다가 보기에 찰리는 피아니스트라는 것 말고는 잘생기지도 재미있지도 않을 것이다. 하지만 빅터는 조조와 랠프에게도 착한 사람처럼 굴었지만 아무런 도움도 되지 않았음을 인정해야 했다. 아직은 아니었지만 멜린다는 곧 찰리를 코원 부부나 멜러 부부의 집에서 열리는 파티에 데려갈 텐데, 찰리 드 리슬처럼 보잘것없는 남자를 사람들 앞에서 인정하는 치욕은 견디기 힘들 것이다. 그리고 멜린다가 맥레이 사건이 대단원에 이르고 나서 첫 번째 남자를 골랐다는 사실을 마을 사람들 모두가 알게 될 것이다. 빅터가 신물이 나고 무력해져서 멜린다와 맞서 싸우지 않고 아무렇지 않은 척 가장한다는 것도 알게 될 것이다. 빅터가 맥레이에 관한 이야기를 했던 건 멜린다가 사귀는 남자들을 몰아내기 위해서였다.

빅터는 마음을 다잡으려 애썼다. 찰리 드 리슬을 예의 바르고 친절하게 대하는 것 말고 달리 방법이 있을까? 찰리 때문에 짜증 난다는 걸 보여주면 위신만 떨어질 것이다. 애써 정분을 막고서 만족스러워해도 위신은 떨어질 것이다. 그것은 그의 대처 방식이 아니었고, 지금껏 그런 적도 없었다. 그렇다, 무슨 일이 있어도 예의를 갖추고 교양 있게 대하는 게 적절한 처신일 것이다. 그렇게 하면 실패할 수도 있고 사람들의 비웃음을 살 수도 있지만 다른 방법으로 대처한다 해도 결국 실패할 것이다. 그가 정분을 막든 그렇지 않든, 멜린다의 존중과 자신의 자존감을 잃게 될 것이다.

빅터는 블레어 피바디를 만나러 가지 않았다. 제이니 피터슨이 전화해서 집에 놀러 가도 괜찮으냐고 물었고, 트릭시는 제이니와 함께 어울려 노는 것만으로도 즐거울 터였다. 그는 『티베리우스』를 읽으며 오후 시간을 보내기로 했다.

제이니 아버지가 딸을 태우고 도착하자, 빅터는 앞마당에서 잠시 그와 이야기를 나누었다. 그는 금발에 체격이 건장했고, 솔직하고 수수하고 유쾌한 성격이었다. 그는 집에서 방금 만든 도넛을 가져왔는데, 제이니와 트릭시는 도넛 두 개를 들고 잽싸게 집 안으로 들어가버렸다. 빅터와 피터슨은 도넛을 우적우적 씹으며 정원에 만개한 수국 얘기를 나눴다. 피터슨은 자기 집 수국은 너무 어려서 올해는 꽃이 피지 않았다고 했다.

"그럼 두어 그루 가져가요." 빅터가 말했다. "우린 넉넉하게 있으니까요."

피터슨은 괜찮다고 했지만 빅터는 차고로 가서 쇠스랑과 올이 굵은 포대 두어 개를 가져와 수국 두 그루를 캤다. 정원에는 수국 네 그루가 드문드문 있었고 빅터는 수국을 싫어했다. 적어도 그날 오후에는 그랬다. 여기저기 커다랗게 피어난 파스텔 꽃송이가 번지르르하고 무미건조해 보였다. 그는 뿌리를 포대에 담아 수국 두 그루를 건네며 부인에게 안부 전해달라고 인사했다.

"아내가 수국을 보면 무척 기뻐할 겁니다." 피터슨이 말했다. "정원이 더 근사해지겠네요. 아내 분에게도 안부 전해주시고요. 지금 댁에 있나요?"

"아니요, 친구 집에 갔습니다." 빅터가 대답했다.

피터슨은 고개를 끄덕였다.

빅터는 피터슨이 멜린다 얘기를 물어볼 때, 확실하지는 않지만 약간 당혹스러워 보였다는 생각이 들었다. 빅터는 멀어지는 차 방향으로 손을 흔들고는 집으로 향했다. 정원에 작은 폭탄 두 개가 투하된 것 같았다. 그는 수국을 캐낸 곳을 그대로 내버려두었다.

멜린다는 6시 45분에 집에 왔다. 차 소리가 들리고 나서 3, 4분 후 그는 방에서 나와 차고를 지나 『타임』을 가지러 온 양 가장하며 거실로 갔다. 찰리와 함께 왔을 줄 알았지만 멜린다 혼자였다.

"오늘 오후에 내가 부정을 저질렀을 거라 상상했겠지. 하지만 그 사람하고 함께 경마장에 가서 8달러 벌었어. 어떻게 생각해?"

"난 아무 상상도 하지 않았어." 빅터는 웃으며 말하고는 라디오를 켰다. 7시면 그가 좋아하는 뉴스 진행자가 방송을 했다.

제이니가 저녁 식사를 함께했고 빅터는 그녀를 집에 태워다주었다. 그는 자신이 집을 비운 사이 멜린다가 찰리에게 전화할 것임을 알았다. 찰리는 곧바로 집 전화를 설치했다. 멜린다는 대개 2, 3주 정도 걸리는 설치 시간을 줄이려고 자신의 모든 영향력과 반 앨런이라는 이름을 이용했다. 빅터는 멜린다가 부정을 저질렀을 거라는 이야기는 하지 않았더라면 좋았을 거라는 생각이 들었다. 그녀는 예전에는 그렇게 노골적이지 않았다. 물론 그녀가 사귄 남자들의 잘못이었다. 그녀가 찰리와 아무것도 하지 않고 그럴 생각이 없다면 왜 그런 말을 했겠는가? 멜린다처럼 매력적인 여자가 쉽게 손을 내민다면, 찰리 같은 남자가 마다할 이유가 있을까? 여자들의 유혹을 거부하는 남자들의 절개는 예전과 달리 요즘은 흔치 않다. 프랑스의 국왕 앙리 3세가 왕비인 콩데 공주가 죽고 나서 그러한 절개를 보여주었다. 앙리 3세는 평생 서재에 앉아 그녀와의 기억을 떠올렸고, 해골과 대퇴골 두 개를 교차시킨 도안을 만들어 책 표지와 제목이 적힌 페이지에 넣기도 했다. 현대 정신과 의사들은 앙리 3세를 정신병자라고 여길 것이다.

그다음 주, 찰리 드 리슬은 집에 두 번 찾아왔다. 그 가운데 한 번은 그들 셋이서 탱글우드에서 열린 야외 음악회에 갔는데, 찰리는 11시에 링컨 호텔에서 연주를 해야 해서 음악회가 끝나기 전에 자리를 떴다. 또 한 번은 찰리가 일하지 않는 월요일이어서 11시가 넘도록 집에 있었다. 빅터는 자상하게도 10시 무렵 작별 인사를 하고 자기 방으로 가서 거실로 되돌아오지 않았다. 찰리와 멜린다는 피아노 앞에 앉아 있었지만, 빅터가 떠나자마자 피아노 소리는 더 이상 들리지 않았다. 빅터는 마침내 잠들었지만, 찰리의 차 소리에 깨서 손목시계를 확인하자 새벽 3시 45분이었다.

다음 날 아침 9시 무렵, 빅터는 커피 잔을 들고 멜린다의 방문을 두드렸다. 몇 분 전 스티븐이 전화를 해서는 아내가 몸이 좋지 않아서 혼자 두고 싶지 않다고 했다. 스티븐은 방금 다른 두 사람에게 전화해봤지만 그들은 휴가 중인 남편과 함께 마을을 떠났다면서, 멜린다가 와서 교대해줄 수 있는지 물었다. 멜린다가 아무 대답이 없자 빅터는 조심스럽게 문을 밀었다. 방에는 아무도 없었다. 침대에 덮인 베이지색 커버가 깨끗하고 유난히 매끈해 보였다. 그는 커피 잔을 부엌으로 가져가 커피를 개수대에 부었다.

잠시 후 그는 사무실로 향했다. 스티븐에게 전화해서 멜린다가 웨슬리에 있는 친구와 함께 물건을 사러 갔지만 정오쯤 돌아올 테니 다시 전화하겠다고 했다. 빅터는 11시와 12시에 집에 전화를 걸었다. 멜린다는 12시에 전화를 받았고, 그는 지극히 평범한 어투로 아침 인사를 하고는 스티븐의 아내 얘기를 했다. 빅터는 조지앤느가 임신 6, 7개월쯤 됐을 것 같다는 생각이 들었다. 스티븐은 의사를 불렀고, 유산인 것 같지는 않지만 누군가 곁에 있어줘야 한다고 했다.

"물론이지. 기꺼이 갈게." 멜린다가 말했다. "한 시간 반 후에 도착한다고 스티븐에게 전해."

그녀는 기쁜 마음으로 기꺼이 가려는 것 같았는데, 어젯밤에 지은 죄를 사하기 위해서일 뿐 아니라, 사람들을 위해 무언가 좋은 일을 하는 걸 진심으로 좋아하기 때문이기도 했다. 누구든 상관없이 아픈 사람을 기꺼이 도와주고, 타이어가 펑크 나거나 수표를 현금으로 바꿀 수 없을 때 혹은 코피가 나는 등 곤경에 빠진 낯선 사람들을 도와주는 건 멜린다의 장점이자 특이한 점이었다. 그녀가 모성 본능을 보여주는 대상은 곤경에 빠진 낯선 사람들뿐이었다.

멜린다는 새벽 늦게까지 찰리와 함께 있었던 이야기를 절대 입 밖에 내지 않겠지만, 찰리는 다음번에 빅터를 보면 약간 다른 태도를 보일 것이다. 예전처럼 태연자약할 수 없을 것이기 때문이다. 그는 좀 더 굴욕적이고 교활해질 것이다. 빅터를 화나게 하는 건 찰리가 감히 그와 맞서려 한다는 사실이었다.

탱글우드에서 음악회가 열렸던 날, 빅터는 무척 차분하고 친절했다. 티켓 값을 지불했음에도 중간 휴식시간에 음료까지 샀다. 찰리는 기분이 무척 좋아 보였다. 기후가 선선한 버크셔에서 여름 일자리를 구했고, 자기가 데이트 비용을 내지 않아도 되는 정부가 있었다. 오히려 그녀 편에서 돈을 냈고, 술과 음식을 사주었고, 유부녀이기 때문에 책임질 필요도 없었다. 무엇보다 정부의 남편이 개의치 않았던 것이다! 빅터는 찰리에게 인생은 장밋빛으로 보일 거라고 생각했다.

그 주 금요일에 빅터는 약국에서 호러스 멜러를 우연히 만났다. 호러스는 집으로 가기 전에 잠깐 한잔하자며 고집을 부렸고, 로드 체스터필드 바에 가고 싶어 했다. 빅터는 두 블록 떨어진 맥스 맥줏집에 가자고 했지만, 호러스는 그곳은 두 블록 떨어져 있지만 체스터필드는 바로 맞은편에 있다고 했다. 빅터는 그 문제로 논쟁하면 이상해 보일 것 같아 체스터필드 바에 가기로 했다.

호러스와 함께 바에 들어가자 찰리가 피아노를 연주하고 있었지만 빅터는 그쪽을 쳐다보지 않았다. 너덧 테이블에 손님이 있었지만, 빅터가 들어가자마자 슬쩍 확인한 결과 멜린다는 없었다. 두 사람은 바에 서서 소다수를 섞은 스카치위스키를 주문했다.

"지난주 골프 클럽에도 오지 않았더군요." 호러스가 말했다. "아내하고 오후 내내 처음 두 홀 근처에서 서성거렸어요. 당신이 올 줄 알고 계속 기다렸어요."

"그날 오후엔 책을 읽었습니다." 빅터가 말했다.

"멜린다는 어떻게 지내요? 최근에 못 본 것 같군요."

"잘 지냅니다. 트릭시하고 함께 스포츠클럽에서 수영을 하는데, 일요일에만 가는 것 같아요." 멜린다는 트릭시가 여러 번 조른 후에야 일주일에 한 번 스포츠클럽 수영장에 데려갔다.

찰리가 연주를 마치자 서너 명이 박수를 쳤다. 빅터는 찰리가 자리에서 일어나 고개 숙여 인사하고 연단에서 내려와 로비로 멀어져가는 걸 알아차렸다.

"잘 지낸다니 다행이군요." 호러스가 말했다. "멜린다의 과거에 관해 가끔 얘기했던 것 마음에 담아두지 말아요. 쓸데없이 참견할 마음은 아니었다는 점 알아줬으면 좋겠어요."

"물론 잘 알죠." 호러스가 가까이 다가오자 빅터는 그의 진지한 갈색 눈빛을 들여다보았다. 눈 주위로 짙은 눈썹이 나 있었고, 눈 아래로는 주름진 살이 주머니처럼 처져 있었다. 생각해보니 호러스는 쉰 살 무렵이었다. 서른여섯 살인 빅터보다는 훨씬 더 많은 걸 알고 있을 것이다. 호러스가 상체를 쭉 펴자 빅터는 그가 당혹스러워한다는 걸 알아차렸다. 호러스는 자신이 해야 할 것 같은 말을 했고, 빅터는 상황에 맞는 적절한 말을 해야겠다고 생각했다.

"아내도 마찬가지지만 나는 상황이 정리되리라 여겼는데 결국 그렇게 돼서 정말 다행이에요."

빅터는 고개를 끄덕이며 웃어 보였다. "고맙습니다, 호러스." 마치 영혼이 어둠 속으로 미끄러져 내려가듯이, 갑작스럽고 끔찍한 절망감이 그를 엄습했다.

"적어도 상황은 정리되는 것 같군요." 호러스가 말했다.

"네, 그런 것 같습니다."

"우리가 놀러 갔던 날 밤 멜린다는 정말 좋아 보였어요. 그날 밤 댄스 클럽에서도 그랬고."

멜러 부부가 놀러 왔던 날은 댄스 클럽에 가기 이틀 전이었다. 그러고 나서 멜러 부부는 새로 구입한 음반을 들어보자며 집에 초대했지만 멜린다는 찰리 드 리슬과 오후를 보낸 탓에 너무 피곤해서 가지 않았다. 멜러 부부는 멜린다가 찰리와 함께 있는 걸 아직 보지 못했다. 이제 곧 두 사람이 함께 있는 걸 보면 무슨 일이 벌어지고 있는지 알게 될 것이다. 마을 사람들이 맥레이 이야기를 하는 동안 멜린다는 평소보다 훨씬 더 우아한 태도로 사람들을 대했다. 호러스가 상황이 정리되었다고 한 건 그게 전부였다.

"오늘 밤은 무척 신중한 것 같군요." 호러스가 말했다. "다음 출간할 책은 어떤 건가요?"

"브라이언 라이더라는 젊은 시인의 시집입니다." 빅터가 말했다. "언젠가 제 사무실에서 두어 편 보여드린 것 같은데요."

"아, 기억나요. 나한테는 약간 형이상학적이었지만……" 호러스는 싱긋 웃었다. 잠시 침묵이 흐른 후 그가 다시 말문을 열었다. "코원 부부가 성대한 야외 파티에 우리를 초대할 것 같아요. 필이 집필을 완성한 걸 축하하는 자리죠. 이제 막 두 번째 초안을 마쳤다고 해요. 에벌린은 지금껏 외출도 못 하고 친구들도 거의 만나지 못했으니 랜턴을 밝히고 성대한 야외 파티를 열고 싶을 거예요. 특이한 의상을 입어야 할지도 모르죠." 호러스는 키득거리며 말했다. "결국 우리 모두 수영장에 풍덩 들어가 머리를 식힐지도 모르고요."

어느새 찰리가 〈물랭루주 음악〉을 연주하고 있었다. 가볍고 부드러우며 감상적인 연주였다. 멜린다도 최근에 찰리의 연주법을 흉내 내며 그 곡을 연주했었다. 빅터는 호러스에게 찰리 드 리슬을 만난 적 있느냐고 묻고 싶었다. 아마도 코원 부부 집에서 파티가 열리기 전에 알게 될 것이다.

"새로 온 피아니스트 어떤 것 같아요?" 호러스가 물었다. "오래된 이곳 분위기를 뉴욕처럼 만드는 것 같네요."

"꽤 괜찮은 것 같습니다." 빅터가 말했다.

"난 차라리 아무 소리도 들리지 않는 편이 좋아요. 올해 레슬리는 사업이 잘되는 것 같아요. 객실도 모두 찼고 오늘 여기 손님들도 꽤 붐비네요." 호러스가 몸을 절반 정도 돌리자, 피아노를 연주하는 찰리의 옆모습이 보였다.

빅터는 단호하게 말하고 싶었다. '저 사람은 오늘 오후 내 아내와 데이트한 남자입니다. 꼴도 보기 싫고 연주하는 소리도 듣고 싶지 않습니다.'라고.

"저 사람 이름 알아요?" 호러스가 물었다.

"아니요."

"이탈리아 사람처럼 생겼군요." 호러스는 다시 몸을 돌려 술잔을 집었다.

빅터는 그렇게 생각하지 않았지만 찰리는 고약한 이탈리아 사람처럼 보였다. 빅터가 그렇게 생각한다면 이탈리아인들에게는 모욕일 것이다. 찰리는 특정 민족과 닮은 게 아니라 여러 라틴 종족의 최악의 모습을 종합해 놓은 것 같았다. 그는 자신에게 닥친 문제들을 이런저런 핑계를 대면서 평생 요리조리 피해 다닌 것처럼 보였다.

"반 잔만 더 할까요?" 호러스가 물었다.

빅터는 정신이 번쩍 들었다. "안 될 것 같습니다. 아내한테 6시 반쯤 가겠다고 했거든요."

"그렇다면 그래야죠." 호러스가 씩 웃으며 말했다.

빅터는 술값은 자신이 내겠다며 고집을 부렸다. 계산을 마치고 밖으로 나가자 신선한 공기가 와 닿았다.

9

코윈 부부 집에서 열린 파티는 코스튬 파티였다. 초대된 사람들은 자신이 좋아하는 유명인사나 영웅으로 분장했는데, 실존 인물이든 가상 인물이든 상관없었다. 멜린다는 누구로 분장할지 결정하기 힘들어했다. 스코틀랜드의 메리 여왕이나 그레타 가르보 혹은 애니 오클리나 클레오파트라로 분장하는 건 만족스럽지 않아서 스칼렛 오하라로 분장할까 생각했지만, 빅터가 쉽지 않을 거라며 의구심을 내비쳤다. 멜린다는 그 모든 인물을 떠올리며 각각의 의상을 구체적으로 상상했다. 그녀는 떠올릴 수 있는 한 가장 그럴듯한 인물로 분장해야겠다고 생각했다.

"보바리 부인 어때?" 빅터가 제안했다.

그녀는 결국 클레오파트라로 정했다.

찰리 드 리슬은 코윈 부부의 집에서 열리는 파티에서 피아노를 연주하기로 했다. 멜린다가 주선한 일이었다. 그녀는 찰리가 100달러를 요구했는데 자신이 50달러로 하자고 설득했으며 에벌린 코윈은 전혀 비싼 값이 아니라고 생각한다며 의기양양하게 말했다.

빅터는 갑자기 반감이 들었다. "그가 손님으로 올 줄 알았는데."

"응, 하지만 그러면 피아노를 연주하지 않겠지. 그는 자기 연주에 자부심이 대단해. 그는 어떤 예술가도 자신의 연주를 쉽게 저버려서는 안 된다고 생각해. 낯선 사람으로 가득 찬 곳에서는 절대 연주하지 않겠다고 하고. 그건 전문가답지 못한 일이래. 무슨 뜻인지 알 것 같아."

그녀는 찰리가 무슨 말을 한다 해도 늘 알아들을 것이다.

요즘 빅터는 찰리와 멜린다가 집 밖에서 보내는 시간에 관해 말을 삼갔다. 상황은 달라지지 않았지만 찰리는 더 이상 저녁 식사를 하러 집에 오지 않았고 멜린다는 두 번 다시 그와 밤을 지새우는 일이 없었다. 멜린다가 찰리를 사교 모임에 데려간 적도 없어서 아직까지는 마을 사람들 가운데 의심하는 사람이 아무도 없는 것 같았지만, 에벌린 코원은 지금쯤 의심할 수도 있었다. 그리고 코원 부부 집에서 파티가 열리면 모두들 알게 될 것이다. 빅터가 파티를 두려워하는 것은 그 때문이었다. 파티에 가고 싶지 않았고 어떻게든 핑계를 대고 빠지고 싶었지만, 그가 곁에 있으면 멜린다의 행동을 약간이나마 제약할 수 있을 것이다. 그러므로 논리적으로 따진다면 그가 가는 편이 나을 것이다. 하지만 논리적으로 따져 마음이 불편할 때가 무척 많았다.

　『크세노폰의 시골 생활과 경제학』은 인쇄 중이었다. 스티븐은 하루 종일 인쇄기 옆에 서서 15초 간격으로 한 페이지를 인쇄해냈다. 빅터는 쉬는 시간 동안 하루에 서너 차례 임무를 바꾸며 스티븐의 노고를 덜어주었다. 스티븐의 아내 조지앤느는 임신 7개월 만에 둘째 아들을 출산했다. 산모와 아이는 건강했고 스티븐은 어느 때보다 행복해 보였다. 그의 행복한 모습 덕분에 8월의 출판사 분위기가 환해지는 것 같았다. 빅터는 스티븐과 함께 인쇄할 수 있도록 다른 인쇄기를 가동시켰다. 그리스어 표기가 없어도 한 번에 다섯 페이지밖에 인쇄할 수 없었지만, 빅터가 도와주지 않으면 스티븐 혼자 20페이지를 인쇄하는 데 한 달 넘게 걸릴 것이다. 그들은 100부를 인쇄할 예정이었다. 빅터 역시 스티븐 못지않게 인쇄기 옆에 서서 끈기 있게 견딜 수 있었다. 들리는 소리라고는 인쇄기의 압반이 종이에 부딪는 소리뿐이었고, 여름 햇살이 열린 창문을 통해 갓 인쇄된 종이에 비치는 걸 바라보며 몇 시간 동안 아무 말 없이 서 있는 게 무척 좋았다. 모든 과정이 8월에 출판사에서 진행되었다.

매일 저녁 6시 반이나 7시에 빅터는 그 평화로운 세상에서 나와 혼돈의 세계로 향했다. 그가 출판사를 시작한 이후로 저녁이면 평화로운 곳에서 좀 더 시끄러운 세상으로 향했지만, 예전에는 그 차이가 그렇게 심하지 않았다. 마음이 찢어질 것 같은 기분이 들 정도로 큰 차이가 나지는 않았다.

빅터는 파티에 가기 하루 전에 분장할 인물을 떠올렸고, 티베리우스로 하기로 결정했다. 분장은 간단했다. 예전에 거실 커튼으로 썼던 오트밀 색깔의 긴 천을 몸에 두르고, 발가락 위로 가죽 끈이 달린 굽 없는 실내용 슬리퍼를 신고, 멜린다보다는 자신이 쓰려고 구입했던 저렴하지만 고전적인 장식판을 고정하면 끝이었다. 예의상 속옷 위에 바로 걸치지 않고 티셔츠와 무릎 위까지 오는 반바지 위에 덧입기로 했다.

파티가 열리는 토요일은 특히 날씨가 더운 주말에 속했지만, 버크셔는 저녁이 되면 늘 선선했다. 코원 부부의 정원 모서리와 수영장 근처에 랜턴을 켜두어서, 파티 분위기도 내고 기분 좋은 온기도 느껴졌다. 빅터와 멜린다는 이른 시간인 8시 45분에 도착했다. 9시에 도착 예정인 찰리를 맞아서 코원 부부에게 소개하기 위해서였다. 유일하게 먼저 도착한 멜러 부부는 코원 부부와 함께 옆 테라스에 앉아 있었다. 그곳에는 랜턴이 더 많이 켜져 있었고, 나지막한 테이블에 놓인 커다란 펀치 볼 주변에는 유리잔이 가득 놓여 있었다.

"어서 와요." 에벌린이 그들을 맞아주었다. "클레오파트라로 분장했군요."

"안녕하세요." 멜린다는 초록색 드레스의 밑단을 끌며 테라스 계단을 올라갔고, 집게손가락으로 잡은 뱀 모양의 파이프를 빨며 담배 연기를 뿜었다. 심지어 머리칼은 적갈색으로 염색했다.

"그리고 키케로인가요?" 호러스가 빅터에게 물었다.

"그럴 수도 있지만 제가 의도한 인물은 아닙니다." 빅터가 대답했다.

"아, 티베리우스군요." 호러스가 말했다.

"고맙습니다, 호러스." 빅터는 최근에 티베리우스에 관심이 있고 구할 수 있는 모든 자료를 읽고 있다고 호러스에게 말했었다. "당신은 누구로 분장한 건가요?" 빅터는 쿠션을 넣어 부풀린 호러스의 허리춤을 보며 즐거워했다. "베네치아의 산타클로스인가요?"

호러스는 웃음을 터뜨렸다. "전혀 아닙니다. 한번 알아맞혀봐요."

하지만 빅터는 에벌린이 펀치 잔을 건네주는 바람에 생각할 겨를이 없었다.

"맛이 없으면 한 잔만 마셔도 괜찮지만, 행운을 위해 한 잔은 꼭 마셔야 해요." 에벌린이 말했다.

빅터는 필 코원을 쳐다보며 잔을 높이 들었다. "묻혀 있는 보물을 위하여." 빅터가 말했다. "보물을 꼭 찾기 바라며!"

'묻혀 있는 보물'은 필이 출간할 책 제목이었다. 필은 고개 숙여 감사를 표했다.

맥퍼슨 부부가 바이킹 분장을 하고 나타났다. 바이킹 의상은 키가 크고 체격이 당당하고 얼굴에 살짝 분홍빛이 감도는 맥퍼슨 부인에게 특히 잘 어울렸다. 맥퍼슨 부부는 50대였지만 무릎 높이의 치마를 입고 살집이 있지만 앙상하게 뼈가 드러나기도 한 종아리에 가죽 끈이 교차하는 샌들을 신을 정도로 활달했다. 그들이 테라스에 나타나자마자 사람들이 웃음을 터뜨렸고, 그들 역시 무척 즐거워했다.

에벌린이 축음기로 음악을 틀자 필과 멜린다가 거실에서 춤을 추었다. 차 두 대가 도착했다. 부부 두 쌍이 잔디 정원으로 왔고, 그 뒤로 흰색 디너 재킷 차림의 찰리가 따라왔다. 그는 앞 사람들과 거리를 유지하며 멜린다를 찾아 주위를 둘러보았다. 빅터는 못 본 척했다. 하지만 인사 소리를 듣고서 테라스로 나온 멜린다는 찰리를 발견하고는 곧장 그에게 달려가 손을 잡았다.

"쇼팽처럼 하고 왔네요!" 멜린다는 탄성을 질렀는데 아마 며칠 전부터 준비했던 말일 것이다. "여러분, 찰리 드 리슬을 소개할게요." 멜린다가 모두에게 말했다. "여긴 오늘 파티를 주최한 코원 부부, 그리고 여기는 맥퍼슨 부부……" 그녀는 찰리가 나지막이 '처음 뵙겠습니다'라고 인사할 때까지 기다렸다가 말을 이었다. "여긴 멜러 부부, 돈과 준 윌슨 부부, 그리고 포드낸스키 부인. 이 신사 분은……"

"케니라고 합니다." 7월 4일 댄스 클럽에서 멜린다와 함께 춤췄던 청년 가운데 한 명이 말했다.

"오늘 저녁 연주는 찰리 씨가 할 거예요." 멜린다가 말했다.

사람들이 관심을 보이며 나누는 이야기 소리와 가볍게 손뼉을 치는 소리가 나지막이 들렸다. 찰리는 불편하고 긴장한 것 같았다. 멜린다는 그에게 펀치 한 잔을 가져다주고는 마치 자기 집인 양 코원 부부의 집에 들어가 거실 안쪽에 있는 피아노를 가리켰다. 펀치 볼 근처에 서 있는 윌슨 부부는 벌써부터 약간 불편한 기색을 비쳤다. 윌슨은 칼라를 세우고 벨트를 꽉 맨 레인코트 차림에 가장자리가 내려간 모자까지 쓰고 있었다. 빅터가 보기에, 추리소설 작가로 분장한 것 같았다. 의상에는 별로 수고를 들이지 않았지만 쑥스러운 듯 파이프를 물고 있었고, 어떤 추리작가를 표현하려 했는지는 알 수 없었지만 찌푸린 표정이 잘 어울렸다. 몸이 호리호리하고 금발인 그의 아내는 맨발에 옅은 파란색의 짧은 나이트가운 같은 얄팍한 옷을 입고 있었다. 빅터가 보기에 트릴비(조지 뒤 모리에의 동명소설에 나오는 여주인공으로, 각선미가 예쁜 모델―옮긴이)나 소작농으로 분장한 것 같았다.

빅터는 처음부터 어색하고 지루했다. 멜린다의 강요로 집을 나서기 전 독주를 함께 마셨지만, 펀치 한 잔을 다 마시고 나서도 술기운이 전혀 올라오지 않았다. 몇 잔 더 마셔도 저녁 내내 술기운이 느껴지지 않을 것 같았다. 찰리가 볼링어에서 돌아오는 밤 12시 반부터 멜린다가 집으로 돌아갈 새벽 5시 무렵까지, 찰리의 화려한 피아노 연주를 계속 들어야 하는 것도 몹시 괴로울 것이다.

찰리는 벌써 피아노에 앉아 연주하고 있었고, 멜린다는 비범한 자식을 자랑스러워하는 어머니처럼 환하게 웃으며 그 모습을 바라보았다. 테라스에 있던 빅터는 커다란 창을 통해 그들을 볼 수 있었다. 테라스 계단으로 가려던 그는 펀치 볼 근처에서 필과 이야기를 나누는 윌슨 부부와 마주쳤다.

"안녕하세요." 빅터는 애써 웃음을 지으며 윌슨 부부에게 인사했다. "만나서 반갑습니다."

윌슨 부부는 소극적으로 인사를 받았는데, 사람들과 인사 나누는 걸 쑥스러워하기 때문인 것 같았다. 어쨌든 찰리 드 리슬보다는 훨씬 더 우호적이었다. 멜린다가 테라스에서 찰리를 소개했을 때, 빅터는 그를 주시했는데 찰리는 흘긋 쳐다보지도 않았다. 그러자 빅터는 호러스와 함께 체스터필드에 갔을 때 찰리에게 말을 걸지 않았다는 이유로, 찰리와 멜린다가 쌍으로 앙갚음을 하고 있다는 생각이 들었다. 멜린다는 그다음 날 빅터를 나무랐다. "체스터필드 바에 갔으면서 찰리에게 말도 걸지 않았다면서!"

빅터는 고개를 들고서 잔디밭으로 걸어가며 신선한 공기를 깊이 들이마셨다. 잔디밭 옆 나지막한 석조 벽을 타고 올라가며 자란 인동덩굴 향기가 달콤했지만, 치자나무를 지나자 치자 꽃 향기가 더 진했다. 이제 겨우 9시 반이었다. 한 시간은 더 지나야 찰리가 잠시 연주를 쉴 것이다. 빅터는 테라스 계단을 올라가 거실 출입문으로 가서 집 안에 혹시 무슨 일이 있는지 살폈다.

멜린다는 케니와 춤을 추고 있었다.

"반 앨런 씨." 옆에서 여자 목소리가 들렸다. 맥퍼슨 부인이었다. "박학다식한 분이시니 물어볼게요. 토가 밑에 뭔가를 받쳐 입나요 아니면 속옷 위에 그냥 입나요?"

"속옷 위에 그냥 입는다고 들었습니다." 빅터가 웃는 얼굴로 말했다. 그녀에게 라틴어 명칭을 인용하는 건 소용없을 거라는 생각이 들었다. 그러면 지나치게 격식을 따진다고 여길 것이다. "웅변가들이 웅변을 하거나, 대중에게 자신의 영예로운 상처 자국을 보여주고 싶을 경우엔 속옷을 입지 않았습니다. 토가를 들추어 몸의 어떤 부위든 보여줄 수 있도록 말이죠."

"어머, 재밌어라." 맥퍼슨 부인이 소리쳤다.

빅터는 그녀가 시카고의 부유한 정육 가공업자 딸이라는 사실을 떠올렸다. "오늘 밤 제 모습은 별로 재미없을 겁니다. 티셔츠에 반바지를 받쳐 입었거든요."

맥퍼슨 부인은 또다시 웃음을 터뜨렸다. "호러스가 말하길, 올여름에 아주 근사한 책을 출간한다고요."

"『크세노폰』 말인가요?"

"네, 바로 그 책요."

잠시 후 빅터는 맥퍼슨 부인과 소파에 앉아 이야기를 나누었다. 맥퍼슨 부인은 교회를 함께 다니면서 알게 된 스티븐 하인즈 얘기며, 자신의 집 차고 지붕을 수리해야 할지 아니면 허물고 다시 지어야 할지를 이야기했다. 전에도 맥퍼슨 부인과 비슷한 이야기를 나눠본 빅터는 조지 맥퍼슨을 굉장히 무능한 사람으로 여겼다. 2년 전에는 지하실을 확장하는 것에 관해 조언해주기도 했다. 은퇴하고 나서 부인의 돈으로 살아가는 조지 맥퍼슨은 집에서 술 마시는 것 말고는 아무 일도 하지 않는다는 소문이 있었다. 빅터는 차고 지붕 문제에 관해 건축회사 이름과 가격을 열거하며 오랫동안 자세한 이야기를 나누었다. 멜린다는 정확히 10시 32분에 찰리에게 가서 어깨에 손을 얹었다. 빅터는 그녀가 이제 쉴 시간이라고 얘기한 게 분명하다는 생각이 들었고, 찰리는 고개를 끄덕였다. 그가 연주하던 곡을 마치고 자리에서 일어나 번들거리는 평평한 이마를 닦자, 사람들은 요란하지는 않지만 열정적인 박수를 쳤다.

"찰리는 지금 떠나지만 밤 12시 30분에 되돌아오니 그때 다시 연주를 들을 수 있답니다." 멜린다가 팔을 흔들며 모두에게 알렸다.

멜린다가 찰리와 함께 테라스로 나가자, 빅터는 호러스가 그들을 눈여겨보고 있음을 알아차렸다. 호러스는 빅터를 향해 가볍게 고개를 끄덕이며 웃어 보였지만, 빅터는 그의 눈빛에 담긴 생각을 읽어낼 수 있었다. 그런 일에 좀 더 눈치가 빠른 여자들은 찰리가 멜린다가 새로 끌린 대상임을 벌써 알아차렸겠지만 예의상 모른 척할 것이다. 하지만 물론 모든 여성이 예의를 차리지는 않을 것이다. 빅터는 알 수 없었다. 거실을 둘러보며 모든 이들의 표정을 자세히 살폈지만 그들의 속내를 알 수는 없었다.

에벌린은 사람들이 거실에 원을 그리듯 동그랗게 모여서 분장을 평가하도록 도와주었다. 각각의 참가자들이 앞으로 나올 때마다 냉정하게 평가하기보다는 박수를 쳐야 했다.

워싱턴 대통령의 영부인이었던 마서 워싱턴으로 분장한 피터 조치 부인이 먼저 앞으로 나왔다. 러플 장식이 달린 모자와 앞치마를 두르고 사탕 상자를 들고서 입에는 멋을 부리듯 파이프를 물고 있었다. 무릎을 굽혀 인사하자 몸이 약간 떨렸다. 잠시 후 촛대를 든 맥베스 부인이 손거울을 들고 제정신이 아닌 듯한 남편 햄릿과 함께 등장했다.

빅터는 테라스 문 쪽으로는 애써 시선을 보내지 않았다. 멜린다가 볼링어로 떠나는 찰리와 함께 사라져버린 것쯤은 벌써 단념했지만, 5분 정도 지나자 그녀는 사람들의 평가를 받으려고 파이프에 담배를 채워 넣고는 혼자 되돌아왔다.

1년에 한 번 정도 파티에 나타나는 비쩍 마르고 수줍은 성격의 어네스트 케이가 리빙스턴 박사(1812~1873, 스코틀랜드의 선교사이자 탐험가로 수십 년간 아프리카에서 활동했다─옮긴이) 분장으로 앞으로 나오자 가장 큰 박수가 터져 나왔다. 오래된 각반이 달린 짧은 라이딩 바지 차림에 헬멧을 썼고, 어떤 이유에서인지 외알 안경을 쓰고, 어깨가 좁고 어색하게 무릎까지 길게 내려오는 면직 라이딩 재킷을 입었다. 빅터 차례가 되자 놀랍게도 큰 박수가 터져 나왔고 "얼른 벗어봐요!"라고 큰 소리로 외치기도 했다. 어깨 장식핀을 풀자 반바지와 티셔츠가 드러났고, 그는 한 바퀴 빙 돌아 고개 숙여 인사하고는 숙련된 고대 로마인처럼 과장된 몸짓으로 다시 장식핀을 고정했다. 멜린다 차례에도 박수와 큰 웃음소리가 터졌고, 그녀는 짐짓 연기를 하며 오만하게 담뱃재를 필 코원의 머리에 털었다.

　마서 워싱턴이 여성 부문 1등이었다. 사탕, 립스틱, 향수 등이 든 셀로판 봉지를 받은 그녀는 의심스러운 눈길로 사탕 상자를 쳐다보며 물었다. "이거 어디 거죠?"

　남자 부문 1등은 리빙스턴 박사가 받았다. 티슈로 둘둘 감은 꾸러미를 받은 그는 너무 긴장한 나머지 모든 사람들이 지켜보는 앞에서 꾸러미를 떨어뜨리고 말았다. 더 큰 웃음소리가 터져 나왔고 마침내 그는 둥글납작한 모양의 브랜디 술병을 들어 올렸다.

　축음기에서 계속 음악이 흘러나왔고 술잔이 놓인 쟁반도 계속 나왔다. 여성 도우미 둘은 창가에 놓인 긴 테이블에 구운 햄과 다양한 요리를 내놓았다. 빅터는 테라스로 나갔다. 테라스에 모인 사람들이 어떤 게임을 하고 있었는데, 눈가리개를 하고 무릎을 꿇고 바닥에 손을 짚고서 물이 든 플라스틱 잔을 목덜미 바로 밑에 두고 옮겼다. 게임 이름은 라마였다. 눈을 가린 채 동물처럼 손과 무릎을 네 발처럼 디디며 기어야 했고, 물을 쏟아서는 안 되지만 많은 물을 쏟고 말았다. 빅터는 게임을 하고 싶은 마음이 눈곱만큼도 없었지만 오랫동안 서서 지켜보았다. 12시 반이 되자 찰리가 다시 나타났다.

멜린다는 거실 출입문에서 찰리의 팔을 잡고서 파리한 그의 뺨에 자신의 뺨을 갖다 댔다. 찰리는 미소 지었고 아까보다 더 편안해 보였다. 심지어 빅터 쪽으로 고개를 돌리고는 '그래서 어쩔 건데?'라고 말하듯이 가볍게 웃어 보이기까지 했다. 빅터는 분노가 치밀어 올랐다. 그는 찰리의 웃음에 자기도 모르게 웃어준 게 후회스러웠다. 찰리는 범죄자처럼 보였다. 집에 손님으로 오면 물건을 훔쳐갈까 봐 한눈을 팔 수 없는 유형이었다. 빅터는 코원 부부에게 연주가들이 집에 있는 물건을 슬쩍하는 경우가 가끔씩 있으니 귀중품은 치워두는 게 좋을 거라고 말해주고 싶었다. 하지만 찰리를 소개해준 멜린다의 체면을 손상시킬 수도 있다는 생각이 들어 그럴 수 없었다. 그는 무력감을 느꼈다.

"빅터, 어서 와요." 에벌린이 그의 손을 잡았다. "아직 게임 안 했죠?"

빅터는 토가를 반바지에 집어넣고는 무릎을 꿇고 손을 짚었다. 함께 경쟁할 상대는 갈릴레오로 분장한 호러스였다. 두 사람은 플라스틱 물 잔을 등에 올리고 출발했다. 거실에서는 두 사람이 함께 연주하는 〈멜랑콜리 베이비〉가 들려왔다. 정교한 연주 솜씨로 보아 멜린다와 찰리가 함께 오랫동안 연습한 게 분명했다.

호러스는 물 잔을 떨어뜨렸다.

빅터가 이겼다. 어네스트와의 게임에서도 그를 물리쳤고 햄릿과 우승을 겨루게 되었다. 햄릿으로 분장한 딕 휴렛은 몸집이 커서 더 빨리 나아갈 수 있었지만, 손발을 재빨리 움직이는 능력은 빅터가 나았다. 그는 총총걸음을 치는 강아지처럼 왼손에 오른 무릎, 오른손에 왼 무릎을 재빨리 옮겼다. 그가 재빨리 나아가자 모두들 소리치며 웃음을 터뜨렸다. 돈 윌슨은 테라스 구석에 서서 희미한 미소를 지으며 지켜보았다. 빅터의 머리에 화관을 씌우자, 어떤 이들은 화관 안에 치자 꽃을 올려주었다. 머리에서 과하다 싶을 정도로 달콤한 향기가 나자 빅터는 찰리가 머리에 바른 포마드가 떠올랐다. 토가 옷매무새를 고치던 빅터는 대여섯 사람 너머에서 문간에 선 에벌린 코원이 피아노를 가리키며 남편에게 무언가 속삭이는 모습을 알아차렸다. 필 코원은 아내에게 몸을 바짝 댄 채 이야기를 듣고 있었다. 에벌린은 안타까운 듯이 눈썹을 위아래로 움직였고, 필은 아내의 어깨에 손을 얹어 지그시 눌렀다. 빅터는 자신의 의지와 반대로 문가로 향했다. 피아노 연주는 이미 멈추었다.

멜린다와 찰리는 피아노 의자에 앉아 서로 이야기를 주고받고 있었다. 멜린다의 얼굴에 빅터에게는 오랫동안 보여주지 않았던 온화한 생기가 감돌았다.

"빅터!" 필이 말했다. "이리 와서 뭐 좀 먹어요."

파티를 주최한 필 코원이 음식을 권한 것은, 빅터가 멜린다에게 무시당하고 관심을 받지 못했기 때문이다. 필 코원은 빅터에게 케이크를 한 조각 더 들라고 권했다.

"네, 그러죠." 빅터는 유쾌하게 말했고, 식욕은 전혀 없었지만 접시에 놓인 얇은 햄과 토마토 샐러드와 셀러리를 조금 먹었다.

"수영복 가져왔어요?" 필이 물었다.

"네. 멜린다도 가져왔고요. 외투 걸어둔 곳에 뒀어요." 피아노 쪽을 쳐다보자 멜린다와 찰리의 모습이 보이지 않았다. 필은 빅터와 마찬가지로 멜린다와 찰리가 사라진 걸 알아차렸지만 애써 유쾌한 척 이야기를 계속 이어갔다.

테라스에서 에벌린의 목소리가 들렸다. "수영할 사람 있어요?"

그러고 나서 얼마 후, 빅터가 잘 모르는 여자 목소리가 홀 뒤쪽에서 들렸다. "문이 잠겨 있어요. 잠겨 있는 거 맞죠?"

바로 그때, 필은 홀로 향하려다 말고 빅터를 쳐다보았다. "시간이 충분하니 서두를 필요 없겠지요."

"네, 그렇죠." 빅터는 윗입술을 문지르며 말했다. "천천히 술을 한잔 더 할 시간도 있고요." 하지만 그는 술을 더 마시고 싶지 않아서 뷔페 테이블 구석 자리에 둔 자기 접시 쪽으로 갔다. 술이 남아 있는 잔이 접시 옆에 있었다.

필 코원은 어깨너머로 빅터에게 잠깐 실례한다며 양해를 구하고는 테라스로 가버렸다.

빅터는 멜린다에게 가서 잠겨 있는 방에 대해 어떻게 처신해야 하는지 말해야 할까? 두려움인지 역겨움인지 혹은 갑작스러운 공포인지 알 수 없는 감정이 토가 아래 맨다리를 타고 올라오는 것 같았다. 바로 그때 별다른 감정 없이 유쾌한 여자 목소리가 들렸고, 멜린다에게 말하는 것인지 그렇지 않은지는 알 수 없었다. 홀에서 멜린다를 부르는 목소리가 빅터에게는 그만 물러나라는 신호처럼 들렸고, 그는 테라스로 나가서 어두컴컴한 구석 쪽으로 갔다. 돈 윌슨이 아직도 거기에 서서 어떤 여자와 이야기를 나누고 있었다. 그 여자는 제니 맥퍼슨이었다. 빅터는 가만히 서서 잔디밭 너머 수영장을 바라보았다. 랜턴이 일부 꺼져 있었지만 랜턴 두어 개의 불빛이 비친 완만한 L자 모양의 수영장 가장자리가 보였다. 오늘 밤 달빛은 없었다. 수영장 양쪽 가장자리에서 두 사람이 동시에 물을 튀기며 뛰어들었다. 빅터는 수영장이 부메랑과 모양이 흡사하다는 생각이 들었다.

"혼자 여기서 뭐해요?" 에벌린 코원이 어깨에 타월을 걸친 채 갑자기 나타나 말을 걸었다. 그녀가 입은 검정색 수영복 아랫부분에는 발레 의상처럼 프릴 장식이 달려 있었다.

"음, 혼자 즐기고 있어요." 빅터가 말했다.

"수영 안 할 건가요?"

"멜린다가 하면 저도 하려고요."

바로 그때 누군가 수영장에서 에벌린을 부르는 소리가 들렸다. "그럼 얼른 서둘러요!" 에벌린은 그렇게 말하고는 급히 테라스 계단을 내려갔다.

수영복 차림의 멜린다와 찰리가 역시 수영복 차림인 두세 사람과 함께 테라스로 나왔다. 그 가운데 한 명인 호러스는 빅터를 보고는 곧바로 그에게 다가왔다.

"티베리우스는 벌써 물러났나요?" 호러스가 물었다.

빅터는 아무 말도 못 한 채 초록색 수영복 차림의 멜린다가 정원을 가로질러 차로 향하는 두 부부에게 손을 흔들며 인사하는 모습을 쳐다보았다.

"수영장에 안 들어갈 건가요?" 호러스가 물었다.

"네, 안 들어가고 싶습니다." 빅터가 말했다. "하지만 수영장엔 갈게요." 그는 수영장에 가고 싶지 않았지만 자기도 모르게 그렇게 말해버렸다.

빅터와 호러스는 말없이 함께 수영장으로 향했고, 얼마 후 호러스가 침묵을 깨며 말했다. "파티 분위기가 약간 누그러드는 것 같군요."

빅터는 랜턴 불빛이 비치지 않는 곳으로 갔다. 찰리는 양손에 맥주 캔을 들고서 수영장 가장자리에 서서 손을 위로 쭉 뻗으며 재빨리 수영장 반대편으로 헤엄치는 멜린다를 지켜보았다. 찰리는 멜린다와 만나러 수영장 가장자리를 따라 걸어갔다. 그가 입은 파란색 반바지 수영복이 물에 젖지 않은 걸 보니, 아직 수영장 안에는 들어가지 않은 것 같았다. 찰리의 몸은 야위고 창백해 보였고, 검은 털이 몸 여기저기에, 움푹 들어간 가슴뿐 아니라 왼쪽 견갑골 위쪽에도 드문드문 나 있었다. 멜린다가 수영장 밖으로 나오자 찰리는 몸을 구부리고는 그녀에게 맥주 캔을 건넸다. 멜린다가 목소리를 높여 말했다. "머리가 지끈거렸는데 수영을 했더니 깨끗이 나았어요!"

바로 그때 멜린다와 눈이 마주친 빅터는 치자나무 꽃을 자세히 볼 요량으로 나무 쪽으로 향했다. 하지만 주변이 어두워서 흰 치자 꽃은 잘 보이지 않았다.

"여보!" 멜린다가 뒤쪽에서 그를 불러 세웠다. 그녀가 돌돌 말린 수영복 바지를 던지자 빅터가 잡았다. "수영 안 할 거야?"

수영장 건너편에서 찰리가 그들을 바라보며 씩 웃었다. 랜턴 불빛에 비친 그의 얼굴이 시체처럼 창백해 보였다.

멜린다는 복부가 먼저 물에 닿도록 첨벙 뛰어들었다. 그녀는 그런 자세로 물에 뛰어드는 걸 전혀 개의치 않았는데, 두어 번 여유 있게 팔을 휘젓다가 곧 몸을 뒤집었다.

"음, 정말 멋져." 그녀는 빅터가 예상한 대로 소리쳤다. 그녀는 지금쯤 술에 취해 자신이 무슨 말을 하는지 알지도 못하고 신경 쓰지도 않을 것이다. 그녀는 "찰리, 난 당신이 정말 좋아요!"라고 외칠 것이다. 예전에 조조와 함께 어울리던 밤에는 "조조, 난 당신이 정말 좋아요!"라고 외쳤는데, 당시 그 소리를 들었던 코윈 부부는 분별 있게 못 들은 척했다.

멀리 길가에서 차 문 닫는 소리가 들렸다.

찰리가 수영장 끝에 있는 철제 사다리 계단을 무척 조심스럽게 디디며 내려가고 있었다. 수영을 할 참이었던 빅터는 수영복을 갈아입으러 멀리 떨어진 치자나무로 향했다. 하지만 멜린다와 찰리가 함께 수영장 안에 있는 걸 보니 마음이 내키지 않았고, 찰리가 물속에 있으니 그 안에 들어가고 싶지도 않았다. 수영장에서 30미터 남짓 떨어져 있는 치차나무는 정원에서 가장 어둑한 구석에 있었다. 빅터는 남들에게 훤히 보이는 대낮인 양 조심스럽게 나무 뒤로 갔다. 토가와 반바지와 티셔츠, 속옷을 벗어 나무 뒤에 두고는 갈색 수영복으로 갈아입고서 맨발로 수영장을 향했다.

호루스의 모습이 보이지 않는 걸 보니 집 안으로 돌아간 게 분명했다.

빅터가 수영장에 도착하자 멜린다는 막 철제 사다리를 올라오고 있었다.

"추워?" 빅터가 물었다.

"아니, 안 추워." 멜린다가 말했다. "두통이 있어서." 그녀는 흰색 수영모를 벗고 젖은 머리를 헝클었다.

수영장 배수구 근처에서 서성이던 찰리는 수영에는 그다지 열심이지 않았다. "난 약간 추운 것 같아요." 그가 말했다.

"에벌린, 아스피린 있어요?" 멜린다가 물었다.

"물론이죠." 에벌린은 근처 잔디에 서 있었다. "그런데 욕실엔 없을 거예요. 침실에 있을 테니 함께 가요. 커피가 끓었는지 확인하고 곧바로 갈게요."

"커피 냄새가 여기까지 나는군." 필이 수영장 가장자리에서 일어서며 말했다. "커피 마실 분?"

"지금은 괜찮습니다." 빅터가 말했다. 대답한 사람은 그 혼자였다. 주변을 둘러보니 그와 찰리, 단 둘뿐이었다.

"안 들어올 건가요?" 찰리가 횡영으로 수영장 끝에서 수심이 얕은 곳으로 다가오며 물었다.

빅터는 거무스름한 물을 보자 들어가고 싶지 않았다. 차갑지는 않을 테지만 마음이 내키지 않았다. 찰리를 혼자 두고 다른 데로 가고 싶었지만, 굳이 수영복으로 갈아입고 나서 그렇게 가버리는 건 비겁하게 도망치는 것 같았다.

"들어가야죠." 빅터는 곧장 깊은 물속으로 들어갔다. 그는 수영을 꽤 잘했지만 지금은 그럴 기분이 아니었다. 게다가 차가운 물이 갑자기 몸에 닿고 머리가 젖어 엉망이 되자 기분이 불쾌해지면서 분노가 치밀었다.

"멋진 수영장이에요." 찰리가 말했다.

"그렇군요." 빅터는 클럽 회원이 비회원에게 거드름 피우듯이 쌀쌀맞게 말했다. 빅터는 물속에서 걸음을 옮기며 랜턴 두 개가 여전히 켜진 테라스를 쳐다보았다. 테라스에는 아무도 없는 것 같았다.

찰리는 등을 물에 대고 떠 있었다. 희멀건 한쪽 팔을 들어 어색하면서도 다소 필사적인 동작으로 물을 갈랐지만, 머리가 물에 잠기지는 않을 것이다. 빅터는 찰리의 양쪽 어깨를 잡아 누르고 싶었고, 그런 생각을 하면서 찰리에게 헤엄쳐 다가갔다. 찰리는 손을 머리 위로 뻗어 수영장 가장자리로 향하고 있었지만, 빅터는 곧바로 그에게 다가가 찰리의 목을 잡아 뒤로 당겼다. 찰리의 머리가 물속에 잠기는 동안, 물거품 하나 생기지 않았다. 빅터는 턱과 한쪽 어깨로 그를 짓눌렀고, 자기도 모르게 수심이 깊은 곳으로 그를 당겼다. 찰리가 수면 위로 올라오려고 발버둥 치자, 빅터는 오히려 손쉽게 자신의 머리를 수면 위에 유지시킬 수 있었다. 빅터는 양발을 가위처럼 벌려 찰리의 양쪽 허벅지를 정강이 사이에 오므리며 고정했다. 뒷걸음치면서 빅터의 머리가 물속에 잠겼지만, 손을 붙잡고 앞으로 나아가자 다시 물 위로 떠올랐다. 찰리는 여전히 물속에 잠겨 있었다.

'장난치는 거야.' 빅터는 마음속으로 생각했다. 지금 당장 그를 놔준다면 고약한 장난이 될 것이다. 하지만 바로 그 순간, 찰리가 심하게 발버둥 치자 빅터는 한 손으로는 그의 뒷덜미를 잡고 다른 한 손으로는 물속에서 버둥거리는 그의 손목을 힘껏 붙잡았다. 찰리는 다른 한 손으로 자신의 목덜미를 잡은 빅터의 손길을 떼어내려 했지만 여의치 않았다. 찰리의 한쪽 발이 수면 위로 올라왔다가 이내 물속으로 사라졌다.

빅터는 수면이 잔잔하고 주변에 아무 소리도 들리지 않는다는 걸 문득 알아차렸다. 마치 귀가 먹먹해져서 아무 소리도 들리지 않는 것 같았다. 빅터는 손에 힘을 빼면서도 찰리를 그대로 물속으로 누른 채 있었다. 그는 주변을 둘러보며 정원과 집과 테라스를 살폈다. 주변에 아무도 없었지만, 찰리를 물속으로 밀어 넣기 전에 주변을 확인하지 않았다는 사실을 담담하게 깨달았다. 물속에 잠긴 찰리의 어깨가 슬쩍슬쩍 떠오르는 것 같았지만, 그가 죽었거나 의식을 잃었다고는 믿기지 않았다.

'그냥 장난치는 거야.' 빅터는 다시 그렇게 생각했다. 하지만 이젠 장난이라 하기에는 너무 늦어버렸다. 찰리가 경련을 일으킨 게 분명하고 자신은 옷을 입느라 아무 소리도 듣지 못했다고 말해야 할 거라는 생각이 문득 떠올랐다. 그는 머뭇거리며 찰리의 양쪽 어깨를 놓았다. 찰리의 뒤통수가 수면 위로 약간 올라왔지만 얼굴은 물속에 그대로 있었다.

빅터는 수영장 밖으로 나왔다. 곧바로 치자나무로 가서 옷을 갈아입었다. 집 모퉁이에 있는 부엌에서 사람들의 목소리와 웃음소리가 들렸다. 서둘러 토가를 걸치고는 집에서 연습했던 대로 몸에 둘렀다. 그러고 나서 정원 쪽으로 열려 있는 부엌 뒷문으로 향했다.

멜린다, 에벌린, 필, 호러스, 메리 모두들 부엌에 있었지만, 빅터를 보고 알은척하며 인사한 건 에벌린뿐이었다.

"빅터, 샌드위치하고 커피 드실래요?" 에벌린이 물었다.

"커피 좀 마실게요." 빅터가 말했다.

필은 커피를 따라주었고, 근처에 서 있던 멜린다는 약간 비틀거리며 햄 샌드위치를 흐트러지지 않게 정리하며 아직도 두통이 있다고 나지막이 말했다. 빅터가 싱크대에 기대어 주변을 둘러보자, 파티가 끝날 때면 대개 그렇듯이 답답해 보이기도 했다. 파티를 주최한 집주인은 계속 남아 있는 손님들과 함께 부엌에 있었고, 몇몇 사람들은 서로 잘 아는 사이인 데다 늦은 시각에 술까지 마셔서 정말이지 편안해 보였다. 빅터는 지금 사람들이 하는 말과 행동을 두고 나중에 이런저런 말이 오갈 게 분명하다는 생각이 들었다. 에벌린은 빅터가 부엌에 들어오기 전에 시작했던 이야기를 계속 이어나가려 했다. 고트 앤드 캔들 가게에서 옛 친구를 만났는데 그 친구의 어린 아들이 심장 수술을 받았다고 했다. 호러스는 애써 이야기를 들어주려는 기색이 역력했다.

필이 빅터에게 커피를 건네며 말했다. "자, 커피 마셔요. 설탕 줄까요?" 그러자 에벌린이 자신도 커피를 마시고 싶다며 끼어들었다.

멜린다는 이미 숙취로 지친 표정으로 말했다. "맙소사, 머리가 왜 이렇게 깨질 듯이 아픈 거죠?" 그녀는 누구에게랄 것도 없이 말했지만, 목소리가 너무 커서 에벌린이 깜짝 놀라 그녀에게 다가갔다.

"멜린다, 아직도 머리 아파요? 내가 갖고 있는 노란 약을 먹는 게 어때요? 잘 들을 거예요."

멜린다가 부엌을 절반쯤 지날 무렵 에벌린은 노란 약을 가지러 부엌을 나갔다. 빅터는 멜린다가 에벌린을 따라갈 거라 생각했지만, 멜린다는 몸을 돌려 그에게 물었다.

"찰리는 어디 있어?"

"아직 수영하고 있어." 빅터가 말했다.

"수영한다고?" 멜린다는 믿기지 않는다는 투로 말했다.

"내가 지나왔을 때는 그랬어." 빅터가 말했다.

멜린다는 정원으로 나가 문간에 서서 문설주를 꼭 잡고서 외쳤다. "찰리! 얼른 들어와요!" 그녀는 대답을 기다리지 않고 곧바로 부엌으로 들어왔다.

에벌린이 곧장 되돌아왔고 멜린다는 알약을 삼키고는 곧장 출입문으로 가서 다시 찰리를 불렀다. 그러고는 그를 데리러 정원으로 나갔다.

빅터는 필과 에벌린이 서로 쳐다보며 웃는 모습을 슬쩍 보았다. 오늘 밤 멜린다가 찰리를 무척 걱정하는 티가 났기 때문이다. 필은 샌드위치를 집어 한 입 베어 먹었다.

바로 그때 멜린다의 고함 소리가 들렸다. "여보!" 그녀가 날카로운 목소리로 외쳤다. "필!"

필이 앞서 나왔고 빅터와 호러스도 서둘러 달려 나왔다. 멜린다는 난감한 표정으로 수영장 가장자리에 서 있었다.

"찰리가 물에 빠져 죽었어요." 멜린다가 말했다.

필은 재킷을 벗고 물속에 뛰어들었다. 빅터는 창백해진 필의 얼굴을 슬쩍 보고는 사람들에게 다가가 찰리를 끌어냈다. 빅터가 한쪽 팔을, 호러스가 다른 한쪽 팔을 붙잡아서 물 밖으로 끌어냈다.

"혹시……" 필이 숨을 몰아쉬었다. "인공호흡 어떻게 하는지 알아요?"

"네, 조금요." 빅터가 말했다. 그는 찰리의 얼굴을 아래로 당겼다. 오른손으로 아래턱을 당기고 왼손으로는 입을 벌렸다. 멜린다가 끼어들더니 찰리의 심장에 손을 대보고 미친 듯이 팔목의 맥박을 확인했다.

"맥박이 뛰질 않아!" 멜린다가 신경질적으로 소리쳤다. "프랭클린 의사 선생님을 불러요!"

"내가 부를게요." 에벌린은 집으로 급히 달려갔다.

"그래봐야 소용없겠지만 아무튼 불러야지." 필은 그렇게 말하며 찰리의 왼손 손목의 맥박을 확인했다.

빅터는 무릎을 꿇고 찰리와 마주 보는 자세로 겨드랑이 밑에 손을 넣어 흉곽을 들어 올렸다가 다시 내렸다. "호러스, 이렇게 하는 거 맞아요?"

"맞아요." 호러스가 긴장한 목소리로 말했다. 그는 빅터 옆에 무릎을 꿇고 앉아 찰리의 얼굴을 살폈다. "입을 계속 벌려야 해요." 박사 학위가 있는 그는 스스럼없이 찰리의 입에 손을 넣어 혀를 잡아 당겼다.

"똑바로 세워서 물을 빼내야 할까요?" 필이 물었다.

"아니요, 그러면 안 돼요." 호러스가 말했다. "그렇게 낭비할 시간 없어요."

빅터는 흉곽을 더 높게 들어 올렸다. 지금껏 인공호흡을 해본 경험은 없었지만 마침 최근 찰리가 집에 왔던 날 저녁에 『세계 연감』에서 인공호흡에 관한 글을 읽었던 기억이 났다. 호흡은 멈추었지만 심장은 여전히 박동하고 있는 상태의 인공호흡에 관한 것이었는데, 찰리의 심장은 박동하고 있지 않았다.

"심장 마사지를 해야 할 것 같습니다." 빅터가 흉곽을 올렸다 내렸다 하며 말했다. 그는 자신은 침착하다고 생각했지만 흥분해서 멍청한 질문을 한 것 같았고, 그런 질문을 해야 할 것 같았다.

"아니요." 호러스가 대답했다.

"당신이 제대로 못하고 있잖아!" 빅터 옆에 무릎을 꿇고 있던 멜린다가 소리쳤다.

"왜요? 뭐가 문제인가요?" 필이 물었다.

"담요 가져올까요?" 메리가 상기된 목소리로 물었다.

"당신이 제대로 못하고 있어!" 멜린다가 울음을 터뜨리더니 어깨를 들썩이며 흐느껴 울었다.

"빅터, 지치면 나하고 교대해요." 필이 말했다. 그는 왼쪽 손목의 맥박을 계속 확인하고 있었지만 겁에 질린 표정을 보니 맥박이 전혀 없는 게 분명했다.

에벌린이 급히 달려왔다. "프랭클린 의사 선생님이 곧 오실 거예요. 병원에 전화했으니 구급차도 곧 도착할 거고요."

"담요를 덮어줘야 하지 않을까요?" 메리가 다시 물었다.

"네, 내가 가져올게요." 에벌린은 그렇게 말하고 다시 집 안으로 서둘러 갔다.

"도대체 어떻게 된 일일까요?" 필이 물었다. "경련이 일어났던 걸까요?"

아무도 대답하지 않았다.

멜린다는 눈을 꼭 감은 채 몸을 좌우로 흔들며 신음소리를 냈다.

"머리를 부딪친 걸까요? 빅터, 찰리가 다이빙을 하던가요?" 필이 물었다.

"아니요, 물을 첨벙이며 헤엄치고 있었어요." 빅터는 움직임이 거의 없는 흉곽을 내려놓았다. "수심이 얕은 곳에서요."

"괜찮아 보였어요?" 메리가 물었다.

"네." 빅터가 대답했다.

바로 그때 필이 빅터를 옆으로 밀며 말했다. "내가 대신해서 하죠."

구슬픈 사이렌 소리가 점점 더 가까이 들리더니 나지막이 울리다가 이윽고 멈추었다. 필은 흉곽과 어깨를 들어 올리는 동작을 일사불란하게 했다. 흰 가운 차림의 인턴 두어 명이 산소 탱크를 들고 가까이 다가왔다.

음울하고 황량한 불빛이 비치는 그곳에 희미한 여명이 밝아왔다. 빅터는 그런 불빛 속에서는 아무도 되살아날 수 없을 거라는 생각이 문득 들었다. 죽음에 어울릴 법한 불빛이었다. 인턴들이 분주히 돌아다니며 사람들에게 질문하고 인공호흡을 다시 시작하는 모습을 보자, 빅터는 순간 몸이 무척 피곤하게 여겨졌다. 마치 혼수상태에서 깨어난 것 같았다. 만약 찰리가 깨어난다면 자신은 죽게 될 거라는 사실도 처음으로 깨달았다. 인공호흡을 할 때만 하더라도 그런 생각을 떠올리지 못했다. 인공호흡에 최선을 다했고, 그 대상이 찰리가 아니라 호러스였다 해도 똑같이 했을 것이다. 그는 적절한 조처를 취했지만 찰리가 되살아나는 것은 원치 않았다. 그러자 문득, 자신이 찰리를 익사시켰다는 사실이 비현실적으로 느껴졌고, 실제로 벌어진 일이 아니라 머릿속에서 상상한 일 같았다. 빅터는 다른 사람들과 마찬가지로 찰리의 얼굴을 유심히 살폈다. 모두들 찰리의 얼굴을 살피는데 멜린다만이 흐느껴 울며 제정신이 아닌 것처럼 멍하니 정면을 주시하고 있었다.

인턴이 낙담한 듯이 고개를 가로저었다.

대문이 닫히는 소리가 들리더니 프랭클린이 나타났다. 머리가 희끗하고

민첩하고 진지한 표정의 프랭클린은 작은 검정 가방을 들고 서둘러 정원을 가로질러 왔다. 그는 트릭시가 세상 빛을 보도록 도와준 의사였고, 다친 팔을 치료해주고, 급성 소화불량을 고쳐주고, 종기를 절개해주고, 식이요법을 처방해주고, 모든 마을 사람들의 혈압을 재주는 의사였다.

"나한테 전화할 때부터 줄곧 인공호흡을 실시했나요?" 그가 찰리의 손목 맥박을 확인하고 눈꺼풀을 뒤집으며 말했다.

"그 전부터 했어요." 에벌린이 말했다. "전화하기 3, 4분 전부터요."

프랭클린은 낙담한 듯 이마를 찌푸렸다.

"희망이 없나요?" 에벌린이 물었다.

멜린다는 더 크게 울먹거렸다.

"그런 것 같습니다." 프랭클린은 힘없는 목소리로 대답하고는 주사를 준비했다.

멜린다는 두 손으로 얼굴을 가리며 흐느껴 울었다.

야간 응급 상황에 익숙한 것 같은 프랭클린은 멜린다에게는 전혀 신경 쓰지 않았다. 하지만 빅터는 자신이 익사했다면 프랭클린이 멜린다에게 신경을 써줄 거라는 생각이 들었다. 프랭클린은 희생자의 아내에게 위로의 말을 해줄 것이다. 그는 찰리의 팔에 주삿바늘을 꽂았다.

"몇 분 후면 알게 될 겁니다." 프랭클린이 말했다. "그렇지 않으면……" 그는 찰리의 왼쪽 손목을 잡고 있었다.

필이 자리에서 일어나 몇 발자국 떨어지자 에벌린이 그에게 다가갔다. 호러스와 메리 역시 고인과 약간 거리를 두며 애써 긴장을 누그러뜨렸다. 빅터가 상체를 숙여 멜린다의 팔을 부드럽게 잡았지만 그녀는 그의 손길을 뿌리쳤다. 빅터는 다른 사람들 곁으로 갔다.

필은 금방이라도 기절할 것처럼 안색이 창백했다. "모두 커피라도 한잔 해야겠어요." 그가 말했지만 아무도 꼼짝하지 않았다.

모두들 한데 모여 의사와 인턴들, 그리고 하체에 무릎 덮개를 덮은 시신을 쳐다보았다.

"안타깝게도 우리가 할 수 있는 일은 아무것도 없습니다." 프랭클린이 일어서며 말했다. "병원으로 이송하겠습니다."

"찰리가 죽었어!" 멜린다는 그들에게 소리치고는 이상하게도 긴장이 풀린 자세로 손을 바닥에 짚고 몸을 기댔다.

잠시 후 찰리를 들것에 옮기자 멜린다가 벌떡 일어났다. 그녀가 병원에 가겠다고 우기자 빅터와 필이 몸으로 막아야 했다. 그녀는 한쪽 손으로 빅터의 귀를 잡았다. 몸부림을 치는 바람에 원피스 앞자락이 찢어졌고, 드러난 한쪽 맨가슴이 광분한 듯 바들바들 떨렸다. 빅터는 그녀의 팔꿈치를 뒤로 붙들었다. 갑작스럽게 수치스럽다는 생각에 그녀의 팔을 놓자, 멜린다는 갑자기 내달리다가 필과 부딪쳤고 코를 부여잡고 아프다며 소리를 질렀다. 빅터와 필이 멜린다를 집 안으로 데려갔다.

부엌으로 들어가자 에벌린이 커피 잔을 들고 왔다. "진정제 두어 알 넣었어요." 그녀가 빅터에게 나지막이 말했다.

김이 나는 걸로 보아 커피가 무척 뜨거울 텐데, 멜린다는 제정신이 아닌 것처럼 단숨에 들이켰다. 코피가 흘렀고 맨가슴은 그대로 드러나 있었다. 빅터는 토가를 찢어 그녀의 상체를 가리고 천을 코에 갖다 댔다. 멜린다가 느닷없이 그에게 팔을 휘두르는 바람에 설거지대에 놓인 유리잔과 커피 잔이 떨어졌다. 그러고 나서 그녀는 의자에 털썩 주저앉아 빅터를 잡아당겼고, 그는 몸을 낮추어 그녀를 붙잡으려 애썼다. 빅터의 한쪽 무릎에 깨진 유리조각이 닿았다. 바로 그때, 멜린다가 갑자기 조용해지더니 고개를 뒤로 젖히고는 두 눈을 뜨고 멍하니 천장을 올려다보았다. 코피가 윗입술에 흘러내리자 빅터는 토가 천으로 닦아냈다. 마침내 에벌린이 종이 티슈와 얼음조각을 가져와 멜린다의 목덜미에 댔다. 얼음이 뜨거운 목덜미에 닿는데도 멜린다는 아무런 반응이 없었다.

빅터가 뒤돌아보자 호러스와 메리가 난로 근처에 나란히 서 있었고, 필은 겁에 질린 표정으로 부엌 한가운데에 서 있었다. 바로 그 순간 빅터의 머릿속에 든 생각은, 만약 찰리가 살해당했고 그들 가운데 한 명이 범인이라면 필이 더 범죄자처럼 보일 것 같다는 것이었다.

"자살할 생각은 아니었겠죠, 그렇죠?" 필이 빅터에게 물었다.

멜린다가 고개를 똑바로 들고서 말했다. "그럴 리가 없죠! 모두들 그를 우러러보고 뛰어난 재능이 있는데 뭣 땜에 그러겠어요?"

"빅터, 수영장을 떠날 때 그는 뭘 하고 있었나요?" 필이 물었다.

"물을 첨벙이며 헤엄치고 있었어요. 등을 대고서 수영하고 있었던 것 같아요."

"물이 차갑다는 말은 하지 않던가요?" 에벌린이 물었다.

"아니요. 그 전에 그런 말을 했지만……"

"당신 짓이야." 멜린다가 빅터를 쳐다보며 말했다. "그의 머리를 내리쳐 물속에 빠뜨린 거야."

"어머, 멜린다!" 에벌린이 그녀에게 다가가며 말했다. "멜린다, 지금 너무 혼란스러워서 그런 거예요."

"머리를 내리쳐 물속에 빠뜨렸을 거예요." 멜린다가 에벌린의 손길을 뿌리치며 목소리를 더 높여 말했다. "병원에 전화할 거야." 그러면서 그녀는 벌떡 일어섰다.

필이 멜린다의 팔을 잡았지만 그녀는 자기 힘에 못 이겨 냉장고에 부딪치고 말았다. "멜린다, 이러지 말아요. 지금은 안 돼요."

"남편이 찰리를 죽인 게 분명해요." 멜린다가 이웃 사람들에게 들리도록 큰 소리로 외쳤지만, 25미터 근처에는 이웃집이 없었다. "남편이 그를 죽였어요. 저리 비켜!" 그녀가 다가오는 빅터를 밀차자, 호러스가 끼어들며 그녀의 한쪽 손목을 잡았다. "찰리의 머리를 확인해보라고 할 거예요!"

바로 그때, 한쪽 팔은 필에게 다른 한쪽 팔은 호러스에게 붙들린 멜린다가 갑자기 얼어붙은 듯 꼼짝도 하지 않았다. 고개를 들자 적갈색으로 염색한 머리가 흔들렸고, 젖은 눈은 꼭 감겨 있었다.

"빅터, 멜린다를 침대에 눕히는 게 좋겠어요." 에벌린이 말했다. "트릭시는 괜찮을까요?"

"피터슨 가족과 함께 있으니 괜찮을 겁니다." 빅터가 대답했다.

호러스는 잡고 있던 멜린다의 팔을 놓고는, 지친 미소를 지으며 에벌린에게 다가갔다. "우린 그만 가볼게요. 우리가 도울 일이 없다면 말이죠."

"네, 그만 가보세요. 진정제 두 알을 더 복용해도 괜찮겠죠?" 그녀는 손바닥에 놓인 진정제 두 알을 커피 잔에 넣으며 나지막이 물었다. "0.016그램의 미량이니까요."

"물론이죠." 호러스는 그렇게 대답하고는 빅터에게 말했다. "잘 있어요, 빅터. 나중에 전화 줄 거죠? 어떤 일이 있더라도 낙담하지 말아요." 그는 빅터의 팔을 가볍게 두드렸다.

호러스가 나지막이 말했지만 혼수상태에 빠진 것처럼 가만히 있던 멜린다는 그의 목소리를 듣고 소리쳤다. "낙담하지 말라고요? 남편은 낙담해야 해요. 수영장 바닥에 처박아야 한다고요!"

"멜린다!" 호러스가 깜짝 놀라 말했다.

"멜린다, 그만해요." 필이 말했다. "자, 이거 마셔요."

멜린다는 다시 소리치지 않았지만, 한 시간이 지나서야 간신히 위층 손님방 침대에 그녀를 눕힐 수 있었다.

멜린다가 조용해지자마자 필은 웨슬리에 있는 성 조지프 병원에 전화를 걸었다. 병원 측에서는 찰리 드 리슬이 사망했다고 알려주었다.

10

다음 날 정오 무렵 빅터는 멜린다와 함께 집으로 향했다. 그녀는 차 안에서 한마디도 하지 않았다. 11시에 아래층으로 내려온 이후로 거의 입을 열지 않았다. 눈은 퉁퉁 붓고 진정제를 복용한 탓에 여전히 멍해 보였다. 립스틱을 바르지 않아 더 얇아 보이는 입술을 꼭 다문 채 앞 유리창 너머를 멍하니 바라보았다. 빅터는 그녀를 집에 두고 깨끗한 바지와 셔츠로 갈아입고는 트릭시를 데리러 피터슨네로 갔다. 피터슨 가족에게 어젯밤 일어났던 일을 말해주어야 할 것 같았다. 그렇지 않으면 그들이 그를 이상하게 여길 것이다.

빅터는 아이들에게 목소리가 들리지 않을 진입로에서 피터슨 부부에게 말을 꺼냈다. "어젯밤 코원 부부 집에서 사고가 있었어요. 누군가가 수영장에 빠져 죽었어요."

"뭐라고요?" 캐서린 피터슨이 놀라 눈을 동그랗게 뜨며 말했다.

"누가요?" 피터슨이 물었다.

빅터는 찰리가 죽었다고 말했다. 피터슨 부부는 찰리를 만난 적은 없지만 사소한 것까지 모두 물어보았다. 나이는 몇 살인지, 그 전에 어떤 음식을 먹었는지(빅터는 알지 못했다), 다른 사람에게 발견되기 전에 얼마 동안 물속에 있었는지 등. 빅터는 자신이 수영장을 떠날 즈음 찰리가 헤엄을 치고 있었기 때문에 잘 모르겠다고 대답했다. 그러고 나서 약 7분이 지나서 사고가 일어났고, 경련이 일어난 게 분명한 것 같다고 했다. 피터슨 부부도 경련이 일어난 것으로 추정했다.

그러고 나서 빅터는 트릭시를 차에 태워 집으로 갔다. 트릭시는 방금 제이니와 함께 주일 학교를 다녀왔기 때문에 나들이복 차림이었다. 그녀는 주일 학교에서 남자아이들이 갖고 있던, 막대에 고무가 달린 플라스틱 글라이더 얘기를 했다. 트릭시가 글라이더를 사고 싶다고 해서 빅터는 시내에 있는 신문가게 앞에 차를 세우고 가게 진열장에 놓인 것 가운데 하나를 사주었지만, 머릿속으로는 다른 생각을 하고 있었다. 두 가지 생각이 계속 떠올랐다. 윌슨 부부 문제와 필 코원이 오늘 아침 그에게 물어본 질문이었다. 그 두 가지 가운데 필의 질문이 더 마음에 걸렸다.

필은 그날 아침 당혹스러운 듯이 물었다. "멜린다가 찰리를 사랑하나요?" 빅터는 이렇게 대답했다. "그에 관해서는 아는 바가 전혀 없습니다." 필은 누구에게나 물어볼 수 있듯이 아무렇지 않게 물었다. 실제로 멜린다는 찰리를 사랑하는 것처럼 행동했다. 마을 사람들은 어제저녁 내내 멜린다가 찰리와 함께 있을 때 어떻게 행동했는지, 또 둘이 함께 연주했던 피아노곡이나 멜린다가 예전에 사귀었던 내연의 남자들에 관해서 이야기할 것이다. 빅터가 마음에 걸렸던 건 사건의 전말을 알아낼 거라는 죄책감이나 두려움이 아니라, 필이 대놓고 그런 질문을 한 게 무척이나 수치스러워서였다.

윌슨 부부 문제는 더 모호했다. 그날 아침 커피와 오렌지주스를 마시며 에벌린이 말했다. "윌슨 부부가 아무것도 알아차리지 못하고 집으로 간 게 정말 놀라워요. 돈이 떠난 시각은 그 사건이 일어났을 즈음이 분명해요. 기억 안 나요, 여보?" (하지만 필은 기억나지 않는다고 했다.) 에벌린은 멜린다가 두통 때문에 아스피린을 가지러 집에 들어오자마자 윌슨 부부가 떠났으며, 아내가 두고 간 물건을 가지러 금방 되돌아왔다고 했다. 그녀가 두고 간 물건이 무엇이었는지는 기억나지 않는다고 했다. 빅터가 의문스럽게 여겼던 점은, 윌슨이 정원을 지나가다가 수영장에서 몸싸움하는 걸 목격했다면 아무 말도 하지 않고 곧장 차로 갔을지 여부였다. 그럴 리가 없을 것이다. 돈 윌슨은 무척 특이하고 비밀스러운 성격이라 그럴 수도 있을 거라는 생각이 문득 들기도 했다.

빅터가 트릭시를 데리고 집에 돌아오자 멜린다는 물에 탄 스카치위스키를 마시고 있었다. 그녀는 트릭시에게조차 아무 말도 하지 않았다. 트릭시는 예전에도 엄마가 아침에 흐트러진 모습으로 기분이 언짢은 걸 본 적은 있지만, 평소보다 안 좋은 일이 일어났음을 감지했다. 트릭시는 엄마를 오랫동안 쳐다보고는 아무것도 물어보지 않고 방에 들어가 옷을 갈아입었다.

빅터는 부엌으로 가서 멜린다가 먹을 스크램블드에그를 크림을 넣어 만들었다. 카레 가루도 약간 넣었는데, 기분이 좋지 않은 아침일 때면 좋아하는 음식이었기 때문이다. 소파에 앉아 있는 멜린다에게 음식을 가져가 옆에 앉으며 말했다. "달걀 좀 줄까?"

멜린다는 아무 대답도 하지 않고 마시던 술을 한 모금 더 마셨다.

"카레 가루도 약간 넣었어." 그는 포크에 스크램블드에그를 조금 덜어주었다.

"지옥에나 가버려." 멜린다가 나지막이 중얼거렸다.

트릭시가 멜빵바지 차림에 글라이더를 들고 되돌아와 물었다. "도대체 뭐가 문제예요?"

"찰리가 죽은 게 문제야. 물에 빠져 죽었어!" 멜린다가 소파에서 일어서며 소리쳤다. "네 아빠가 죽였어!"

트릭시는 놀라 입을 다물지 못한 채 아빠를 쳐다보았다. "아빠가 그랬어요?"

"아니야, 트릭시." 빅터가 말했다.

"찰리 아저씨가 죽었어요?" 트릭시가 물었다.

빅터는 찡그린 얼굴로 멜린다를 쳐다보았다. "꼭 그래야겠어?" 그의 심장 박동이 분노로 빨라졌다. "그렇게 말해야겠냐고?"

"어린아이한테는 항상 진실을 말해야 해." 멜린다가 반박했다.

"찰리 아저씨가 죽었어요?" 트릭시가 다시금 물었다.

"응, 물에 빠져 죽었어."

트릭시는 그 소리에 눈을 동그랗게 떴지만, 빅터가 생각하기에 조금도 유감스러워하지 않는 것 같았다. "머리를 부딪쳤어요?"

"모르겠어." 빅터가 대답했다.

"아니야, 머리를 부딪친 게 아니야." 멜린다가 말했다.

트릭시는 잠시 두 사람을 번갈아 보았다. 그러고는 밖에 나가 놀려고 조용히 현관문을 열고 나갔다.

멜린다는 마시던 잔을 채우려고 부엌으로 갔다. 식료품 저장실 문을 발로 밀어서 닫는 소리가 들렸다. 그녀는 거실로 되돌아와 자기 방으로 가버렸다.

잠시 후 빅터는 자리에서 일어나 싱크대로 가서 뜨거운 물로 스크램블드에그를 천천히 씻어 내렸다. 그는 트릭시와 기분이 비슷하다는 생각이 들었다. 자신이 저지른 일에 죄책감이나 두려움을 느낀 탓에 반응을 제대로 못 하는 것 같았다. 기분이 무척 이상했다. 코원 부부의 거실 소파에 누워 있을 때, 그는 두려움과 갑작스러운 공포, 죄책감과 회한이 찾아오기를 기다렸다. 하지만 어린 시절의 즐거웠던 날이 떠올랐다. 달걀 껍데기로 이글루를 만들고 유리 섬유로 눈을 만들어 이글루 마을 모형을 완성해서 지리 수업 시간에 상을 받은 날이었다. 그러자 자기도 모르게 마음이 정말 편안해졌다. 남들이 알아내지 못할 거라는 편안함이었다. 남들이 알아내지 못한다면 두렵지 않을 거라고 믿었던 걸까? 그는 매사에 반응하는 속도가 무척 느렸다. 신체적인 위험이 찾아오거나 감정적인 충격을 받을 때도 마찬가지였다. 때로는 몇 주가 지나서 반응하는 바람에 왜 그런지 이유를 알아내기 힘들기도 했다.

전화벨이 울리자 빅터는 홀로 가서 수화기를 집어 들었다.

"여보세요?"

"빅터, 에벌린이에요. 잠깐 잠들었는데 깨운 건 아니죠?"

"전혀 아닙니다."

"멜린다는 어때요?"

"그다지 좋지는 않아요. 방에서 술을 마시고 있어요."

"빅터, 지난밤 일은 정말 유감이에요."

빅터는 에벌린이 무슨 말을 하는지 잘 알아들을 수 없었다. "우리 모두 유감이죠."

"프랭클린에게 전화가 왔어요. 내일 2시 반 볼링어에서 검시를 하는데 우리 모두 참석해야 한대요. 아무튼 곧 연락이 갈 거예요. 검시는 법정에서 진행된다고 해요."

"알겠습니다, 기억하고 있을게요."

"빅터, 혹시 이번 일로 전화 온 데 있어요?"

"아니요."

"우리한텐 전화가 왔어요. 남편은 당신한테 아무 말 하지 말라고 하지만, 내 생각엔 알아두는 게 좋을 것 같아서요. 어떤 한 사람은 당신이 찰리의 익사 사고와 관련이 있다고 생각해요. 드러내놓고 말하지는 않았지만 은근히 그런 의도를 암시하는 것 같아요. 내 말 무슨 뜻인지 알 거예요. 그리고 사람들이 분명히 수군거릴 거고요. 유감스럽게도 찰리와 멜린다가 서로에게 반한 것처럼 행동했다는 걸 많은 사람들이 눈치챘어요. 하지만 그런 일은 자주 있었으니까요."

"네, 저도 알아요." 빅터가 약간 어색해하며 말했다. "누가 그렇게 말했나요?"

"그건 말할 수 없어요. 공정하지도 않고 그다지 중요한 일도 아니니까요."

"돈 윌슨이 그랬나요?"

에벌린은 약간 망설였다. "네, 맞아요. 우리는 그를 잘 알지 못하고 그역시 당신을 잘 알지 못해요. 당신을 잘 아는 사람이 그런 말을 했다면 유감이겠지만, 그에겐 그럴 만한 권리가 없죠."

빅터는 그 말을 한 사람이 돈 윌슨이기를 바랐다. 돈 윌슨이 그 말만 했기를 바랐다. '그냥 내버려두기로 해요. 불만을 가질 일이 있었겠죠.'

"맞아요, 무언가 오해가 있을 거예요. 난 그가 마음에 들지 않아요. 파티에 초대한 것도 그저 친절을 베풀기 위해서였거든요."

"네. 전화해줘서 고마워요, 에벌린. 혹시 또 그런 말을 하는 사람이 있나요?"

"아니요, 그런 말 하는 사람은 없지만……" 에벌린의 정직하면서도 나지막한 목소리가 멈추자 빅터는 이번에도 인내심을 갖고 기다렸다. "이미 말했듯이, 몇몇 사람들이 멜린다가 찰리하고 함께 있을 때의 행동에 관해 말하면서 내게 무슨 일이 있느냐고 물었어요. 난 그렇지 않다고 대답했고요."

빅터는 당혹스러워서 수화기를 꽉 움켜잡았다. 에벌린은 더 많은 걸 알고 있는 게 분명했다.

"알다시피 멜린다는 많은 사람들의 관심을 끌고, 특히 피아니스트라면 더욱 그렇죠. 이해할 수 있어요."

"네." 빅터는 인간의 자기기만이 놀라울 지경이었다. 주변 사람들이 멜린다의 행동을 보고도 못 본 척 윙크만 슬쩍 하다 보니, 이젠 윙크할 일도 아니라고 믿게 되었다.

"남편 분은 어때요?" 빅터가 물었다.

"아직도 겁에 질려 있어요. 우리 집 수영장에서 사고가 일어난 건 이번이 처음이에요. 그것도 무척 끔찍한 사건이 일어났죠. 남편은 자기한테도 책임이 있다고 느끼는 것 같아요. 금방이라도 수영장을 메워버릴 작정인데, 어느 정도 이해가 가요."

"물론이죠." 빅터가 말했다. "에벌린, 전화해줘서 고마워요. 내일 검시를 보고 나면 우리 모두 기분이 약간은 좋아질 거예요. 모든 게 해결될 거고요. 그럼 2시 반에 볼링어에서 만나요."

"네. 멜린다 일로 도울 일 있으면 곧바로 연락해요."

"그럴게요, 에벌린. 그럼 이만 끊을게요."

"그래요, 빅터."

그는 검시를 하면 모든 게 해결될 거라고 말했던 건 자신의 안전은 고려하지 않은 경솔한 행동이었다는 생각이 들었다. 그의 친구인 필 코원과 호러스 멜러, 그리고 그들의 아내들이 올 것이다. 그들은 빅터를 신뢰할 것이다. 하지만 호러스에게는 잠시나마 의문이 들었다. 찰리를 수영장 밖으로 꺼내고 난 이후부터 그리고 부엌에서도 호러스는 평소와 달리 말이 거의 없었다. 그의 표정을 떠올리자, 격앙되고 충격을 받아 마침내 초췌해 보였지만 의심의 여지라고는 추호도 없었던 것 같다. 그렇다, 호러스를 믿어도 될 것이다.

멜린다는 내일 검시관 앞에서 자신을 힐난할 수도 있겠지만, 실제로 그럴 것 같지는 않았다. 그렇게 하려면 약간의 용기가 필요한데, 그가 생각하기에 그녀에게는 그럴 만한 용기가 없었다. 그녀는 겉으로는 거칠어 보였지만 속으로는 겁쟁이였고 체제 순응자였다. 그녀는 그를 힐난하면 마을 사람들이 모두 자신에게 등을 돌릴 것임을 알 것이고, 그렇게 되는 걸 원치 않을 것이다. 물론 울화가 치밀어 그를 힐난할 수는 있겠지만, 그러면 그녀가 왜 그렇게 울화가 치미는지 모두가 알게 될 것이다. 그녀의 성격을 자세히 살펴보면, 늘 마지막은 울화가 치미는 것으로 끝나곤 했다. 그녀는 자신의 사생활을 사람들에게 낱낱이 드러내고 싶지는 않을 것이다.

월요일 오후 1시 무렵, 빅터는 사무실에서 집으로 왔다. 간단히 점심을 먹고 2시 반 전에 볼링어로 가기 위해서였다. 멜린다는 집을 나서서 메리나 에벌린과 함께 오전 시간을 보냈을 것이다. 빅터가 2시 반에 검시가 있다는 사실을 주지시키려고 오전 10시부터 사무실에서 연락했지만 전화를 받지 않았다. 그녀는 점심을 먹지 않겠다고 했고, 2시에 집을 나설 때까지 술을 마시지도 않았다. 잠을 잤는데도 다크서클이 눈 밑에 내려와 있었고 얼굴은 창백하고 약간 부어올랐다. 빅터는 죽은 연인을 애도하는 정부에게 어울릴 법한 얼굴이라고 생각했다.

그녀가 어떤 질문이나 말에도 아무런 대꾸가 없자, 빅터는 결국 그녀를 가만히 내버려두었다.

검시는 볼링어에 있는 빨간 벽돌 건물인 법정에서 이루어졌다. 법정 안에는 등받이 의자 서너 개와 책상 두 개가 놓여 있고, 책상 앞에는 사람들의 말을 모두 속기로 받아 적는 남자 속기사가 앉아 있었다. 검시관의 이름은 월시였다. 쉰 살가량의 미남형에 표정이 진지했고, 머리칼이 희끗하고 자세가 곧았다. 모두들 제시간에 도착했다. 멜러 부부와 코원 부부, 빅터와 멜린다, 그리고 팔짱을 끼고 앉은 프랭클린 의사 등. 먼저 사실에 기초한 정황을 서술하고 확인한 다음, 우연한 상황 때문에 죽었을 거라고 생각하는지 개인적인 의견을 물었다.

"네." 필 코원이 단호하게 대답했다.

"네." 에벌린이 말했다.

"그렇게 생각합니다." 호러스가 필만큼이나 단호하게 대답했다.

"그렇게 생각합니다." 메리도 남편 말을 따랐다.

"네." 빅터가 말했다.

그러고 나서 멜린다의 차례였다. 계속 바닥을 내려다보고 있던 그녀는 고개를 들어 겁에 질린 얼굴로 검시관을 쳐다보았다. "모르겠어요."

검시관이 그녀를 다시 한번 더 쳐다보았다. "드 리슬 씨가 사망한 게 우연한 상황 때문이 아니라 어떤 일이나 어떤 사람 때문이라고 생각하나요?"

"모르겠어요." 멜린다가 무표정하게 말했다.

"누군가 드 리슬의 죽음에 책임이 있다고 생각하는 이유라도 있나요?" 검시관이 물었다.

"남편이 그를 좋아하지 않았어요." 멜린다가 고개를 숙인 채 말했다.

검시관이 얼굴을 찌푸렸다. "남편 분이 드 리슬 씨와 몸싸움을 했다는 말인가요?"

멜린다는 머뭇거렸다.

필은 짜증이 나서 얼굴을 찌푸리고는 앉은 자세를 바꾸었다. 프랭클린은 몹시 못마땅하다는 표정이었다. 에벌린 코원은 자리에서 일어나 멜린다의 어깨를 흔들며 정신 차리라고 말하고 싶다는 표정이었다.

"아니요, 싸우지는 않았어요." 멜린다가 말했다. "하지만 제가 그를 좋아한다는 이유만으로 남편은 그를 좋아하지 않았어요."

"남편 분이 드 리슬 씨를 공격하는 걸 봤나요?" 검시관이 인내심 있게 물었다.

멜린다는 이번에도 머뭇거렸다. "아니요." 그녀는 이상하게도 수줍은 듯 바닥을 내려다보았지만 천성적으로 목소리가 우렁차고 맑아서 대답 소리가 무척 또렷하게 들렸다.

검시관이 프랭클린에게 물었다. "의사 선생님, 드 리슬 씨의 죽음이 우연한 상황 때문이라고 생각합니까?"

"다르게 생각할 이유가 없으니까요." 프랭클린이 대답했다.

빅터는 프랭클린이 자신을 좋아한다는 걸 알았다. 트럭시가 태어났을 때부터 가깝게 알고 지내온 사이였다. 프랭클린은 사람들과 어울릴 기질도 아니었고 그럴 만한 시간도 없었지만, 시내에서 만날 때면 늘 환하게 웃으며 몇 마디 인사를 나누곤 했다.

"몸싸움을 한 흔적이 시신에서 전혀 발견되지 않았습니다." 검시관은 물어보기보다는 진술하듯이 말했다. 멜린다를 못마땅해하는 분위기가 점점 더 고조되었다.

"어깨 주변에 희미한 붉은 자국이 있었어요." 프랭클린이 다소 지친 목소리로 말했다. "하지만 수영장 밖으로 끌어내면서 생긴 자국일 수도 있습니다. 반 앨런 씨가 인공호흡을 실시하는 동안 생긴 것일 수도 있고요."

월시 검시관은 확신에 차서 고개를 끄덕였다. "자국을 봤는데, 나도 같은 생각입니다. 그리고 머리에는 타박상이 없었습니다."

"그렇습니다." 프랭클린이 말했다.

"그리고 위에 든 내용물 가운데 경련을 일으킬 만한 것이나 경련이 일어났다는 징후가 있나요?"

"아니요, 없는 것 같습니다. 위 속에는 파티에서 먹은 것 같은 샌드위치 조각이 조금 있었을 뿐입니다. 경련을 일으킬 만한 건 없었습니다. 위 속에 음식물이 있다고 해서 반드시 경련이 일어나는 건 아닙니다."

"알코올은요?" 검시관이 물었다.

"혈중 알코올 농도가 0.4밀리미터밖에 검출되지 않았습니다."

"그 정도면 아무 문제가 되지 않습니다." 검시관이 말했다.

"물론입니다."

"그렇다면 드 리슬 씨가 우연한 상황 때문에 사망했다고 생각하나요?"

"네, 그렇게 생각합니다." 프랭클린이 대답했다. "구체적인 사인은 익사이고요."

"드 리슬 씨는 수영을 할 수 있었나요?" 검시관이 그곳에 모인 사람들에게 물었다.

잠시 아무도 대답이 없었다. 빅터는 찰리가 수영을 그다지 잘하지 못했다는 걸 알았다. 잠시 후 호러스와 멜린다가 거의 동시에 말했다.

"제가 보기에는……"

"머리를 물 밖에 내놓을 수 있을 정도는 됐어요!" 멜린다가 다시 기운찬 목소리로 말했다.

"멜러 씨, 마저 말씀하시죠." 검시관이 말했다.

"제가 보기에는, 수영을 잘하는 것 같지는 않았습니다." 호러스는 조심스럽게 말했다. "이번 사건과 관련 있을지 모르겠지만, 그가 손을 놓기 두려워하는 것처럼 수영장 모퉁이에 붙어 있는 걸 봤습니다. 그리고 반 앨런 씨와 코원 씨도 말했듯이, 드 리슬 씨는 물이 차갑다고 했습니다." 호러스는 그다지 호의적이지 않은 눈빛으로 멜린다를 슬쩍 쳐다보았다.

"고함치는 소리는 아무도 듣지 못했나요?" 검시관이 두 번째로 물었다.

모두들 듣지 못했다고 대답했다.

"반 앨런 부인은요?" 검시관이 물었다.

멜린다는 흰 장갑을 낀 손을 무릎에 내린 채 만지작거리며 검시관을 빤히 쳐다보았다. "듣지 못했지만, 부엌에서 모두들 시끄럽게 떠드느라 아무 소리도 들을 수 없었어요."

"그렇게 시끄럽지는 않았습니다." 필이 얼굴을 찌푸리며 말했다. "음악을 껐기 때문에 누군가 고함쳤다면 들을 수 있었을 겁니다."

멜린다가 필을 쳐다보며 말했다. "누군가 그를 물속으로 밀어 넣었다면 아무 소리도 듣지 못했을 거예요!"

"멜린다!" 메리 멜러가 겁에 질린 표정으로 말했다.

빅터는 이상하게도 잠시 그 상황에서 떨어진 제3자처럼 상황을 지켜보았다. 멜린다는 엉거주춤하게 일어선 자세로 검시관에게 자기 의견을 주장하고 있었다. 빅터는 용기 있고 정직한 멜린다의 모습에 감탄했다. 그런 면이 있을 거라 예상하지 않았는데, 얼굴을 찌푸린 채 두 손을 꽉 움켜쥐고 있었다. 메리 멜러가 자리에서 일어나 머뭇거리며 멜린다에게 다가가려 하자, 남편 호러스가 부드러운 손길로 그녀를 붙잡아 자리에 앉혔다. 필은 잘생긴 길쭉한 얼굴을 여전히 찌푸리고 있었고, 프랭클린은 팔짱을 끼고 있었다. 프랭클린은 트릭시를 낳을 때부터 비합리적인 요구와 불평불만을 늘어놓던 멜린다 반 앨런에게 냉담한 태도를 취하고 있는 듯했다.

"제 남편이 이 일과 관련이 있다고 생각해요. 확신해요!" 멜린다는 같은 말을 반복했다.

검시관은 짜증과 당혹스러움이 한데 섞인 표정을 지었고 잠시 할 말을 잃었다. "반 앨런 부인, 그렇게 믿을 만한 근거라도 있나요?" 그의 얼굴이 벌게졌다.

"정황 증거가 있어요. 남편은 수영장에 드 리슬과 단둘이 있었고, 그보다 수영을 더 잘해요. 손힘도 무척 세고요."

메리가 자리에서 일어섰다. 그렇잖아도 작은 얼굴이 더 작아 보였고, 입을 꼭 다문 채 금방이라도 울음을 터뜨릴 것 같은 표정으로 그곳을 나서려 했다.

"멜러 부인, 자리에 앉아주시기 바랍니다." 검시관이 말했다. "법에 따라 관계자 분은 끝까지 참석해야 합니다." 그는 웃는 얼굴로 가볍게 고개를 숙이며 그녀에게 부탁했다.

호러스는 굳이 아내를 붙잡지 않았다. 그는 자신도 자리를 떠나고 싶다는 표정이었다.

검시관이 멜린다를 쳐다보며 말했다. "당신이 드 리슬 씨를 좋아하기 때문에 남편 분이 그를 좋아하지 않는다고 했는데, 드 리슬 씨와 사랑하는 사이였나요?"

"아니요, 좋아하는 사이였을 뿐이에요."

"남편 분이 드 리슬 씨를 질투했다고 생각합니까?"

"네."

검시관이 빅터에게 물었다. "드 리슬 씨를 질투했나요?"

"아니요, 그렇지 않습니다." 빅터가 말했다.

검시관은 코원 부부와 멜러 부부를 쳐다보며 인내심 있게 이성적인 어조로 물었다. "반 앨런 부인의 행동을 보고 반 앨런 씨가 드 리슬을 질투한다고 생각한 적 있습니까?"

"아니요." 필과 호러스가 거의 동시에 대답했다.

"아니요." 에벌린이 대답했다.

"아니요, 전혀요." 메리가 대답했다.

"코원 씨, 반 앨런 씨와 알게 된 지 얼마나 되었습니까?"

필이 그의 아내를 쳐다보며 말했다. "8년 정도요?"

"10년쯤 됐을 거예요." 그의 아내가 말했다. "반 앨런 부부가 이곳으로 이사 오면서 알게 됐어요."

"그렇군요. 멜러 씨는요?"

"10년 됐습니다." 호러스가 단호하게 말했다.

"그렇다면 잘 아는 사이겠군요."

"네, 잘 압니다." 호러스가 말했다.

"그럼 두 분께서 반 앨런 씨의 성격을 보증하겠군요."

"물론입니다." 호러스가 뭐라 말하기 전에 필이 먼저 말했다. "그를 아는 사람이라면 누구든 그럴 겁니다."

"내게는 가장 좋은 친구입니다." 호러스가 말했다.

검시관은 고개를 끄덕이더니 무언가 물어볼 게 있는 것처럼 멜린다를 쳐다보았다. 하지만 빅터가 보기에, 검시관은 그 상황을 더 이상 끌고 싶지도 멜린다와 드 리슬의 관계에 대해서 더 이상 알고 싶지도 않은 것 같았다. 빅터를 바라보는 검시관의 눈빛은 온화하고 다정했다. "반 앨런 씨, 리틀 웨슬리에 있는 그린스퍼 출판사 대표시죠?"

"네, 그렇습니다." 빅터가 대답했다.

"굉장히 훌륭한 출판사라고 들었습니다." 검시관은 매사추세츠 주의 그 지역에 사는 사람이라면 누구나 당연히 그렇게 생각한다는 듯이 활짝 웃으며 말했다. "더 하실 말씀 있습니까, 반 앨런 부인?"

"제 생각은 이미 말씀드렸어요." 멜린다가 마지막 말을 내뱉었다.

"이곳은 법정이므로 증거가 있어야 합니다." 검시관이 가볍게 웃어 보이며 말했다. "이 죽음이 우연한 상황 때문이 아니라는 증거가 없다면 이번 검시는 이쯤에서 마치겠습니다." 그가 잠시 기다렸지만 아무도 말이 없었다. "사인이 우연한 상황 때문이라고 결론 내리며 검시를 마칩니다. 참석해주신 분들께 감사드립니다."

필은 자리에서 일어서며 손수건으로 이마를 닦았다. 멜린다는 휴지로 코를 풀며 출입문으로 갔다. 프랭클린은 먼저 자리를 떠나며 모두에게 엄숙한 어조로 인사했다. 무언가 덧붙일 말이 있는 것처럼 멜린다를 잠시 쳐다보았지만 "안녕히 가세요, 반 앨런 부인."이라고 인사하고는 차가 세워진 곳으로 갔다.

멜린다는 남편을 잃은 과부처럼 여전히 휴지를 코에 대고서 차 옆에 서 있었다.

"기운 내요, 빅터." 필이 그의 어깨를 가볍게 두드리고는 할 말이 있지만 참는 듯이 차가 있는 곳으로 갔다.

에벌린 코원이 빅터의 팔을 가볍게 잡으며 말했다. "기운 내요, 빅터. 곧

131

연락 줄 거죠? 오늘 밤에라도 괜찮아요. 잘 가요, 멜린다."

메리는 멜린다에게 무언가 할 말이 있는 것 같았지만, 호러스가 만류한 것 같았다. 호러스는 웃는 얼굴로 빅터에게 다가와 여전히 그의 친구, 가장 좋은 친구임을 보여주려는 듯이, 빅터에게 용기를 불어넣어주려는 것처럼 고개를 바짝 들어 보였다.

"빅터, 멜린다가 계속 저러지는 않을 거예요." 호러스가 멜린다에게 들리지 않도록 나지막이 말했다. "그러니 너무 마음 쓰지 말아요. 우린 늘 당신 편이라는 거 잊지 말아요."

"고맙습니다, 호러스." 빅터가 말했다. 호러스 너머로 메리가 멜린다를 쳐다보며 얇은 입술을 움직이는 게 보였다. 호러스가 팔을 잡자 메리는 빅터에게 웃어 보이며 손으로 키스를 보내고 멀어져갔다.

빅터가 차 문을 열어주자 멜린다가 차에 올라탔다. 그는 운전석에 앉았다. 그의 소유인 오래된 올즈모빌 차였다. 교통 신호 때문에 반드시 거치게 돼 있는 시내 광장을 돌아서 리틀 웨슬리 방향 고속도로로 이어지는 남쪽 길로 들어섰다.

"내 생각은 바뀌지 않을 테니 괜한 기대 하지 마." 멜린다가 말했다.

빅터는 한숨을 내쉬었다. "여보, 잘 알지도 못하는 사람 때문에 그렇게 계속 울지 마."

"당신이 죽였어!" 멜린다가 큰 소리로 외쳤다. "멜러 부부와 코원 부부는 나만큼 당신을 몰라. 그렇지 않아?"

빅터는 아무 대답도 하지 않았다. 멜린다가 하는 말에 전혀 놀라지 않았고, 검시를 하는 동안에도, 심지어 찰리의 피부에 붉은 자국이 있다는 말을 들었을 때도 마찬가지였다. 하지만 이젠 멜린다에게 짜증이 났고, 서로 잘 아는 사이기에 수치심이 더 들기도 했다. 멜린다가 왜 그를 비난했는지, 왜 검시 과정을 지켜보며 눈물을 흘렸는지, 사건이 일어났던 날 밤 왜 그렇게 신경질을 부렸는지 모두들 알게 되었다. 코원 부부는 멜린다가 드리슬과 어떤 관계였는지 알았다. 드 리슬은 멜린다의 또 다른 정부에 지나지 않았지만, 우연하게도 코원 부부 집에서 죽고 만 것이다. 코원 부부와 멜러 부부는 빅터가 그런 일을 수년 동안 겪었다는 사실을 알고 있었다. 멜린다가 쓸모없는 놈들 때문에 눈물을 흘리고 그들이 떠날 때면 더 눈물을 흘리는 모습을 가만히 지켜봐왔고, 검시관 앞에서 그랬던 것처럼 마치 아무 일도 없었던 것처럼 참을성 있게 불평하지 않았다는 것도 잘 알았다.

멜린다가 새로 티슈를 꺼내 코를 푸는 모습을 보자, 빅터는 반감이 들었다. 그녀는 응당 치러야 할 대가를 치른 것뿐이고, 너무 무기력해서 그에게 아무런 대항도 할 수 없는 상태다. 경찰에 신고한다 해도 누가 그녀의 말을 믿겠는가? 그녀는 자신의 진술을 어떻게 증명할 수 있겠는가? 그녀가 할 수 있는 거라곤 그와 이혼하는 것뿐이다. 하지만 빅터는 그녀가 그럴 거라 생각하지 않았다. 그는 이혼 수당을 주지 않을 것이고, 그럴 만한 근거도 충분했다. 양육권도 쉽게 가져올 수 있을 텐데, 멜린다도 개의치 않을 것이다. 그녀는 무일푼으로 퀸즈에 있는 초라한 부모님 집에 돌아가는 걸 원치 않을 것이다.

빅터가 차고 앞에 차를 세우자 멜린다는 차에서 내려 곧장 집 안으로 들어갔다. 빅터는 허브 화분을 다시 차고 안으로 옮겼다. 3시 45분이었다. 하늘을 올려다보자 6시 무렵부터 비가 올 것 같았다.

빅터는 다시 차고로 가서 달팽이가 든 수족관 세 개를 하나씩 밖으로 옮겼다. 수족관 윗면에 구리 방충망을 얹어서 빗물은 들어오지만 달팽이는 빠져나갈 수 없도록 했다. 달팽이는 비를 무척 좋아했다. 상체를 숙여 수족관 안을 들여다보자, 에드거와 호르텐스라고 이름 붙인 달팽이가 서로에게 천천히 다가가 고개를 들더니 입을 맞추고 미끄러지듯 나아갔다.

그들은 오늘 오후, 방충망을 통해 떨어지는 가랑비를 맞으며 짝짓기를 할 것이다. 둘은 일주일에 한 번씩 짝짓기를 했고, 그가 보기에 정말 사랑하는 사이 같았다. 에드거는 호르텐스 이외의 달팽이에게는 눈길조차 주지 않았고, 호르텐스는 입을 맞추려는 다른 달팽이에게 아무 반응을 보이지 않았기 때문이다. 그가 기르는 달팽이 천여 마리 가운데 4분의 3은 같은 일족이었다. 달팽이들은 알을 낳을 때면 서로를 배려해주었다. 알을 낳는 과정은 적어도 24시간이 걸렸는데, 빅터가 보기에는 호르텐스가 에드거보다 알을 더 자주 낳는 것 같았다. 호르텐스라는 여자 이름을 붙여준 것도 그 때문이었다. 그는 에드거와 호르텐스를 보면서 비록 복족류지만 진정한 사랑을 나누는 것 같다는 생각이 들었다. 앙리 파브르의 책에서 달팽이가 짝을 찾으러 정원 담을 넘어간다는 글을 읽은 기억이 났다. 빅터는 한 번도 실험해본 적은 없지만 분명히 그럴 거라 생각했다.

11

빅터는 죄책감을 겉으로 드러내지 않았다. 생각하고 신경 써야 할 일이 무척 많았기 때문이다. 멜린다는 빅터가 찰리를 죽였다고 모든 사람들에게 떠벌리고 다녔다. 갑작스러운 찰리의 죽음 때문이라고 치부할 수도 있었지만, 3주 동안 계속 떠들고 다니면서 그녀는 더 달변이 되었다. 그리고 집에 있을 때면 그에게 실쭉거리다가 으르렁거리곤 했다. 그녀는 그에게 앙갚음을 하는 것 같았고, 그는 그 앙갚음이 어떤 형태로 나타날지 알 수 없었다. 멜린다가 다음엔 무슨 일을 벌일까 노심초사하고 그녀가 친구들에게 별다른 말을 하지 않도록 애쓰는 그의 모습은 딱할 지경이었다. 그 일에 신경 쓰느라 사무실을 몇 시간씩 비우기도 했다.

호러스는 검시가 있고 사흘 후에 출판사로 빅터를 찾아왔다. 처음 몇 분 동안 호러스는 그날 정리한 그리스어 원고를 훑어보고는, 멜린다가 대충 고르지 않고 빅터가 직접 세심하게 고른 책 표지를 보았다. 하지만 5분 정도 지나자 호러스는 빅터를 찾아온 목적을 분명히 했다.

"빅터, 약간 걱정이에요." 그가 단호하게 말했다. "내가 무슨 걱정 하는지 알죠?"

스티븐과 칼라일은 이미 퇴근해서 그들 둘뿐이었다.

"네." 빅터가 말했다.

"멜린다가 에벌린을 두 차례 찾아갔어요. 내 아내 메리도 한 번 만나러 왔고요."

"그렇군요." 빅터는 놀란 기색 없이 말했다. "에벌린을 만나러 갔다는 애기는 들은 것 같습니다."

"멜린다가 뭐라고 말했는지 알아요?" 호러스는 당혹스러운 표정이었다. "집에서 당신한테도 똑같은 말을 했다고 아내에게 말했대요." 그는 잠시 말을 멈추었지만 빅터는 아무 대꾸도 하지 않았다. "나야 별로 관심 없지만 마을에 그런 소문이 도는 건 끔찍해요. 도대체 멜린다는 왜 그러는 거죠?"

"곧 잠잠해지겠죠." 빅터가 참을성 있게 말하며 한쪽 허벅지를 식자대 모서리에 갖다 댔다. 호러스 뒤편의 닫힌 창문으로 개똥지빠귀 울음소리가 들렸다. 자그마한 수컷 개똥지빠귀가 창틀에 앉아 있는 게 보였다. 어느새 밖이 어둑어둑했다. 빅터는 개똥지빠귀가 먹이를 달라고 하는 것인지 혹은 무슨 문제가 있는지 신경 쓰였다. 개똥지빠귀는 지난봄 뒷문 석조 담벼락에 지은 둥지에서 암컷과 함께 살고 있었다.

"정말 그럴까요? 어떻게 생각해요?" 호러스가 물었다.

"사실, 저 개똥지빠귀 생각을 하고 있었습니다." 빅터는 자리에서 일어나 뒷문으로 걸어갔다. 뒷문에 가보니 그날 아침 칼라일이 둔 빵 부스러기와 잘게 자른 유지(乳脂)가 아직 남아 있었다. 빅터가 사무실로 되돌아와 말했다. "저녁 인사를 하러 왔나 봐요. 지난봄에는 둥지에 침입한 뱀을 쫓아내줬지요."

호러스가 약간 조바심을 내며 웃었다. "빅터, 걱정하지 않는 척하는지 혹은 정말 걱정하지 않는지 도무지 모르겠군요."

"걱정하죠." 빅터가 말했다. "하지만 수년 동안 그렇게 살아왔다는 걸 알잖아요."

"잘 알죠. 나도 괜히 끼어들고 싶지 않지만……" 호러스의 목소리가 갑자기 높아졌다. "에벌린이나 내 아내가 자기 남편이 살인자라고 사람들에게 떠들어댄다고 상상이나 할 수 있겠어요?"

"상상할 수 없죠. 하지만 멜린다는 예전부터 달랐어요."

호러스는 낙담한 듯이 허탈한 웃음을 지었다. "빅터, 어떻게 할 생각이에요? 멜린다가 이혼하려 할까요?"

"아무 얘기 없었어요. 부인한테는 무슨 말이라도 했대요?"

호러스는 약간 놀란 표정으로 빅터를 쳐다보았다. "아니요, 그런 얘기는 없었어요."

한동안 침묵이 이어졌다. 호러스는 재킷 주머니에 손을 넣은 채 발걸음으로 바닥을 측정하듯이 책상 사이를 왔다 갔다 했다. 빅터는 자리에서 일어나 심호흡을 했다. 벨트를 느슨하게 푼 다음 한 칸을 더 조여 맸다. 최근 들어 의식적으로 식사량을 줄이자 허리선에서 티가 나기 시작했다.

"멜린다가 비난할 때 뭐라고 대꾸했어요?" 호러스가 물었다.

"아무 대꾸도 하지 않았어요." 빅터가 말했다. "도대체 무슨 말을 할 수 있겠어요?"

명한 호러스의 표정에 다시 놀란 기색이 스쳤다. "나라면 대답할 말이 많을 것 같아요. 내가 당신 입장이라면, 오랫동안 꾹 참아왔고 이번 일은 도저히 참을 수 없을 만큼 정도가 지나쳤다고 하겠어요. 멜린다가 진심으로 그런 말을 하지는 않았을 거예요." 호러스가 진심으로 말했다. "만약 그렇다면 당신과 한 지붕 밑에서 살지 않을 겁니다."

'실제로 그녀는 나와 한 지붕 밑에서 살고 있지 않지.' 빅터는 마음속으로 생각했다. 호러스가 열을 올리는 모습을 보자 빅터는 당혹스러웠다. "상황을 어떻게 받아들여야 할지 정말 모르겠어요."

"멜린다가 정말…… 살짝 제정신이 아니라고 생각해본 적 없어요? 난 정신과 의사는 아니지만 그녀를 수년 동안 지켜봤어요. 이번 일은 버릇없이 제멋대로 구는 방종을 넘어섰어요."

호러스의 목소리에서 적대감을 알아차린 빅터는 자기도 모르게 멜린다를 방어해야겠다는 마음이 들었다. 호러스가 멜린다를 대놓고 싫어한다고 말한 건 이번이 처음이었다. "계속 그렇지는 않을 거예요."

"하지만 이번 일은 나중에라도 되돌릴 수 없어요." 호러스는 생각을 굽히지 않았다. "이번 일을 잊어버릴 사람은 아무도 없어요. 그리고 멜린다가 당신을 힐난한다는 걸 지금쯤 마을 사람들 모두가 알고 있을 거예요. 도대체 멜린다는 어떤 여자예요? 당신이 왜 참아주는지 알 수가 없어요."

"하지만 지금껏 많은 걸 참다 보니 습관이 된 것 같아요." 빅터가 한숨을 내쉬며 대답했다.

"스스로를 고문하는 습관?" 호러스는 몹시 근심 어린 얼굴로 빅터를 쳐다보았다.

"그렇게 나쁘지는 않습니다. 견뎌낼 수 있으니 걱정 말아요, 호러스." 빅터는 그의 어깨를 가볍게 두드렸다.

호러스는 불만스러운 듯 한숨을 내쉬었다. "그래도 걱정돼요."

빅터는 가벼운 웃음을 짓고는 뒷문으로 가서 문을 잠갔다. "집에 가서 술이나 한잔해요……"

"사양할게요." 호러스가 빅터의 말을 자르며 거절하듯이 말했다.

"알았어요." 빅터는 웃으며 말했지만 다시금 당혹스러움과 수치심이 들었다. 호러스가 멜린다에게 등을 돌렸기 때문이다.

"고맙지만 나중에 하기로 해요. 아내가 보고 싶어 하니 우리 집에 한번 들러요."

"오늘 밤은 안 될 것 같아요. 비설거지를 해야 해서요. 아내 분에게 안부 꼭 전해주시고요. 배나무는 어때요?"

"훨씬 나아졌어요." 호러스가 말했다.

"다행이네요." 지난번에 배나무 잎이 적갈색으로 변한다는 말을 듣고 빅터는 자신이 직접 만든 살균제를 건네주었다.

두 사람은 그날 저녁 비가 내릴 것 같다는 얘기를 나누면서 차를 주차해둔 곳으로 걸어갔다. 서늘한 저녁 공기에서 가을 기운이 느껴졌다.

"빅터, 조만간 또 만나요." 호러스가 그렇게 말하고는 차에 탔다.

"그러죠." 빅터가 웃어 보이며 말했다. "아내 분에게 안부 전해주시고요." 그는 유쾌하게 손을 흔들어 보이고는 차에 올라탔다.

집에 도착하자 멜린다는 거실 소파에 앉아 잡지를 읽고 있었다.

"나 왔어." 빅터가 웃으며 인사했다.

그녀는 부루퉁한 표정으로 그를 쳐다봤을 뿐이다.

"술 한잔 만들어줄까?" 그가 물었다.

"고맙지만 내가 할게."

빅터는 몸을 씻고 자기 방에서 깨끗한 셔츠로 갈아입고 다시 거실로 갔다. 그리고 가장 좋아하는 안락의자에 앉아 신문을 읽었다. 저녁 7시에 술을 마시고 싶은 기분이 들지 않자 이상하면서도 기분이 좋았다. 사흘 동안 술을 한 잔도 마시지 않자 마음이 편안하고 자부심마저 느껴졌다. 분위기와 표정에는 편안함이 묻어났지만, 마음속에서는 불편한 긴장감이 느껴졌다. 그 불편한 긴장감은 무엇 때문일까? 증오? 분노? 두려움? 죄의식? 아니면 그저 자부심과 만족감일까? 그 감정은 마음속 응어리처럼 자리 잡고 있었다. 또 다른 의문점은 그런 감정이 원래부터 있었던 것인지 아니면 예전에는 없었던 새로운 감정인지 여부였다.

멜린다가 술잔을 들고 거실로 왔다. "트릭시가 오늘 밤 재밌는 소식을 전해줄 거야."

"지금 어디 있는데?"

"제이니 집에 생일 파티하러 갔어. 재밌는 이야기를 듣고 올 거야."

"내가 데리러 가야 해, 아니면 제이니 아빠가 데려다줘?"

"제이니 아빠가 7시 반쯤 데려다준다고 했어." 멜린다가 소파에 털썩 주저앉는 바람에 소다수를 섞은 위스키가 쏟아질 뻔했다.

멜린다가 털썩 앉자 소파 밑으로 먼지가 날렸다. 빅터는 그 모습을 재미있다는 듯이 쳐다보았다.

"저녁 먹기 전에 청소기를 돌려야겠어." 그가 기분 좋게 말했다.

어울리지 않게 생각에 잠긴 듯 부루퉁한 멜린다의 얼굴을 보자 더 웃음이 났다. 그는 복도 벽장에서 진공청소기를 꺼내 축음기 옆 콘센트에 플러그를 꽂았다. 휘파람을 불며 청소기를 돌렸고, 소파 밑에 뭉친 먼지와 안락의자 밑에 쌓인 먼지가 금방 사라지는 걸 보자 기분이 좋아졌다. 진공청소기로 거실을 청소하는 허드렛일을 하면서 근육이 긴장되는 것도 기분좋았다. 그는 배에 힘을 주었고, 무릎을 깊숙이 숙여 책장 아래를 청소했고, 청소용 솔을 끼우고 팔을 쭉 뻗어서 커튼 윗부분을 청소했다. 그는 무언가 쓸모 있는 일을 하면서 몸을 움직이는 걸 좋아했다. 내일은 창문을 닦아야겠다고 생각했다. 몇 달째 닦지 않았던 것이다. 그가 진공청소기를 돌리고 있는데 찰스 피터슨이 트릭시를 차에 태우고 도착했다.

"잠시 안으로 들어올래요?" 빅터가 차에 있는 피터슨에게 외쳤다.

피터슨은 들어오고 싶지 않은 것 같았다. 조심스러운 웃음 너머로 불편한 기색이 느껴졌지만 그는 안으로 들어올 것이다. "잘 지냈어요?" 피터슨이 현관문으로 다가오며 물었다.

트릭시는 생일 파티에서 얻은 방울 같은 것을 딸랑거리며 빅터를 지나 거실로 달려갔다.

"네, 잘 지냈어요." 빅터가 말했다. "맥주나 아이스티 한잔 드릴까요? 아니면 다른 술이라도?" 빅터는 자신과 멜린다가 함께 있는 모습이 근사해 보일 것임을 알았다. 그는 셔츠 차림으로 거실에서 진공청소기를 돌리고 있고, 멜린다는 면 블라우스에 스커트 차림에 스타킹도 신지 않은 채 샌들을 신고 소파에 앉아 소다수를 섞은 위스키를 마시는 모습.

피터슨은 약간 어색한 표정으로 집 안을 둘러보고는 미소 지었다.

"잘 지냈어요?" 피터슨이 멜린다에게 인사하는 모습에는 다소 두려워하는 듯한 느낌이 있는 것 같았다.

"네, 덕분에요." 멜린다가 웃음을 짓듯이 입술을 살짝 움직였다.

"아이들은 파티에서 어른들보다 훨씬 더 많은 얘기를 하는 것 같아요." 피터슨이 웃으며 말했다. 그는 a를 '아'로 천천히 발음하는 뉴잉글랜드 억양이 있었다.

"맞아요." 빅터가 말했다. "제이니가 몇 살이죠? 일곱 살인가요?"

"여섯 살입니다." 피터슨이 말했다.

"여섯 살치고는 키가 크군요."

"네, 그런 편입니다."

"앉으시겠어요?"

"아니요, 그만 가봐야 해서요." 피터슨은 거실 구석과 커피 테이블에 흐트러진 잡지를 보면 반 앨런 부인의 스캔들을 알 수 있기라도 한다는 듯이 거실을 이리저리 둘러보았다.

"즐겁게 놀다 온 것 같네. 친구들 사이에서 가장 시끄럽게 떠들었겠구나." 빅터가 트릭시에게 윙크하며 말했다.

"그렇지 않아요!" 트릭시는 시끄럽게 떠드는 스무 명 남짓한 여섯 살짜리 아이들에게 하듯이 여전히 큰 소리로 말했다. "아빠한테 할 얘기가 있어요." 트릭시는 아빠의 호기심을 자극하듯이 말했다.

"아빠한테? 그래, 알았어." 빅터는 즐거운 표정으로 나지막이 속삭였다. 그러고 나서 현관문을 향해 가는 피터슨에게 말했다. "수국은 어때요?"

피터슨의 얼굴에 환한 미소가 번졌다. "잘 자랍니다. 잠시 시드는 것 같더니 지금은 괜찮아졌어요." 그는 거실을 둘러보며 멜린다에게 말했다. "그럼 안녕히 계세요. 만나서 반가웠습니다."

빅터는 미소 지으며 인사했다. "잘 가요, 찰리." 그는 피터슨의 친구들이 그를 찰리라고 부르는 걸 알았고, '피터슨 씨' 대신 찰리라고 불러주면 좋아하리라 생각했다.

"그럼 다음에 또 뵙죠." 피터슨이 말했다.

피터슨의 미소에서 아까 도착했을 때보다 더 진심이 느껴진다고 빅터는 문득 생각했다.

"맙소사," 빅터가 거실로 되돌아오며 멜린다에게 말했다. "피터슨에게 잘 가라는 인사도 못 해?"

멜린다는 그를 슬쩍 쳐다봤을 뿐이다.

"그러면 사람들과의 관계에 별로 좋지 않아." 그는 무릎에 손을 내리고 트릭시에게 다가갔다. "'안녕히 가세요'라는 인사도 '고맙습니다'라는 말도 못 해?"

"아까 제이니 집에서 다 했어요." 트릭시가 대답했다. 그러고는 엄마를 슬쩍 쳐다보고는 아빠에게 부엌으로 가자며 고개를 끄덕였다.

멜린다는 그들 두 사람을 지켜보았다.

빅터는 트릭시와 함께 부엌으로 갔다. 트릭시는 아빠의 귀를 당기더니 큰 소리로 귀에 대고 말했다. "아빠가 정말 찰리 아저씨를 죽였어요?"

"아니야." 빅터가 웃는 얼굴로 나지막이 말했다.

"제이니가 그렇다는데요." 트릭시의 눈빛이 반짝였다. 아빠가 찰리를 죽였다고 대답하면 소리를 지르거나 껴안을 것처럼 우쭐해하며 흥분으로 가득 찬 눈빛이었다.

"트릭시, 눈빛이 반짝이는구나." 빅터가 속삭였다.

"제이니가 그러는데 윌슨 아저씨 아줌마가 자기 부모님을 찾아와서 아빠가 찰리 아저씨를 죽였을 거라고 말했대요."

"그래?" 빅터는 여전히 나지막이 속삭였다.

142

"아빠가 그러지 않았죠?"

"응, 그러지 않았어." 빅터가 나지막이 말했다. "절대 그러지 않았어."

멜린다가 부엌에 들어왔다. 트릭시를 바라보는 그녀의 눈빛은 지루하면서도 강렬했고, 모성애라고는 조금도 찾아볼 수 없었다. 트릭시는 엄마의 눈빛에 아무런 반응도 보이지 않았다. 그 눈빛에 익숙했기 때문이다. "트릭시, 그만 네 방으로 가." 멜린다가 말했다.

트릭시가 아빠를 쳐다보았다.

"그렇게 해, 트릭시." 빅터가 트릭시의 턱을 간질이듯 어루만지며 말했다. "명령하듯이 말할 필요 없잖아, 안 그래?" 그가 멜린다에게 말했다.

트릭시는 엄마에게 맞서는 척 고개를 바짝 들고 나갔지만 금방 잊어버릴 것이다.

"무슨 일이야?" 빅터가 웃음 지으며 물었다.

"마을 사람들이 시치미 떼고 당신을 대하고 있다는 거 알기나 해?"

"나를 시치미 떼고 대한다고? 내가 보기엔 모두들 내가 찰리를 죽였다고 믿고 있는 것 같던데."

"모두들 그 얘기뿐이야. 윌슨 부부가 뭐라고 얘기하는지 들어봤어?"

"안 들어도 알 것 같아. 그 사람들 얘기라면 듣고 싶지 않아." 빅터는 냉장고 문을 열었다. "저녁은 뭘 먹을까?"

"모두들 당신한테 분노할 거야." 멜린다가 위협하듯이 말했다.

"내 아내인 당신이 선동했겠지." 그는 냉동실에서 새끼 양고기를 꺼냈다.

"아무 일도 일어나지 않을 거라고 생각한다면 오산이야."

"돈 윌슨은 내가 수영장에서 찰리를 익사시킨 걸 본 것 같아. 그런데 왜 폭로하지 않는 걸까? 사람들 뒤에서 수군거려봐야 무슨 소용이 있다고?" 그는 얼린 콩도 조금 꺼냈다. 양고기에 콩을 곁들인 요리에 양상추와 토마

토를 듬뿍 넣은 샐러드를 먹을 것이다. 감자는 먹고 싶지 않았다. 그가 감자를 먹지 않으면 멜린다도 그럴 것이다.

"내가 아무것도 하지 않고 가만히 있길 바라지?" 멜린다가 물었다.

그녀를 쳐다보자 눈 밑에 다크서클이 있었고 긴장한 듯 미간이 좁아 보였다. "여보, 이런 식으로 계속하는 건 바라지 않아. 아무 소용 없는 일이야. 무언가 건설적인 일을 해. 하루 종일 집안일에 신경 쓰지 말고. 스스로를 괴롭히지 마." 그는 호러스에게 들었던 말을 인용해 힘주어 말했다. "눈 밑에 다크서클 내려온 모습 보고 싶지 않아."

"지옥에나 가버려." 멜린다는 나지막이 말하고는 거실로 가버렸다.

'지옥에나 가버려라'는 단순한 말은 틀에 박힌 표현인 데다가 뜻이 다소 모호하기도 했다. 하지만 그는 멜린다에게 그 말을 들을 때면 늘 심기가 불편했다. 여러 가지 뜻이 들어 있을 수 있기 때문이었다. 멜린다는 무슨 말을 해야 할지 모를 때 가끔 그 말을 하기도 했지만, 곧이곧대로 말하기도 했다. 그는 멜린다가 그날 저녁 무언가 계획이 있음을 알았다. 돈 윌슨과 공모할까? 하지만 무슨 공모를 어떻게 할까? 돈 윌슨이 코원 부부의 집에서 파티가 열린 날 밤 무언가를 봤다면, 지금쯤 사람들에게 말했을 것이다. 멜린다가 그에게 중요한 얘길 들었다면 지금껏 함구하지 않았을 것이다.

빅터는 거실로 가서 열심히 청소를 마쳤다. 멜린다는 버거운 상대였고, 빅터는 그게 좋았다.

빅터는 으깬 계란 흰자를 넣은 애플소스 디저트를 포함해 저녁 식사를 모두 준비했다. 트릭시는 방에서 잠들었고, 제이니 집에서 음식을 충분히 먹었을 것 같아 깨우지 않았다. 빅터는 식사를 하는 동안 유쾌하고 말이 많았다. 하지만 멜린다는 깊은 생각에 잠겨 그가 하는 말을 잘 듣지 않았다. 그런 행동은 다분히 고의적이었다.

약 열흘이 지난 9월 초에 은행 내역서가 날아왔다. 인출 금액이 평소보다 100달러 정도 더 많았는데, 인출한 사람은 물론 멜린다였다. 125달러 수표를 현금으로 쓰려고 발행했다가 취소한 내역도 있었지만, 그녀가 그 돈을 어디에 썼는지 알아낼 만한 단서는 전혀 없었다. 그는 멜린다가 옷이나 가재도구를 구입했었는지 애써 기억을 떠올렸다. 그녀가 구입한 물건은 없었다. 평상시였다면 지출이 100달러 초과했다는 걸 알아차리지 못했겠지만, 최근 그녀의 행동을 유심히 지켜보다 보니 은행 내역서도 자세히 살피게 되었다. 125달러짜리 수표는 그녀가 참석했던 뉴욕에서 치러진 드리슬의 장례식 일주일 전에 발행되었다. 장례식용 꽃을 샀거나 장례식과 관련해서 쓴 돈 같지는 않았다.

그녀가 사립탐정을 고용했을 수도 있다고 생각한 빅터는 리틀 웨슬리에서 낯선 사람이나 그에게 무심코 관심을 보였던 사람을 만난 적이 있는지 떠올려보았다.

12

9월은 사교 모임에 있어서는 조용한 달이었다. 사람들은 지하실 바닥을 수리하고, 배수관을 청소하고, 다가올 겨울 채비로 난방을 확인하고, 가끔은 일주일씩 걸리는 이런 일들을 해줄 일꾼을 구하느라 바빴다. 맥퍼슨 부부는 빅터에게 웨슬리로 와서 구입하려는 석유난로를 봐달라고 부탁했다. 포드냰스키 부인은 우물에 다람쥐가 빠져 죽었다고 했다. 그녀는 그 우물이 장식용이어서 물을 깨끗하게 할 필요는 없지만, 물에 떠 있는 다람쥐를 그냥 둘 수는 없다고 했다. 빅터는 오래된 잠자리채에 갈고리 손잡이를 연결해서 다람쥐를 꺼내주었다. 그녀는 빅터를 부르기 며칠 전에 로프에 매단 바구니를 비스듬히 움직여봤다면서 무척 고마워했다. 불안해하던 그녀의 얼굴이 환해지더니 잠시 그에게 금방이라도 이야기를 늘어놓을 것 같았다. 마을 사람들은 수군거리지만 자신은 그를 믿고 지지한다는 얘기를 할 것 같았지만 그녀는 장난기 있는 어투로 이렇게 말했다.

"부엌에 정말 좋은 와인이 있어요. 칼바도스요. 아들한테 받은 건데, 시음해보지 않을래요?"

그러자 빅터는 파티를 연 집주인이 그를 안타깝게 여기며 케이크를 자꾸 권하던 생각이 떠올라 씁쓸했다. "감사합니다만 요즘 금주 중이어서요."

잠자리채를 보자 빅터는 집 뒤편 개울에서 나비를 잡으며 즐거워하던 때가 떠올랐다. 앞으로도 나비를 잡아야겠다는 생각이 들었다.

빅터는 마을에서 돈 윌슨과 두 번 마주쳤다. 한 번은 보도에서, 또 한 번은 빅터는 차를 몰고 가고 있고 윌슨은 걸어갈 때였다. 두 번 다 윌슨은 은밀한 웃음을 짓고 가볍게 고개를 끄덕이며 그를 오랫동안 쳐다보았고, 빅터는 두 번 다 환하게 웃으며 "안녕하세요? 잘 지내죠?"라며 유쾌하게 인사했다. 그는 멜린다가 윌슨 부부를 만나러 몇 번 갔었다는 사실을 알고 있었다. 랠프 고스든도 함께 있었을 것이다. 윌슨 부부를 집으로 초대할까 생각해보기도 했다. 하지만 만남은 지루할 것이고, 멜린다는 이제 그들을 빅터의 친구가 아니라 자기 친구로 여기며 빅터와 함께 만나려 하지 않을 것이다.

그러던 어느 날 오후 준 윌슨이 출판사로 찾아왔다. 그녀는 수줍어하며 들어오더니 연락 없이 찾아와서 미안하다며, 사무실을 구경시켜줄 시간이 있는지 물었다. 빅터는 물론 괜찮다고 했다.

스티븐은 인쇄기 옆에 서 있었다. 윌슨 부부와 아는 사이인 그는 놀란 표정으로 그녀를 반갑게 맞아주었다. 스티븐은 일손을 멈추지 않고 계속 일했다. 두 사람의 이야기를 유심히 듣던 빅터는 스티븐이 냉담한 태도를 보이는지 살폈지만 그런 기색은 전혀 없었다. 스티븐은 무척 예의 바른 젊은이였다. 빅터는 그날 오후에 박엽지에 찍어서 수정할 그리스 활자 양각과 저장실을 준 윌슨에게 보여주고는 칼라일을 소개해주었다. 스티븐을 잠시 지켜보던 준 윌슨은 이제 그만 가야 할 시간이라고 여겼는지 빅터에게 사무실로 잠깐 가자고 했다. 그녀는 재빨리 담뱃불을 붙이고는 직설적으로 말했다.

"할 말이 있어서 왔어요."

"네?" 빅터가 물었다.

"남편이 하고 있는 일에 동의하지 않는다고 말하려고 왔어요. 남편이 행동하는 방식에도 동의하지 않아요. 전……" 그녀는 가느다란 손가락으로 가죽 소재 담배 케이스를 만지작거리다가 떨리는 손길로 케이스 뚜껑을 다시 닫았다. "남편이 행동하는 방식을 보면 무척 당혹스러워요."

"그게 무슨 뜻이죠?"

빅터를 쳐다보는 그녀의 푸른 눈동자에는 진심이 담겨 있었다. 뒤쪽 창문을 통해 들어와 그녀의 곱슬곱슬한 짧은 머리에 비치는 햇빛이 금빛 불꽃처럼 빛났다. 빅터는 그녀가 지나치게 말라서 예뻐 보이지 않는다는 생각이 들었고, 그녀가 얼마나 똑똑한지도 알지 못했다. "제가 무슨 말 하는지 알 거예요. 정말이지 끔찍해요." 그녀가 말했다.

"남편 분이 어떻게 생각하는지, 무슨 말을 하고 다니는지 알지만 그렇게 신경 쓰이지 않습니다." 빅터가 웃어 보였다.

"물론 그러시겠지만 전 마음이 편치 않아요. 옳지 못한 일인 데다가 우리가 마을에 이사 온 지 얼마 되지도 않았으니, 마을 사람들이 우릴 싫어할지도 모르고요."

"전 싫어하지 않습니다." 빅터가 여전히 웃음 지으며 말했다.

"우리를 싫어하지 않는다니, 이해가 안 가요. 사람들은 남편을 싫어하기 시작했는데, 그들 탓도 아니죠. 남편은 당신 친구들에게도 그런 말을 하고 다녀요. 적어도 친구 분들은 당신이 어떤 사람인지 잘 알 텐데도요. 남편이 어떤 일을 하고 다니는지 말하면, 당신 친구 분들은 우리와 만나지 않거나 남편을 무례하고 제정신이 아닌 사람 취급 할 거예요." 그녀는 잠시 머뭇거렸다. 담배 케이스를 쥐고 있는 손이 다시 떨렸다. "남편 일로 사과하러 찾아왔어요. 그리고 전 그 일에 관해 남편과 생각이 다르다는 사실도 전하려고요." 그녀는 확신에 차서 말했다. "무척 죄송하고 부끄럽기도 해요."

빅터는 냉소적인 어투로 말했다. "별다른 해는 없었어요. 남편 분께 해가 있었을 뿐이겠지요. 저 역시 죄송하지만……" 그는 웃음 띤 얼굴로 그녀를 쳐다보았다. "직접 찾아와서 말씀해주시니 감사합니다. 혹시 제가 도울 일은 없을까요?"

그녀는 고개를 가로저었다. "우린 견뎌낼 거예요."

"우리라면 누구 말인가요?"

"남편하고 저요."

주머니에 손을 찔러 넣은 채 책상으로 가 배를 내려다보자 빅터는 기분이 좋아졌다. 배가 튀어나오지 않았고 곤 모양의 벨트 밑으로 아랫배도 나오지 않은 걸 의식해서였다. 트릭시는 그 벨트를 학교로 다시 가져가서 10센티미터쯤 줄여야 했다.

"언제 남편 분과 함께 한잔하러 오시겠어요?"

준 윌슨은 깜짝 놀란 표정이었다. "아, 네. 그럴게요." 그러면서 그녀는 얼굴을 찡그렸다. "진심이세요?"

"물론 진심입니다." 빅터가 호기롭게 웃으며 말했다. "내일 금요일 저녁 7시쯤 어때요?"

그녀는 무척 기뻐서 얼굴이 상기되었다. "괜찮을 것 같아요. 그만 가봐야겠어요. 만나서 정말 반가웠어요."

"저도 반가웠습니다." 빅터는 그녀를 차까지 바래다주고 가볍게 고개를 숙이며 인사했다.

그날 저녁 집에 돌아오자 멜린다가 말했다. "윌슨 부부더러 한잔하러 오라고 했다면서?"

"응. 괜찮지?"

"당신도 알겠지만 돈 윌슨은 당신을 좋아하지 않아."

"그렇다더군." 그가 따분한 듯이 말했다. "뭔가를 해서 그걸 바꿔야 할 것 같아. 꽤 좋은 사람들 같아 보였어." 그러고 나서 빅터는 잔디깎이를 가지러 차고로 갔다. 7시와 칵테일 시간 사이에 집 앞과 양쪽으로 여기저기 웃자란 잔디를 깎을 참이었다.

윌슨 부부는 금요일 저녁 7시 20분쯤 도착했다. 돈 윌슨은 빅터에게 대했던 태도와 마찬가지로 멜린다에게 인사했지만, 준 윌슨은 환하게 웃으며 빅터와 인사를 나누었다. 준은 빅터가 좋아하는 안락의자에 앉았고, 돈은 소파 가운데 자리에 앉아 긴 다리를 꼬고는 과하다 싶을 정도로 무심한 척했다. 은근히 상대를 얕잡아 보는 듯하면서도 방금 고약한 냄새를 맡은 것 같은 표정이었다. 빅터는 돈이 자신이 입은 다림질하지 않은 바지와 후줄근한 셔츠도 얕잡아 볼 거라고 생각했다. 그가 입은 트위드 재킷에는 가죽 팔꿈치 패치가 대어져 있었다.

빅터는 구식 칵테일을 만들었다. 독주에 신선한 과일을 잔뜩 넣어서 쟁반에 담아 내왔다. 멜린다와 준은 꽃에 관한 이야기를 나누었는데, 멜린다는 무척 따분해했다. 빅터는 칵테일을 나눠주고 팝콘 그릇을 테이블 가운데에 놓고는 의자에 앉아 돈에게 말했다. "새로운 소식이라도 있나요?"

돈이 상체를 약간 세우며 고쳐 앉았다. 입가에는 여전히 그를 얕잡아 보는 듯한 웃음기가 있었다.

"머릿속이 복잡할 거예요." 그의 아내가 대신 나서서 말했다. "오늘 밤 입을 거의 떼지 않을 테지만 신경 쓰지 말아요."

빅터는 예의 바르게 고개를 끄덕이고는 칵테일을 마셨다.

"별다른 소식 없습니다." 돈 윌슨은 중후한 저음으로 말하며 빅터를 쳐다보았다. 준과 멜린다는 이야기를 나누고 있었다.

천천히 파이프를 채우던 빅터는 자신을 주시하는 돈 윌슨의 눈빛을 알아차렸다. 준 윌슨이 별다른 소재도 없는 이야기를 계속 늘어놓을 수 있는 게 놀라웠다. 이젠 견공 전시회 얘기를 하고 있었는데, 리틀 웨슬리에도 견공 전시회가 있는지 물었다. 멜린다는 칵테일을 한 모금 길게 마셨다. 멜린다는 여자들과 이런저런 사소한 이야기를 나누는 걸 좋아하지 않았다. 돈 윌슨은 거실을 자세히 둘러보았고, 빅터는 그가 이제 곧 책장을 살필 거라고 생각했다.

"이곳에 살아보니 어때요?" 빅터가 돈에게 물었다.

"아주 좋습니다." 돈의 검은 눈동자가 빅터를 향하다가 이내 다른 곳으로 향했다.

"하이네스 부부하고 아는 사이라고요?"

"네, 아주 좋은 사람들이죠." 돈이 말했다.

빅터는 한숨을 내쉬었다. 얼른 칵테일을 한 잔 더 만들고는 돈에게 물었다. "최근에 랠프 고스든 만난 적 있어요?"

"네, 지난주에 만났어요." 돈이 말했다.

"어떻게 지내요? 오랫동안 만나지 못했거든요."

"잘 지내는 것 같습니다." 돈은 빅터에게 도전하는 듯한 눈빛이었다.

빅터는 누구보다 준 윌슨이 안타까워 보였다. 그녀는 칵테일을 한 잔 더 마셔도 마음이 진정되지 않는 듯했다. 멜린다와 이야기를 나누느라 무척 애쓰는 그녀는 사교적인 친분을 쌓느라 힘들 것이다. 빅터는 돈 윌슨이 긴장을 풀 수 있는 방법은 그와 단둘이 있는 것뿐이라고 생각했다. 돈 윌슨은 아내로부터 오늘 밤 조신하게 처신하라는 말을 들었을 것이기 때문이다. 그래서 빅터는 돈에게 정원을 한 바퀴 둘러보자고 제안했다.

정원을 둘러보면서도 돈의 입가에는 여전히 그를 얕잡아 보는 듯한 웃음이 가시지 않았다. '살인자와 정원을 둘러봐도 두렵지 않아.'라고 말하는 것 같았다.

빅터는 그를 먼저 차고로 데려갔다. 달팽이를 가리키며 알을 낳고 부화하는 이야기를 신나게 하자, 돈은 약간 비위가 상한 것 같은 표정이었다. 번식률에 관해서도 이야기했고, 재미 삼아 모서리에 면도날을 끼워두고는 달팽이들에게 그 위로 경주를 시키는 이야기도 했다. 빈대 실험을 실시하기도 했고 그 이야기를 곤충 잡지에 보냈으며 잡지사 측에서 감사 편지를 보내왔다는 이야기도 했다.

"빈대를 보여줄 수 없어 유감입니다. 실험이 끝난 후에 없애버렸거든요." 빅터가 말했다.

돈 윌슨은 빅터의 전기톱과 허브 화분을 조심스럽게 살펴보고는 차고 뒤쪽 벽에 나란히 걸려 있는, 살인 도구로 쓰일 수 있는 망치와 톱을 둘러보았다. 마지막으로 트릭시를 위해 제작 중인 자그마한 책장을 보았다. 돈은 다소 놀란 표정이었다.

"한 잔 더 갖다 드리죠." 빅터가 돈의 술잔을 갑자기 받아 들며 말했다. "금방 올 테니 여기서 기다려요. 이제 개울을 봐야죠."

잠시 후 빅터는 돈이 마실 칵테일을 갖고 왔다. 두 사람은 집 뒤쪽에 있는 개울로 향했다. "여기가 내 침실이에요." 빅터는 차고 반대편 건물을 지나며 말했지만, 그가 멜린다와 각방을 쓴다는 사실은 돈도 이미 들어서 알고 있을 게 분명했다. 돈은 생각에 잠겨 커튼이 없는 유리창을 가만히 바라보았다.

빅터는 개울 뒤편에 솟아 있는 지형과 개울에서 주운 돌멩이의 기원은 빙하시대로 거슬러 올라간다는 이야기를 10분 넘게 늘어놓았다. 그러고는 주변에 있는 숲으로 들어섰다. 그는 열정적으로 말하다가 자칫 신경질적인 모습과 정신 이상 증세로 넘어가지 않도록 유의했다. 돈은 끼어들어 말하고 싶어도 쉽게 할 수 없을 것이다.

마침내 빅터는 발걸음을 멈추고 웃음 띤 얼굴로 말했다. "이런 이야기에 관심이 있으실지 모르겠군요."

"굉장히 행복하신 분 같습니다." 돈이 비꼬듯 말했다.

"별다른 불만은 없습니다. 지금껏 잘 살아왔으니까요." 빅터는 잠시 후 덧붙여 말했다. "운 좋게도 유산을 받을 수 있었고, 그 역시 도움이 됐죠."

돈은 길게 튀어나온 턱을 끄덕였다. 그는 유산을 상속받은 사람들을 경멸하는 게 분명했다. 돈은 칵테일을 한 모금 마시고 말했다. "오늘 밤 물어 볼 게 있습니다."

"뭐죠?"

"찰리 드 리슬이 왜 죽었다고 생각합니까?"

"왜 죽었다고 생각하느냐고요? 글쎄요, 경련 때문이거나 수심이 너무 깊은 곳에 들어갔기 때문이겠죠."

돈의 짙은 색 눈동자가 빅터를 뚫어지게 노려보았다. "그럴까요?"

"당신은 어떻게 생각하는데요?" 빅터는 강둑에 놓인 바위를 디디며 비틀거렸다. 돈은 빅터보다 1.5미터 정도 높은 지점에서 그를 내려다보고 있었다. 돈은 머뭇거리고 있었다. 빅터는 돈에게는 소신껏 말할 만한 용기도 배짱도 없다고 생각했다.

"난 당신이 그랬을 거라고 생각했습니다." 돈이 아무렇지 않게 말했다.

빅터가 가볍게 웃음을 터뜨렸다. "다시 생각해보세요."

돈은 아무 말 없이 빅터를 빤히 쳐다보았다.

"내가 말콤 맥레이를 죽였다고 생각하는 사람들이 있다는 이야기도 들었습니다." 빅터가 말했다.

"난 듣지 못했습니다."

"다행이군요."

"마을에 무척 특이한 소문이 돌고 있습니다." 돈이 입을 오므려 소리 없이 '특이한'이라는 단어를 한 번 더 말했다.

"많은 사람들이 그 일을 중요하게 생각하는 게 이상해요. 랠프 고스든은 너무 두려워 제정신을 잃지 않았나요?"

"당신이 무척 즐거워하는 것도 이상하군요." 돈이 웃음기 없는 표정으로 말했다.

강둑을 천천히 오르던 빅터는 돈 윌슨과 함께 있는 게 지겨워졌다. "당신은 내가 드 리슬을 죽였다고 생각하는 내 아내와 생각이 같군요."

"네."

"당신은 심령을 본다고 생각해요? 다른 사람들 눈에는 보이지 않는 게 보이나요? 아니면 작가적 상상력 때문인가요?" 빅터가 유쾌한 어투로 물었다.

"거짓말 탐지기로 당신이 그를 죽이지 않았다는 걸 증명할 수 있어요?" 돈은 화를 내고 있었다. 도수가 높은 술을 석 잔이나 마셔서 말투가 거칠어지기 시작했다.

"기꺼이 그럴 수 있어요." 빅터가 긴장된 목소리로 말했다. 갑작스레 긴장한 것이 지루함 때문인지 적대감 때문인지 잘 알 수 없었다.

"반 앨런 씨, 당신은 정말 이상한 사람이에요." 돈 윌슨이 말했다.

"당신은 정말 무례한 사람이군요." 빅터가 대꾸했다. 두 사람은 평지에서 있었다. 돈은 앙상한 손으로 빈 술잔을 움켜쥐고 있었는데, 그가 갑자기 술잔을 얼굴에 던진다 해도 빅터는 놀라지 않을 것이다. 빅터는 의식적으로 부드러운 미소를 지었다.

"반 앨런 씨, 당신이 나를 어떻게 생각하든 상관없습니다. 다시는 만나지 않는다 해도 마찬가지고요."

빅터는 웃음을 터뜨렸다. "나도 마찬가지입니다."

"하지만 다시 만날 것 같습니다."

"이사를 가지 않는 한 불가피하게 만나겠죠." 빅터가 말하자 돈은 아무 대꾸도 없이 가만히 쳐다볼 뿐이었다. "이제 아내들이 기다리고 있을 집으로 갈까요?" 빅터가 집을 향해 발걸음을 옮기자 돈이 뒤따라왔다.

빅터는 돈에게 심한 말을 한 게 후회스러웠다. 그의 평소 성격은 그렇지 않았지만, 한편으론 가끔씩은 분별 있게 처신해야 한다는 생각이 들었다. 자신도 심한 공격을 받으면 여느 사람들처럼 화를 낼 수 있다는 걸 돈에게 보여준 건 분별 있는 처신이었다. 그러고 보니 돈 윌슨이 약간은 위축된 것 같기도 했다. 돈은 빅터를 공격했음에도 그날 저녁 분위기는 그가 원하는 방향으로 흘러가지 않았다.

"저녁 식사도 하고 가는 게 어때요?" 돈과 함께 거실로 들어간 빅터가 준 윌슨에게 다정하게 말했다.

"글쎄요, 아내 분이 결정할 일 같지만 저는……" 준이 말했다.

"요리는 제가 할게요." 빅터가 말했다. "스테이크가 두어 조각 있을 거예요."

부루퉁한 표정으로 소파에 앉아 있던 멜린다가 아무런 대꾸도 하지 않자 빅터는 함께 저녁 식사를 할 수 없음을 깨달았다.

"저희는 그만 집에 가봐야 할 것 같아요. 술기운이 올라와서요." 준 윌슨이 말하고는 기분 좋은 웃음을 지었다. "이 테이블을 직접 만들었다고 들었는데, 정말 멋지네요."

"감사합니다." 빅터가 웃음 지으며 대답했다.

"자리에 앉아요, 돈." 멜린다가 소파 등받이를 가볍게 두드리며 말했다. "한 잔 더 해요."

하지만 돈은 자리에 앉지 않았고, 심지어 한마디 대꾸도 하지 않았다.

"그런데 트릭시는?" 빅터가 물었다. "5시에 영화관에 갔다고 하지 않았어?"

멜린다는 상체를 펴서 앉았고, 부루퉁한 표정에 놀란 기색이 스쳤다. "맙소사! 웨슬리에 데리러 갔어야 하는데." 모성애라고는 전혀 없는 짜증스러운 어투였다. "도대체 지금 몇 시야?"

준 윌슨은 킥킥거리며 웃었다. "요즘 엄마들이 다 그렇죠." 그녀는 곱슬거리는 머리를 뒤로 넘기고는 남은 칵테일을 마저 마셨다. 술을 홀짝이며 밤새 떠들고 싶은 기색이었다.

"8시 25분." 빅터가 말했다. "몇 시에 데리러 가기로 했는데?"

"7시 반." 멜린다는 아직도 소파에서 일어나지 않은 채 끙끙거렸다.

빅터는 돈 윌슨이 도저히 믿기지 않는 표정으로 멜린다를 쳐다보고 있음을 알아차렸다. "트릭시는 누구하고 있어? 제이니?" 빅터가 물었다.

"아니, 웨슬리에 사는 카터 씨네 아이들하고 함께 있을 거야. 아마 괜찮을 거야. 그렇지 않았으면 진작 전화 왔겠지." 멜린다는 머리칼을 쓸어 넘기고는 술잔을 집었다.

"내가 곧 전화해볼게." 빅터는 차분하게 말했지만 무관심한 멜린다와는 달리 걱정이 되었다. 윌슨 부부 역시 그 점을 알아차린 것 같았다.

윌슨 부부는 서로를 쳐다보았다. 잠시 아무 말이 없었다.

"이제 정말 가봐야겠어요." 준 윌슨이 자리에서 일어서며 말했다. "두 분이 해야 할 일이 생겼네요. 오늘 저녁 고마웠어요. 다음엔 저희 집에 초대할게요."

"오늘 고마웠어요." 돈 윌슨이 상체를 숙여 멜린다와 악수를 나누었다. 멜린다는 그의 손을 잡고서 소파에서 일어났다.

"와줘서 고마웠어요. 다음번에는 어수선하지 않을 때 초대할게요."

"어수선한 것 전혀 없었어요." 준이 웃으며 말했다.

"이런저런 일이 계속 있어서요." 멜린다가 말했다.

돈과 준 윌슨 부부는 현관문을 나섰고, 준은 뒤돌아보며 조만간 연락하겠다고 했다. 준은 그날 저녁 시간을 즐겁게 보낸 것 같았지만, 남편이 빅터와 나눈 이야기를 들려준다면 물론 생각이 달라질 것이다. 돈이 아내에게 아무 말 하지 않을지도 모른다. 빅터 반 앨런은 차고에 달팽이를 기르고 비정상적일 정도로 빙하에 집착하는 것으로 보아 정신이 약간 이상하다고만 말할 수도 있다.

"그와 이야기 나누었어?" 빅터가 물었다.

"누구 말이야?" 멜린다는 얼음에 부은 위스키를 한 잔 더 마시고 있었다.

"돈 윌슨. 나한테는 한마디 말도 하지 않더군."

"그랬어?"

"응. 카터 부부에게 전화해야 할까? 이름이 뭐였지?"

"모르겠어. 말보로 하이츠에 살아."

빅터는 전화를 걸었다. 트릭시는 무사했고 그곳에서 자고 싶다고 했다. 빅터는 트릭시에게 9시에는 잠자리에 들라고 했지만 트릭시가 약속을 지킬 거라고는 생각지 않았다.

"트릭시는 잘 있어." 빅터가 멜린다에게 말했다. "카터 부인이 내일 오전에 차로 데려다준대."

"뭐가 그렇게 기분이 좋아?" 멜린다가 물었다.

"그렇지 않을 이유도 없잖아? 기분 좋은 저녁이잖아."

"준 윌슨 때문에 지겨워 죽는 줄 알았어."

"난 돈 윌슨 때문에 지겨웠어. 서로 상대방을 바꿨으면 좋았을 텐데. 시간이 별로 늦지 않았으니 웨슬리로 가서 골든 페전트에서 외식할까? 그러고 싶지 않아?" 그는 멜린다가 그러고 싶지만 그렇다고 인정하는 걸 무척 싫어한다는 걸 알았다. 그녀는 상상 속의 남자, 지금 이 순간 상상하는 남자 대신 빅터와 외출하는 게 무척 싫을 것이다.

"그냥 집에 있을래." 멜린다가 말했다.

"그러지 말고 금실 장식이 있는 블라우스 입고 와. 스커트는 괜찮은 것 같네." 빅터가 다정하게 말했다.

그녀는 초록색 벨벳 치마를 입고 있었지만 빅터에게 혹은 준 윌슨에게 아무렇게나 보이려는 듯 오래된 갈색 스웨터 차림에 소매를 걷어 올리고 목걸이도 하지 않았다. 빅터는 멜린다의 오래된 스웨터가 돈이 입고 왔던 오래된 바지와 비슷하다는 생각이 들었다. 그는 한숨을 내쉬었고, 멜린다가 자기 방으로 들어가서 그가 제안한 대로 금색 실로 박음질한 새로 산 블라우스를 입기 바랐다. 멜린다는 초록색 눈동자로 그를 가만히 응시하며 몸을 약간 흔들거리더니 스웨터를 머리 위로 벗으며 방으로 향했다.

빅터는 집에서 책을 보거나 트릭시의 책장을 만들고 싶으면서도, 왜 굳이 멜린다에게 외식하러 나가자고 했는지 스스로에게 물어보았다.

그는 인내심 있게 한결같이 기분 좋은 모습을 보이며 멜린다를 레스토랑에 데려왔고, 웨이터를 부르는 여러 가지 방법을 말해주면서 그녀를 웃게 해주려고 애썼다. 멜린다는 멍하니 주변을 바라보고 있었지만, 빅터는 그녀가 다른 사람들을 주시하고 있음을 알아차렸다. 멜린다는 다른 사람을 지켜보면서 큰 기쁨을 느꼈다. 혹은 자기가 고용한 사립탐정이 있는지 둘러보는 걸까? 그럴 것 같지는 않았다. 골든 페전트에 가자고 했을 때, 혹시라도 있을지 모르는 사립탐정이 밤에 차를 타고 뒤따라올 것 같지는 않았기 때문이다. 사립탐정을 고용했다면 주변 사람들에게서 알아낼 수 있을 정보를 캐내기 위해서일 것이다. 지금껏 그들 주변에서 낯선 사람이 불쑥 나타난 적은 없었다. 멜러 부부와 코윈 부부에게 수상해 보이는 낯선 사람을 본 적 있느냐고 물어보면 대답해줄 것이다. 그렇다, 멜린다는 그저 다른 사람들을 쳐다보고 있는 것뿐이다. 그녀에게는 빅터가 감탄해 마지않는 능력, 다른 사람들을 바라보며 잠시 꿈을 꿀 수 있는 능력이 있었다. 그는 언젠가 그녀에게 그런 말을 한 적이 있었지만, 오늘 밤 그런 얘기를 하면 그녀가 화를 낼 것 같았다. 그녀는 이렇게 말할지도 모른다. "현실을 감당해야 하는데 그럼 나더러 어쩌란 말이야?" 그래서 그는 날씨가 추워지기 전에 캐나다로 여행을 가자는 이야기를 했다. 트릭시는 제이니 집에 열흘 정도 맡기자고 했다.

"난 별로 가고 싶지 않아." 멜린다가 냉소를 지으며 말했다.

"우리 둘 다 휴가다운 휴가도 못 보내고 여름이 지나가게 생겼어."

"그렇게 지나가라지. 지겨워."

"어딘가로 여행을 다녀오지 않으면 겨울은 더 지겨울 거야." 그가 말했다.

"지겹지 않을 거야." 그녀가 말했다.

"협박하는 거야?" 그가 미소 지으며 물었다.

"당신 좋을 대로 생각해."

"내가 먹을 음식에 비소라도 넣을 거야?"

"비소로는 죽지 않을걸."

즐거운 저녁이었다. 집으로 가는 길에 빅터는 책꽂이를 둘러보려고 웨슬리에서 가장 큰 드럭스토어에 들렀다. 펭귄출판사에서 나온 책 두 권을 샀다. 한 권은 곤충에 관한 책, 다른 한 권은 교회 창문에 설치된 스테인드글라스에 관한 책이었다. 멜린다는 전화 부스로 가서 누군가와 오랫동안 통화했다. 그녀가 나지막이 속삭이는 목소리가 들렸지만, 그는 그녀가 무슨 말을 하는지 알아내려고 굳이 애쓰지 않았다.

13

트릭시는 9월 7일 하이랜드 학교에 입학했고, 읽기를 아주 잘해서 3학년에 배정되었다. 빅터는 트릭시가 무척 자랑스러웠다. 학교 관계자는 빅터와 멜린다를 불러서 트릭시를 3학년에 배정하는 문제에 관해 이야기를 나누었다. 트릭시는 산수와 지리, 그리고 습자에서도 추가 도움을 받아야 할 거라고 했고, 부모님이 집에서 개인 교습을 해줄 수 있는지 물었다. 빅터는 기꺼이 그럴 수 있고 그럴 만한 시간도 충분하다고 말했다. 심지어 멜린다도 긍정적으로 대답했으므로 그렇게 하기로 결정했다. 빅터는 깜짝 선물이자 보답으로 자신이 직접 만들고 있던 책장을 트릭시에게 주었다. 위 두칸은 새로운 책으로 가득 채웠고, 아래 두 칸은 트릭시가 평소에 좋아하던 책을 꽂았다. 그는 어떤 일이 있더라도 토요일과 일요일에 집에서 두 시간씩 개인 교습을 하기로 했고, 트릭시는 꽤 깊은 인상을 받은 것 같았다. 개인 교습은 학기가 시작되는 첫 주말부터 하기로 했다. 거실 테이블에서 산수를 30분, 습자를 30분 동안 한 다음 15분 동안 쉬는 시간을 갖고 지리를 한 시간 동안 공부하기로 했다. 그가 지리 수업을 무척 재미있게 했으므로 트릭시는 별로 힘들지 않았다.

빅터는 트릭시를 가르치는 게 무척 즐거웠다. 벌써 몇 년 전부터 트릭시에게 먼저 산수와 대수와 기하학을 가르치고 나서 삼각법과 미적분을 가르치고 싶었다. 인류가 축적해온 지혜를 윗세대가 아랫세대에게 가르쳐주는 건 부모 역할 가운데 가장 중요한 일 같았다. 어미 새가 새끼 새에게 나는 법을 가르쳐주듯 말이다. 하지만 트릭시를 가르치자 불편한 진실을 떠올리게 되었다. 예를 들어 호러스와 필과 친구로 지낼 수 있는 것은 그들이 그에 관한 진실을 모르기 때문임을 더 절실하게 깨닫게 된 것이다. 찰리를 죽였다는 죄책감이 점점 더 커져갔다.

트릭시가 통통한 손으로 어설프게 써나가는 b, q, g 문자를 볼 때면 그런 생각이 들었다. "에이 비 시 디 이 에프 지 에이치 아이 제이 케 엘엠엔 오피……" 트릭시는 습자 연습을 하다 말고 가끔씩 알파벳 노래를 부르곤 했다. 알파벳은 벌써 몇 년 전에 배웠다. 빅터는 지난 4, 5년 동안 대답할 수 없었던 질문에 대답하려고 애썼다. 멜린다는 어떻게 변해가고 있고 그는 어떻게 되기를 바라느냐는 질문. 그는 그녀를 원했지만, 그녀가 이제 여자로서 매력적이지 않다는 사실을 깨달았다. 매력적이지 않지만 그렇다고 싫은 것도 아니었다. 그는 멜린다 혹은 다른 여자 없이도 남은 평생 동안 살아갈 수 있을 것 같았다. 찰리를 죽이기 전에도 그 사실을 알았던가? 그는 대답할 수 없었고 기억할 수도 없었다. 찰리를 살해한 순간이 긴 휴지부처럼 느껴졌고, 이상할 정도로 기억해내기가 힘들었다. 검고 단단한 매듭 같은 억눌린 마음과 분노가 떠올랐고, 찰리를 죽임으로써 그 매듭을 푼 것 같은 느낌이었다. 그는 마음이 더 편안해지고, 진정으로 홀가분하고 행복해진 것 같았다. 자신이 범죄자나 사이코패스로 여겨지지도 않았다.

조엘 내쉬에게 충격적인 말을 한 저녁에 예견한 대로였다. 그날 밤 그는 맥레이를 자신이 직접 죽였다는 환상에 빠져들었다. 맥레이 때문에 너무 괴로워서 그렇게 했다고 생각하자 곧바로 기분이 나아졌던 기억이 났다. 매듭이 풀리는 것보다는 억눌린 증오에서 벗어난다는 표현이 더 적절할 것이다. 하지만 그날 밤 코윈 부부의 수영장에서는 왜 환상을 지나 선을 넘어버린 걸까? 그리고 그런 상황이 다시 온다면 또 그렇게 할까? 그는 그렇지 않기를 바랐다. 분노와 증오가 쌓여 폭발하기보다는 아무 때나 미리 해소하는 편이 훨씬 나았다. 그는 그렇게 단순한 논리를 떠올리며 빙긋 웃었다. 그는 온갖 상상을 할 수 있었지만 심하게 화를 내는 자신의 모습은 상상이 가지 않았다. 많은 사람들은 화를 내며 목청을 높이고 주먹으로 테이블을 내려치는데 말이다. 하지만 언젠가는 그렇게 시도해봐야 할 것이다.

"r을 쓸 때 윗부분을 동그랗게 내려야지." 빅터가 트릭시에게 말했다. "지금은 크로케 철주문처럼 직선이잖아."

트릭시는 키득거리며 웃었고, 이제 집중력이 떨어졌다. "크로케 놀이 해요!"

"r을 마치고 나서."

필과 호러스는 빅터가 찰리를 살해한 사실을 절대 용서하지 않을 것이다. 그러므로 그는 앞으로 그들을 위선적으로 대해야 한다. 하지만 빅터 역시 필이나 호러스 혹은 다른 사람이 비슷한 상황에서 찰리를 살해했다면, 그 사실을 편안하게 받아들이지 못할 것이다. 그들은 아마도 수영장에서는 그렇게 하지 않을 것이다. 오후 시간에 아내와 함께 드 리슬의 집에 가서 일을 저지를 것이다. 그러고 나서 아마도 기분이 더 나아졌을 것이다. 빅터의 기분이 더 좋아지자 집 안 곳곳에 표시가 났다. 그는 차고를 밝은 노란색으로 칠했고, 수국이 뽑힌 자리에 자그마한 단풍나무를 심었고, 다른 자리에는 씨앗을 뿌렸다. 거실은 실제와 달리 행복한 사람들이 사는 공간 같았다. 그는 몸무게가 7킬로그램 정도 빠졌다. 체중이 느는 게 무척 싫었고 술도 더 이상 마시지 않았다. 휘파람도 예전보다 더 자주 불었다. 아니면 멜린다를 화나게 하려고 혹은 멜린다가 휘파람 좀 그만 불라고 해서 그런 걸까?

빅터와 트릭시가 잔디밭에서 약식으로 크로케 게임을 하고 있는데, 멜린다가 차를 몰고 들어왔다. 차 안에는 빅터가 한 번도 본 적 없는 남자가 함께 타고 있었다. 빅터는 차분하게 상체를 숙여 볼을 쳤다. 볼은 4.5미터 정도를 굴러가서 트릭시의 볼에 가볍게 부딪치고는 철주문 앞에 멈추어 섰다. 트릭시는 폴짝폴짝 뛰며 발을 동동 구르면서 크로케 게임을 하면서 부터는 볼을 멀리 보내는 데에만 열중하는 것 같았다. 멜린다와 낯선 남자 가 다가오자 빅터는 진입로로 향했다. 남자는 키가 크고 어깨가 벌어진 체 격에 서른두어 살로 보였고, 트위드 재킷에 바지 차림이었다. 진중한 표정 의 남자는 빅터에게 다가오며 희미한 미소를 지었다.

"여보, 여긴 카펜터 씨." 멜린다가 말했다. "그리고 여긴 내 남편이에요."

"처음 뵙겠습니다." 빅터가 악수를 나누며 말했다.

"처음 뵙겠습니다." 카펜터는 빅터의 손을 꼭 잡으며 악수했다. "아내 분 께서 방금 마을을 구경시켜주셨습니다. 살 집을 찾고 있거든요."

"그렇군요. 임대할 건가요 아니면 구입할 건가요?" 빅터가 물었다.

"임대할 겁니다." 그가 대답했다.

"카펜터 씨는 심리 치료사야." 멜린다가 말했다. "케닝턴에서 서너 달 일 할 거라고 해. 약국에서 묻고 있는 걸 보고 마을 구경을 시켜줘야겠다는 생각이 들었어. 일요일엔 문을 여는 부동산이 없으니까."

그러자 빅터는 처음으로 의구심이 들었다. 멜린다는 약간 지나치다 싶 을 정도로 자세히 설명하고 있었다. 카펜터는 심리 치료사치고는 심하다 싶을 만큼 유심히 멜린다를 주시했다. "더비 집 얘기는 했어?" 빅터가 물 었다.

"보여주긴 했는데 너무 헛간 같잖아." 멜린다가 말했다. "찰리가 살던 집 처럼 숲 속에 있지만 편안한 곳을 원하는 것 같아."

"음, 1년 중 이맘때가 집 둘러보기에 제격이지. 사람들이 여름에 집을 비우고 휴가를 떠나니까. 찰리 집은 어떨까?" 빅터가 한 걸음 앞서서 물었 다. "지금 비어 있지 않을까?"

멜린다를 쳐다보는 카펜터의 표정을 보자, 찰리 얘기는 전혀 듣지 못한 것 같았다.

"응." 멜린다가 조심스럽게 말했다. "한번 물어봐야겠네. 집주인이 오늘도 있을 거야." 진입로에 서 있던 그녀는 전화를 해야겠다는 생각이 문득 든 것처럼 집을 쳐다보았다.

하지만 빅터는 멜린다가 지금 당장 집주인에게 전화하지 않을 것임을 알았다. 아마 내일도 전화하지 않을 것이다. "카펜터 씨, 집 안으로 들어가시겠어요? 아니면 바쁘신 일이라도?" 빅터가 물었다.

카펜터는 미소를 짓고 고개를 가볍게 숙이며 집으로 들어가겠다는 마음을 내보였다. 그들은 함께 집으로 향했고, 트릭시는 낯선 사람을 빤히 쳐다보며 뒤따랐다.

"케닝턴은 어때요?" 집 안에 들어가서 빅터가 물었다. 케닝턴은 100여 명의 환자가 드나드는 웨슬리 외곽에 있는 정신병원이었다. 소규모지만 뛰어난 의료진과 가정적인 분위기로 유명한 곳이었다. 초록 언덕 위로 야트막한 흰 건물이 길게 늘어선 정경은 잘 정돈된 시골 집 같았다.

"어제 도착했습니다." 카펜터가 기분 좋게 말했다. "기대했던 대로 사람들은 무척 친절합니다. 일도 즐겁게 할 수 있을 것 같습니다."

빅터는 카펜터에게 정확히 무슨 일을 하는지 물어보지 않을 생각이었다. 그러면 호기심을 지나치게 내보일 것 같아서였다.

"한잔할래요? 아니면 커피 드릴까요?" 멜린다가 물었다.

"아, 괜찮습니다. 담배 한 대 피우고 차로 가야죠."

"아, 맞아요." 그러면서 그녀는 빅터에게 말했다. "차 문을 안 잠그고 약국 앞에 세워뒀거든. 누군가 훔쳐갈까 봐 걱정하고 있어."

"여긴 그런 사람 별로 없을 겁니다." 빅터가 친절하게 말했다.

"물론 대도시인 뉴욕 같지는 않겠죠." 카펜터는 그렇게 말하며 거실을 둘러보았다.

카펜터의 헐렁한 트위드 재킷을 쳐다보던 빅터는 그의 팔 아래로 불룩하게 튀어나온 게 어깨에 멘 권총용 가죽 케이스인지 아니면 그냥 튀어나온 것인지 궁금했다. 옷이 접혀서 생긴 자국일 수도 있을 것이다. 진중한 느낌이 나는 얼굴에는 약간 지루한 표정이 엿보였는데, 일부러 그런 표정을 짓는 것 같기도 했다. 그에게는 학자 같은 분위기가 있었지만, 피상적으로만 그렇게 보일 뿐 얼굴은 활동가처럼 보였다. 빅터는 파이프에 담배를 채웠다. 최근 파이프 담배를 즐겨 피우게 되었다.

"지금은 어디에 묵고 있어요?" 빅터가 물었다.

"웨슬리에 있는 애드모어 호텔에요." 카펜터가 대답했다.

"정착하면 여길 무척 좋아하게 될 거예요." 멜린다가 생기 넘치는 목소리로 말했다. 그녀는 소파 끝에 앉아 담배를 피웠다. "아침 공기가 얼마나 상쾌한지 몰라요. 아침 7시나 8시쯤 차를 몰고 나가면 정말 기분 좋아요."

빅터는 멜린다가 아침 7, 8시에 차를 몰고 나가는 걸 본 기억이 없었다.

"네, 좋겠네요." 카펜터가 말했다. "여기에 정착하는 데 큰 어려움은 없을 것 같아요."

"아내는 사람들이 편안하게 정착하도록 잘 도와주죠." 빅터가 멜린다에게 애정 어린 미소를 지으며 말했다. "이곳 주택 사정과 교외도 잘 알고요. 아내의 도움을 받도록 해요." 빅터가 카펜터를 보며 웃었다.

카펜터는 다른 사람 생각이 난 것처럼 빅터를 쳐다보며 천천히 고개를 끄덕였다.

"트릭시, 다른 방에 가 있어." 멜린다가 거실 바닥 한가운데에 앉아 그들을 빤히 쳐다보는 트릭시에게 신경질적으로 말했다.

"소개부터 해야지." 빅터가 자리에서 일어서더니 양손을 잡아 트릭시를 부드럽게 일으켜주었다. "트릭시, 이분은 카펜터 씨. 여긴 제 딸 베아트리체입니다."

"만나서 반가워." 카펜터는 웃으며 인사했지만 자리에서 일어나지는 않았다.

"네, 반갑습니다." 트릭시가 말했다. "아빠, 나도 함께 있으면 안 돼요?"

"지금은 안 돼. 엄마 말 들어야지. 카펜터 씨는 다음에 또 볼 수 있을 거야. 밖에 나가서 놀고 있어. 게임은 조금 있다 마치자꾸나." 빅터가 현관문을 열어주자 트릭시가 밖으로 뛰어나갔다.

빅터가 몸을 돌리자 카펜터가 날카로운 눈빛으로 쳐다보았다.

빅터가 웃는 얼굴로 말했다. "이런 날은 아이가 바깥에서 놀아야지. 이거 봐." 그는 테이블에 놓인 트릭시의 습자 공책을 들어 보였다. "정말 잘하지 않아? 지난주와 비교해서 봐." 그는 습자 공책 앞부분을 펼쳐서 멜린다에게 보여주었다.

멜린다는 애써 관심 있는 척하며 말했다. "잘하는 것 같네."

"딸에게 직접 습자를 가르치고 있거든요." 빅터가 카펜터에게 설명했다. "이번에 입학했는데 제 또래보다 높은 학년에 배정되어서요." 빅터는 흐뭇한 미소를 지으며 트릭시의 습자 공책을 넘겼다.

카펜터는 트릭시의 나이와 리틀 웨슬리 지역의 날씨에 관해 묻고는 자리에서 일어섰다. "그만 가봐야겠습니다. 죄송하지만 차까지 바래다주셔야겠네요." 그가 멜린다에게 말했다.

"괜찮아요. 아까 얘기했던 숲 속에 있는 집을 잠깐 둘러봐도 좋고요."

"찰리가 살던 집 말이군." 빅터가 아는 체를 했다.

"응." 멜린다가 말했다.

"꼭 다시 놀러 와요." 빅터가 카펜터에게 말했다. "이곳에서 즐겁게 지냈으면 좋겠어요. 케닝턴은 멋진 곳이죠. 이곳 주민들이 무척 좋아하는 곳이기도 하고요."

"네, 고맙습니다." 카펜터가 말했다.

빅터는 멜린다의 차가 멀어지는 걸 지켜보고는 크로케 게임을 하러 갔다. 트릭시가 친 공이 잔디 여기저기에 흩어져 있었다. "어디까지 했더라?" 그가 트릭시에게 물었다.

빅터는 조언을 해주었지만 트릭시는 대개 잘 따르지 않았다. 그는 게임을 하면서 카펜터 생각을 했다. 자신이 무언가 의심한다는 사실을 멜린다에게 알리지 않는 게 훨씬 더 흥미로울 것이다. 그리고 자신의 짐작이 틀릴 수도 있었다. 카펜터는 그저 심리 치료사일 뿐 멜린다와 아무 관계도 아닐 수 있었다. 하지만 심리 치료사가 낯선 여자의 차를 얻어 타고 임대할 집을 찾아다닐까? 그럴 가능성은 거의 없을 것 같았다. 하지만 한 가지 확실한 것은, 카펜터는 멜린다가 애인으로 좋아하는 유형이 아니라는 사실이었다. 그는 분명히 무언가 진지한 데가 있었고, 멍하니 다른 데 정신을 팔지도 않았다. 그리고 꽤 미남이었다. 형사를 하기에 꼭 어울리는 얼굴이었다. 빅터는 카펜터를 리틀 웨슬리나 웨슬리에서 본 적이 있는지 다시 한 번 떠올려보았지만, 아무래도 없는 것 같았다.

멜린다는 찰리의 집에 들렀다고 하기에는 너무 일찍 집으로 돌아왔다. 그러고는 빅터에게 아무 말도 하지 않고 집 안으로 들어가버렸다. 빅터는 트릭시와 크로케 게임을 마치고 집 안으로 들어왔다. 멜린다는 욕실 세면대에서 머리를 감고 있었다. 욕실 문은 열려 있었다.

책장에서 『세계 연감』을 꺼내 소파에 앉은 빅터는 비소 독살에 관한 일화를 읽었다. 멜린다가 욕실에서 나와 자기 방으로 가려는 걸 불러 세웠다.

"카펜터 씨는 잘 데려다줬어?"

"응."

"찰리가 살던 집 보여줬어?"

"아니."

"좋은 사람 같던데."

멜린다는 욕실 가운 차림에 맨발이었고, 머리에 수건을 두르고 있었다. "음, 그런 것 같아. 아는 것도 많은 사람이라 당신이 이야기 나누기 좋아할 유형이야." 그녀가 성가시게 잔소리하는 듯한 어조로 말했다.

빅터가 웃음 지었다. "두고 보면 알겠지. 앞으로 볼 일이 있다면 말이야."

빅터는 월요일에 사무실에 출근해서 케닝턴 병원에 전화를 걸었다. 그렇다, 카펜터는 그곳에서 일하는 게 맞았다. 이름은 해럴드 카펜터였다. 전화를 받은 여자는 카펜터 씨가 늘 병원에 있는 건 아니지만 메시지를 전해줄 수 있다고 했다. "혹시 집 문제로 전화한 건가요?" 그녀가 물었다.

"네, 다음에 다시 전화하죠." 빅터가 말했다. "아직 집을 찾지 못했지만 그냥 연락해본 겁니다." 그는 고맙다는 인사를 하고는, 그녀가 어느 부동산에서 전화했는지 물어보기 전에 서둘러 전화를 끊었다.

14

빅터가 생각하기에, 카펜터가 사립탐정이라면 멜린다와 함께 매우 조심스럽게 잘해나가고 있는 것 같았다. 일주일이 지나도 빅터는 확신이 들지 않았고, 카펜터를 두어 번 더 만났다. 한 번은 집에 칵테일을 마시러 왔고, 한 번은 손님을 여덟 명 정도 초대한 멜러 부부의 칵테일파티에 멜린다가 그를 초대했다. 그곳에서 카펜터는 코원 부부와 맥퍼슨 부부를 만났지만 윌슨 부부는 만나지 못했다. 코원 부부와 마찬가지로 멜러 부부도 윌슨 부부를 초대하지 않았기 때문이다. 호러스는 칵테일파티 때 카펜터와 한동안 이야기를 나누었고, 그날 저녁 빅터는 호러스에게 카펜터와 무슨 이야기를 나누었는지 물었다. 호러스는 뇌 손상에 관한 이야기를 나누었다면서 카펜터와는 어디에서 만났는지 물었다. 빅터는 멜린다에게 들었던 얘기를 그대로 전했다. 사실, 멜러 부부의 집에서 열리는 칵테일파티에서는 흥미로운 점이 하나뿐이었다. 멜린다가 필요 이상으로 해럴드 카펜터에게 관심을 기울인다는 것이었다. 멜린다는 고의적으로 그러는 것 같았고, 그뿐 아니라 그곳에 모인 사람들에게 보란 듯이 그랬다. 빅터는 그들 두 사람을 보며 온화한 웃음을 지었다. 그들은 뭘 하려는 걸까? 그를 자극해서 또다시 살인을 저지르게 하려는 걸까? 그렇게 몰아가려고 계산된 사소한 행동일까?

열흘쯤 지나자 카펜터는 집에 꽤 자주 들르기 시작했다. 그는 결국 찰리 드 리슬이 살던 집을 계약했고, 빅터는 그다지 놀라지 않았다. 그 집을 계기로 많은 이야기를 나눌 수 있었기 때문일 것이다. 해럴드는 고인이 된 찰리에 관해 온갖 질문을 했는데, 빅터뿐 아니라 빅터와 알고 지내는 사람들에게도 물어봤다. 마을 사람들도 마을에 새로 온 사람들에게 으레 하듯 어디에 사느냐고 물어보았고, 카펜터는 사람들로부터 질문 세례를 받았다. 빅터가 생각하기에, 카펜터는 3주가 지나기도 전에 찰리가 수영장에 빠져 죽은 사건에 관해 적어도 열 가지 버전으로 들었을 것이다. 카펜터는 무척 조심스럽게 물어본 게 분명했다. 호러스나 필이 빅터를 찾아와서 카펜터에게 그런 질문을 받았다는 이야기를 하지 않기 때문이다.

"돈 윌슨 만나본 적 있어요?" 어느 토요일 오후, 빅터는 커다란 전지용 가위를 빌리러 집에 잠깐 들른 카펜터에게 물었다.

"아니요." 카펜터는 약간 의아해하며 대답했다.

멜린다는 그들이 나누는 이야기가 들리는 근처에 있었다.

"곧 만나게 될 겁니다." 빅터가 웃으며 말했다. "아내가 윌슨 부부와 꽤 자주 만나니까요. 만나보면 재밌을 거예요." 빅터는 카펜터가 돈 윌슨과 만났을 거라고 확신했다. 돈 윌슨은 카펜터를 적임자로 고르고 멜린다 대신 뉴욕에 가서 일을 처리했을 것이다. 멜린다가 뉴욕에 갈 때면 빅터가 늘 알아차리므로 그녀는 뉴욕에 가는 경우가 거의 없었다. 그리고 그런 일을 하려면 누군가 직접 나서야 할 것이다. 해럴드 카펜터는 꽤 괜찮은 사립탐정이었다. 그는 어떤 일에도 당황하지 않았다.

"심리 치료 실습은 언제 시작했나요?" 빅터가 물었다. 카펜터는 컬럼비아대학교 졸업반이라고 했고, 논문을 제출하고 시험만 보면 학위를 받게 된다고 했다.

"시작이요? 스물세 살에야 겨우 시작할 수 있었죠. 한국전쟁에 참전하느라 시간이 좀 지나버렸죠."

"그럼 언제 마쳤나요?"

카펜터는 상대방의 눈을 똑바로 쳐다보지 않았다. "마치다니요?"

"논문에 필요한 심리 치료 실습을 하려면 학교 수업을 마쳐야 하는 것 아닌가요?"

"아, 초여름에 마쳤고 여름 학기를 들었습니다." 그가 웃으며 말했다. "좋은 정신과 의사가 되기 위해서는 얼마나 많은 과정을 밟아야 하는지 모를 겁니다."

빅터에게는 모든 게 모호하게 들렸다. "가장 관심 있는 분야가 정신분열증인가요?"

"음, 그렇죠. 가장 흔하게 나타나는 질병이니까요."

빅터는 미소 지었다. 멜린다는 술을 더 따르러 부엌으로 가고 없었다. 빅터와 카펜터는 술을 마시지 않았다. "아내가 정신분열증 성향이 있는지 궁금했어요."

카펜터가 얼굴을 찌푸리며 웃음을 짓자, 도톰한 입술 사이로 희고 네모난 치아가 드러났다. "그렇지 않을 겁니다. 혹시 그럴 거라고 생각해요?"

"잘 모르겠어요. 그 분야 전문가가 아니어서요." 빅터는 카펜터가 뭔가 더 말하기를 기다렸다.

"아내 분은 매력이 많아요." 카펜터가 말했다. "교육받지 않은 매력이랄까……"

"교육을 통해 얻은 매력이 아니라는 뜻이군요."

"네." 카펜터가 웃으며 말했다. "자신이 생각하는 것보다 많은 매력을 지녔죠."

"과찬이군요."

카펜터는 웃음을 터뜨리고는 거실로 되돌아오는 멜린다를 쳐다보았다.

빅터는 자신의 집에 와본 사람들 가운데 유일하게 카펜터만이 그와 멜린다가 각각 다른 방에서 잔다는 사실을 모르는 것 같다는 생각이 문득 들었다. 카펜터는 빅터의 방이 있는 건물 쪽으로 가본 적이 있었다. 머지않아 그들 두 사람 가운데 한 명은 무척 놀라게 될 텐데, 둘 가운데 누가 놀라게 될까? 빅터는 훌륭한 스포츠 선수가 상대방에게 하듯이 친절한 미소를 지었다.

커다란 전지용 가위를 빌리러 왔던 그날 오후, 카펜터는 30분 정도 있다가 갔다. 그는 약간 멍하면서도 호기심 어린 눈빛으로 집 안 곳곳을 둘러보았고 트릭시를 빤히 쳐다보았다. 차고와 부엌, 그리고 집 안 곳곳의 평범한 모습 어딘가에 이상한 점이 숨어 있기라도 하다는 듯이. 약간은 멍해 보였지만 완전히 멍한 눈빛은 아니었다. 해럴드 카펜터는 멍한 사람이 아니라 오히려 지나치게 집요한 사람이었다. 빅터의 집이 케닝턴 병원과 카펜터의 집에서 벗어난 지점에 있는 점도 그가 사립탐정일지도 모르는 단서였다. 혹은 파트타임 심리 치료사로 일하면서 그를 지켜볼 수도 있었다.

그러던 10월 4일, 은행 거래 내역이 도착했는데, 빅터는 출처를 알 수 없는 200달러가 인출되었음을 알게 되었다. 그 돈이 카펜터의 주머니에 들어갔을지도 모른다는 생각을 하자 기분이 이상했다. 카펜터가 멜린다의 생일 때 샴페인을 사며 지불했던 10달러짜리 지폐가 빅터의 계좌에서 빠져나간 돈일 수도 있었다. 빅터는 웨슬리의 중심가인 코머스 거리에서 카펜터를 우연히 만났다. 그때 빅터는 멜린다의 생일 선물을 사고 귀금속 가게에서 나오던 길이었다. 카펜터는 겨드랑이에 책을 두어 권 끼고 있었다. 그는 대개 커다란 책을 끼고 다녔다.

"오늘 밤 바빠요?" 빅터가 물었다.

카펜터는 괜찮다고 했고, 빅터는 집에 와서 함께 저녁 식사를 하지 않겠느냐고 했다. 그날은 멜린다의 생일이었고, 빅터는 카펜터가 그 사실을 알고 있을 거라 생각했다. 멜러 부부만 초대해서 저녁에 간소한 파티를 열 예정이었는데, 그가 오면 멜린다도 기뻐할 거라고 빅터는 말했다. 카펜터는 예의를 차리며 약간 머뭇거리고는 멜린다에게 먼저 물어보겠다고 했지만, 빅터는 미리 연락하지 말고 그녀를 깜짝 놀라게 해주자고 했다. 카펜터는 그렇게 하겠다고 했고, 멜린다의 생일이라는 말을 듣고 샴페인을 구입했다.

코원 부부도 초대했지만, 필은 이번 주 내내 버몬트에서 강의가 있다고 했고 그의 아내 에벌린은 날씨 탓에 감기에 걸렸다고 했다. 생일 파티를 열자고 제안한 사람은 빅터였고, 어렵사리 멜린다를 설득했다. 멜린다는 마을 사람들이 최근 쌀쌀맞게 대한다고 말했는데, 어느 정도는 사실이었다. 빅터는 그럼에도 마을 사람들은 여전히 그녀를 자기들 집에 초대하고 있으니, 관계를 개선하려면 가끔씩 그들을 집으로 초대해야 한다고 말했다. 빅터는 집에 사람들을 초대할 때면 늘 멜린다를 힘겹게 설득해야 했다. 리틀 웨슬리처럼 작은 마을에 살면서 마을 사람들의 초대에 보답해야 한다는 책임감보다는, 코원 부부나 멜러 부부는 1년에 적어도 두세 차례 성대한 칵테일파티나 저녁 파티를 열기 때문에 자신들도 한두 번은 그렇게 해야 한다는 생각이었다. 하지만 멜린다는 저녁 식사에 손님 두 명이 오거나 칵테일파티 때 스무 명이 온다는 생각만으로 당혹스러워했다. 그녀는 술이 떨어질까 봐, 손님에게 내가기 전에 아이스크림이 녹을까 봐 걱정했고, 갑자기 집 안 대청소를 해야 한다는 둥 부엌에 커튼을 새로 달아야 한다는 둥 걱정했다. 그녀가 그렇게 안절부절못하면 빅터는 결국 파티 얘기는 없었던 걸로 하자고 했다. 멜러 부부처럼 오랫동안 알고 지낸 편안한 사람들이 온다고 해도, 멜린다는 마음속 깊은 곳에 있는 열등감을 드러냈고 난생처음 남편의 직장 상사를 집에 초대하는 새 신부처럼 안절부절못했다. 그럴 때면 빅터는 어린아이처럼 어쩔 줄 모르는 멜린다가 귀여워 보였고, 그녀를 안심시키고 자신감을 갖게 하려고 최선을 다했다. 그런 멜린다가 지난 몇 달 동안 미혼의 남자 친구들을 일주일에 두 번씩 집에 초대하면서도 전혀 불안해하지 않는 모습을 볼 때면 짜증이 났다.

빅터는 멜린다가 카펜터가 곁에 있다고 해서 불안해할 거라고는 생각하지 않았다. 그리고 순전히 친절과 호의로 그를 초대했으니 그녀도 좋아할 것이다. 저녁 7시 반, 그와 카펜터가 함께 집으로 들어가자 멜린다의 얼굴이 환해졌다. 멜러 부부는 8시가 되어서야 왔다. 카펜터가 샴페인을 내놓자 멜린다는 고맙다는 인사를 하고는 식사 후에 차게 마실 수 있도록 냉장고에 넣어두었다. 멜린다는 하이볼을 조금씩 마시며 집 안을 왔다 갔다 했다. 오리 고기가 잘 구워지고 있는지 5분마다 확인했고, 테이블에 깨끗한 재떨이가 놓여 있는지 확인했고, 평소와 달리 가지런히 놓여 있는 음료를 젓는 막대와 사워크림과 잘게 자른 새우가 든 커다란 그릇도 살폈다. 그녀는 짙은 초록색 민소매 원피스를 차려입고 있었다. 장식이 달린 황금색 샌들을 신고, 호랑이의 어금니를 연상시키는 흰색 산호가 연결된 목걸이를 했다. 하지만 그녀의 얼굴은 완전히 겁에 질려 있었다.

빅터는 카펜터와 멜린다를 잠시 단둘이 있게 두고서 셔츠를 갈아입고 짙은 색 양복을 입었다. 그러고는 거실로 돌아와 재킷 주머니에서 선물을 꺼내어 그녀에게 주었다.

멜린다는 카펜터에게 미안하다는 듯 불안한 눈길로 쳐다보고는 선물을 열어보았다. 그녀의 표정이 확 바뀌었다. "어머, 여보! 정말 멋진 시계야."

"마음에 들지 않으면 가져가서 다른 걸로 바꿔도 돼." 빅터는 그녀가 좋아할 것임을 알면서도 그렇게 말했다.

카펜터는 기분 좋은 표정으로 두 사람을 바라보았다.

멜린다가 시계를 찼다. 자그마한 다이아몬드로 장식한 화려한 시계였다. 멜린다가 차던 오래된 시계는 2, 3년 전 코원 부부 집 수영장에 끼고 들어가면서 망가져버렸고, 그 이후로 그녀는 줄곧 시계를 사달라고 졸랐다.

"여보, 정말 아름다워." 멜린다의 목소리가 그렇게 부드럽게 들린 건 지난 몇 년 만에 처음이었다.

"그리고 이거." 빅터는 다른 주머니에서 봉투에 든 것을 꺼냈다. "이건 선물은 아니야."

"어머, 진주잖아."

"끈을 다시 묶어달라고 했어." 빅터가 말했다. 한 달 전쯤 말싸움 끝에 멜린다가 진주 목걸이를 던져 끈이 끊어졌었다.

"고마워. 정말 고마워." 멜린다는 나지막이 말했고, 카펜터가 목걸이가 끊어진 이유를 알아낼까 두려운 것처럼 그를 흘긋 쳐다보았다.

빅터가 보기에, 카펜터는 목걸이가 왜 끊어졌는지 추측하고 있는 것 같았다. 멜린다가 던져서 바닥에 흩어진 진주를 빅터가 기면서 주워 모았다는 걸 알면 더 재밌어할 것이다.

멜러 부부는 부엌에서 사용하는 전기제품인 회전식 바비큐 기계를 선물했다. 그들은 빅터 부부의 집에 숯을 이용해서 야외에서 사용하는 바비큐 기계가 있다는 걸 알고 있었다. 메리 멜러가 멜린다와 빰을 맞대며 인사하자 호러스도 그렇게 했다. 메리는 예전에는 멜린다에게 더 따뜻하게 대했지만, 두 사람은 카펜터가 보기에도 억지로 괜찮은 척하는 사이인 것 같았다. 카펜터는 그날 밤 사람들이 어울리는 모습을 특히 주시하는 것 같았고, 멜러 부부가 자신과 멜린다를 어떻게 대하는지 주의 깊게 살피는 것 같았다. 멜러 부부가 멜린다보다는 카펜터에게 더 친절하게 대하는 건 분명했다.

식전에 칵테일을 마시는 동안 멜린다는 자리에서 일어나 부엌에 들락날락거렸다. 메리가 도와줄 일이 있느냐고 묻자, 빅터와 멜린다는 괜찮다며 사양했다.

"신경 쓰지 말고 칵테일 맛있게 드세요. 오늘 밤 식사 대접은 제가 할게요." 빅터는 부엌으로 가서 오리를 오븐에서 꺼내어 접시에 담는 중요한 일을 했다. 오리 배 속에 들어 있던 사과가 빠져버려 빅터는 뜨거운 사과를 잡아서 스토브 위에 올리며 빙긋 웃었다.

"맙소사." 멜린다는 고기 썰 때 사용하는 나이프를 숫돌에 엉거주춤하게 갈며 중얼거렸다. "또 무슨 일이 일어날까?"

"쌀 요리를 태울 수도 있겠지." 빅터가 그렇게 말하며 오븐을 확인했지만 쌀이 타는 것 같지는 않았다. 그는 커다란 스푼으로 사과를 들어 올려 오리 안에 넣었다.

"오리 안에 들어 있던 건지도 잘 모르겠어." 멜린다가 끙끙거렸다.

"내가 보기에도 그래. 사과는 그냥 빼기로 해."

"그럼 텅 빈 공간이 생기잖아." 멜린다가 울상을 지으며 말했다.

"그런 생각 하지 마. 밥을 주변에 놓으면 되니까."

빅터와 멜린다는 오리고기와 쌀 요리, 콩 요리, 뜨거운 롤빵, 양갓냉이 샐러드를 함께 준비했다. 하지만 샐러드드레싱은 만들지 않았다. 멜린다는 빅터가 드레싱을 만들기를 바랐는데, 그가 작은 이름표를 붙이고 직접 키우는 허브가 일곱 종류나 있었기 때문이다. 그는 그 허브들을 다양하게 섞어서 드레싱을 만들었다.

"아무 걱정 하지 마." 빅터가 말했다. "음식은 다시 오븐에 넣을 거고 드레싱은 순식간에 만들 수 있어." 그는 오리가 놓인 은색 큰 그릇을 오븐에 다시 집어넣고는 멜린다에게 다른 요리는 오븐 위 칸에 두라고 했다. 그러고 나서 샐러드 그릇에 빻은 마늘과 소금을 넣고 식초를 곁들였다. 오른손으로는 샐러드를 계속 섞으면서 왼손으로는 허브 세 종류를 넣었다. "양갓냉이를 씻어두어서 다행이야." 그가 어깨너머로 멜린다에게 말했다.

멜린다는 아무 대꾸도 하지 않았다.

"해럴드가 전채 요리로 달팽이를 기대하지 않으면 좋겠어." 빅터가 말했다.

"그건 왜?"

"달팽이를 좋아한다고 했거든. 물론 먹는 걸 좋아한단 뜻이야." 빅터는 그러면서 웃음을 터뜨렸다.

"달팽이를 먹는 건 당신의 살점과 피를 먹는 것과 같다고 말 안 했어?"

"아니, 그런 말 안 했어. 샐러드가 다 됐으니 손님들에게 가보는 게 어때?"

호러스와 카펜터는 이야기에 몰두해서 식탁에 앉으려 하지 않았다. 빅터가 보기에 호러스는 곤경에 빠진 것 같았다. 음식 맛이 괜찮은지, 충분히 따뜻한지 노심초사한 멜린다는 처음 15분 동안은 거의 한마디도 하지 않았다. 음식 맛은 다 괜찮았고 저녁 식사는 별 문제 없이 끝났다. 편한 친구들과의 저녁 식사 같지 않았던 것은 카펜터가 함께한 탓도 있었다. 빅터는 호러스가 식탁에 앉고 나서 카펜터와 전혀 이야기를 나누지 않았다는 걸 알아차렸다. 거의 아무런 변화 없이 유쾌해 보이는 카펜터의 표정에서는 아무것도 알아낼 수 없었다. 다만 카펜터와 멜린다가 거의 아무 말도 나누지 않는 점은 흥미로웠다. 그런 모습을 본 빅터는 두 사람이 그날 오전이나 오후에 만났을 거라는 생각이 들었다. 카펜터는 저녁 시간 내내 다른 사람들의 이야기에 귀를 기울였다.

그들은 거실에서 커피를 마셨다. 호러스는 거실 창가로 가서 밖을 내다보았다. 빅터는 줄곧 그를 주시하고 있었고, 호러스는 마침내 몸을 돌리더니 그에게 오라는 손짓을 했다. 빅터가 다가가자 호러스는 현관문을 열었고, 두 사람은 함께 정원으로 나갔다.

"저 사람은 컬럼비아대학교에 다니지 않아요." 밖으로 나오자마자 호러스가 말했다. "컬럼비아대학교에 아는 사람이 아무도 없어요. 정신의학과 지도교수 이름만 아는 것 같고 다른 사람은 전혀 모르는 것 같아요." 호러스가 얼굴을 찡그리며 말했다.

"그럴 거라 짐작했습니다." 빅터가 나지막이 말했다.

"그가 컬럼비아대학교에 관해 잘 아는 것처럼 말하지는 않지만, 그곳 정신의학과에 관해 잘 아는 내가 볼 때 그는 거짓말을 하고 있어요. 케닝턴 정신병원의 외래환자라고 했던가요?"

빅터는 고개를 뒤로 젖히고는 밤하늘을 올려다보며 크게 웃음을 터뜨렸다. "아닙니다. 논문을 준비하려고 실습을 받는다고 했습니다."

"그게 사실이에요?"

"방금 얘기를 듣고 보니 사실인지 의심스럽네요."

호러스는 조바심을 내며 담뱃불을 붙였고 성냥은 잔디에 버리지 않고 갖고 있었다. "저 사람 마음에 들지 않아요. 여긴 어떻게 왔대요?"

"날 찾아온 거죠." 빅터는 잔디를 조금 뜯어 희미한 둥근 달 위로 던졌다. 풀잎과 나뭇잎, 클로버 잎의 단면을 이용해 오프셋 인쇄법을 시도해봐야겠다는 생각이 문득 들었다. 브라이언 라이더의 시집에 사용하면 꽤 괜찮을 것이다. 그의 시에는 식물과 꽃에 관한 은유가 자주 등장한다.

"빅터……"

"네?"

"여긴 왜 온 걸까요? 설마 생각해보지 않은 건 아니겠죠? 혹시 멜린다한테 관심 있을까요?"

빅터는 머뭇거렸다. "그렇지 않을 겁니다." 그는 무심하게 말했다. 사실대로 말할 수 있을 때 그렇게 하는 편이 나을 것이다.

"학교 문제로 뭔가 애쓰고 있는 건 분명해요. 다른 학교를 다니다가 편입했기 때문에 컬럼비아대학교에 관해서 잘 모른다는 평계조차 대지 않아요. 컬럼비아대학교에 다닌다는 이야기만 번지르르하게 하고 다니는데, 내 말뜻 알겠어요?"

"네, 알겠어요. 그가 여기 왜 왔는지 저도 잘 모르겠어요."

"드 리슬이 살던 집에 산다고 하던데, 멜린다가 주선하지 않았나요?"

"아내가 추천하기는 했어요." 빅터는 그 점은 시인했다.

호러스는 잠시 골똘히 생각하다가 말했다. "그가 돈 윌슨과 아는 사이인지 알아보는 것도 재밌을 겁니다."

"왜요?"

"그럴 것 같다는 생각이 들어서요. 돈 윌슨과 친구 사이일 수도 있어요."

"그게 무슨 말이에요? 여기에 스파이로 왔단 말인가요?"

"바로 그거죠."

빅터는 호러스의 의심이 지나치다는 생각이 들었지만 호러스 역시 카펜터가 사립탐정일 거라는 의구심을 가져봤는지 궁금하긴 했다. "돈 윌슨을 만나지는 않았을 거예요. 지난번 멜린다한테 물어봤을 때도 서로 모르는 사이라고 했고요."

"둘이 서로 잘 아는 사이여서 거리를 유지하고 있는지도 모르죠."

빅터는 키득거리며 말했다. "당신도 윌슨처럼 상상력이 풍부하군요."

"맞아요. 내가 잘못 생각하는지도 모르죠. 카펜터가 심리학에 대해서는 어느 정도 알지만, 자신이 누구인지는 숨기는 것 같아요. 그가 무슨 목적으로 이곳에 왔는지 알고 싶어요. 여긴 얼마나 머문다던가요?"

"한 달 더 있을 것 같습니다. 케닝턴에서 정신분열 치료에 필요한 검사를 시험 삼아 미리 만든다고 해요."

"어떤 종류의 사전 검사인지 알고 싶군요." 호러스가 냉소적으로 말했다. "컬럼비아대학교에 있는 프레드 드레이퍼스하고 아는 사이니 쉽게 알아낼 수 있을 겁니다."

빅터는 그 점은 별로 중요하게 여기지 않는다는 듯이 헛기침을 했다.

"요즘 멜린다는 좀 어때요?" 호러스가 물었다.

"괜찮은 것 같아요." 빅터는 멜린다를 세상으로부터 보호해야겠다는 생각에 몸이 긴장하는 걸 느끼면서도, 호러스가 멜린다는 여전히 그가 찰리를 죽였다며 힐난하는지 묻고 있음을 알았다. 호러스가 궁금한 게 멜린다의 안부였다면 저녁 내내 봐서 알 터였다.

"멜린다가 아내를 만나러 우리 집에 오지 않아서요." 호러스가 다소 도전적인 어투로 말했다. "에벌린도 멜린다의 안부를 전해 듣지 못했다고 하고요."

"미안합니다." 빅터가 말했다.

호러스는 빅터의 어깨를 가볍게 두드렸다. "나도 아내와 힘든 시간을 보냈어요. 아내가 오늘 함께 와준 건 당신을 위해서예요."

"모두들 대수롭지 않게 여기고 잊어주었으면 좋겠습니다. 기대하는 게 너무 많은 것 같은데 시간이 지나면 나아지겠지요."

호러스는 대꾸하지 않았다.

두 사람은 다시 거실로 갔다. 술을 마셨는데도 긴장감이 가라앉지 않은 멜린다는 카펜터가 가져온 샴페인을 따자고 했다. 하지만 메리가 그냥 됐다 나중에 마시라고 고집을 부리는 바람에 샴페인은 따지 않았다. 식사 후에 하이볼을 마시고 싶어 하는 사람은 아무도 없었다. 멜러 부부는 빅터가 예상했던 것보다 한 시간 앞선 10시 15분에 자리에서 일어났다. 메리가 멜린다와 편안한 사이고 카펜터가 그 자리에 없었다면 한 시간은 더 있다 갔을 것이다. 멜러 부부가 집을 나서자 카펜터는 멜린다와 빅터에게 정중하게 감사 인사를 하고 집을 나섰다. 그는 짙은 파란색 투도어 플리머스를 타고 떠났다. 최근에 중고로 구입한 거라고 빅터에게 말했던 차였다.

"일을 건성건성 하며 지내는 것 같지 않아?" 빅터가 현관문에 서서 멜린다에게 물었다.

"무슨 일?" 멜린다가 재빨리 물었다.

빅터는 희미한 웃음을 지었고, 그다지 기분 좋은 웃음은 아닌 것 같았다. "당신이 잘 알 텐데."

"그게 무슨 말이야?" 그러고 나서는 어쩔 도리 없이 물러섰다. "누구 말이야?"

"카펜터."

"대개는 케닝턴 병원에 있는 것 같던데."

"음," 빅터가 약간 놀라는 듯이 말했다. "내가 보기엔 시간이 남아돌아서 우리와 어울리는 것 같더군."

멜린다는 테이블로 가서 컵과 컵 받침을 치웠다. 빅터는 부엌에서 쟁반을 가져와 컵을 빨리 치울 수 있도록 도왔다. 부엌에는 치워야 할 게 산더미처럼 쌓여 있었다. 빅터는 설거지를 하려고 앞치마를 두르고 손목시계를 풀었다. 그는 카펜터가 사립탐정인 것 같다는 이야기는 더 이상 멜린다에게 하지 않았다. 멜린다는 카펜터가 아무리 사소한 단서를 제공해도 빅터가 금방 그것을 알아차릴 것임을 알 정도로 똑똑했지만, 카펜터가 벌써 몇몇 단서를 흘렸다는 사실을 알아차릴 만큼은 아니었다.

"생일 축하해, 여보." 빅터는 반나나 가게에서 구입한 빨간색과 흰색 줄무늬 포장지를 선반 아래쪽에서 꺼내며 말했다.

"선물이 또 있어?" 다소 긴장한 표정의 멜린다는 깜짝 놀라며 미소를 지었다.

"꼭 맞았으면 좋겠어."

멜린다는 포장을 열어 흰색 앙고라 스웨터를 꺼내 들어 보였다. "어머, 내가 꼭 사고 싶었던 건데, 어떻게 알았어?"

"당신과 같은 집에 살고 있으니까." 그러면서 그는 특별한 이유 없이 그녀에게 다가가 뺨에 입을 맞추었다. 그녀는 뒷걸음치지 않았는데, 그의 입맞춤을 대수롭지 않게 여겼을 수도 있다. "생일 진심으로 축하해."

"고마워, 여보." 그녀는 잠시 이상한 표정으로 그를 쳐다보았다. 한쪽 눈썹은 떨렸고, 미소를 짓는 것도 완강한 태도를 보이는 것도 아닌 긴장한 입술 선은 그녀의 마음만큼이나 불확실해 보였다.

그녀를 쳐다보던 빅터는 그녀가 어떤 행동이나 말을 할지 전혀 짐작할 수 없었다. 그런데 문득 자신의 모습이 혐오스럽다는 생각이 들었다. 멍하니 올라간 눈썹, 전혀 놀라지 않는 눈빛, 아무런 의미 없이 야비하게 꼭 다문 입술 등. 그는 얼굴에 가면을 쓰고 있었지만 적어도 멜린다는 지금 이 순간 그렇지 않았다. 빅터는 애써 웃음을 지었지만 그 웃음마저 진심이 아니었다.

멜린다는 다른 곳을 쳐다보다가 이내 방으로 가버렸다.

그날 밤 잠자리에 누운 빅터는 호러스와 나눈 이야기를 떠올렸다. 자신이 처신을 올바르게 했다는 느낌이 들었다. 카펜터가 사립탐정으로 드러난다면, 빅터는 자신은 처음부터 알면서 개의치 않은 것이 되며 자신을 감시하려고 사립탐정을 고용한 아내 멜린다에게도 떳떳할 것이다. 카펜터가 사립탐정이 아닌 것으로 드러난다면, 사립탐정이라고 잘못 몰아붙인 어리석음을 범하지 않은 것이다. 처음 만난 날 이후로는 카펜터의 재킷이 불룩 튀어나와 있지도 않았다. 하지만 은행에서 인출된 2, 300달러의 출처는 아직 밝혀내지 못했다. 멜린다가 그에게 서서히 임금을 지불하고 있는 게 분명했다.

스르르 잠이 들자 멜린다에 대한 반감이 자기도 모르게 악령처럼 서서히 올라와 그를 사로잡았다. 무언가 습관적인 것이 천천히 수면 위로 올라오는 것 같았다. 예컨대, 지금처럼 등을 대고 누운 채 잠드는 습관처럼. 깊은 잠에 빠져들기 전에 그 모든 걸 알아차린 그는 평소처럼 그 감정이 마음속 수면 위로 미끄러지듯이 올라오도록 내버려두었다. 그건 보통 사람들이 잠들기 직전에 떠올리는 생각은 아닐 것이다. 그의 마음속에서 멜린다는 '나의 적'이라는 이름표를 붙이고 있는 것 같았는데, 그녀는 이성이

나 상상력으로도 설명할 수 없는 적이었다. 그는 악령처럼 자리 잡은 마음 속 반감에 사로잡혔고, 몸을 약간 뒤척이며 잠이 들었다.

15

해럴드 카펜터는 멜린다의 생일 파티 때부터 전술을 갑자기 바꾸기로 작정한 것 같았다. 그는 멜린다를 더 자주 만났지만 빅터와 함께는 잘 만나지 않았다. 생일 파티 이후 사나흘 동안 그랬다. 사나흘 가운데 이틀 동안 카펜터를 만난 멜린다는 빅터에게 굳이 사실대로 말했다. 빅터는 조금도 관심을 보이지 않으며 이렇게 말했다.

"당신이 집 밖에서 그를 얼마나 자주 보는지는 상관하지 않겠지만 우리 집에는 데려오지 않았으면 좋겠어."

멜린다는 놀란 표정으로 그를 빤히 쳐다보았다. "그건 왜?"

"그가 마음에 안 들어." 빅터는 무뚝뚝하게 말하고는 석간신문을 봤다.

"언제부터 마음에 안 들었어? 무척 재밌는 사람이라고 생각하는 줄 알았는데."

"무척 재밌는 사람이지." 빅터는 그렇게 말하고는 잠시 아무 말도 못 하는 멜린다를 지켜보았다. 그녀는 안절부절못하며 소파 옆에 서 있었다. 두세 켤레뿐인 하이힐을 챙겨 신은 건 카펜터가 키가 컸기 때문이다.

"언제부터 집에 누구는 초대해도 괜찮고 누구는 안 된다고 간섭했어?" 멜린다는 차분한 목소리로 따져 물었다.

"지금부터. 미안하지만 그가 마음에 안 들어. 그 일로 왈가왈부하고 싶은 기분 아니야. 그 사람 집이나 다른 곳에서 만나면 안 돼? 이곳에 오래 머물 것도 아니잖아, 안 그래?"

"아마 그럴 거야. 2주 정도 더 있을 거야."

빅터는 신문을 보며 웃음 지었고 멜린다에게도 웃어 보였다. 2주 동안의 임금만 더 지불하면 될 거라는 생각이 들었다. 그는 카펜터에게 돈을 준다는 사실을 알고 있다고 멜린다에게 말하고 싶었지만 참았다. "우리 모두 그를 그리워할 거야, 안 그래?"

"그렇지 않을 거야." 멜린다가 말했다.

"곧 다른 사람이 나타나겠지." 그의 말에 그녀가 신경을 곤두세우는 게 느껴졌다.

그녀는 담뱃불을 붙이고 라이터를 소파 쿠션에 던졌다. "당신 오늘 기분 좋지, 그렇지? 호의적이고 점잖고 예의를 지키는, 당신이 평소에도 자랑하는 태도지."

"그런 태도 자랑한 적 없어." 그가 슬쩍 쳐다보자 그녀는 겁먹은 표정이었다. "알았어. 미안해, 멜린다. 카펜터한테는 아무 감정 없어. 무척 유쾌하고 좋은 젊은이지."

"진심이 아닌 것 같은데."

"그래? 그렇다면 미안해." 그는 한편으로는 걱정하면서도 한편으로는 단호하게 적대감을 보이는 애매한 태도를 취했다. 그는 아무렇지 않은 듯 웃음을 지었다. "내 이야기는 못 들은 걸로 해. 저녁은 뭘 먹을까?"

"당신을 불편하게 하지 않고 내가 원할 때 그를 집으로 불러도 되는지 알고 싶어."

빅터는 침을 삼켰다. 멜린다 문제도, 카펜터 문제도 아니었고, 원칙에 관한 문제였다. 그는 평소 습관대로 자기도 모르게 웃음을 지었다. "물론 그를 집으로 데려와도 돼. 아까 흥분해서 미안해." 그는 잠시 가만히 있다가 말을 이었다. "언제 다시 만날 거야? 조만간 저녁 식사에 초대할 생각이었어?"

"지나치게 간섭할 필요 없잖아." 그녀는 불안한 듯이 실을 잡아당겨 계속 손가락에 팽팽하게 감았다.

빅터는 마음속으로 실이 끊어지기를 바랐고, 이유 없이 짜증이 났다. "저녁은 뭘 먹을까? 내가 준비할까?"

그녀는 갑자기 부엌으로 가면서 말했다. "내가 준비할게."

사방에서 불어오는 강풍에 부서진 거무스름한 나무 꼭대기 비슷한 모습이 머릿속에 떠올랐다. 테이블에 놓인 재떨이를 집어 바닥에 떨어뜨리거나 이성을 잃고서 달팽이를 손으로 움켜쥐어 부숴버리는 상상도 했지만, 실제로 그런 일은 일어나지 않았다. 그는 평소처럼 부드럽고 정확하게 움직이는 두 손을 내려다보았다. 자그마하고 다소 통통하고 무던해 보이는 손은 인쇄기 앞에서 이것저것을 만지지 않을 때면 의사의 손처럼 깨끗했다. 그의 손을 여전히 좋아하는 달팽이들은 그가 손을 내밀면 좁은 시야에 상추가 보이지 않더라도 그의 집게손가락에 천천히 그러면서도 전혀 망설이지 않고 기어올랐다.

빅터는 부서진 나무 꼭대기 형상이 무엇인지 마침내 알아차렸다. 오스트리아 산악에서 눈보라가 몰아치던 선명한 기억이었다. 그가 열 살 때였다. 당시에 아버지는 살아 있었고, 그는 부모님과 함께 해마다 가는 유럽 여행을 떠났다. 그의 아버지는 강체 선회 운동론에 관해 컨설팅을 해주는 엔지니어였다. 개인적으로 벌어들이는 수입이 꽤 많았지만, 그는 겉으로 평생 열심히 일하고, 자신에게는 별로 필요도 없는 돈을 벌고, 본인에게는 중요하지도 않은 경력을 쌓아나가는 게 주요 관심사인 듯이 살았다. 빅터는 또렷하게 기억났다. 그의 아버지가 파리에서 2, 3주 기간의 일을 마치면 그들 가족은 뮌헨과 잘츠부르크로 가서 휴가를 보내고 귀국했다. 그들은 볼프강제 거리에 있는, 동화에 나올 법한 호텔에 묵었다. 볼프강제 거리가 아니라 푸슐제 거리였던가? 당시는 겨울이었다. 눈이 쌓여 있지는 않았지만 언제든 눈이 내릴 수 있었는데, 마침 창밖으로 보이는 산에서 눈보라가 몰아쳤다. 빅터는 벽에 깊이 끼워 넣듯 움푹하게 들어간 창문이 기억났고, 호텔 벽이 무척 두꺼웠지만 방 안이 추웠던 기억이 났다. 호텔 난방으로는 충분치 않았지만 그들이 할 수 있는 건 아무것도 없었다. 지나칠 정도로 예의를 차리고 다른 사람들보다 경제적으로 나아야 한다는 강박관념에 시달린 아버지는 방 안 온도가 훨씬 낮아지고 나서야 불평했다. 그는 '부유한 사람들은 더 큰 사회적 책임을 져야 한다'는 신념을 갖고 있었다.

산에 몰아치는 눈보라를 가까이에서 보자, 차원을 알 수 없고 도저히 이길 수 없는 검은 거인처럼 불길해 보였다. 산꼭대기의 나무들은 미친 듯이 불어오는 바람에 고통스러워하거나 혹은 스스로 뿌리를 뽑아 도망치려는 듯 이리저리 휘어졌다. 그의 아버지는 흥분을 감추지 못하고 말했다. "저 구름 안에 눈이 있어." 하지만 구름은 거무스름했고 호텔 방은 저녁처럼 어둑어둑했다. 거무스름한 먹구름이 산 아래에 있는 호텔을 향해 내려오고 나무가 요란하게 흔들리는 소리가 나자, 빅터는 창가에서 도망쳐 호텔 방 반대편으로 숨었다. 빅터는 자리에서 일어섰을 때 놀라움과 실망이 역력했던 아버지의 얼굴을 기억한다. 빅터는 자리에서 일어설 수 있었지만 창가로 갈 수는 없었다. 하지만 아버지는 그에게 창가로 가자고 했다. 그가 무서웠던 것은 눈보라보다는 오히려 바람에 휘날리는 나무였다.

멜린다로부터 오후에 카펜터를 만날 거라는 이야기를 들을 때마다 빅터는 그 나무의 형상을 이따금 떠올렸다. 사실 그는 멜린다가 카펜터와 함께 베어 호수에 가거나, 그의 집을 방문하거나, 체스터필드 바에서 함께 칵테일을 마신다고 하면서도 실제로는 다른 걸 한다는 걸 알았다. 그는 그 점이 특히 불쾌했지만 겉으로는 전혀 내색하지 않았다. 날선 말도 하지 않았고 얼굴을 찌푸리며 짜증을 내지도 않았다. 그는 멜린다에게 해럴드를 집에 초대하고 싶은지 두 번 더 물었다. 한 번은 멜러 부부를 집에 초대했을 때였고, 다른 한 번은 야외 바비큐 파티를 할 때였다. 멜린다는 두 번

다 해럴드를 초대하지 않았다. 그러자 빅터는 멜린다가 수법을 쓰고 있는 건지 의구심이 들었다. 멜린다는 해럴드와의 관계가 무척이나 긴밀해져서 다른 사람들과 함께 만나고 싶지 않다고 빅터가 생각하도록 만들려는 걸까? 카펜터는 냉정한 사람이었다. 자제력은 있는 것 같았지만 연기력은 최악이었다. 그는 자신이 누구를 농락하고 있다고 생각할까? 심지어 그는 마을 사람들이 빅터 반 앨런에 관해 계속 험담하도록 만들지도 못했다. 빅터는 그 모든 일에 자신의 돈을 쓰고 있다는 생각을 하자 넌더리가 났다.

어느 날 랠프 고스든과 돈 윌슨이 함께 길거리를 걷는 모습을 본 빅터는 그동안 참아왔던 분노가 폭발했다. 오후 1시 무렵이었고, 빅터는 수선을 맡긴 트릭시의 신발을 찾고 점심을 먹으려고 시내에서 집으로 가던 길이었다. 신발 수선집에서 나오자 윌슨과 랠프가 함께 걸어오고 있다가 빅터를 보더니, 빅터의 화난 모습에 둘 다 흠칫 놀라는 것 같았다.

"안녕하세요." 빅터가 가벼운 웃음을 지으며 그들에게 다가갔다. "뭐 좀 물어볼게요."

두 사람은 걸음을 멈추었다. "무슨?" 랠프는 얼굴빛은 창백해졌지만 건방진 웃음을 지으며 물었다.

"두 분 다 해럴드 카펜터 씨와 아는 사이인 것 같습니다." 빅터가 말했다.

랠프는 당황했지만 윌슨은 그를 만난 적이 있다고 더듬거리며 말했다.

"그럴 겁니다." 빅터가 말했다. "돈을 주고 그를 고용했나요?"

"고용하다니, 그게 무슨 말이죠?" 윌슨의 검은 눈썹이 아래로 내려왔다.

"무슨 말인지 잘 알 겁니다. 그는 자기 정체를 속이고 있어요. 내가 보기엔 윌슨 씨, 당신이 그를 사립탐정으로 고용한 것 같습니다. 뉴욕으로 가서 그를 고용했나요?" 그는 참았던 마지막 말을 입 밖으로 내뱉었다. "내 아내를 대신해서 말입니다."

"지금 무슨 말을 하는지 모르겠군요." 돈 윌슨은 얼굴을 찌푸리며 말했다.

하지만 겁에 질린 랠프의 표정을 보자 빅터는 자신이 진실을 알아맞혔거나 그와 비슷하게 접근했음을 알 수 있었다. "내가 무슨 말을 하는지 잘 알 겁니다. 그는 사립탐정이고 당신은 그걸 분명히 알고 있죠. 안 그래요, 윌슨 씨?" 빅터가 다가가자 윌슨이 뒷걸음쳤다. 빅터는 금방이라도 윌슨을 한 대 칠 기세였다.

윌슨은 지켜보는 사람이 없는지 주변을 둘러보았다. "카펜터가 사립탐정일 수도 있겠지만 나와는 잘 모르는 사이입니다."

"누가 그를 찾아냈나요? 당신이 직접 찾아냈나요, 아니면 랠프 당신이?" 그는 랠프를 똑바로 쳐다보며 다그쳤다. "한 번 더 생각해보니, 당신은 그럴 만한 용기가 없을 거예요. 랠프, 당신은 주변을 둘러보며 망이나 보겠죠, 안 그래요?"

"지금 제정신이에요?" 랠프가 겨우 말했다.

"윌슨 씨, 어느 사무실에서 찾아낸 사립탐정이죠?" 빅터는 여전히 몸을 앞으로 바짝 기울인 채 말했다.

"도대체 왜 그래요? 아내 때문에 제정신이 아니에요?" 랠프가 새된 소리로 끼어들었다. "그가 마음에 안 들면 죽여버리지그래요?"

"그만해요." 윌슨이 랠프에게 말했다. 그는 떨고 있는 것 같았다.

"어느 사무실이에요?" 빅터가 물었다. "시간 끌어봐야 소용없어요. 그가 사립탐정이라는 거 알고 있으니까." 카펜터가 사립탐정이 아니라면 랠프와 윌슨은 빅터를 제정신이 아닌 사람으로 여길 것이다. 하지만 빅터는 상관하지 않았다. "두 사람 다 얘기 안 할 거예요? 그럼 아내한테 물어봐야겠군요. 아내한테 물어보고 싶지 않았지만 곧 나한테 털어놓을 겁니다. 그녀는 내가 아직 아무것도 모른다고 생각해요." 그는 경멸적인 눈빛으로 윌슨을 쳐다보았다. "윌슨 씨, 그 사실을 알아내면 마을 사람들에게 알릴 겁니다. 그렇게 되면 이사 가는 편이 편할 겁니다."

"제멋대로 굴지 말아요, 빅터!" 겁에 질린 랠프가 마지막 용기를 쥐어짰다. "당신이 이곳 마을 사람들과 정의를 논할 수 있다고 생각해요?"

"랠프, 당신 같은 사람들에게 붙여주는 이름이 있죠. 그런 이름으로 불러줄까요?" 빅터는 화가 치밀어 목까지 벌겋게 달아올랐다.

랠프는 입을 다물었다.

"내가 당신을 어떻게 생각하는지 알 겁니다." 윌슨이 말했다. "당신 면전에 대고 말했으니까요."

"윌슨 씨, 당신은 용감한 사람입니다. 그런데 카펜터를 어디서 찾아냈는지 말할 용기는 왜 없는 거죠? 카펜터가 하는 일을 중단시키고 싶어요. 결국 내가 그 돈을 내고 있으니까." 빅터는 일그러진 윌슨의 얼굴에 나타나는 여러 감정을 바라보았다. "용기 없어요, 윌슨?"

"용기 있습니다. 맨해튼에 있는 기밀 탐정 사무소입니다." 윌슨이 말했다.

"기밀이라!" 빅터는 고개를 젖히며 웃음을 터뜨렸다. "하하! 기밀이라니!"

윌슨과 랠프는 불안한 표정으로 서로를 쳐다보았다.

"고맙습니다." 빅터가 말했다. "오늘 오후에 전화해보죠. 윌슨, 당신이 직접 그를 골랐나요?"

윌슨은 아무 말도 하지 않았다. 이제 얘기가 끝났으니 그만 그곳을 떠나려는 듯 뒤로 물러났다.

"당신이 직접 그를 골랐느냐고요?" 빅터가 뒤에서 소리쳤다.

윌슨은 뒤돌아보았지만 아무 말도 하지 않았다. 그럴 필요가 없었기 때문이다.

빅터는 멜린다가 없는 집에서 혼자 점심을 먹었다. 스테인드글라스에 관한 책을 읽고는 맨해튼 전화번호부를 찾아 '사립탐정 사무소'란의 기밀 탐정 사무소를 찾았다. 기밀이라는 단어를 떠올리자 입가에 다시 웃음이 떠올랐다.

뉴욕 억양이 강한 남자가 전화를 받았다.

"여보세요." 빅터가 말했다. "사무실 직원인 해럴드 카펜터 일로 전화했습니다. 해럴드 카펜터라는 가명으로 현재 일을 맡아서 하고 있을 수도 있겠죠."

"아, 누구 말씀하는지 알겠습니다." 남자는 억양은 거칠었지만 무척 예의를 갖추어 말했다.

"그를 더 이상 고용하고 싶지 않습니다." 빅터가 말했다.

"그렇군요. 그런데 무슨 문제 때문에 그러시죠?"

"문제라고요?"

"그러니까, 혹시 어떤 문제나 불만이 있었나요?"

"아, 아닙니다. 그가 정보를 알아내야 할 당사자가 그가 사립탐정임을 눈치채서 아무것도 알아낼 수 없기 때문입니다."

"알겠습니다. 혹시 매사추세츠 주 리틀 웨슬리에 사는 도널드 윌슨 씨인가요?"

"아닙니다."

"그러면 누구신가요?"

"그가 주시하는 당사자입니다."

잠시 침묵이 흐르고 나서 남자가 말했다. "빅터 반 앨런 씨인가요?"

"그렇습니다." 빅터가 말했다. "그러니 새로운 사람을 보내거나 포기하는 게 좋을 겁니다. 돈을 지불하는 장본인이 바로 나 자신이니 포기하는 편이 나을 겁니다. 이런 엉터리가 계속되면 돈도 지불하지 않을 겁니다. 나

이외에 돈을 낼 사람은 아무도 없을 테니까요." 다시 침묵이 흘렀다. "무슨 말인지 알겠어요?"

"네, 반 앨런 씨."

"좋습니다. 앞으로 청구서를 보내려면 나한테 직접 보내기 바랍니다. 주소는 갖고 있을 테죠?"

"네, 반 앨런 씨."

"그럼 이만 끊겠습니다. 아, 잠깐만요!"

"네."

"카펜터한테 곧장 이 일을 그만두라는 전보를 보내세요. 그 비용은 기꺼이 내도록 하죠."

"알겠습니다, 반 앨런 씨."

그들은 전화를 끊었다.

그날 저녁 7시 반에 집에 들어온 멜린다는 해럴드와 칵테일을 마시고 왔다고 했다.

"전보는 받았대?" 빅터가 물었다.

"무슨 전보?"

"기밀 사립탐정 사무소에서 그에게 일을 그만두라는 전보."

멜린다는 입을 다물지 못했고, 놀라움보다는 분노가 더 큰 것 같았다. "어디까지 아는 거야?" 그녀가 싸울 듯이 물었다.

"윌슨이 누설했어." 빅터가 말했다. "그런데 윌슨은 왜 그런 거야? 왜 약속을 지키지 않고 비밀을 누설한 거야?"

거실 바닥에 앉아 듣고 있던 트릭시가 눈을 동그랗게 떴다.

"언제 그랬어?" 멜린다가 물었다.

"오늘 정오에. 그하고 랠프를 길거리에서 우연히 만났어. 어찌나 겁에 질리고 멍청해 보였는지."

"그가 뭐라고 했어?" 멜린다가 당혹스러운 표정으로 물었다.

"그냥 물어봤어." 빅터가 참을성 있게 말을 이어갔다. "카펜터가 사립탐정이 아니냐고. 두 사람에게 물었더니 윌슨이 그렇다고 말했어. 겁에 질려 있어서 심하게 몰아붙일 필요도 없었지. 어느 사무소 직원이냐고 물었더니 가르쳐주었고, 난 사무실에 전화해서 카펜터 씨를 그만두게 하라고 요청했어. 돈 내는 게 지겨워졌거든."

멜린다는 핸드백을 소파에 던지고는 겉옷을 벗었다. "청구서 때문에 그러는 거라면……" 그녀는 말을 하려다가 멈추었다.

빅터는 참패한 그녀의 모습을 보자 미안한 마음마저 들었다. "그렇지 않아. 며칠 전 호러스가 말하길, 카펜터가 컬럼비아대학교에 관해 거의 아무것도 모른다더군. 호러스는 그 대학교 심리학과에 관해 잘 알고 있으니까. 카펜터가 연구 실습을 위해 케닝턴 병원과 합의가 있었는지 그렇지 않은지는 잘 모르겠어. 물론 관심도 없지만 말이야."

멜린다는 성큼성큼 부엌으로 걸어갔다. 빅터는 오늘 밤 그녀가 술을 잔뜩 마실 것임을 알았다. 카펜터와는 어떤 칵테일을 마셨는지 알 수 없지만 그와도 적잖게 마셨을 것이다. 그리고 내일 정신을 잃을 만큼 취할 것이다. 빅터는 한숨을 내쉬고는 읽던 신문을 집었다.

"한잔할래?" 멜린다가 부엌에서 외쳤다.

"아니, 괜찮아."

"당신 요즘 무척 건강해 보여." 그녀가 술잔을 들고 거실로 오며 말했다. "건강하고 몸도 아주 좋아 보여. 카펜터가 정신의학을 공부하는지 궁금할 거야. 대학을 다니지 않았을지도 모르지만 아는 게 꽤 많아." 그녀는 카펜터를 방어하듯이 말했다.

빅터는 그녀의 태도가 점점 더 못마땅했다. "그를 다시 만날 일은 없을 거야." 멜린다가 아무 대꾸도 없자 그가 잠시 후에 말했다. "왜 그런지 알아? 그에게 심리 상담을 받았어?"

"아니."

"아쉽군. 그랬다면 당신에 관해 나에게 많은 걸 알려줬을 텐데. 난 당신이라는 사람을 도저히 이해 못 하겠거든."

"난 당신을 잘 이해해." 그녀가 맞받아쳤다.

"그렇다면 뭣하러 굳이 심리학자를 고용해서 날 지켜보라고 한 거야? 도대체 카펜터의 정체가 뭐야? 심리학자야 사립탐정이야?"

"둘 다야." 그녀가 화를 내며 말하고는 연갈색 하이볼을 조금씩 마셨다.

"음, 나에 관해서는 뭐래?"

"정신분열 경계 상태에 있다고 했어."

"그렇군." 빅터가 말했다. "나도 그를 그렇게 생각한다고 전해. 그는 이도저도 아닌 사람, 잠시 만났다가 잊어버릴 사람이야."

멜린다가 콧방귀를 뀌었다. "그는 당신을 부추기는 능력이 있는 것 같아."

"아빠, 정신분열이 뭐예요?" 트릭시가 여전히 몰두한 채 양팔로 무릎을 감싸고서 물었다.

"아이에게 많은 걸 가르쳐주는 대화군." 멜린다가 점잔 빼며 말했다.

"지금껏 더 나쁜 이야기도 들었어." 빅터가 헛기침을 했다. "트릭시, 정신분열이란 성격이 분열되는 거야. 정신병의 일종으로 자신의 환경에 적응하지 못하고 성격이 분리되는 거지. 무슨 말인지 알아듣겠어? 네 아빠도 정신분열인 것 같아."

트릭시는 아빠가 자신을 놀리는 줄 알고 웃음을 터뜨렸다. "그걸 어떻게 알아요?"

"카펜터 아저씨가 그렇게 말하니까."

"카펜터 아저씨는 그걸 어떻게 알아요?" 트릭시는 기분 좋게 웃었다. 아빠가 들려주는 상상 속의 동물에 관한 동화 같았다. 그럴 때면 트릭시는 그 동물이 하늘을 날 수 있는지, 책을 읽을 수 있는지, 요리를 할 수 있는지, 톱질을 할 수 있는지, 옷을 입을 수 있는지 물었고, 그러면 빅터는 어떤 건 할 수 있고 어떤 건 할 수 없다고 대답해주곤 했다.

"카펜터는 심리학자니까." 빅터가 대답했다.

"심리학자가 뭐예요?" 트릭시가 물었다.

"맙소사. 여보, 그만해." 거실 반대편에 있던 멜린다가 서둘러 다가와 말했다.

"이 이야기는 다음에 계속하도록 하자." 빅터는 딸에게 웃어 보이며 말했다.

그날 밤 멜린다는 심하게 취했다. 그녀는 전화를 두 통 했고, 빅터는 멜린다의 목소리가 들리지 않는 부엌으로 갔다. 그녀는 빅터가 준비한 저녁을 거의 먹지 않았고, 트릭시가 잠자리에 드는 밤 9시 무렵엔 비틀거릴 정도로 취했다. 그때까지 빅터는 심리학 용어 몇 개를 트릭시에게 알려주었다. '의식'이 무엇인지 트릭시에게 설명하는 건 어려웠지만, 사람들이 술을 너무 마시고 소파에 누워 잠들면 의식을 잃어 애를 먹는다고 말해주었다.

16

다음 날 빅터가 점심을 먹으러 집에 왔을 때 멜린다는 여전히 자고 있었다. 그가 새벽 2시 반에 불을 껐을 때 멜린다의 침실에서는 여전히 불빛이 새어 나오고 있었으니, 그녀는 무척 늦은 시각에 잠든 게 분명했다. 그날 저녁 7시쯤 집에 들어가자, 그녀는 오후 3시까지 잤는데도 술이 덜 깼다고 했다. 빅터는 그녀에게 할 이야기가 두 가지 있었다. 하나는 기분 좋은 것이고, 다른 하나는 그다지 유쾌한 이야기가 아니었다. 첫 번째 이야기는 숙취가 가장 심해진 것 같은 저녁 식사 전에, 기분이 다소 나아지기를 바라며 말했다.

"이번 사립탐정 일은 호러스나 필 혹은 다른 사람에게는 절대 말하지 않을 거야. 그러므로 떠벌릴 이유가 전혀 없는 윌슨과 랠프가 함구한다면 아무도 모를 거야. 혹시 아는 사람 또 있어?" 그는 멜린다와 같은 편인 것처럼 걱정스럽게 말했다.

"아니, 없어." 힘들어하는 그녀의 모습이 애처로워 보였다.

"내가 이런 말 하면 당신 기분이 좀 나아질 것 같아서." 빅터가 말했다.

"고마워." 멜린다가 무심하게 말했다.

빅터는 자기도 모르게 어깨를 으쓱했지만 그녀는 쳐다보지 않았다. "그건 그렇고, 오늘 브라이언 라이더한테서 편지가 왔어. 11월 셋째 주에 온다고 해. 내가 우리 집에서 묵으라고 했었거든. 이틀, 길어야 사흘 동안 묵을 거야. 사무실에서 할 일이 많아서 집에 있는 시간은 별로 없을 거야." 그가 잠든 사람의 귀에 대고 말한 양 그녀가 아무런 대꾸도 없자, 그는 혼잣 말을 한 것처럼 기분이 이상했다. "편지 쓴 걸 보면 무척 교양 있는 젊은이 같아. 이제 고작 스물넷이야."

"술 더 안 갖다줄 거지?" 그녀는 바닥을 내려다보면서 빈 술잔을 그에게 내밀며 말했다.

멜린다는 그날 저녁 식사를 푸짐하게 먹었다. 그녀는 숙취에 시달릴 때면 늘 과식을 했고, 식사를 많이 할수록 술이 빨리 깬다는 생각을 갖고 있었다. '먹어서 술기운을 내리는' 것이 그녀의 처방인 셈이었다. 저녁 식사를 마친 그녀는 석간신문을 볼 수 있을 만큼 몸이 나아졌다. 빅터는 트릭시를 재우고는 다시 거실로 와서 안락의자에 앉았다.

"여보, 물어볼 게 있어." 그가 운을 뗐다.

"뭘?" 그녀는 신문을 보다 말고 그를 쳐다보았다.

"나랑 이혼하고 싶어? 내가 위자료를 넉넉하게 준다면?"

그녀는 한참 동안 그를 빤히 쳐다보았다. "아니." 그녀는 단호하면서도 분노에 차서 말했다.

"그러면서 왜 이러는 거야?" 빅터는 양손을 벌리며 묻다가 갑자기 논리적으로 따져야겠다는 생각이 들었다. "당신은 날 미워하고 원수처럼 대해. 사립탐정을 시켜 날 미행하고……"

"당신이 찰리를 죽였기 때문이야. 그건 분명한 사실이잖아."

"여보, 난 그를 죽이지 않았어. 제발 정신 차려."

"당신이 그랬다는 거 다 알아."

"누가 알아?"

"돈 윌슨과 랠프가 알아. 해럴드도 그렇게 생각하고."

"그럼 왜 그 사실을 입증하지 못하지?" 그가 부드러운 목소리로 물었다.

"시간을 주면 입증할 거야. 아니면 내가 할 거고." 그녀는 상체를 숙여 테이블에 놓인 담뱃갑을 갑자기 움켜쥐었다.

"글쎄, 누군가에게 누명을 씌울 수도 있잖아." 그가 생각에 잠겨 말했다. "약간 늦은 것 같아. 돈 윌슨이나 카펜터가 내게 거짓말 탐지기 테스트를 하지 않는 이유는 뭐야? 법적인 강제력이 없기 때문이겠지."

"해럴드는 당신이 거짓말 탐지기에 반응조차 하지 않을 거라고 했어. 당신이 미치광이라면서."

"미치광이가 당신을 자유롭게 해줄 거야."

"웃기는 소리 하지 마."

"미안하지만 웃기려는 게 아니야. 아까 물었던 질문으로 되돌아가서, 난 당신에게 트릭시 말고는 뭐든 줄 거야. 당신이 이혼하고 싶어 한다면. 무슨 뜻인지 생각해봐. 당신은 하고 싶은 걸 하고 보고 싶은 사람을 볼 수 있는 돈을 갖게 될 거야. 당신은 책임으로부터 완전히 자유로워질 거야. 아이나 남편을 위한 책임으로부터. 당신이 얼마나 즐겁게 지낼 수 있는지 생각해 봐."

그녀는 그의 말에 괴로워하듯이, 혹은 유혹을 느끼는 것처럼 아랫입술을 깨물었다. "아직 당신과 끝나지 않았어. 당신을 파멸시키고 싶어. 당신을 망가뜨리고 싶어."

빅터는 두 손을 다시 벌렸는데, 이번에는 조금만 벌렸다. "이미 했잖아. 수프에 항상 비소가 들어 있지만 난 미각이 꽤 예민하지. 그리고……"

"당신을 죽일 생각은 아니었어. 당신은 정말이지 멍청해. 당신이 그렇게 신경 쓸 줄은 몰랐어. 당신의 비열한 자아를 망가뜨리고 싶어."

"이미 망가뜨리지 않았어? 지금껏 해온 것보다 뭘 더 어떻게 하려고? 내가 뭘로 살아가고 있다고 생각해?"

"자신감으로 살겠지."

빅터는 속으로 웃음이 났지만 다시 진지해졌다. "자신감이 아니야. 내 의지로 마음을 다잡아 힘겹게 살아가는 거야. 내가 살아가는 힘은 자신감이 아니라 의지력이야. 내가 어떻게 자신감을 가질 수 있겠어?" 서둘러 말을 마친 그는 아내와 그런 대화를 나누는 게 무척 즐거웠다. 녹음한 목소리를 축음기로 듣는 것처럼 객관적인 자신의 목소리를 듣는 것도 즐거웠다. 테스피스(기원전 6세기에 활동한 고대 그리스의 전설적인 비극 시인—옮긴이)처럼 절제된 열정과 과도한 감정이 뒤섞인 어투를 가장했다. 그는 목소리를 높이며 진심 어린 손짓을 하기도 했다. "내가 당신 사랑하는 거 알 거야. 당신이 원하거나 내가 줄 수 있는 거라면 뭐든 줄 거라는 것도 알 거야." 잠시 말을 멈춘 그는 그녀에게 침대 절반과 마음의 절반도 줬다는 생각이 들었지만, 자신이 웃음을 터뜨리거나 그녀가 웃을까 봐 입 밖으로 말을 꺼내지는 않았다. "이게 마지막 제안이야. 내가 더 이상 뭘 할 수 있을지 모르겠어."

"아까도 말했지만 난 당신과 끝나지 않았어." 그녀가 천천히 말했다. "왜 나와 이혼하려는 거야? 당신이 훨씬 더 안전해지겠지. 그럴 만한 이유가 있다고 생각하지 않아?" 그녀는 그가 그런 이유가 없다면 굳이 이혼하지 않거나 그런 이유를 이용할 못된 사람이라는 듯이 비꼬았다.

"당신과 이혼하고 싶다고 말한 적 없어. 만약 그랬다면 책임을 회피하는 것 같은 기분일 거야. 게다가 남자가 이혼을 요구하는 건 적절치 못해. 여자가 요구하는 게 마땅하지. 하지만 당신과 이런 이야기를 나누다 보니……"

"내 말을 끝까지 듣지도 않았잖아."

"맞아. 그런데 꼭 그렇게 호전적인 투로 대답해야 해?" 그는 여전히 다정한 어투로 말했다.

"당신 말이 맞아. 최종 공격을 위해 아껴둬야겠지." 그녀는 여전히 호전적으로 말했다.

빅터는 한숨을 내쉬었다. "음, 현실을 있는 그대로 받아들이도록 할게.

랠프나 윌슨을 언제 집으로 부를 거야? 데려오면 내가 상대하지."

멜린다는 그를 노려보았다. 초록색이 감도는 갈색 눈동자는 차갑고 한 치의 흔들림도 없었다.

"더 할 말 없어?" 그가 물었다.

"이미 다 했어."

"그렇다면 그만 물러갈게." 그는 자리에서 일어나 웃음을 지었다. "잘 자. 좋은 꿈 꾸고." 그는 안락의자 옆에 놓인 자그마한 테이블에서 파이프 를 집고는, 차고와 자기 방이 있는 다른 세상으로 향했다.

17

돈 윌슨과 그의 아내는 돈이 길거리에서 우연히 빅터를 만나고 나서 2주일도 지나지 않아 웨슬리로 이사 갔다. 멜린다는 또다시 그들이 집을 구하도록 도와주었지만, 이번에는 웨슬리에 있는 아파트를 권했다. 빅터가 보기에는 겁을 먹고 후퇴한 것 같았다. 윌슨은 첫 번째 공격에서 무참히 패배한 것이다. 다음을 기약하며 후퇴했지만, 적에게 얼굴을 계속 찌푸리기는 힘들 것이다.

"어떻게 된 거야? 마을 사람들이 불편하게 해서 이사 간 거야?" 빅터는 어떤 상황인지 잘 알면서 괜히 멜린다에게 물었다. 사립탐정이 마을을 떠났다는 이야기는 랠프를 통해 들었다. 목표 대상을 잘못 잡았던 랠프는 빅터 반 앨런이 무척 의심을 받고 있는 상황이어서 사립탐정이 5주 동안 그를 미행했다고 사람들에게 말했다. 랠프는 단지 마을 사람들에게 빅터 반 앨런에 대한 반감을 일으키는 게 목적이었을지도 모른다. 하지만 빅터에 대한 평판은 여전했다. 석조 벽에 부딪쳐 산산이 부서진 유리 포탄을 마을 사람들 몇몇이 주운 것처럼, 그 영향은 미미했다. 사람들은 부서진 조각 몇 개로는 전체 이야기를 맞출 수 없었다. 예컨대, 사립탐정은 누가 고용했단 말인가? 몇몇은 윌슨이 직접 고용했다고 했지만, 윌슨에게는 그럴 만한 돈이 없는 것 같았다. 몇몇 사람들은 사립탐정 이야기가 꾸며낸 게 아니라 실제로 일어났던 일이라면, 드 리슬 사건 몇 주 후에 일상적인 경찰 수사가 몹시 조심스럽게 진행된 거라고 여겼다. 그 일에 관해서 누구보다 잘 아는 호러스조차 아무 말이 없었고, 사립탐정을 고용한 사람이 멜린다인지 빅터에게 물어보지도 않았다. 빅터는 호러스가 의심한다는 걸 알았다. 하지만 사립탐정을 고용한 게 사실이라 해도 너무 수치스러워 말을 꺼낼 수조차 없었고, 호러스가 물어볼 경우 그렇다고 대답할 생각만으로도 몹시 괴로웠다. 호러스는 요즘 그저 고통스러운 표정을 짓고 다닐 뿐이었다.

빅터는 어느 때보다 기분이 좋고 마음이 느긋했다. 멜린다는 점점 더 우울해하며 술을 마셨다. 돈 윌슨을 만나러 웨슬리로 가던 길에 속도위반으로 체포되어 음주운전으로 기소되었다. 멜린다가 웨슬리 경찰서에서 사무실로 전화하자, 빅터는 서둘러 그곳으로 갔다. 평소와 비교하면 별로 취하지 않았지만, 고속도로 교통경찰은 훅 끼치는 술 냄새를 맡았거나 무작정 반격하는 그녀의 행동을 봤을 때 음주운전이라고 추정했을 것이다. 멜린다는 숨을 불어서 혈중 알코올 검사를 하자고 강력하게 요구하고 있었다. 하지만 경찰서에는 그런 검사를 할 기구가 없었다.

"보시면 아시겠지만 아내는 술에 취하지 않았습니다." 빅터가 경찰서장에게 말했다. "속도위반은 했을 수도 있을 겁니다. 여보, 무슨 일이 있었는지 모르지만 속도위반은 조심했어야지."

빅터는 자제력을 발휘해 꾹 참았다. 멜린다의 운전면허가 6개월 동안 정지된다면 집안이 엉망이 될 것임을 알았기 때문이다. 꼼짝도 못하고 집에 갇히는 건 멜린다에게 최악이었다. 경찰서장이 음주운전의 위험성에 대해 잔소리를 길게 늘어놓자, 빅터는 일이 잘 마무리될 것임을 알고 존경 어린 마음으로 경청했다.

멜린다가 불쑥 끼어들며 말했다. "지금껏 음주운전한 적도 없고, 분명하게 말하지만 지금도 술은 마시지 않았어요!"

그녀의 진술은 물론이고, 빅터 반 앨런이 리틀 웨슬리에 거주하는 모범적인 시민이고 그린스퍼 출판사의 창립자라는 사실도 경찰서장에게 영향을 미친 것 같았다. 혹은 지적인 중년 경찰서장은 그린스퍼 출판사를 알고

있어서 빅터의 이름을 어딘가에서 들었을지도 모른다. 멜린다에게 15달러
의 벌금형이 내려지자 빅터는 주머니에서 돈을 꺼내 벌금을 물었다. 멜린
다는 웨슬리에 있는 윌슨 부부의 집으로 서둘러 갔다.

"돈 윌슨은 어쩔 생각이야?" 그날 저녁 빅터가 멜린다에게 물었다.

"어쩔 생각이라니, 그게 무슨 뜻이야?"

"당신과 윌슨은 어쩔 생각이야? 계속 서로 의견을 주고받고 있잖아."

"그가 마음에 들어. 할 이야기도 많고. 굉장히 흥미로운 이론을 갖고 있
어."

"당신이 이론에 관심 있다는 건 금시초문인걸."

"이론 이상이야." 멜린다가 말했다.

"예를 들자면?"

그녀는 빅터의 질문을 무시했다. 그녀는 무릎을 꿇고서 옷장 바닥을 치
우고 있었다. 구두와 잊고 있던 스타킹, 구두 골, 먼지 묻은 트릭시의 인형
을 꺼냈다.

"개를 길러야겠어." 빅터가 불쑥 말했다. "트릭시한테 좋을 거야. 지금까
지 오랫동안 미뤄왔잖아."

"우리 집에 꼭 필요한 거네." 멜린다가 말했다.

"트릭시한테 어떤 종을 좋아하는지 물어볼게." 빅터는 멜린다가 개를 키
우고 싶어 하지 않는다는 걸 알았다. 예전부터 오랫동안 이야기했지만, 빅
터는 늘 키우자고 했고 멜린다는 안 된다고 했다. 그럴 때마다 빅터가 져주
었다. 지금은 그녀가 반대하든 말든 상관없었다.

"그건 그렇고, 준 윌슨은 어떻게 지내?" 빅터가 물었다.

"잘 지내. 그건 왜?"

"그녀가 마음에 들어. 친절하고 솔직한 여자 같아. 도대체 왜 그런 남자
랑 결혼했는지 모르겠어."

"따분하고 볼품없는 여자야. 돈 윌슨이 여자를 잘못 봤던 거지."

"두 달 전에 그녀가 찾아와서 나한테 긴히 할 말이 있다면서, 남편이 이상한 짓을 꾸미고 있다고 했어. 무척 조심스럽게 말했던 기억이 나. 그녀는 자신은 남편과 생각이 다르다는 걸 알아달라고 했어. 돈 윌슨이 아내를 배척한 건 유감이야, 안 그래? 당신이 돈 윌슨과 이야기를 나눌 때면, 그녀는 뭘 해?"

그날 밤 멜린다는 그에게 달려들지 않았다.

빅터는 그녀의 굽은 등을 잠시 쳐다보았다. 그녀는 구두에 쌓인 먼지를 털어 가지런히 정돈하고 있었는데, 낙담한 마음을 평소보다는 건설적인 방향으로 표출하고 있었다. 빅터는 윌슨 부부의 집 분위기가 어떨지 짐작이 갔다. 멜린다에게 냉담한 시선을 보내지 않는 곳은 그곳뿐이었다. 돈 윌슨은 멜린다에게 약간 싫증이 났을 것이고 리틀 웨슬리에서 마지못해 이사 나가고 동네 사람들에게 차가운 시선을 받는 데에는 그녀의 잘못도 있다고 여기겠지만, 그녀와는 잘 지내야 한다고 생각할 터였다. 준 윌슨은 멜린다에게 냉담하게 인사하고는 그들 단둘이 있도록 해줄 것이지만, 멜린다는 보통 여자들을 좋아하지 않으므로 준의 태도를 불편해하지 않을 것이다.

빅터는 랠프도 가끔 올 거라고 생각했다. 혹은 멜린다가 윌슨네 집에 간다고 말하고서 이따금 랠프에게 갈지도 몰랐다. 랠프가 멜린다를 집으로 불러들일 용기가 있다면 말이다. 멜린다의 길고 강인한 등과 바삐 움직이는 손을 바라보던 빅터는 웃음이 났고, 랠프 집에서 그와 멜린다가 단둘이 있을 때 어떤 분위기일지 궁금했다. 랠프는 겁이 나서 그녀에게 손도 대지 못할 것이고, 멜린다는 그런 그를 싫어할 것이다. 하지만 랠프는 빅터에게 반감을 가지고 있으므로 멜린다는 그와 계속 접촉할 것이다. 랠프와 멜린다는 노파들처럼 빅터에 관해 했던 이야기를 되뇌며 투덜거릴 것이다.

빅터가 트릭시의 방문을 두드렸다. "꼬마 아가씨?"

그는 방문을 열고 들어갔다. 트릭시는 침대에 앉아 크레용으로 그림책을 색칠하고 있었다. 그녀의 모습을 보자 빅터의 입가에 미소가 번졌다. 혼자 있는 트릭시의 모습이 무척 자부심이 강하고 행복해 보였기 때문이다. 그는 딸이 자랑스러웠다. 아빠의 자랑스러운 딸이었다. "트릭시, 강아지 키우는 거 어떻게 생각해?"

"강아지? 진짜 강아지 말이에요?"

"응, 강아지 인형 말고."

트릭시는 앞으로 다가와 침대에서 내려오더니 폴짝폴짝 뛰며 소리 질렀다. "강아지 키우는 거 정말 좋아요!" 그녀는 주먹으로 아빠의 배를 치기 시작했다.

빅터는 트릭시를 번쩍 들어 올리며 물었다. "어떤 개 키우고 싶어?"

"커다란 개."

"무슨 종?"

"음, 콜리 종."

"음, 좀 더 흥미로운 종은 생각 안 나?"

"음, 독일 경찰견!"

빅터는 트릭시를 내렸다. "그 종은 실용적이기만 하지. 복서 종은 어떨까? 그저께 이스트라임 거리를 지나다가 복서 강아지가 있다는 표시를 본 것 같은데. 강아지 키우고 싶은 거 맞지, 그렇지?"

"네." 트릭시는 어떤 종이든 괜찮다는 듯이 폴짝폴짝 뛰었다.

"그럼 내일 오후에 거기 가보자. 3시에 학교로 데리러 갈 건데, 괜찮지?"

"네, 괜찮아요!" 트릭시는 폴짝폴짝 뛰어서 숨이 찼다. "복서 종은 어떻게 생겼어요?"

"이미 잘 알고 있을 거야. 몸통은 갈색, 입하고 코는 검정이고, 키는 크고. 너도 좋아할 거야."

"야, 신난다!"

"그렇게 폴짝폴짝 뛰었으니 피곤했으면 좋겠구나. 이제 잠잘 시간이니까. 자, 옷 벗어야지." 그는 욕실로 가면서 말했다.

"욕조 물 받아줘요."

"저녁 먹기 전에 목욕하지 않았어?"

"또 하고 싶어요."

빅터는 안 된다고 하려다가 알았다고 말하고는 홀을 지나 욕실로 가서 욕조에 물을 받았다. 트릭시가 지난 이틀 동안 목욕에 탐닉하게 된 건 그가 선물해준 잠수부 인형 때문이었다. 욕조 끝에 놓여 있는 잠수부 인형은 25센티미터 높이로, 고무 다이빙복 차림에 뒤쪽에 튜브가 달린 안전모를 쓰고 있었다. 빅터는 잠수부 인형이 물에 떠 있도록 볼록한 벌브 부분을 잠가주었고, 인형이 깐닥깐닥 움직이는 걸 잠시 지켜보았다. 물이 꽤 깊어져서 벌브를 더 벌려주자, 인형이 곧 가라앉으며 머리 위에 공기방울이 올라왔고 발이 욕조 바닥에 닿았다. 빅터는 즐거워하며 환하게 미소 지었다. 벌브를 잠가 다시 수면 위로 떠오르게 했다가 다시 물속에 가라앉혔다. 재밌는 인형이었다. 빅터는 인쇄술에 그렇게 끌리지 않았다면 장난감 만드는 일을 했을 거라는 생각이 가끔씩 들었다. 장난감 만드는 일은 그가 생각하는 가장 즐거운 직업이었다.

욕실에 들어온 트릭시는 빨간색과 흰색의 줄무늬 목욕 가운을 벗고는 물 온도를 확인해보지도 않고 편안하게 욕조 안으로 들어갔다.

"꼬마 아가씨, 목욕 즐겁게 해." 그가 욕실 문으로 향하며 말했다.

"아빠, 찰리 아저씨가 수영장에 빠져 죽었을 때, 발을 바닥에 대고 있었어요?"

"잘 모르겠구나. 아빤 거기 없었거든."

"아니에요, 아빠 거기 있었어요!" 트릭시는 금발 눈썹을 갑자기 찌푸리며 말했다.

"음, 물속은 볼 수 없었단다." 빅터가 말했다.

"찰리 아저씨의 발을 먼저 밀어 넣었어요?"

"아빤 찰리 아저씨를 건드리지도 않았어." 그는 반은 농담으로 반은 진담으로 말했다.

"그렇지 않아요. 제이니도 그렇게 말했고, 에디하고 덩컨, 그레이시하고 피티, 내 친구들 모두 그렇게 말해요."

"맙소사, 정말이야? 끔찍하기도 해라."

트릭시가 키득거렸다. "나한테 농담하는 거죠?"

"아니, 농담하는 거 아니야." 빅터는 진지하게 말했지만, 그런 방식으로 트릭시에게 자주 농담했었다는 생각이 들었다. "그런데 네 친구들이 그런 걸 어떻게 알아?"

"들었대요."

"누구한테서?"

"아빠 엄마한테서."

"누가 그렇게 말했대? 친구들 부모님 전부?"

"네." 트릭시는 아주 가끔씩 거짓말을 할 때처럼 그를 쳐다보았다. 자신이 하는 말을 믿지 않고 아빠도 자기 말을 믿지 않을 거라는 표정이었다.

"그럴 리가." 빅터가 말했다. "전부는 아니고 몇몇이겠지. 그리고 아이들이 소문을 퍼뜨렸겠지." 그는 그래서는 안 된다고 말하고 싶었지만 트릭시는 말을 듣지 않을 것이다. 그리고 그런 소문 때문에 아이를 훈계할 만큼 겁에 질린 모습은 트릭시에게도, 자기 자신에게도 보여주고 싶지 않았다.

"모두들 아빠가 어떻게 했는지 물어보고 알려달라고 했어요." 트릭시가 말했다.

목욕물이 트릭시의 어깨까지 닿자 빅터는 상체를 숙여 물을 잠갔다. "하지만 아빠 그렇게 하지 않았어. 만약에 그랬다면 감옥에 갔을 거라는 거 몰라? 사람을 죽이면 사형을 받을 수 있다는 거 몰라?" 그는 속삭이듯이 나지막이 말했다. 트릭시에게 깊은 인상을 심어주기도 하고, 이제 물을 잠갔으니 말소리가 멜린다에게 들릴 수도 있었기 때문이다.

트릭시는 심각한 눈빛으로 잠시 그를 올려다보더니, 마치 멜린다처럼 시선을 돌려 물속에 가라앉은 잠수부 인형을 쳐다보았다. 그녀는 아빠가 그런 일을 하지 않았다고 믿고 싶은 게 분명했다. 아직 어린 트릭시에게는 도덕적인 기준도, 살인처럼 심각한 문제에 관한 생각도 없을 터였다. 빅터가 생각하기에, 트릭시는 학교에서 분필 하나 훔치지 않겠지만 살인은 다른 문제였다. 트릭시는 만화책에서, 제이니의 집에서 텔레비전을 보며 매일같이 살인에 관해 듣고 볼 것이고, 서부에서 착한 카우보이가 사람을 죽일 때면 뭔가 흥미진진하고 그를 영웅시 할 것이다. 트릭시는 아빠가 착한 영웅이고 두려움 없는 사람이기를 바랐다. 빅터는 딸 앞에서 자신이 약간은 작아진 느낌이 들었다.

트릭시가 고개를 들며 말했다. "아빠는 그러지 않았다고 하지만, 난 아빠가 찰리 아저씨를 물에 빠뜨려 죽였다고 생각해."

다음 날 오후, 빅터는 트릭시와 함께 이스트라임 거리에 있는 개 농장에 가서 75달러를 주고 수컷 복서 강아지를 샀다. 강아지는 얼마 전 귀를 다쳐서, 귀를 머리 위로 올려 붕대를 두르고는 접착테이프로 붙여둔 상태였다. 종명은 로저 오브 더 우드였다. 트릭시가 붕대를 두른 탓에 원숭이처럼 조그마하고 불쌍해 보이는 강아지를 고른 게 빅터는 무척 기뻤다. 개 농장에서 귀를 두어 번 더 부딪쳐 끙끙거리며 울자 강아지 얼굴이 한층 안쓰러워 보였다. 트릭시는 강아지를 무릎에 앉혀 목을 꼭 감싸 안고 집으로 갔고, 어느 해 크리스마스보다도 더 행복해 보였다.

강아지를 본 멜린다는 트릭시가 그렇게 기뻐하는 모습을 보지 않았더라면 못마땅한 말을 했을 것이다. 빅터는 강아지 침대로 쓸 만한 커다란 마분지 상자를 부엌에서 찾아내서, 25센티미터 깊이로 자르고 나서 강아지가 드나들 수 있는 문을 한쪽에 만들었다. 그러고 나서 트릭시가 아기였을 때 쓰던 이불 두어 개를 바닥에 깔고 강아지 집을 트릭시 방에 넣어주었다.

빅터는 강아지용 비스킷과 시리얼, 그리고 농장 주인이 가르쳐준 강아지용 캔 음식 서너 가지를 구입했다. 강아지는 먹성이 좋았고, 그날 저녁 먹이를 먹고 나서는 꼬리를 흔들었고 표정도 더 좋아 보였다. 그리고 트릭시가 굴려주는 고무 공 놀이를 하기도 했다.

"집에 생기가 돌기 시작하는군." 빅터가 말했지만 멜린다는 아무 대꾸도 하지 않았다.

18

빅터와 멜린다는 11월에 무도회에 갔다. 가을이 되면 리틀 웨슬리에서 연례행사로 열리는 '낙엽의 밤' 무도회였다. 무도회 초대장을 받은 빅터는 가고 싶지 않았지만, 그런 마음은 금방 바뀌었다. 무도회에 참석하는 게 옳은 일이었고, 빅터는 대개 마을 공동체에서 옳은 일을 하려고 애썼다. 무도회에 참석하고 싶지 않다는 생각이 든 건 두세 가지 요인 때문인 것 같았다.

그 가운데 하나는 지난 7월 4일에 열렸던 무도회에서는 멜린다와의 관계가 훨씬 좋았으므로 지금 상태를 행복했던 몇 달 전과 비교하고 싶지 않아서였다. 두 번째, 요즘 저녁때면 늘 정독하는 이탈리아어, 정확하게는 시칠리아 방언으로 쓰인 원고를 계속 보고 싶어서였다. 세 번째, 멜린다에게 무도회에 가자고 설득하는 문제가 남아 있었기 때문이었다. 그녀는 빅터는 무도회에 가기 바라면서 자신은 가고 싶어 하지 않았다. 집에서 풀죽어 흐느껴 우는 불쌍한 아내로 보이고 싶은 것 같았다. 무엇보다 무도회에 모습을 드러내지 않음으로써 남편과 서로 돕는 존재가 아닌 적으로 보이고 싶어 하는 것 같았다. 하지만 빅터는 그녀에게 두어 가지 문제를 지적하며 무도회에 가도록 했다. 그리고 너무 사소한 거라서 불평할 수도 없는 네 번째 이유는, 이브닝 슈트의 바지와 재킷 모두 허리 사이즈를 수선해서 입어야 한다는 거였다.

커다란 원 모양의 무도회장은 온갖 종류와 색깔의 낙엽으로 장식했고, 상들리에에는 솔방울이 잔뜩 달려 있었다. 줄에 매단 자그마한 호박에는 울긋불긋한 낙엽이 달려 있었다. 무도회장에 도착해 주변을 혼자 둘러보자 빅터는 기분이 좋아졌다. 잠시 순간적으로나마 태연자약한 마음이 들기도 했다. 트릭시에게 들었던 말을 어디까지 믿어야 할지 알 수 없었다. 그는 7월에 만났던 마을 사람들 곁을 지나거나 곁에 서 있다는 게 흥미로웠다. 포드낸스키 부인은 어느 때보다 더 다정하고 친절했다. 맥퍼슨 부부 역시 여전했다. 맥퍼슨은 10시인데 벌써 눈이 빨개질 만큼 취했지만 밤새 잘 버틸 것이다. 맥퍼슨 부인은 빅터와 인사를 나누면서 호기심 어린 눈길로 오랫동안 그를 쳐다보았다. 그를 의심하는 것 같기도 했지만, 그가 살이 빠진 것처럼 보인다는 이야기를 하는 걸 보니 별다른 의구심은 품지 않은 것 같았다.

"식이요법 하셨나 보죠?" 그녀가 놀라워하며 말했다. "방법 좀 가르쳐주세요."

즐거운 시간을 보낼 요량으로 빅터는 그들과 함께 한동안 서서 자신이 했던 식이요법에 관해 이야기했다. 햄버거와 자몽 이외에는 아무것도 먹지 않았다고 했다. "햄버거와 자몽에 질려서 그 음식조차 먹지 않게 되는 원리인데, 결국 그렇게 되었답니다." 빅터가 미소 지으며 말했다.

맥퍼슨 부인은 무척 관심을 보였지만, 빅터는 그녀의 두꺼운 허리선이 1인치도 줄지 않을 것임을 알았다. 맥퍼슨 부인이 식이요법 얘기를 하면, 남편이 뭘 하는지 혹은 뭘 먹는지 전혀 상관하지 않는 멜린다는 금시초문일 것이다.

모두들 친절하게 대해주자 빅터 역시 지난 7월처럼 유쾌한 것 같았다. 그는 메리 멜러에게 한 번도 아니고 두 번씩이나 춤추자고 제안하기도 했다. 멜린다에게는 함께 춤추자고 하지 않았는데, 그러고 싶은 마음이 없었기 때문이다. 하지만 그녀가 즐거운 시간을 보낼지는 신경 쓰였다. 멜러 부부가 친절하게도 멜린다와 한동안 이야기를 나눠주었고, 얼마 후 멜린다는 빅터가 처음 보는 남자와 춤을 추었다. 맥퍼슨 부부를 포함해 동네 사람들은 멜린다에게 절대 웃는 표정을 짓지 않았지만, 그녀는 개의치 않을 것이다. 빅터는 무도회장 한쪽 구석에 길게 휘어진 바에서 호러스와 술을 마시면서 얼마 전에 받아서 읽고 있는 이탈리아 원고 얘기를 했다. 글도 잘 읽지 못하는 할머니가 스물여섯 살에 남편과 함께 시칠리아를 떠나 미국에 온 이야기를 일기 형식으로 적은 글이었다. 빅터는 그 글을 읽기 쉽도록 손보고 나서 어느 정도 내용을 덜어내고 책으로 낼 생각이었다. 글은 쿨리지(1872~1933, 미국의 제29대 부통령과 제30대 대통령을 역임한 인물-옮긴이) 정부의 정치를 환상적으로 표현했고, 3남 2녀를 키우는 과정이 주된 내용이었는데, 정치나 프리모 카네라(1906~1967, 이탈리아 복서로 헤비급 세계 챔피언에 오른 인물-옮긴이) 같은 스포츠 영웅에 관한 흥미진진한 내용도 들어 있었다. 첫째 아들은 경찰이 되었고, 둘째 아들은 이탈리아로 되돌아갔고, 셋째 아들은 불법 마권영업자가 되었다. 첫째 딸은 대학을 졸업하고 결혼했고, 둘째 딸은 엔지니어 남편과 함께 남미에 살고 있다고 했다. 맨해튼의 카민 거리에 사는 이 할머니는 남미가 무척 신나면서도 머리끝이 쭈뼛해질 만큼 무서운 곳이라고 여기는 것 같았다. 빅터의 이야기에 호러스는 큰 소리로 웃었다.

"이제 새로운 책을 준비하는 건가요?" 호러스가 물었다.

바로 그때 빅터는 멜린다가 랠프 고스든과 그날 밤 두어 번 춤을 췄던 남자와 함께 서 있는 걸 보았다.

"네. 이제 그래야 할 때죠. 남미에 사는 할머니의 딸이 원고를 보내왔어요. 순전히 요행이었죠. 그녀는 남미에서 발행된 책에서 그린스퍼 출판사가 영어가 아닌 다른 외국어로도 책을 출판한다는 사실을 우연히 알게 되었고, 혹시 관심 있을까 싶어서 어머니의 일기를 보낸다고 했어요. 아주 근사한 편지를 보내왔는데, 무척 겸손하면서도 희망에 들떠 있었어요. 『크세노폰』과 마찬가지로 한 페이지는 이탈리아어로, 다른 한 페이지는 영어로 넣을까 생각 중이에요. 할머니의 사투리를 알아들을 수 있는 사람은 거의 없을 테니까요."

"당신은 그 원고를 어떻게 읽어요? 이탈리아어를 그렇게 잘해요?" 호러스가 물었다.

"아닙니다. 하지만 사전이 있으면 그런대로 읽을 수 있는데, 마침 집에 이탈리아어 사전이 있어서요. 몇 년 전 뉴욕 중고가게에서 별다른 이유 없이 사두었던 건데 지금 유용하게 쓰고 있어요. 글씨는 거의 알아볼 수 있어요. 다행히도 필체는 알아보기 좋아요."

호러스는 고개를 절레절레 흔들었다. "정말 여러 분야에 박학다식하군요."

바로 그때, 빅터는 아까 멜린다와 함께 춤추던 뚱뚱한 남자와 눈이 마주쳤다. 멀리 떨어져 있는데도 빅터는 남자가 순진할 만큼 호기심 어린 눈빛으로 자신을 쳐다보고 있음을 알 수 있었다. 멜린다가 방금 전 그에게 빅터를 가리키며 이야기한 것 같았다. 랠프는 팔짱을 낀 자세로 서서 멜린다와 이야기를 나누고 있었다. 유연한 랠프의 몸이 마치 가느다란 활처럼 비현실적으로 보였다. 그는 빅터 쪽을 쳐다보지 않았다. 빅터는 무도회장에 모인 사람들 대부분이 랠프가 예전에 멜린다와 사귀었던 사이임을 알 거라 생각했다. 랠프는 소리 내어 웃었고, 오늘 밤 꽤 당당하게 행동하고 있었다. 땅딸막한 남자가 멜린다에게 팔을 뻗어 춤을 청했고, 두 사람은 우아하게 댄스 플로어로 향했다. 랠프 고스든은 희미한 미소를 지으며 그들 두 사람 혹은 멜린다만을 쳐다보고 있었다. 호러스는 빅터의 시선이 향하는 곳을 보다가 다시 술잔을 내려다보았다.

"저 사람 랠프 고스든인가요?" 호러스가 물었다.

"네, 좋은 친구죠." 빅터가 말했다.

호러스는 분석 자료로 실험실에 온 전두엽 절제술을 받은 간질 환자의 뇌에 관해 이야기했고, 부분 마취로 진행하는 수술 동안의 손상이 불규칙하다는 이야기도 했다. 호러스는 뇌 손상과 뇌 수술, 그리고 뇌 질환 등에 특히 관심이 있었고, 빅터도 마찬가지였다. 그것은 두 사람이 좋아하는 화제였다. 그들이 전두엽 절제술을 시행했을 때의 환자 행동에 관한 보고서에 관해 이야기를 나누고 있는데, 멜린다가 함께 춤추던 남자와 다가왔다.

"여보, 여긴 앤서니 캐머런 씨. 캐머런 씨, 여긴 우리 남편이에요." 멜린다가 말했다.

캐머런은 두툼한 손을 불쑥 내밀었다. "처음 뵙겠습니다."

"네, 처음 뵙겠습니다." 빅터는 그와 악수를 나누었다.

"그리고 여긴 멜러 씨."

호러스는 캐머런과 악수를 나누며 말했다. "처음 뵙겠습니다."

"캐머런 씨는 도급업자예요. 집을 지을 부지를 찾으러 여기에 왔대요. 당신이 이야기를 나누고 싶어 할 것 같아서." 멜린다는 캐머런을 소개해준 이유는 그게 아닌 것처럼 단조로운 어조로 말했다.

상대방을 빤히 쳐다보는 듯한 캐머런의 연푸른색 눈동자는 다른 신체 부위와는 대조적으로 무척 자그마했다. 키는 크지 않았고, 몸은 뼈와 살이 아닌 다른 물질로 만들어진 커다란 사각형 같았다. 그는 말을 멈추고 다른 사람의 말을 들을 때면 입을 약간 벌렸다. 호러스는 리틀 웨슬리 북쪽과 시내 사이에 있는, 언덕을 포함한 부지에 관해 이야기했다. 언덕에서는 베어 호수가 내려다보인다고 했다.

"가봤는데 그렇게 높지는 않더군요." 캐머런은 명언이라도 한 것처럼 멜린다를 보며 소리 내어 웃었다.

"이곳 주변에는 산간 지역이 아닌 이상 그렇게 고도가 높은 곳은 없습니다."

"산간 지역으로 갈 수도 있을 겁니다." 캐머런은 뭉툭한 손을 문질렀다. 곱슬곱슬한 진갈색 머리에 기름을 바른 것 같았고, 불쾌한 냄새가 날 것 같았다.

그들은 그곳에서 낚시를 할 수 있는지 이야기했다. 캐머런은 낚시를 무척 잘한다면서, 항상 물고기 바구니를 가득 채워서 집으로 간다고 자랑했다. 빅터는 개울낚시를 할 때면 누구나 자신만의 독특한 방법으로 한다는 생각이 문득 들었다. 그는 양팔을 활짝 벌리는 자신만의 낚시법을 보여주었다. 호러스는 못마땅한 눈빛으로 그를 쳐다보기 시작했다.

"술 갖다줄까요?" 빅터가 물었다.

"아니요, 술은 괜찮습니다." 캐머런이 야외 일을 하는 사람답게 큰 목소리로 말하고는 환하게 웃었다. 치아는 자그마하고 각각 모양이 거의 똑같았다. 그가 멜린다를 쳐다보며 말했다. "파티 분위기가 정말 흥겹군요. 다시 춤출까요?"

"그러죠." 멜린다는 그러면서 팔을 들어 올렸다.

"반 앨런 씨, 멜러 씨, 만나서 반가웠습니다." 캐머런은 그렇게 말하며 멀어져갔다.

"네, 만나서 반가웠습니다." 빅터는 그렇게 말하고는 호러스와 눈빛을 교환했지만, 두 사람 모두 예의를 차리느라 웃지도 않고 말도 한마디 하지 않았다.

빅터는 화제를 바꿔 호러스와 다른 이야기를 나누었다.

랠프 고스든은 그날 한 번도 멜린다와 춤을 추지 않았고 대개 캐머런이 그녀와 춤을 추었다. 새벽 2시 무렵 기분이 좋아진 멜린다는 어깨에 두른 밝은 초록색의 긴 스카프를 흔들며 혼자서 춤을 추기도 했다. 그녀가 입은 핑크 새틴 소재의 원피스는 아주 오래된 것으로, 순교자처럼 보이려고 그 옷을 고른 것 같았다. 초록색 스카프는 갓 피어난 사과 꽃처럼 우아하고 청초해 보이려고 한 것 같았지만, 그녀의 얼굴은 우아하지도 청초하지도 않아 보였다. 여름 햇볕에 밝게 그을린 금빛 머리칼이 몸을 움직일 때마다 부드럽게 흔들리자, 빅터는 야성적인 매력을 느꼈다. 그런 머리칼은 캐머런 같은 남자들에게도 매력적으로 보일 것이다. 그녀의 강인하면서도 유연한 몸, 화장이 거의 다 지워지고 약간 취해서 행복해 보이는 얼굴도 매력적으로 보일 것이다. 적어도 캐머런에게는 그렇게 비칠 것이다.

빅터는 멜린다가 춤추는 모습과 목에 대충 두 번 감은 스카프를 보자, 무언가에 도전하는 듯한 인상을 받았다. 무도회장에 모인 모든 사람들에 대한 도전이었다. 우선 그녀는 마을 사람들에게 순교자처럼 보이고 싶어 했지만, 곧바로 흥청망청 술에 취해 어느 누구보다 잘 지내고 있다는 걸 모두에게 보여주기로 작정한 것 같았다. 변덕스러운 멜린다의 마음을 생각하자 빅터는 한숨이 나왔다.

다음 날 오후 빅터가 차고에서 달팽이 수족관을 청소하고 있는데 캐머런이 셔츠 차림으로 다가왔다.

"혹시 집에 누구 있어요?" 캐머런이 유쾌하게 물었다.

자동차 소리를 듣지 못했던 빅터는 약간 놀랐다. "제가 있습니다만. 아내는 아마 자고 있을 겁니다."

"그렇군요." 캐머런이 말했다. "아내 분께서 근처를 지날 때면 언제든지 들르라고 해서요. 그래서 잠깐 들렀습니다."

빅터는 잠시 무슨 말을 해야 할지 몰랐다.

"그게 뭡니까?" 캐머런이 물었다.

"달팽이요." 빅터는 멜린다가 잠에서 깼다면 캐머런을 그녀에게 떠넘겨야겠다고 생각했다. "잠시만요. 아내가 일어났는지 보고 올게요." 그는 차고를 지나 집 안으로 들어갔다.

멜린다의 방문은 여전히 닫혀 있었다.

빅터는 멜린다를 부르며 힘껏 방문을 두드렸다. 대답이 들리지 않자 방문을 열었다.

멜린다는 그를 등진 채 모로 누워 있었다. 천천히 기지개를 켜고 몸을 돌리는 동작이 마치 동물 같았다.

"신사 분이 찾아왔어." 빅터가 말했다.

멜린다가 고개를 들며 물었다. "누구?"

"캐머런 씨. 나와서 만나봐. 아니면 집 안으로 들어오라고 하든가."

멜린다는 얼굴을 찌푸리며 슬리퍼를 찾아 신었다. "안으로 들어오라고 하는 게 어때?"

"그를 집 안으로 들이고 싶지 않아." 빅터의 말에 멜린다는 약간 놀라면서도 걱정스러운 표정으로 쳐다보았다. 빅터가 밖으로 나가자, 캐머런은 진입로 한가운데에서 휘파람을 불며 뒤꿈치를 구르고 있었다. "아내가 곧 나올 겁니다. 거실에서 기다리겠어요?"

"아니요, 밖에서 바람이나 쐬죠. 그런데 거기서 지내세요?" 캐머런은 차고에서 튀어나온 부분을 턱으로 가리키며 물었다.

"네." 빅터는 가볍게 웃어 보이고는 다시 달팽이 수족관을 청소하기 시작했다. 더러워진 수족관 측면 유리를 면도기로 청소하는 건 달팽이를 키우는 데 있어서 성가신 일이었다. 그는 캐머런이 휘파람을 불며 가까이 다가와 지켜보는 게 영 마음에 들지 않았다. 놀랍게도, 캐머런이 휘파람으로 부르는 노래는 모차르트 협주곡이었다.

"달팽이는 어디서 났어요?" 캐머런이 물었다.

"음, 대부분은 여기서 알에서 부화했습니다."

"어떻게 번식해요? 물속에서요?"

"아니요, 땅에 알을 낳습니다." 빅터는 세제와 물을 묻힌 걸레로 수족관 안을 청소했다. 청소하고 있는 유리면을 기어오르는 새끼 달팽이는 조심스럽게 떼어내어 수족관 안 흙에 내려놓았다.

"먹기에 좋을 것 같군요." 캐머런이 말했다.

"맞습니다. 맛이 좋지요."

"뉴올리언스에 있던 생각이 나는군요. 거기 가본 적 있어요?"

"네." 빅터가 단호한 어조로 대답했다. 다른 수족관을 청소하기 시작한 그는 유리 측면에 붙어 잠자던 다양한 크기의 달팽이들을 손과 면도날로 우선 떼어냈다. 그는 캐머런을 쳐다보며 말했다. "방충망을 열지 마세요. 무척 쉽게 기어 나오거든요."

캐머런은 수족관 윗부분을 덮고 있는 방충망을 아무렇지 않게 닫았다. 그 바람에 새끼 달팽이 한두 마리가 끼여 죽었을 거라는 생각에 빅터는 몸을 움찔했다. 캐머런은 새끼 달팽이를 보지도 못했을 텐데, 그렇게 작은 대상은 눈여겨보지도 않을 것이다. 웃음 지으며 빅터에게 다가오던 캐머런은 바로 그때 현관문을 여는 멜린다를 쳐다보았다.

"토니! 어서 와요. 이렇게 들러주다니 반가워요."

"괜히 와서 불편하게 한 건 아닌지 모르겠습니다." 그는 천천히 다가가며 말했다. "주변을 둘러보던 참에 잠깐 들렀습니다."

"들어와서 한잔해요." 멜린다가 현관문을 활짝 열며 기분 좋게 말했다.

"맥주 있으면 한잔 주세요."

캐머런은 늦게까지 있다가 4시쯤 늦은 점심을 먹었고, 9시에 저녁 식사를 했다. 두 번의 식사 모두 거의 빅터 혼자서 준비했다. 캐머런은 맥주 아홉 캔을 마셨다. 저녁 6시, 빅터가 석간신문을 가지러 자기 방에서 거실로 왔을 때, 캐머런은 멜린다와 소파에 앉아서 자기 이름의 유래에 관해 떠벌리고 있었다.

"진짜 이름이 뭔데요?" 멜린다가 물었다.

"음, 폴란드 이름이라 발음조차 못 할 겁니다." 그러면서 캐머런은 큰 소리로 웃음을 터뜨렸다.

캐머런의 목소리는 축음기를 크게 틀어놓은 것처럼 시끄러웠다. 빅터는 잠시 그들과 거실에 함께 있었다. 캐머런이 그가 저녁에 약속이 있다고 생각하도록 깨끗한 셔츠에 새로 다림질한 바지를 입었지만, 캐머런은 자신을 배려해서 옷차림에 신경 쓴 거라 여기면서 늦도록 그곳에 있을 생각인 것 같았다. 이상한 건 멜린다가 즐거워 보인다는 거였다. 지난밤의 숙취 때문에 오후 그리고 저녁 내내 블러디 메리 칵테일을 한 모금씩 홀짝대고 있었다. 캐머런은 요란한 손짓을 하며 다이너마이트 폭파 과정을 이야기하다 말고 이런저런 고객들을 열거하기 시작했다. 그가 상대하는 고객들은 3에이커의 좁은 부지에 전망 좋고, 사방에서 바람이 불고, 수영장과 테니스코트와 잔디가 깔려 있는 집을 요구한다고 했다.

"죽을 때 묻힐 무덤 빼고 전부 다 요구한답니다!" 캐머런은 너털웃음을 웃으며 말을 마쳤다. 그는 장황한 이야기를 늘어놓을 때면 늘 너털웃음으로 이야기를 마무리하곤 했다. 캐머런은 애쓰고 있었다. 여자아이에게 잘 보이려고 칼을 휘두르거나 등유를 부은 고양이에 불을 붙이는 무모한 남자아이 같았다.

빅터는 턱을 괴고 가만히 듣고 있었다.

피터슨이 오후 내내 집에서 제이니와 놀던 트릭시를 데려다주었다. 빅터가 들어오라고 했지만 손님이 있는 걸 알고 사양했다.

빅터가 한 번 더 말했지만 소용없었다. 피터슨 가족은 수줍음을 잘 타는 성격이었다. 그러자 빅터는 캐머런이 그만 떠났으면 좋겠다는 신호로 알아차리기 바라며, 화난 것처럼 현관문을 힘껏 닫으며 말했다. "이제 곧 저녁 먹을 시간이군요."

캐머런은 그렇다는 대답은 하지 않았지만 그 비슷한 말을 했다.

식사 전 칵테일을 마시는 시간에 빅터는 감자를 굽고 냉장고에 든 가장 큰 스테이크 조각을 꺼냈다. 그러자 캐머런이 갑자기 자리에서 일어나며 선물할 게 있다고 했다. "잠깐만 나갔다 올게요. 자전거에 둔 걸 가져오려고요."

"뭘 가지러 가는 거야?" 마침 부엌에서 나온 빅터가 물었다.

"나도 몰라."

"그 사람 이야기를 듣고 너무 크게 웃지 않았으면 좋겠어. 이미 늦었긴 하지만."

"이야기가 재밌기 때문이지." 멜린다는 불길한 느낌이 들 정도로 나직하게 말했다. "그는 무척 재미있는 사람이고 진짜 남자 같아."

빅터는 아무 대꾸도 할 수 없었다. 캐머런이 클라리넷을 들고 되돌아왔기 때문이다.

"이겁니다." 그는 불투명한 플라스틱 소재의 클라리넷 가방을 바닥에 가볍게 던지며 말했다. "자전거를 타고 돌아다닐 때면 늘 클라리넷을 가지고 다니죠. 숲 속에 자전거를 세우고 한동안 연주를 하곤 합니다. 모차르트 클라리넷 협주곡 A장조 음반 있다고 했죠?"

"네. 여보, 당신이 찾아줘요."

빅터는 음반 보관함으로 가서 음반을 찾았다. 오래전에 구입한 것으로, 1분간 78회전 빠르기인 SP음반이었다.

"2악장 해볼게요." 캐머런은 악기를 입에 가져가 가볍게 불었다. 크롬 키에 갖다 댄 손가락이 펼친 바나나 송이 같았다.

빅터는 2악장을 찾아서 축음기를 틀었다. 캐머런은 곧장 연주를 시작해 오케스트라에 맞추어 테마를 연주했고, 힘겹지만 정확하게 음표를 따라 연주했다. 잠시 연주를 멈춘 그는 멜린다를 쳐다보며 호기로운 미소를 지었다.

"서둘러 연주하면 안 되는 곡이지만 무척 좋은 곡이죠." 캐머런이 말했다. "이건 어때요?"

베니 굿맨의 연주가 흘러나오자 캐머런도 함께 연주했다. 캐머런의 연주 소리가 더 컸다. 그는 자그마한 두 눈을 감고는 코끼리처럼 몸을 이리저리 흔들었다. 변주 부분을 꽤 훌륭하게 연주했다. 틀린 음은 하나도 없었지만 좋은 연주는 아니었다.

"정말 대단해요!" 멜린다가 소리쳤다.

캐머런은 잠시 숨을 내쉬고는 멜린다를 보며 씩 웃었다. "레슨이라고는 평생 세 번 받은 게 전부예요." 그는 재빨리 말하고 다시 악기를 입에 물었다.

이어서 브란덴부르크 협주곡 3번의 느린 악장, 모차르트 피아노 협주곡 23번의 2악장, 그리고 베토벤 교향곡 5번의 2악장을 연주했다. 빅터는 브란덴부르크 협주곡 이후부터는 음반 찾는 일을 멜린다에게 맡겼다. 스테이크를 굽고 샐러드를 만들어야 했기 때문이다. 저녁 식사를 하는 동안 캐머런은 자전거 타는 걸 무척 좋아하며, 자전거를 타고 다니며 일할 수 있어서 즐겁다고 했다. 그는 이야기하는 동안 빅터를 자주 쳐다보며 다정한 태도를 보였고, 빅터가 멜린다와 함께 사는 동거인 혹은 나이 든 삼촌이나 독신 오빠인 양 대했다. 그는 멜린다를 위해 연주를 계속했다.

식탁에 앉은 트릭시가 약간 당혹스러운 표정으로 캐머런을 주시하자, 빅터는 왜 그런지 쉽게 이해가 갔다. 트릭시는 캐머런이 클라리넷을 연주하는 동안에도 한마디 말이 없었고 말을 걸려고도 하지 않았다. 캐머런이 한순간도 입을 다물지 않았기 때문이다. 그는 큰 소리로 떠들거나 웃거나 혹은 클라리넷을 불었다. 그에게서 끊임없이 소음이 흘러나왔다.

"난 할 만큼 했어." 빅터가 저녁 식사를 마치고 접시를 부엌으로 옮기며 멜린다에게 나지막이 말했다. "나머지 접시는 당신이 치울 수 있지? 난 조용한 내 방으로 가야겠어."

"그렇게 해." 멜린다가 나지막한 목소리로 말했다.

빅터는 캐머런에게 작별인사를 하려고 거실로 갔다. 캐머런은 이야기할 사람이 아무도 없어서 털이 복슬복슬한 복서 강아지에게 큰 소리로 말하며 주머니에 손을 찔러 넣고서 거실을 왔다 갔다 하고 있었다.

"다음에 뵙죠, 캐머런 씨." 빅터가 희미하게 웃어 보이며 말했다. "할 일이 있어서 먼저 실례하겠습니다."

"네, 그러세요." 캐머런은 안타까운 듯이 말했다. "저녁 식사 맛있게 잘 먹었습니다."

"맛있었다니 다행이군요."

빅터는 사전을 계속 찾아가며 시칠리아 할머니의 일기를 다시 읽기 시작했다. 책을 읽느라 멜린다의 피아노 반주에 맞춘 캐머런의 클라리넷 연주를 흘려들을 수 있었지만, 책 읽기를 멈추자 음악 소리가 다시 방해되었다. 멜린다는 건반을 잘못 눌러 다시금 연주하곤 했다. 기분 좋게 떠들어 대는 캐머런의 목소리가 살짝 열어둔 창문 사이로 들려왔다.

19

멜린다는 느닷없이 도급업에 관심을 보였다. 캐머런과 자주 어울려 다니며 그가 가고 싶어 하는 곳이면 어디든 차로 데려다주었고, 함께 친구들을 찾아가 조언을 구하기도 했다. 저녁 식사 시간에는 캐머런이 고객을 위해 골라둔 리틀 웨슬리 동쪽 지역 부지의 언덕 지형, 배수 문제, 전망, 지하수면 등에 관해 이야기했다. 고객은 토요일에 그 부지를 보기로 했고, 캐머런은 고객에게 보여줄 부지에 관한 서류를 완성해야 했다.

"지하수면이 정말 좋지 않아?" 멜린다가 물었다. "토니가 거짓 지하수면과 진짜 지하수면을 구분하는 방법을 가르쳐줬는데, 언덕의 종류를 구분할 수 있어야 한대. 어떤 사람들은 지면이 살짝 솟아 있으면 그 아래에 지하수면이 있다고 생각하지."

빅터는 얼굴을 약간 찌푸렸다. "단순히 물을 얘기하는 거야 아니면 지속적으로 물을 공급받을 수 있는 곳 말이야? 지하수면은 어디에든 있잖아."

식탁 맞은편에 앉은 멜린다가 그를 보며 얼굴을 찌푸렸다. "지하수면은 어디에든 있다니, 그게 무슨 말이야? 지하수면은 물이 있는 곳에만 있어."

"물은 어디에든 있다는 뜻이야." 빅터가 말했다. "지하수면의 사전적 정의는 물이 흠뻑 배어든 지면 윗부분이야. 지하수면은 온갖 종류의 땅에 있어. 사하라 사막 꽤 낮은 지층에도 지하수면이 있어."

멜린다는 잠시, 아니 꽤 오랫동안 아무 말이 없었다. 한참 후 그녀는 캐머런이 찾고 있는 흰색 돌에 관해 이야기했다.

"버몬트 주변에 가보라고 해." 빅터가 말했다.

"그거 괜찮겠네. 그곳에 아름다운 돌이 많으니까. 기억났어!"

"그리스 파로스 섬에서 나는 대리석은 아닐 테지만 괜찮을 거야." 빅터는 무에 버터를 바르며 분명하게 말했다.

그러고 나서는 배수 시설에 관해 이야기했다. 캐머런은 인공 개울을 만들어 배수 시설을 만들려는 멋진 생각을 갖고 있었다. 우선 물을 어디에서 끌어오는지 이해할 수 없었던 빅터는 캐머런의 아이디어를 대수롭지 않게 여겼다. 하지만 멜린다는 창의적인 아이디어라고 생각하는 것 같았는데, 캐머런이 그렇게 말했기 때문일 것이다.

"2천 년 전 고대 로마인들이 쓰던 방식이야." 빅터가 말했다. "아비뇽에서도 그렇게 했고."

"아빠, 아비뇽이 어디야?" 트릭시가 물었다.

빅터는 캐머런 때문에 트릭시와 일요일에 과외 공부하는 걸 빼먹었다는 사실을 문득 깨달았다. "아비뇽은 남부 프랑스에 있어. 500년 전 교황이 살았던 곳일 거야. 언제 가보도록 하자. 아비뇽에 관한 노래도 있어. '아비뇽 다리 위에서…… 춤을 추네, 춤을 추네…… 아비뇽 다리 위에서…… 빙글빙글 돌며 춤을 추네.'"

그는 트릭시가 함께 노래를 따라 부르도록 가르쳐주었다. 디저트를 먹을 때도 노래를 계속 불렀다. 계속되는 노랫소리에 멜린다는 노래 때문에 두통이 생겼다는 듯이 얼굴을 찡그렸다. 그런 일에 싫증을 내는 법이 없는 트릭시는 설거지를 하는 동안에도 계속 노래를 불렀다. 빅터는 2절도 가르쳐서 함께 불렀다.

"맙소사, 이제 그만해!" 멜린다가 소리쳤다.

토요일 오전, 빅터는 리틀 웨슬리에 있는 철물점에서 호러스를 만났다. 호러스는 캐머런 이야기를 꺼냈다. 두 사람은 함께 철물점에서 나와 슈퍼

마켓 옆에 있는 주차장으로 향했다.

"페리스가 코원 부부 집 근처 부지를 매입할 건가 봐요." 호러스가 말했다. 페리스는 캐머런의 고객으로 부유한 뉴요커였다.

"그렇군요. 그런데 그걸 어떻게 알았어요?"

"필한테 들었어요. 멜린다가 그 도급업자와 함께 들렀다더군요. 멜린다가 그를 도와주고 있는 것 같더군요."

"그러면서 할 일이 생기니까요." 빅터는 관심 없다는 듯이 재빨리 대답했다.

호러스는 고개를 끄덕였고, 멜린다와 캐머런에 관해 할 이야기가 있었지만 더 이상 하지 않았다. 자동차가 있는 곳에 도착하자 그가 다시 말문을 열었다. "우리 집에서 내일 밤 돼지갈비 바비큐 파티를 열까 합니다. 맥퍼슨 부부도 오기로 했는데 결국 못 온다네요. 멜린다하고 같이 5시쯤 오겠어요?"

평소 같으면 빅터는 멜러 부부의 정원에 앉아 해넘이를 바라보며 돼지갈비 굽는 냄새를 기분 좋게 맡았을 것이다. 하지만 지금 가장 먼저 떠오른 생각은 멜린다가 시간이 안 될지도 모른다는 거였다. 그러자 멜린다가 요즘 거의 매일 오후 시간을 캐머런과 함께 보내고 있고, 오전에는 이틀에 한 번꼴로 그리고 지금 이 순간도 그와 함께 있다는 생각이 문득 들었다.

"고맙습니다. 정해지는 대로 연락드리죠."

"좋습니다." 호러스가 웃으며 말했다. "올 수 있었으면 좋겠어요. 곧 겨울이 오면 이제 야외에서 바비큐를 먹을 수 없겠지요."

빅터는 주말에 먹을 식료품을 뒷좌석에 가득 싣고 집으로 갔다. 멜린다는 최근에 장을 보는 일이 거의 없었고 굴착용 송곳에 새롭게 관심을 가졌다. 그는 그저께 화가 나서 굴착용 송곳을 조금 부러뜨렸는데, 화가 난게 아니라 미칠 듯한 생각에 사로잡혀 있었는지도 모른다. 캐머런과 멜린다에 관한 생각이었다. 마을 사람들이 뭐라고 할까? 언제부터 수군거리기 시작할까? 캐머런과 멜린다는 벌써 정분이 났을까? 두 사람에게는 그럴 만한 시간과 기회가 충분했다. 캐머런이 빅터를 대하는 태도가 전혀 변하지 않는 건 그의 성격과 어울렸다. 그는 둔감했다. 그런 상황을 생각하면 빅터는 간혹 웃음이 나기도 했다. 캐머런은 복잡한 구석이라곤 없는 사람이었다. 심지어 커다란 덩치에 놀라울 정도로 순진해서 남의 아내와 여덟 시간을 줄곧 함께 있으면서도 아무렇지 않다고 여길 만큼 어린아이 같고 개방적인 면이 있었다. 멜린다는 캐머런을 부추기면서 늘 하던 말을 할 것이다. "그래요. 남편을 사랑하지만……" 멜린다는 캐머런을 애인으로 원하지 않을 수도 있었다. 하지만 빅터는 그럴 리가 없다고 믿었다. 멜린다는 둘이 함께 있을 때 로맨틱한 분위기를 원했고 스스럼없었다.

집에 돌아왔을 때 멜린다는 없었다. 트릭시는 영화를 보러 나갔다. 로저가 꼬리를 흔들며 현관문 안에서 그를 맞아주었다. 빅터는 로저를 정원에 데리고 나가 로저가 웅크리고 웅덩이를 파는 모습을 멍하니 지켜보았다. '캐머런은 이제 2주만 있으면 떠날 거야.' 그는 마음속으로 생각했다. 페리스 씨 집을 구하는 일은 11월 말에 끝날 것이다. 캐머런이 직접 그렇게 말했다.

멜린다는 6시 반쯤 캐머런과 함께 돌아왔다. 캐머런은 햇볕에 그을려 얼굴이 발그레했다. 기쁨과 자기 만족감이 넘치는 얼굴에 웃음이 환했다.

"이번엔 내가 마실 맥주를 직접 가져왔습니다." 캐머런이 맥주캔 한 팩을 흔들어 보이며 말했다.

"잘했군요." 빅터는 어린아이 대하듯 말하고는 멜린다에게 말했다. "잠깐 얘기 좀 할까?"

멜린다는 그를 따라 부엌으로 갔다.

"내일 5시, 멜러 부부 집에서 열리는 바비큐 파티에 초대받았는데, 가고 싶어?"

캐머런과의 데이트로 홍조를 띤 그녀의 얼굴이 더 환해졌다. "물론이지. 가고 싶고말고."

"좋아, 그럼 호러스한테 그렇게 전할게." 빅터는 안도하며 미소 지었다.

"토니를 데려가도 괜찮겠지?"

전화기로 향하던 빅터가 뒤돌아보았다. "아니, 그건 안 될 것 같아."

"왜 안 돼?"

"멜러 부부가 좋아할 사람이 아닐 테니까."

"저런," 멜린다가 고개를 가볍게 젖히며 말했다. "언제부터 멜러 부부의 취향까지 알게 된 거야?"

"어쩌다 보니 알게 됐어."

"내가 직접 물어볼게." 멜린다가 전화기로 가며 말했다.

빅터는 그녀의 팔을 잡아당기고는 흔들리는 부엌문을 닫았다. "그러지 마. 멜러 부부는 그를 좋아하지 않는 게 확실해. 우리 두 사람을 초대했을 뿐이야."

"그들이 좋아하든 말든 난 데려갈 거야."

"그러지 마, 멜린다." 그는 나지막이 말했지만, 목소리는 분노로 떨렸다.

"날 어떻게 말릴 건데?"

빅터는 화를 낸 자신의 모습이 부끄러워 눈을 감았고, 버럭 화를 내는 멜린다의 모습에 당혹스러웠다. "좋아, 그냥 그렇게 해."

멜린다는 잠시 그를 쳐다보았고, 자신이 이겼다고 여기는 듯 입꼬리가 살짝 올라갔다. 그녀는 빅터를 지나 부엌에서 나갔다.

"토니, 맥주 따개 필요하지 않아요?" 그녀가 말하자 빅터는 자신과 이야기를 나누는 동안 그녀가 손에 맥주 따개를 들고 있던 기억이 났다.

빅터는 다음 날 멜러 부부의 집에서 열린 바비큐 파티에 가지 않았다. 멜린다에게 파티에 가겠다고 전하라고 했으므로 그녀가 무슨 말을 했는지는 모르겠지만, 마지막 순간에야 자신은 가지 않겠다고 했다. 캐머런은 자전거가 아닌 카페오레 색깔의 플리머스 스테이션왜건을 타고 왔다. 그 차에 자전거를 싣고 돌아다니는 것 같았다. 빅터가 바비큐 파티에 가지 않겠다고 하자, 캐머런과 멜린다 모두 울상을 지었다.

"왜 그래요?" 캐머런이 물었다. 그는 멜러 부부에게 좋은 인상을 주려고 깨끗하게 다림질한 여름 양복에 흰 구두를 신었다.

"별일은 아니고 그냥 하고 싶은 일이 있어서요. 둘이 다녀와요."

"멜러 부부가 어떻게 생각할까?" 멜린다가 다소 힘 빠진 모습으로 말했다.

"글쎄, 지켜보면 알겠지." 빅터가 상대방을 안심시키듯이 웃으며 말했다. 캐머런의 표정은 변하지 않았다. "마음을 바꿨으면 좋겠습니다만."

정원에 서 있던 빅터는 집 안으로 향했다. "둘이 함께 가요. 좋은 시간 보내고 멜러 부부에게 안부 전해줘요." 빅터는 자동차 열쇠를 만지작거리는 멜린다의 모습을 슬쩍 보고 집 안으로 들어갔다.

잠시 후 차 두 대가 출발했다.

빅터는 캐머런이 멜린다와 육체관계는 가지지 않았을 거라고 되뇌었다. 그는 실제로 그렇게 믿었지만 그렇다고 해서 마음이 편해지지는 않았다. 두 사람이 떠난 후 책을 읽을 수 있도록 마음을 가라앉히던 그는 유치하게 멜러 부부의 집에 가지 않겠다고 한 게 후회되었다. 지금이라도 가면 된다는 생각이 들었지만, 그러면 또다시 호러스와 곤란하면서도 어색한 대화를 나눠야 할 것이다.

멜린다는 새벽 1시가 넘어서야 돌아왔다. 자기 방에서 책을 읽던 빅터는 거실로 가서 그녀를 보고 싶지 않았다. 아무튼 그녀를 보고 싶지 않았다. 그녀는 술에 취했을 것이다. 새벽 1시 10분에 귀가한 걸 보니, 바비큐 파티가 끝나고 캐머런과 바에 간 게 분명했다. 바는 정각 새벽 1시에 문을 닫기 때문이다.

다음 날 저녁 6시 40분, 호러스가 빅터의 사무실로 찾아왔다. 빅터는 호러스가 그날 찾아올 거라 짐작했고, 어떤 표정일지도 알았다.

"어제 무슨 일 있었어요?" 호러스가 물었다. "집에 전화했는데 받지도 않고."

빅터는 심각한 거짓말을 들킨 것처럼 얼굴이 벌겋게 달아올랐다. 어젯밤 전화벨 소리를 듣고도 받지 않았다. "멜린다가 떠나고 나서 산책을 하느라 집에 없었어요."

"어제 왔으면 좋았을 텐데."

"생각할 일이 있어서요. 캐머런이 내 대신 바비큐를 먹었을 텐데요."

"물론 그랬지요."

"파티는 즐거웠어요?"

"네, 괜찮았어요. 캐머런이 클라리넷으로 사람들을 즐겁게 해줬어요."

"저도 들어본 적 있어요." 빅터가 말했다.

"당신은 그가 마음에 들지 않을 겁니다. 나도 마찬가지고."

빅터는 또다시 수치심이 들었지만 침착하고 기분 좋은 표정을 유지했다. "그게 무슨 말이죠?"

"단도직입적으로 이야기해도 될까요? 난 캐머런이 마음에 들지 않고 멜린다 주변을 얼쩡거리는 모습도 맘에 안 들어요. 그리고 당신이 한발 물러서서 상황이 끝나기를 바라는 모습도요."

"상황이 주로 그렇게 끝나지 않나요?" 빅터는 웃으며 말했지만 덫에 걸려든 것처럼 마음이 불편했다.

"어젯밤 당신은 파티에 오지 않았어요. 멜린다는 대담해져서 하느님이 그녀의 기도를 듣고 캐머런을 보내준 것 같다는 말도 했어요. 캐머런이 행동하는 모양새는 마치……"

사무실 문을 가볍게 두드리는 소리가 났다.

"들어와요." 빅터가 말했다.

스티븐 하인즈가 문을 열고 말했다. "안녕하세요, 멜러 씨. 잘 지내셨지요?"

"네, 당신도 잘 지내죠?"

"네, 잘 지냅니다. 칼라일이 트럭을 타고 갔습니다." 스티븐은 빅터를 향해 말했다. "내일 아침 우체국에서 전화로 새로운 롤러가 들어왔는지 알려줄 겁니다."

"알았어요. 서두를 것 없어요." 빅터는 라이더의 시를 인쇄하는 새로운 롤러를 사용하려면 3주는 걸릴 거라는 생각이 들었다. 그는 직접 종이에 인쇄하는 질감을 얻기 위해 잉크 롤러를 일부러 부식시켰다.

"다른 일은 없죠?" 스티븐이 물었다.

"네, 없어요."

"그럼 안녕히 계세요. 내일 뵙겠습니다."

"잘 가요." 빅터는 스티븐에게 인사한 다음 호러스에게 말했다. "그건 그렇고, 『크세노폰』이 제본소에서 왔는데, 한 권 보시겠어요?"

"그러고 싶어요. 하지만 지금 나누는 이야기가 더 중요하지 않을까요?"

"네, 말씀하세요."

"캐머런은 멜린다를 데려갈 것 같고 멜린다도 기꺼이 따라갈 것처럼 행동하고 있어요."

"그녀를 데려간다고요?" 빅터는 놀라서 물었고 실제 마음 한편으로 놀랐다.

"그는 다음 일을 멕시코에서 맡았는데, 멕시코시티로 가는 비행기 티켓이 두 장 있다고 했어요. 자기 흥에 취했을망정 술에 취하지는 않았어요. 멜린다는 지구 끝까지라도 그와 함께할 것처럼 말했어요. 그에게 정신 차리라고 말하는 게 어때요?"

"그 얘긴 처음 듣습니다."

"진작 들었어야죠. 빅터, 당신에게도 책임이 있어요. 드 리슬 사건 이후 멜린다의 마음을 돌리려고 어떤 노력을 했어요?"

'사건'을 뜻하는 '어페어(affair)'라는 단어에는 남녀 사이의 정분이라는 뜻도 있었다. 빅터는 그 단어에 마음이 흔들려 곧바로 대답하지 못하고 얼버무렸다. "노력했습니다."

"내가 아는 한, 당신은 아직도 멜린다와 각방을 쓸 겁니다." 호러스는 당혹스러운 마음을 공격적인 어투에 숨겼다. "빅터, 당신은 젊어요. 이제 서른여섯이죠? 멜린다는 더 젊고요. 앞으로 그녀와의 결혼 생활이 어떨 거라 생각해요? 어느 날 아침에 일어났는데 그녀가 가버리고 없을지도 몰라요."

"그녀에게 이래라저래라 하고 싶지 않아요." 빅터가 말했다. "그랬던 적도 없고요. 그녀는 자유로운 사람이에요."

호러스는 당혹스러운 표정으로 쳐다보았다. "포기하는 건가요? 그러다 캐머런에게 지고 말 겁니다."

빅터는 잠시 아무 말도 하지 않았다. 무슨 말을 할지 생각하지도 않았다. 호러스와 이야기를 나누는 게 당혹스럽기도 했고, 호러스가 그를 예전보다 좋지 않게 생각할까 봐 두렵기도 했다.

"알았어요, 호러스. 아내와 캐머런 얘기를 나눠볼게요."

"얘기를 나누는 것만으로는 안 될 겁니다. 태도를 완전히 바꾸거나……"

빅터가 웃으며 말했다. "생각이 너무 지나치신 거 아닌가요?"

"그렇지 않아요, 빅터." 호러스는 담뱃불을 붙였다. "왜 그렇게 무심한 거예요? 도대체 왜 그러는 거죠?"

"무심한 것 아닙니다. 바에 가서 술이나 한잔할까요?" 그는 집에 가져갈 서류를 챙기기 시작했다.

"빅터, 당신의 태도가 잘못됐어요. 예전에는 옳았을지 모르지만 지금은 잘못됐어요."

"호러스, 당신이 그렇게 심한 말을 하는 건 처음이군요."

"진심이에요."

호러스를 쳐다보자 빅터는 중심을 약간 잃어버릴 것 같았다. "한잔하러 갈까요?"

호러스는 고개를 가로저었다. "그만 가야겠어요. 화를 낼 생각은 아니었지만, 오히려 잘된 것 같아요. 캐머런 문제를 심각하게 여기는 게 좋을 거예요. 잘 있어요, 빅터." 그는 사무실을 나가 문을 닫았다.

혼자 남겨지자마자 빅터에게 두려움 같은 이상한 감정이 밀려왔다. 그는 서류를 마저 챙기고는 사무실을 나와 문을 잠갔다. 호러스의 차는 방금 좁은 길에서 사라졌다. 빅터는 자기 차에 올라탔다. 등골에서 경추까지 서늘한 기운이 올라왔다. 그는 침을 삼키고 양손을 운전대에 올렸다. 뭐가 문제인지 알 것 같았다. 그는 캐머런이 2주 뒤면 떠날 거라는 생각 말고는 다른 생각은 하지 않았던 것이다. 캐머런이 지금껏 야기한 문제에 대해서는 생각지 않았는데, 호러스가 그 점을 지적한 것이다. 그는 발등에 떨어진 불을 무시하려 했고, 호러스는 그 점을 지적한 것이다. (한편 그는 원하면 그 문제를 모른 척 무시할 권리가 있다고 생각했다. 발등에 불이 떨어졌다면 다칠 사람은 오로지 그뿐이기 때문이다. 가장 화났던 점은 호러스가 그에게 상황에 맞춰 태도를 바꾸라고 강요한 것이었다.) 하지만 빅터가 중요한 사실을 깨닫지 못했다는 호러스의 말은 옳았다. 예컨대, 그는 멜린다가 캐머런을 좋아할 수도 있고, 캐머런이 멜린다가 좋아할 유형이라는 사실을 인정하지 않았다. 캐머런은 멜린다보다 더 둔감하고 노골적이었다. 그리고 어이없는 순진함이란! 캐머런은 그녀를 데려가서 이혼하기를 기다렸다가 정식으로 결혼식을 올릴 유형이었다. 사실, 그는 멜린다가 정말 좋아할 유형이었다. 빅터에게 그 사실은 놀라운 발견이었다.

빅터가 집에 오자 트릭시 혼자 있었다. 로저가 꼬리를 흔들고 폴짝폴짝 뛰며 반겨주었다. 빅터는 그 모습을 볼 때마다 물 위로 뛰어오르는 송어가 생각났다.

"집에 왔을 때 엄마 있었어?" 그가 물었다.

"아니요. 토니 아저씨랑 외출한 것 같아요." 트릭시는 석간신문에 난 만화를 보며 말했다.

빅터는 술을 따랐다. 술잔을 들고 안락의자에 앉자, 의자 옆에 놓인 작은 테이블에 파란색과 흰색이 어우러진, 아직 뜯지 않은 넬슨33 파이프 담배가 눈에 들어왔다. 오늘 도착한 걸 멜린다가 뜯지 않고 그대로 둔 것임에 틀림없었다. 2주 전, 캐머런과 함께 있던 날 주문한 게 분명했다.

20

그다음 주 토요일, 브라이언 라이더가 기차를 타고 웨슬리에 도착했다. 그는 타잔처럼 에너지가 넘치고 몸집도 타잔 같은 유쾌한 젊은이였다. 그는 빅터와 시에 관한 이야기를 나누기도 전에 마을을 둘러보고 싶다고 했다. 오후에 두어 시간 마을을 돌아다닌 그는 머리는 흠뻑 젖고 얼굴은 땀으로 번들거린 채 나타났다. 베어 호수에 몸을 담그기도 했다고 말했다. 온도는 4도가 조금 넘었고, 베어 호수는 거의 13킬로미터 떨어져 있었다. 빅터는 그에게 어떻게 그렇게 빨리 마을을 둘러봤는지 물었다.

"길을 따라 달렸어요." 그가 대답했다. "달리기를 좋아하거든요. 올 때는 지나가는 차를 얻어 타고 왔는데, 당신을 안다고 하더군요."

"그래요? 누구였어요?" 빅터가 물었다.

"피터슨요."

"아, 그렇군요."

"당신 생각을 많이 하는 것 같았어요."

빅터는 아무 대꾸도 하지 않았다. 멜린다는 거실 소파에 앉아 앨범에 사진을 붙이고 있었다. 브라이언을 소개받고도 한마디도 하지 않았지만 호기심 어린 눈빛으로 계속 그를 주시했다. 그 모습을 보자 빅터는 멜린다가 집에 새로운 남자를 데려올 때마다 빤히 쳐다보던 트릭시의 눈빛이 떠올랐다. 브라이언은 빅터와 일 이야기를 하러 가기 전에 무언가 얘기를 나누거나 호의를 보여주려는 듯, 순진하면서도 숨김없는 눈빛으로 멜린다를 쳐다보았다. 하지만 멜린다는 아무 말도 하지 않았고, 브라이언과 눈이 마주쳤을 때도 웃음을 짓지 않았다.

"내 방에 가서 이야기할까요? 원고가 거기에 있거든요."

그날 저녁 멜린다는 캐머런을 집으로 데려와 저녁을 먹었다. 캐머런이 시끄럽게 떠벌렸다.

"아내 분에게 외식을 하자고 했는데, 집으로 가자며 고집을 부려서요."

믿기 어려울 만큼 아둔한 모습에 빅터는 할 말을 잃었다. 브라이언은 캐머런이 누구인지 빅터에게 들어서 알고 있었다. 그때부터 브라이언은 진지하면서도 곰곰이 생각에 잠긴 듯한 표정으로 캐머런과 멜린다를 줄곧 쳐다보았다. 캐머런과 멜린다는 짐짓 연극을 하는 것 같았다. 캐머런은 함께 사는 사람처럼 부엌을 들락거리며 멜린다가 식탁에 음식 차리는 걸 도와주었다. 두 사람은 그날 오후에 있었던 일과 건축 자재와 시멘트 가격에 관해 이야기했다. 빅터는 브라이언과 시와 시인에 관해 이야기를 나누고 싶었지만, 캐머런의 목소리에 맞설 수 없었다. 빅터는 짜증 난 표정을 브라이언에게 감추려고 희미한 미소를 지었다. 브라이언은 관찰력이 뛰어난 젊은이였으므로 알아차렸을지도 모른다.

저녁 식사를 마치고 나서 캐머런이 말했다. "멜린다가 당신들은 따로 할 얘기가 있다고 하니, 우리 두 사람은 바메이드에 가서 춤이라도 출까 합니다."

"그렇게 해요." 빅터가 기분 좋게 말했다. "거기서는 생맥주를 마실 수 있을 텐데, 그렇죠?"

"네, 물론이죠." 캐머런은 약간 튀어나온 탄탄한 배를 두드리며 말했다. 많이 먹고 마시는데도 그렇게 뚱뚱하지는 않았다. 그는 몸이 탄탄한 고릴라 같았다.

멜린다가 굽이 높고 발등이 훤히 드러나는 구두를 신고 원피스 위에 빨간색 짧은 재킷 차림으로 방에서 나오자, 브라이언은 유심히 아래위로 그녀를 훑어보았다. 평소보다 화장을 공들여서 했고 금발머리는 단정하게 빗었다.

"그럼 다음에 봐요." 그녀는 집을 나서며 유쾌하게 말했다.

고릴라가 함박웃음을 지으며 뒤따라 나갔다.

빅터는 브라이언에게 기회를 주지 않을 요량으로 곧바로 화제를 돌렸다. 하지만 브라이언의 얼굴에는 궁금해서 묻고 싶은 표정이 역력했다. 그는 잊어버리지 않고 다음 기회에 물어볼 것이다. 빅터는 며칠 전 멜린다에게 미리 말해두지 않은 자신을 자책했다. 호러스의 말이 옳았다. 그는 멜린다에게 무언가 말해야 했다. 하지만 그게 정말 도움이 될까? 그가 드 리슬 얘기를 했을 때 도움이 되었던가?

"아내 분이 무척 매력적이네요." 대화가 잠시 끊긴 사이에 브라이언이 천천히 말했다.

"그래요?" 빅터가 웃음 띤 얼굴로 말했다. 그러자 차고 너머에 있는 그의 방을 보고 브라이언이 어린아이처럼 아무 생각 없이 '여기서 주무세요?'라고 묻던 순간이 떠올랐다. 이상하게도 빅터는 마음이 불편했고 그 생각을 머릿속에서 몰아낼 수가 없었다.

두 사람이 책과 시인에 관한 이야기를 나누다 보니 어느덧 자정이 지났고, 브라이언은 빅터에게 그만 잠자리에 들고 싶지 않으냐고 물었다. 빅터는 브라이언이 그가 책장에서 꺼내준 독일 형이상학과 시인의 시선집을 읽고 싶어 한다는 걸 알아차리고 자리를 비켜주었다. 하지만 빅터는 자기 방에 돌아가서 계속 책을 읽었다.

새벽 2시, 멜린다가 집에 들어오는 소리가 들렸다. 멜린다가 취한 모습을 브라이언이 보지 않았으면 좋겠다는 생각이 들었다. 빅터는 멜린다가 취했는지 그렇지 않은지 알 수 없었다. 그는 2시 반쯤에 불을 껐다. 얼마 후, 약간 열어둔 창문 사이로 술에 취한 듯 기분 좋고 께느른한 멜린다의 웃음소리가 들렸다. 그는 브라이언이 멜린다와 무슨 이야기를 나눌지 궁금했다.

다음 날 아침 멜린다가 말했다. "당신 젊은 친구 정말이지 귀여워."

"무척 훌륭한 시인이지." 빅터가 말했다.

브라이언은 아침 산책을 하러 나갔다. 어제 그랬던 것처럼 새 깃털을 주워 올 것이다. 아침에 브라이언의 방을 들여다보니 시트가 깔끔하게 정리되어 있었다. 그리고 책상에 앉아 깊은 생각에 빠져 있었던 것처럼, 푸른 새 깃털과 조약돌, 버섯과 낙엽이 책상 한가운데에 가지런히 수평으로 놓여 있었다.

"브라이언도 당신이 무척 매력적이라고 했어." 빅터는 자신이 왜 그 말을 옮기는지 모르면서 그렇게 말했다. 그렇잖아도 멜린다는 자신이 무척 매력적이라고 생각했다.

"서로의 이야기를 전해주고 있으니, 내가 고등학교 졸업하고 만난 청년 가운데 가장 매력적이라고 전해줘."

빅터는 문득 떠오른 생각을 말했다. "오늘 오후에 캐머런 만날 거야?"

"아니, 브라이언을 만날 것 같아."

"브라이언은 바빠."

"오후 내내 바쁘지는 않아. 베어 호수에 가서 노 젓는 배를 타자던데."

"그렇군."

"토니는 저녁에 올 거야. 어제 웨슬리에서 구입한 음반 다섯 장을 틀어볼 거야."

"오늘 밤 그가 오지 않았으면 좋겠어." 빅터가 나지막이 말했다.

"그래?" 멜린다가 눈썹을 치켜세우며 물었다. "왜?"

"브라이언과 이야기를 나누고 싶은데, 내 방에 있다 해도 창문 사이로 음악 소리가 들리는 건 바라지 않아."

"그렇군. 그럼 우리 두 사람이 어디로 갔으면 좋겠어?"

"어디든 상관없어." 빅터는 담뱃불을 붙이고는 테이블에 놓인 『타임』을 내려다보았다.

"토니를 집에 데려오면 어쩔 거야?"

"그 사람한테 그만 나가달라고 할 거야."

"이곳은 당신 집이면서 내 집이지도 않아?"

빅터는 그 말에 여러 가지 대꾸를 할 수 있었지만, 아무 말도 하지 않고 담배 연기를 들이마셨다.

"그렇지 않아?" 멜린다가 그를 올려다보며 말했다.

브라이언 때문에 멜린다가 좀 더 예의 바르게 처신해야 할 거라는 점을 지적해봐야 소용없을 것이다. 아무 소용 없을 것이다.

"아까 말한 대로, 캐머런이 오면 나가달라고 할 거야. 그는 나갈 수밖에 없을 거야."

"그러면 당신과 이혼할 거야." 멜린다의 말에 빅터는 웃음이 났다. "진담이라고 생각하지 않겠지만 농담 아니야. 당신이 이혼 수당 주겠다고 했던 거 기억하지?"

"기억해."

"그럼, 언제든 해." 그녀는 소파에서 일어나 양손을 허리춤에 올리고 있었다. 몸의 긴장을 풀고는 싸울 때면 늘 그렇듯이 동물처럼 고개를 낮추었다.

"도대체 캐머런과는 어쩌다가 그런 사이가 된 거야?" 빅터는 왜 그런지 알면서도 물었다. 지난번처럼 이번에도 두려움으로 등골이 오싹했다. 멜린다는 아무 대답도 하지 않았다.

"그는 당신보다 훨씬 더 다정해. 서로 친하게 지내고."

"인생은 서로 친하게 지내는 게 전부가 아니야."

"그래도 도움은 되지."

두 사람은 서로를 노려보았다.

"당신 내 말 믿지?" 멜린다가 말했다. "나 이혼하고 싶어. 두어 달 전에 나한테 이혼하고 싶은지 물었던 거 기억하지?"

"기억해."

"그 제안 여전히 유효해?"

"내가 했던 말 한 번이라도 번복한 적 있어?"

"이혼 수속 시작할까?"

"보통 그렇게 하지. 내게 간통죄를 씌우면 될 거야."

멜린다는 테이블에서 담배를 집어 무심하게 불을 붙였다. 그러고는 몸을 돌려 자기 방으로 들어가버렸다. 잠시 후 그녀는 다시 거실로 나왔다.

"이혼 수당은 얼마나 줄 거야?"

"넉넉하게 준다고 했으니 그렇게 할 거야."

"얼마나?"

그는 애써 생각해보았다. "1년에 1만 5천 달러쯤? 트릭시 양육비는 들지 않을 거야." 멜린다가 머릿속으로 계산하는 모습이 빅터에게 훤히 보였다. 이혼 수당으로 1년에 1만 5천 달러를 주면 그는 많은 책을 출간할 수 없을 것이다. 그러면 스티븐을 내보내거나 임금을 삭감해야 할 텐데, 아마도 스티븐은 동의해줄 것이다. 멜린다의 변덕 때문에 스티븐과 그의 가족이 더 적은 생활비로 살아가야 할 것이다.

"괜찮은 것 같네." 마침내 멜린다가 말했다.

"그리고 캐머런은 빈민자가 아니겠지."

"그는 아주 훌륭한 진짜 남자야." 그녀는 빅터가 캐머런을 경멸적으로 말한 양 대뜸 반박했다. "우리 두 사람 문제는 해결된 것 같네. 필요한 절차는 월요일에 시작할게." 그녀는 상황을 결론 내린 것처럼 고개를 끄덕이고는 다시 방으로 들어갔다.

잠시 후 브라이언이 돌아왔고, 빅터는 그와 함께 방으로 가서 120편에 이르는 그의 시 가운데 60편을 선별하는 과정을 계속했다. 브라이언은 시를 세 가지로 분류해두었다. 마음에 드는 시, 두 번째로 마음에 드는 시, 그리고 나머지. 시는 대개 자연을 소재로 하면서 형이상학적이면서도 윤리적인 표현과 주제를 표현해서 호라티우스(기원전 1세기에 활동한 고대 로마의 서정시인-옮긴이)의 송시 같은 느낌이 났다. 하지만 브라이언은 약간 멋쩍은 듯이 자신은 호라티우스를 좋아하지 않으며 그의 시는 한 편도 기억나지 않는다고 했다. 그는 카툴루스(기원전 1세기에 활동한 고대 로마의 서정시인-옮긴이)를 더 좋아한다고 했다. 열정적인 사랑을 노래한 시도 있었는데, 무아경에 빠진 정신적 사랑을 그리면서도 던(1573~1631, 영국의 형이상학파 시인-옮긴이)의 시처럼 섬세했다. 뉴욕이라는 도시에 관한 시는 다른 시들처럼은 확신이 가지 않았지만, 빅터는 다양성을 위해 두어 편은 시집에 넣자고 설득했다. 오늘 아침 브라이언은 쉽사리 그러자며 동의했는데, 무아경에 빠진 것처럼 기분이 좋아 보였다. 빅터가 하는 말을 듣고 있지 않은 것 같을 때도 서너 번이나 있었다. 빅터가 적갈색 표지를 보여주자 브라이언은 정신을 번쩍 차리고는 동의하지 않는다고 했다. 그러면서 연한 푸른색을 고집했다. 그날 아침 산책길에서 주워 온 자그마한 새알 껍질 색이 바로 그가 원하는 색깔이었다. 그는 색깔을 무척 중요하게 생각한다고 했다. 빅터는 책상 서랍에 든 조개껍질을 조심스럽게 꺼냈다. 그러고 나서 몇몇 시의 마지막 부분을 깃털, 풀잎, 거미줄, 도롱이벌레 고치 등을 그려 넣어 장식하자고 하자, 브라이언은 무척 좋아했다. 빅터는 오프셋 인쇄법으로 미리 시험해보았는데 아주 멋진 결과물이 나왔다.

브라이언이 불안해하며 일어서서 물었다. "아내 분은 집에 있나요?"

"방에 있을 겁니다." 빅터가 말했다.

"오늘 오후에 배를 타러 가자고 말했거든요."

시를 선별하는 작업이 아직 끝나지 않았는데, 빅터는 브라이언의 마음이 다른 데에 가 있음을 알았다. 호수에 다녀오고 나서 저녁 식사를 하기 전에 시간을 내서 하면 될 것이다.

"그럼 어서 가요." 빅터는 갑자기 온몸에 힘이 빠지는 것 같았다.

브라이언은 호수로 떠났다.

저녁 7시쯤 집에 온 캐머런은 맛있는 저녁 식사를 기다리는 사람처럼 기분 좋게 웃으며 거실에 앉아 있었다. 브라이언은 부엌에서 멜린다를 돕고 있었다. 그녀는 자그마한 새끼돼지 구이를 준비했고, 빅터는 브라이언이 그날 오후 웨슬리의 정육점에 갔을 때 그걸 사자고 고집을 부렸다는 멜린다의 말이 어렴풋이 떠올랐다. 빅터는 오후 내내 멍했다. 오후 시간이 어떻게 지나갔는지 자신이 뭘 했는지도 잘 모르겠지만, 망치로 뭔가를 박다가 엄지손가락을 다친 건 기억났다. 그는 욱신거리는 엄지손가락을 집게손가락으로 지그시 눌렀다. 어쩌다 보니, 입만 벌렸다 하면 자신이 무슨 말을 하는지도 모르고 계속 지껄이는 캐머런과 마주 앉아 있었다. 빅터는 잠시나마 정신을 집중해서 캐머런의 말을 들으려고 애썼다.

"……난 요리에는 별 관심 없어요. 대개 사람들은 요리에 솜씨가 있든 그렇지 않든, 둘 중 하나죠." 빅터는 듣고 싶지 않은 라디오 프로그램처럼 캐머런의 말에 귀를 닫았다. 브라이언이 부엌에 함께 있는 게 왠지 성가시게 느껴졌다. 브라이언은 왜 거실에 와서 빅터와 관심 있는 이야기를 하지 않는 걸까? 캐머런은 그만 떠들고 입을 다물어야 했다. 바로 그때, 빅터는 그날 아침 캐머런이 집에 오면 내보낼 거라는 최후통첩을 했고 멜린다가 내일 월요일 아침에 이혼 수속을 시작할 거라고 했던 기억이 떠올랐다. 그리고 캐머런은 유독 즐거운 표정으로 집에 와 앉아 있었다. 멜린다는 이혼 수속 얘기를 벌써 캐머런에게 한 걸까?

캐머런은 소파에서 벌떡 일어나더니 부엌에 가보겠다고 했다. 그러고는 잠시 후 만면에 웃음을 띠고 다시 나타났다.

"빅터, 당신이 키우는 달팽이 두세 마리 가져와도 될까요? 어느 음식에나 어울리는 버터하고 마늘소스를 만들 수 있거든요. 어린아이도 만들 수 있는 그 소스는 뉴올리언스소스만큼이나 맛이 좋지요." 그는 양손을 힘껏 부딪치고는 문질렀다. "당신이 갖다줄래요 아니면 내가 가져올까요? 멜린다가 당신한테 먼저 물어보라고 해서요."

"그 달팽이는 식용이 아닙니다."

캐머런의 표정이 약간 시무룩해졌다. "음…… 그렇다면 어떤 소용이 있나요?" 그러면서 그는 웃음을 터뜨렸다. "멜린다 말로는……"

"아무 소용도 없습니다. 쓸모없는 놈들이죠." 빅터는 비참한 심정으로 내뱉었다.

멜린다가 부엌에서 나오며 빅터에게 말했다. "달팽이 가져온다더니 어떻게 된 거야? 브라이언이 먹고 싶다고 하고 토니가 요리할 수 있다고 했어." 그녀는 요리 스푼을 빙그르르 돌리고는 캐머런에게 거의 안길 듯이 다가가 뺨을 가볍게 두드리며 말했다. "정말 근사한 저녁 식사가 될 거예요."

"달팽이는 식용으로 키우는 게 아니라고 캐머런에게 말했습니다." 빅터가 멜린다를 따라 부엌에서 나오는 브라이언에게 말했다.

"토니, 나가서 몇 개 가져와요." 멜린다가 말했다. 그녀는 벌써 술기운이 올라온 것 같았다.

캐머런은 밖으로 나가려다 말고 발걸음을 멈추고 빅터를 쳐다보았다.

"그 달팽이는 식용이 아닙니다." 빅터가 다시금 말했다.

"전…… 달팽이 먹고 싶다고 말한 적 없어요." 브라이언이 멜린다나 빅터에게랄 것도 없이 어중간하게 말했다. "분명히 말하지만, 그런 말 한 적 없어요."

"먹이를 잘 먹였으니 맛도 좋을 거예요. 스테이크하고 당근, 양상추를 먹고 자랐거든요. 토니, 나가서 몇 개 가져와요." 그러고 나서 다시 부엌으로 가던 멜린다는 자동으로 닫히는 문에 부딪쳐 넘어질 뻔했다.

캐머런은 주인의 신호를 알아듣지 못하는 멍청한 개처럼 꼼짝도 하지 않고서 빅터를 쳐다보았다. "빅터, 안 될까요? 수십 마리가 없어지는 것도 아닌데 말입니다."

빅터는 주먹을 움켜쥐었다. 브라이언이 알아차렸다는 걸 알면서도 여전히 주먹을 움켜쥐고 있었다. "달팽이를 먹어서는 안 됩니다." 그는 갑자기 웃음을 지으며 가벼운 어투로 말했다. "달팽이를 깨끗하게 하려면 이틀 동안 먹이를 주지 않아야 합니다. 알다시피, 내가 키우는 달팽이는 먹이를 먹고 있지요."

"저런." 캐머런은 뭉툭한 양쪽 발에 체중을 옮기며 말했다. "정말 아쉽군요."

"그렇죠." 빅터는 그렇게 말하고는 브라이언을 슬쩍 쳐다보았다.

브라이언은 긴장한 표정으로 양손을 뒷짐 진 채 유리 장식장 앞에 서서 그를 지켜보고 있었다. 단정한 파란색 셔츠가 건장한 가슴팍에 꽉 끼었다. 눈빛에는 지금껏 보지 못한 놀란 기색이 있었다.

빅터가 웃음을 지으며 캐머런에게 말했다. "미안해요. 다음번엔 이틀 동안 굶긴 달팽이를 몇 마리 가져다주지요."

"좋습니다." 캐머런이 확신 없는 목소리로 말했다. 그는 다시 손을 문지르며 씩 웃더니 어깨를 으쓱했다. 그러고는 부엌으로 가버렸다.

브라이언이 웃음 띤 얼굴로 말했다. "달팽이로 뭔가 할 생각은 없었어요. 아내 분의 생각이었어요. 난 당신이 평소에 달팽이를 먹는다면 나도 괜찮다고 했고요. 내가 보기엔 애완동물처럼 키우는 것 같았거든요."

빅터는 괜찮다는 듯이 아무 대꾸도 하지 않고 그의 팔을 잡아 거실로 향했다. 하지만 그들이 소파에 앉기도 전에 멜린다가 부엌에서 브라이언을 부르는 소리가 들렸다.

크리스마스 때도 접해보지 못한 성대한 저녁 식사였다. 멜린다는 부엌에 있는 재료를 모조리 다 쓴 것 같았다. 채소 세 가지, 고구마와 으깬 감자, 사이드보드에 놓인 디저트 세 가지, 스무 개가 넘는 롤빵이 있었다. 그리고 식탁 한가운데에는 커다란 파이 팬에 새끼돼지 요리가 놓여 있었다. 고기 육즙이 테이블보에 묻지 않도록 파이 팬에 얇은 쿠키 시트 두 장을 깔았지만, 시트가 아래로 기울어져서 육즙이 양쪽에 조금씩 흘러내렸다. 빅터는 웃는 듯한 돼지의 표정과 지나치게 풍족한 음식이 보기 거북했지만, 저녁 7시 반에 집에 돌아온 트럭시와 손님 둘은 집 안에서 성대한 소풍이라도 즐기는 듯 무척 즐거워하며 요란을 떨었다.

식사를 하던 빅터는 브라이언의 어떤 점 때문에 마음이 불편했는지 알아차렸다. 브라이언도 캐머런처럼 뻔뻔한 태도로 멜린다를 대하고 있었던 것이다. 빅터는 브라이언이 멜린다를 매력적으로 생각하는 건 알았지만, 그가 멜린다를 보며 웃는 모습과 앞치마를 벗도록 도와주는 모습을 보면 의식적으로든 무의식적으로든, 누구나 멜린다는 차지할 수 있으니 자신도 즐겨보자는 심산인 것 같았다. 빅터는 브라이언이 먼저 캐머런한테서 멜린다를 빼앗아야 한다고 생각하자, 브라이언 라이더를 볼 면목이 없을 것 같았다. 달팽이 이야기가 오간 탓인지 빅터는 브라이언이 예전보다 덜 예의를 갖추고 자신을 대하는 듯한 느낌을 받았다.

그날 저녁은 끔찍했다. 술이 너무 취해서 캐머런과 밖에 나갈 수 없었던 멜린다는 소파에 앉아 농담을 중얼거리는가 하면 주정뱅이처럼 헛소리를 지껄이기도 했다. 예의를 차리느라 혹은 궁금해서 이야기에 귀를 기울이던 브라이언은 가끔씩 억지웃음을 짓기도 했다. 손에 캔 맥주를 들고 다리를 벌린 채 빅터의 안락의자에 앉아 있던 캐머런은 더없이 행복한 모습이었다. 어쩌나 행복해 보이던지, 그만 작별인사를 하고 떠날 법도 한데 지루하지도, 피곤하지도 않아 보였다.

긴 침묵이 흘렀다. 빅터는 몇 달 만에 독주를 다섯 잔이나 마셨다. 그런 치사한 상황은 어떤 정신적인 고통보다 힘들었지만, 브라이언에게 함께 방으로 가자고 할 수는 없었다. 그러면 비참하게 물러나는 것처럼 보일 것이기 때문이다. 빅터는 캐머런을 상대로 건축용 석자재, 지하수면, 멕시코에서 그가 맡은 다음 일에 관해 무진장 애쓰며 이야기했지만, 충혈된 캐머런의 눈동자는 소파에 앉아 있는 멜린다만을 향했다. 그리고 캐머런은 처음으로 입을 다물고 있었다. 캐머런은 새벽 2시 반에야 떠났다. 캐머런이 자리에서 일어나자마자, 멜린다 반대편 자리에 앉아 있던 브라이언은 시인답게 백일몽을 꾸는 듯한 혹은 곰곰이 생각에 잠긴 듯한 표정으로, 놀라울 정도로 호의적인 태도로 작별인사를 했다.

손목시계를 확인한 브라이언은 그렇게 늦었는지 몰랐고, 그랬더라면 더 일찍 자리를 떴을 거라고 했다. "반 앨런 씨, 11시 기차를 타기 전에 이야기해야 할 게 몇 가지 더 있지 않나요?"

"아마 그럴 겁니다."

"그럼 내일 아침 산책을 건너뛰면 시간이 나겠네요." 그는 약간 수줍은 태도로 가볍게 고개를 숙이며 인사했다. "잘 자요, 멜린다. 잊지 못할 저녁 식사였어요. 수고스러웠을 텐데 감사합니다."

"새끼돼지 요리는 당신이 생각해낸 거잖아요." 멜린다가 말했다.

그러자 브라이언은 소리 내어 웃고는 빅터에게 잘 자라는 인사를 하고 자기 방으로 갔다.

빅터는 브라이언이 그에게는 '반 앨런 씨'라고 부르면서 멜린다에게는 이름을 부른다는 생각이 문득 들었다. "즐거운 저녁이었어." 그가 멜린다에게 말했다.

"그랬어? 당신한테는 좋았겠네. 조용했으니까."

"맞아. 새로 산 음반은 왜 안 틀었어?"

멜린다의 흐릿한 눈빛을 보니 그제야 음반 생각이 난 모양이었다. "저런, 까맣게 잊고 있었어." 그녀는 자리에서 일어섰다.

멜린다가 거실을 가로질러 가는 모습을 지켜보던 빅터는 그녀를 붙잡아야겠다고 마음먹고는 팔꿈치 윗부분을 가볍게 잡았다. "내일까지만 기다려. 브라이언이 잠을 이룰 수 없을 거야."

"이거 놔." 그녀는 짜증을 냈다.

빅터는 잡은 팔을 놔주었다. 그녀는 거실 한가운데에 비틀거리며 서서 도전적인 눈빛으로 그를 노려보았다.

"오늘 밤 캐머런에게 아무 말도 듣지 못해서 놀랐어." 빅터가 말했다. "그가 내 앞에서 자기 입장을 분명히 밝혀야 한다고 생각하지 않아?"

"내가 그러지 말랬어."

빅터는 아무 대꾸 없이 담뱃불을 붙였다.

"모든 게 해결됐어. 모두 괜찮고 나도 괜찮아."

"당신 취했어."

"토니는 내가 취해도 개의치 않아. 그는 내가 왜 취하는지 이해해. 그리고 날 이해해줘."

"이해심이 무척 많은 사람이로군."

"맞아." 그녀는 분명하게 말했다. "그리고 우리 두 사람은 정말, 정말 행복할 거야."

"축하해."

"그리고 토니는 멕시코시티로 가는 티켓을 벌써 두 장 끊었어." 그녀는 잠시 말을 멈추었다. "다음 일은 그곳에서 할 테니까."

"음, 그렇다면 당신도 함께 가겠군."

"음, 당신은 늘 그렇게 얼버무리지." 그녀는 기분 좋게 취할 때 자주 그러는 것처럼 뒤꿈치를 대고 몸을 빙그르르 돌리려 했다. 그녀가 균형을 잃고 넘어지려 하자 빅터는 그녀를 잡았다가 곧바로 놔주었다.

"오늘 저녁 얼마나 즐거웠는지 몰라." 빅터는 브라이언이 그랬던 것처럼 고개를 가볍게 숙이며 인사했다. "잘 자, 멜린다."

"잘 자." 멜린다가 빅터의 어투를 흉내 내며 말했다.

21

다음 날 오전 10시 30분, 빅터와 브라이언, 트릭시와 강아지는 브라이언의 11시 열차에 맞추어 빅터가 운전하는 차를 타고 웨슬리로 가고 있었다. 트릭시가 다니는 학교의 합창단이 매사추세츠 주에서 개최하는 경연에 참가할 예정이어서, 트릭시가 속한 합창단은 볼링어까지 가는 버스를 11시 15분에 타야 했다. 그녀는 생상의 〈백조〉를 부르는 쉰 명으로 구성된 합창단의 일원이었다. 빅터는 그날 아침 트릭시가 연습하는 걸 한 번 더 들어볼 시간이 있었지만, 트릭시가 노래를 부르다 말고 조바심을 내는 바람에 관두었다. 그녀의 목소리는 날카롭고 정확했지만 고음으로 올라가면 약간 떨렸다. 빅터는 트릭시를 학교에 내려주면서 합창을 들으러 12시까지 볼링어에 가겠다고 약속했다.

"아내 분도 가나요?" 브라이언이 물었다.

"아니요, 안 올 겁니다." 빅터가 대답했다. 멜린다는 트릭시의 합창단에 전혀 관심이 없었다. 그들이 집을 나설 때 멜린다가 자고 있어서, 브라이언은 그녀에게 작별인사를 할 기회가 없었다.

"정말 놀라운 분이에요." 브라이언은 느릿하면서도 단호하게 말했다. "하지만 자신의 마음을 잘 모르는 것 같아요."

"모른다고요?"

"네, 그래서 안타까워요. 그녀에겐 대단한 활력이 있어요."

빅터는 대꾸하지 않았다. 브라이언이 멜린다에 관해 어떻게 생각하는지 정확히 알 수도 없었고, 상관하고 싶지도 않았다. 그날 아침 그는 무척 불안하고 짜증이 났다. 시간에 쫓겨 불안해할 때처럼 조바심이 났고, 웨슬리에 갈 시간이 충분한데도 자꾸만 손목시계를 확인했다.

"정말 즐겁게 지내다 갑니다." 브라이언이 말했다. "시집 판형에 관해 무척 애써주셔서 감사드립니다. 당신처럼 수고를 마다하지 않는 발행인은 아마 세상에 없을 겁니다."

"좋아서 하는 일인걸요." 빅터가 말했다.

역에 도착하자 브라이언의 열차가 도착하려면 5분 정도 시간이 남아 있었다. 브라이언은 주머니에서 종이 한 장을 꺼냈다.

"어젯밤에 시를 한 편 썼어요." 그가 말했다. "5분 만에 단숨에 쓴 거라 잘 썼다고는 할 수 없겠지만, 한번 읽어보세요." 그러면서 그는 빅터에게 종이를 불쑥 내밀었다.

빅터는 시를 읽어 내려갔다.

이미 일어난 일은 되돌릴 수 없다네.
최후통첩 이전에 온갖 노력을 다하고,
분명하면서도 과도한 몸짓을 취한다 해도,
사랑은 물에 떠다니는 꽃처럼 사라져버린다네.
개울물에 재빨리 떠내려가버리면
다시 잡을 수 없는 법.
물길을 되돌릴 수 없으니
나도 떠내려가는 꽃을 뒤따라
개울을 따라 흘러간다네.

빅터는 웃음 띤 얼굴로 말했다. "5분 만에 쓴 것치고는 나쁘지 않군요." 그는 시가 적힌 종이를 브라이언에게 되돌려주었다.

"가지셔도 돼요. 다른 종이에 적어두었거든요. 아내 분에게 보여주셔도 괜찮고요."

빅터는 고개를 끄덕였다. "그러죠." 브라이언이 그 말을 할 줄 알았다. 시의 첫 행을 읽자마자 멜린다에게 영감을 받아 쓴 시임을 알 수 있었다. 그리고 시라는 객관적 실재로 표현했으니 빅터에게 그 시를 보여줄 뿐 아니라 멜린다에게 전해주기 바라는 것일 수도 있었다.

남은 몇 분 동안 두 사람은 플랫폼을 서성거렸다. 빅터는 브라이언의 자그마한 여행 가방을 계속 주시했다. 브라이언이 전혀 신경 쓰지 않았기 때문이었다. 브라이언은 몸을 꼿꼿이 펴고 두 손을 주머니에 넣고는, 모든 것을 낙관적으로 보는 젊은이답게 계획도 의심도 없는 강렬한 눈빛으로 먼 곳을 응시했다. 이곳에 도착했을 때도 그런 눈빛이었다. 빅터는 브라이언이 그와 멜린다의 삶에 캐머런이 미치는 의미를 과대평가하고 있는 건 아닌지, 멜린다와의 만남이 그 자체로 충분했다고 생각하는 건 아닌지 의구심이 들었다. 괴테가 하녀들이나 술집 여자들에게 짧은 기간 동안 분별력을 잃고 혹했던 것처럼 말이다. 괴테는 그런 과정에서 시를 한두 편 썼지만, 빅터는 체면도 못 차리는 우스꽝스러운 짓이라 생각했다.

인간이 살아가는 모양새야말로 가장 큰 불가사의다. 유리알처럼 맑은 마음을 가진 젊고 열정적인 시인이 불과 몇 시간 만에 멜린다의 마법에 빠지고 말았다. 브라이언이 근처에 살지 않는 게 빅터로서는 정말 다행이었다. 어찌나 다행스러웠는지 빅터의 입가에 웃음이 번졌다.

열차가 들어오고 있었다.

"이걸 드리고 싶습니다." 브라이언이 갑자기 주머니에서 손을 꺼내며 말했다.

"뭔데요?" 주먹을 쥔 여윈 청년의 손에서는 아무것도 보이지 않았다.

"아버지 유품으로 세 벌 갖고 있어요. 제가 무척 소중하게 여기는 것인데, 괜찮다면 당신에게 한 벌 드리고 싶습니다. 받아주셨으면 좋겠습니다. 당신이 무척 마음에 들고, 내 책을 처음 내주는 발행인이니까요." 그는 숨이 막힌 것처럼 갑자기 말을 멈추었다. 브라이언은 여전히 손을 움켜쥐고 있었다. 빅터가 손을 내밀자 브라이언은 주름진 종이에 싸인 것을 빅터에게 건네주었다. 열어보니 혈석에 금장식이 있는 커프스단추가 들어 있었다.

"아버지는 늘 내게 시를 써보라고 용기를 주셨어요." 브라이언이 말했다. "아버지에 관해서는 별다른 이야기를 하지 않았지요. 인후 결핵으로 돌아가셨어요. 그래서 내가 야외 활동을 좋아하도록 많이 애써주셨죠." 브라이언은 플랫폼에 멈추어 서는 열차를 흘깃 쳐다보았다. "받아주실 거죠?"

빅터는 사양하려 했지만 그러면 브라이언의 마음이 상할 것이다. "그럴게요. 고마워요, 브라이언. 정말 영광입니다."

브라이언은 미소 지으며 고개를 끄덕였고 무슨 말을 해야 좋을지 모르는 것 같았다. 여행 가방을 들고 열차 계단을 오르다 말고 뒤돌아서서는 아주 멀리 떨어져 있는 사람에게 하듯이 빅터에게 아무 말 없이 손을 흔들었다.

"교정을 마치면 보내줄게요." 빅터가 외쳤다. 커프스단추를 재킷 주머니에 넣고 차로 걸어가면서 멜린다가 잠에서 깨어났을지 궁금했다. 볼링어에서 캐머런과 만날 약속이 있는지 아니면 이혼 수속을 밟으러 갈지도 궁금했다. 멜린다는 캐머런을 대동하고 변호사 사무실에 가지는 않겠지만, 캐머런에게 밖에서 기다려달라고는 할 것이다. 빅터는 멜린다를 속속들이 알고 있었다. 취기가 아직 남아 있을 것이고, 불안하고 후회스럽고 파괴적인 에너지만 가득할 것이고, 이제 곧 일처리를 시작할 것이다. 빅터는 멜린다가 볼링어든 다른 곳에서든 어떻게 생긴 변호사를 찾아갈지 짐작이 갔다.

그리고 변호사는 빅터 반 앨런을 알 게 분명했다. 리틀 웨슬리에서 부정한 아내의 남편으로 잘 알려져 있었기 때문이다. 빅터는 고개를 들고서 노래를 흥얼거리기 시작했다. 어떤 이유에서인지 〈마이 올드 켄터키 홈〉을 흥얼거렸다.

웨슬리 중심가를 따라 차를 몰던 빅터는 윌슨 부부를 찾아 주변을 둘러보았다. 그런데 막상 눈에 띈 사람은 캐머런이었다. 담배 가게에서 나오던 캐머런은 누군가의 이름을 부르며 웃었고, 주머니에 무언가를 채워 넣고 있었다. 그는 빅터가 보는 데서 오른쪽 길 블록 중간쯤에 있었고, 빅터는 그가 무슨 볼일이 있는지 알 수 없었다. 그는 캐머런이 막 길을 건너려는 순간, 블록 중간 지점에 차를 세웠다.

"안녕하세요." 빅터가 기분 좋게 인사했다. "태워줄까요?"

"아, 안녕하세요." 캐머런이 환하게 웃어 보였다. "괜찮습니다. 내 차가 바로 길 건너편에 있어서요."

빅터는 길 건너편을 쳐다보았다. 멜린다는 차 안에 없었다.

"혹시 시간 있으면 잠깐 차에 타서 얘기 좀 해요." 빅터가 말했다.

캐머런의 얼굴에서 갑자기 웃음이 사라졌다. 그는 정신 차리고 남자처럼 맞서야 한다고 생각했는지 벨트를 고쳐 매고 다시 웃는 얼굴로 말했다. "그러죠." 그는 차 문을 열고 차에 탔다.

"날씨 좋죠?" 빅터가 차를 출발시키며 다정하게 말했다.

"네, 좋군요."

"일은 어때요?"

"잘돼갑니다. 부지가 빨리 구해지지 않아 페리스 씨가 불만이지만……" 캐머런은 너털웃음을 터뜨리며 커다란 손을 무릎에 내렸다.

"그런 고객들에게 익숙할 테죠."

두 사람의 대화는 잠시 그런 식으로 흘러갔다. 빅터가 생각하기에, 캐머런은 그런 유형의 대화만 즐길 것 같았다. 빅터는 무척 편안한 이야기라도 멜린다 얘기는 꺼내지 않기로 마음먹었다. 캐머런을 채석장에 데려갈 작정이었다. '혹시 시간 있으면……'이라고 말하자마자 그 생각이 문득 떠올랐다. 트릭시의 합창 경연을 보러 볼링어에 가기 전까지 시간은 넉넉했다. 빅터는 갑자기 마음이 차분해지고 편안해지는 것 같았다.

두 사람은 지난 몇 년 동안 웨슬리가 발전했다는 이야기를 했다. 이야기가 지루했던 건, 지난 몇 년 동안 웨슬리는 딱히 발전하지 않았기 때문이다.

"어디로 가는 겁니까?" 캐머런이 물었다.

"어젯밤 얘기했던 채석장에 가보려고요. 이스트라임 채석장에요. 여기서 2분이면 됩니다."

"아, 버려진 곳이라던 채석장요?"

"네. 주인이 죽고 나서 아무도 가지 않아서 기계가 모두 부식했어요. 가볼 만한 곳이죠. 사업하는 사람이라면 인수할 돈만 있으면 무언가 할 수 있을 겁니다. 그곳 바위는 아무 문제 없으니까요." 빅터는 자신의 목소리가 그 어느 때보다 차분하게 들리는 것 같았다.

빅터는 이스트라임 거리를 벗어나 흙길로 들어섰고, 그곳에 도착하기 전까지 보이지 않았던 어느 지점에 다다라서 어린 나무와 관목이 우거진, 바퀴 자국투성이인 데다 차 한 대만 지나갈 수 있는 좁은 길로 접어들었다. 차가 지나가자 나무와 관목 가지가 부러지는 소리가 났다.

"반대편에서 오는 사람을 절대 만나고 싶지 않은 장소죠." 빅터의 말에 캐머런은 무척 우습다는 듯이 껄껄 웃었다. "어젯밤은 무척 즐거웠습니다. 다음에도 놀러 와요."

"당신은 내가 만나본 사람 가운데 가장 호의적인 사람입니다." 캐머런은 고개를 가로저으며 야비한 웃음을 지었다.

"자, 다 왔습니다." 빅터가 말했다. "제대로 보려면 차에서 내려야 할 겁니다."

빅터는 숲 가장자리와 채석장 나락 사이에 있는 좁은 지점에 차를 세웠다. 그들이 차에서 내리자 복서 강아지 로저가 밖으로 뛰어나왔다. 그들 앞에 채석장이 펼쳐져 있었다. 암석을 캐낸 구역이 400미터에 달했고, 그 절반은 꽤 깊었다. 채석장 맨 아래에는 물이 고여 커다란 웅덩이를 이루었다. 상대적으로 수심이 낮은 왼쪽 웅덩이에는 바위 조각들이 희뿌연 절벽 아래로 떨어져 물속에 잠긴 것 같았다. 하지만 석회암을 채취하면서 거대한 계단처럼 생겨난 오른쪽 웅덩이는 수심이 깊었다. 앞에 보이는 곳은 수심이 1미터 정도였지만 그 너머로는 물이 깊어서 검푸르게 보였다. 마치 인부들이 잠시 일손을 멈추고 돌아오지 않은 것처럼, 녹슨 크레인이 채석장 여기저기에 멈춰 서 있었다.

캐머런은 양손을 허리춤에 올리고 주변을 둘러보았다. "어마어마하군요. 이렇게 클 줄은 몰랐습니다."

"그렇죠." 빅터는 오른쪽을 향해 가며 가장자리에 가까이 다가갔다.

빅터가 서 있는 곳은 예전에 멜린다와 트릭시와 함께 소풍 왔던 곳이다. 그는 캐머런에게 그 이야기를 하면서도, 계속 바라보고 있으면 신경이 곤두설 뿐 아니라 트릭시가 무서워서 가장자리에 가지 않으려 해서 더 이상 오지 않는다는 이야기는 하지 않았다.

"저기 아래는 수영하기에도 좋은 곳이죠." 빅터가 말했다. "좁은 오솔길을 따라 내려가면 되고요." 그는 가장자리에서 물러났다.

"페리스가 이 색깔을 좋아할 것 같습니다." 캐머런이 말했다. "우리가 구한 석조 자재 색깔이 너무 하얗다면서 불만이었거든요."

빅터는 시험해보려는 듯 머리만 한 크기의 회색이 감도는 흰색 돌덩이를 집어 올렸다. 캐머런이 그를 향해 몸을 돌릴 때, 빅터는 팔을 뒤로 젖히고는 캐머런의 머리를 향해 돌덩이를 던졌다.

캐머런이 몸을 숙이는 바람에 돌덩이는 머리를 살짝 비켜갔다. 캐머런은 약간 비틀거리며 뒤로 물러섰다. 그는 성난 황소처럼 노려보았고, 빅터는 아까보다 두 배나 더 큰 돌덩이를 집어 들고 앞으로 달려가서 캐머런을 향해 던졌다. 돌덩이가 캐머런의 허벅지에 맞았고, 그는 절규인지 포효인지 알 수 없는 소리를 내질렀다. 그가 바닥에 고꾸라지자, 내지르는 소리도 달라졌다. 빅터는 가장자리로 다가갔고, 가파른 절벽에서 떨어진 캐머런이 소리 없이 굴러 내려가서 평평한 암석에 멈추는 걸 지켜보았다. 캐머런을 따라 자그마한 돌멩이가 떨어지는 소리 말고는 아무 소리도 들리지 않았다. 바로 그때 강아지가 몸을 돌려 컹컹 짖었고, 빅터는 로저가 앞발을 내리고 뒷발을 살짝 올리는 것이 그와 놀고 싶어 한다는 걸 알아차렸다.

빅터는 채석장 곳곳을 유심히 둘러보았다. 간혹 남자아이 두어 명이나 성인 남자 혼자 서성거리기도 하는 숲 가장자리나 웅덩이의 얕은 지점도 살폈다. 주변엔 아무도 없었다. 그는 밧줄을 가지러 차로 갔다. 트렁크에 밧줄이 있을 것 같았다.

밧줄은 없었다. 몇 달 전에는 있었지만 트리시가 뭔가 해달라고 했을 때 사용한 것 같았다. 두껍게 꼰 실 다발과 스노체인 가운데 뭘 택할까 고민하다가 스노체인을 골랐다.

그는 서둘러 채석장 가장자리로 가서 알고 있던 좁은 길로 향했다. 길이 가팔라서 가끔씩 미끄러질 때면 작은 관목을 붙잡아 속도를 늦추었다. 하지만 서두른다는 느낌은 없었고, 로저가 잘 따라오는지 뒤돌아보는 여유도 부렸다. 한번은 로저가 경사가 가파른 지점에서 머뭇거리며 낑낑대자, 빅터는 되돌아가서 한 손으로 가슴을 받쳐 안아주었다.

캐머런은 한쪽 팔을 머리 위로 올리고 누워 있었는데, 마치 잠잘 때의 모습 같았다. 네모난 커다란 얼굴에 핏자국이 묻어 있었고, 단추를 잠근

트위드 재킷 안 셔츠에 커다란 핏자국이 묻어 있었다. 주변을 둘러보자 고를 만한 돌이 많았다. 빅터는 말 머리를 납작하게 누른 것 같은 모양의 돌을 골라서 캐머런이 누워 있는 평평한 석회암 가장자리로 갔다. 몇 개 더 필요할 것 같아서 납작한 암석을 네 개 골랐다. 그러고 나서 핏자국이 묻지 않도록 조심스럽게 캐머런의 시신을 당겨서 웅덩이 가장자리로 끌고 갔다. 로저는 캐머런 주변을 껑충껑충 뛰면서 피 냄새를 맡고는, 캐머런이 금방이라도 일어나 함께 놀아줄 것처럼 짖었다. 그러자 빅터는 거의 자동적으로 엄지와 중지로 딱 소리를 내서 로저를 다른 데로 쫓았다.

빅터는 스노체인을 평평한 암석에 펼치고는 캐머런의 시신을 돌려 그 위에 올렸다. 바로 그때 문득 생각이 떠올라서, 캐머런의 악어가죽 벨트를 풀고 바지 지퍼를 내리고는 길쭉한 돌을 바지 안에 집어넣었다. 그러고는 바지 지퍼를 올리고 벨트를 매고서 재킷 단추를 잠갔다. 묵직한 돌 두 개를 캐머런의 흉곽에 대고 스노체인 양쪽 끝을 그 위에 올렸다. 스노체인은 30센티미터 폭의 구부러지는 사다리 같았는데, 그는 죔쇠를 어느 부분에 고정할지 결정했다. 죔쇠는 개 목줄처럼 생겼고, 스노체인의 길이와 상관없이 모두 그런 죔쇠가 달려 있었다. 그는 스노체인을 최대한 강하게 당겨서 연결고리에 비스듬하게 고정했다. 그러고는 웅덩이를 들여다보며 수심이 가장 깊은 곳을 찾아 시신을 밀어 넣었다. 시신을 밀면서 물속에 날카롭게 튀어나온 바위가 캐머런의 척추에 찔리도록 무척 신경 썼다. 캐머런의 등이 날카로운 바위에 찔린 것 같았다.

캐머런의 시신은 공허한 물거품 소리를 내며 검푸른 물속으로 사라졌다. 빅터는 캐머런의 시신이 가라앉은 곳을 훔쳐보듯 슬쩍 쳐다보았다. 잠시 후 물방울이 맴돌 뿐 아무것도 보이지 않았다. 물속에는 1미터가량의 석회암 계단이 있었고, 그 한쪽 측면은 그가 서 있는 바위와 연결되어 있었다. 물속의 화강암 계단이 긴 관처럼 보였다. 물속에 어떤 거대한 계단이 만들어졌는지는 아무도 모를 것이다. 캐머런의 시신을 밀어 넣은 곳은 수심이 12미터에 달했다. 멜린다와 트릭시와 함께 왔을 때 누군가 그렇게 말했던 걸 들은 기억이 났다. 하지만 수면이 고요해져 물속을 들여다보자, 그 아래에 계단이 하나 더 있었다. 공시소에 있는 시신 테이블보다 훨씬 더 섬뜩해 보이는 평평한 암석이 5미터 아래에 보였다. 그 위에는 아무것도 보이지 않았지만, 빅터는 캐머런의 시신이 더 밑으로 미끄러져 내려가기를 바랐다.

로저가 신이 나서 짖었다. 앞발을 바위 가장자리에 디디고 주둥이로 물을 마시고는, 다시 뒤로 물러나 고개를 까딱거렸다. 로저는 빅터에게 '잘했어.'라고 말하듯이 환하게 웃으며 짤막한 꼬리를 흔들어댔다.

빅터는 웅크려 앉아 물에 손을 씻었다. 캐머런이 쓰러져 있던 바위에 핏자국이 묻어 있었다. 그는 적어도 절벽 위쪽에서 보이지 않도록 신발로 문지르고는 자그마한 조약돌과 석회암 가루로 그 지점을 덮었다. 하지만 그 시간에 범죄 현장을 덮는 것보다 해야 할 일을 하는 게 더 중요할 것 같다. 그는 로저를 향해 휘파람을 불고, 좁은 길을 올라갔다.

차에 돌아온 그는 신발에 묻은 흙을 조심스럽게 털어내고는 핏자국이 없는지 살피고 나서 차 양쪽을 확인했다. 아까 지나온 좁은 길을 포함해서 녹음이 우거진 여름이면 자동차 바퀴 덮개와 양쪽 측면에 긁힌 자국이 많이 생겼다. 오늘 왔던 길 때문에 특별히 심한 자국이 생기지는 않았다.

"얼른 타, 로저." 차를 좋아하는 로저는 빅터가 시키는 대로 앞좌석에 뛰어올라 열린 차창으로 밖을 내다보았다. 좁은 길을 천천히 지나가던 그는 급격하게 휘어진 큰 모퉁이를 돌면서 혹시 다른 차가 올 경우를 대비해 경적을 울렸다. 하지만 차는 없었다. 혹시 차가 있었다 해도 전혀 놀라지 않았을 것이다. 아는 사람이거나 가벼운 인사를 나누는 사람일 수도 있을 것이고, 서로를 배려하면서 각자의 방향으로 후진하려 하겠지만 결국 빅터가 후진할 것이다. 그리고 웃는 얼굴로 그날 하루를 보낼 것이다.

빅터는 볼링어로 차를 몰았고, 포도 넝쿨로 뒤덮인 정사각형의 고등학교 건물에 도착했다. 자갈이 깔린 진입로에는 스쿨버스 여섯 대가 주차되어 있었다. 학부모들은 차로 오거나 걸어서 왔지만, 늦기라도 한 것처럼 서두르는 기색이었다. 12시 5분 전이었다. 빅터는 버스 뒤편에 차를 세우고 건물 측면 입구로 향했다. 입구에서는 학부모들이 흰색 초대장을 제시했는데, 빅터도 트릭시에게 일주일 전에 받아둔 거였다. 카드에는 '2인 입장 가능'이라고 적혀 있었다.

"안녕하세요." 되돌아보자 피터슨 부부였다.

"안녕하세요. 제이니도 노래하나요?"

"아니요, 기침을 계속해서요." 찰스가 말했다. "참가하는 친구 두어 명을 보고 제이니에게 이야기를 전해주려고 왔어요."

"제이니가 아픈 건 오늘 노래 부를 수 없기 때문이에요." 피터슨 부인이 말했다. "트릭시는 기침감기에 걸리지 않았겠죠? 지난 닷새 가운데 이틀을 제이니와 함께 놀았거든요."

"트릭시도 걸렸어요." 빅터가 말했다. "애덤슨 엘릭서 먹어봤어요? 산딸기 시럽 같아서 제이니도 좋아할 거예요."

"아직 안 먹여봤어요." 찰스가 말했다.

"옛날식 약병에 들어 있어요. 처치 거리에 있는 작은 약국에서 살 수 있는데 큰 약국에는 없어요. 트릭시한테 조금씩 덜어줬죠. 그렇지 않으면 한꺼번에 다 마셔버릴 테니까요. 기침감기에 정말 잘 들어요."

"애덤슨 엘릭서, 기억해둘게요." 찰스가 말했다.

빅터는 그들에게 손을 흔들고는 객석에 혼자 앉으려고 약간 먼 데로 갔다. 안면만 있는 트릭시의 친구 엄마 두세 명과 인사를 나누기도 했지만, 마침내 모르는 사람 옆자리에 앉을 수 있었다. 그가 트릭시가 참여하는 합창을 혼자 듣고 싶었던 것은 채석장에서의 그 일 때문은 아니었다. 그는 음악회에 갈 때면 늘 혼자 가는 걸 즐겼다. 강당 양쪽에는 긴 패널을 댄 창문이 있었고, 그 위에 발코니가 있었다. 무대가 어찌나 넓은지, 모두 열 살 미만인 어린아이들이 무척 작아 보였다. 그는 『한스와 그레텔』에 나오는 자장가를 음미하며 들었다. 이어서 부르는 신나는 캠프파이어 곡에는 마시멜로, 숲과 나무, 해넘이와 밤늦은 수영 등의 가사가 나왔다. 그리고 감미로운 슈베르트의 자장가를 불렀고, 하이랜드 학교 합창단이 생상의 〈백조〉를 불렀다.

물 위에 떠 있는 눈처럼
새하얀 백조—

소년 소녀들이 함께 부르는 혼성 합창단이었다. 남자아이들이 새된 목소리를 내는 반면, 여자아이들은 목소리가 크고 열성적이었다. 이윽고 트릭시가 몇 주 동안 흥얼거리던 노래의 후렴으로 자연스럽게 연결되었다. 사라지는 백조를 표현하듯이 마지막 소절을 잔잔하게 부르자, 빅터는 무대 위의 여러 아이들 가운데서 트릭시의 목소리가 들리는 듯했다. 맨 앞줄에 선 트릭시는 이따금 고개를 번쩍 들고서 까치발을 했다.

안개가 걷히듯 백조는
불빛과 함께— 불빛과 함께—

빅터에게는 트릭시가 백조가 아닌 캐머런이 사라진 걸 축하하며 즐겁게 노래하는 것 같았다. 그는 그래도 괜찮을 거라는 생각이 들었다.

22

그날 빅터가 사무실에서 퇴근해 집으로 가자, 멜린다는 방에서 통화 중이었다. 그가 현관문을 닫자마자 그녀는 전화를 끊고 얼굴을 잔뜩 찌푸린 채 짜증스러운 표정으로 거실로 나왔다.

"오늘 잘 보냈어?" 빅터가 물었다.

"응." 멜린다가 말했다. 그녀는 한 손에는 담배를, 다른 한 손에는 술잔을 들고 있었다.

트릭시가 방에서 나오며 말했다. "아빠! 나 노래하는 거 들었어요?"

"물론이지. 잘했어. 다른 아이들 사이에서도 네 목소리를 가려들을 수 있었단다." 그는 트릭시를 번쩍 안아 올렸다.

"하지만 1등 상은 못 받았어요." 트릭시는 발을 차고 까르르 웃으며 소리쳤다.

빅터는 트릭시의 자그마한 신발을 피하며 그녀를 내려주었다. "2등 상 받았는데 그걸로 괜찮지 않아?"

"1등은 아니잖아요."

"잘했어. 무척 잘 불렀고 아름답게 들렸어."

"나도 끝나서 기뻐요." 트릭시는 눈을 감고서 께느른하게 이마를 문질렀다. 엄마를 보고 배운 몸짓이었다.

"왜?"

"그 노래에 질렸거든요."

"그렇기도 하겠지."

멜린다는 한숨을 내쉬었고, 빅터와 트릭시가 이야기할 때면 대개 그렇듯이 조바심을 냈다. "트릭시, 그만 방에 들어가야지."

트릭시는 엄마를 쳐다보며 평소보다 더 버릇없이 구는 척하고는 복도를 따라 자기 방으로 갔다. 트릭시가 엄마 말을 듣는 모습을 볼 때마다 빅터는 놀라곤 했는데, 그럴 때마다 트릭시의 외향적인 모습은 절대 변하지 않을 거라는 확신이 들었다.

"11시에 브라이언을 배웅했어." 빅터가 말했다. 그는 재킷 안주머니에서 브라이언의 시가 적힌 종이를 꺼냈다. "이걸 전해주라고 했어. 어젯밤에 쓴 시라면서."

멜린다는 마뜩찮은 멍한 표정으로 종이를 받아 잠시 읽고는 테이블에 내려놓았다. 그러고는 술잔을 들고 창가로 갔다. 그녀는 굽 높은 구두를 신고 폭이 좁은 검정 스커트에 화사한 흰색 면 블라우스 차림이었다. 누구를 만나러 가는 것처럼 차려입었지만, 아까 조바심이 났을 때 그랬는지 블라우스 소매가 지저분하게 말려 올라가 있었다.

"당신 차에 아직 윤활유 칠하지 않았지?" 빅터가 물었다.

"응, 안 했어."

"내가 내일 가져가서 해줄까? 열흘 전에는 했어야 했는데."

"아니, 그러지 마."

"오늘 이혼 수속 시작했어?" 빅터가 물었다.

그녀는 잠시 가만히 있다가 말했다. "아니, 안 했어."

"오늘 저녁에 캐머런 와?"

"그럴 거야."

빅터는 지켜보는 사람이 아무도 없는데도 고개를 끄덕였다. 멜린다마저 그를 등지고 있었다. "몇 시쯤? 저녁 먹으러?"

"나도 잘 모르겠어."

전화벨이 울리자 멜린다가 방으로 뛰어갔다. "여보세요? 누구요? 음…… 아니요, 여기 없어요. 그 사람 전화를 기다리고 있어요. 그에게 당신한테 전화하라고 할까요? 그렇군요…… 네…… 저도 알았으면 좋겠어요. 오늘 오후에 전화하기로 했는데…… 잠시만요! 그 사람하고 연락이 닿으면 저한테 전화하라고 꼭 전해주세요. 알았죠? ……네, 페리스 씨. 감사합니다."

멜린다는 거실로 되돌아와서 창틀에 놓인 술잔을 들고 잔을 채우러 부엌으로 갔다. 빅터는 석간신문을 들고 소파에 앉아 있었다. 술을 한잔 마실 수도 있었지만, 오늘 저녁엔 마시지 않기로 정했다. 멜린다는 채운 술잔을 들고 소파에 앉았다. 두 사람 다 아무 말 없이 10분을 흘려보냈다. 빅터는 캐머런에 관해서나 페리스와의 통화에 관해, 그리고 그날 저녁에 걸려 온 다른 전화에 관해서도 아무 말 하지 않기로 마음먹었다.

바로 그때 전화벨이 다시 울렸고 멜린다는 방으로 뛰어 들어갔다. "여보세요?" 그녀는 희망에 들떠 전화를 받았다. "아, 안녕하세요…… 아니요, 당신은요?…… 어머…… 맙소사." 그녀가 깜짝 놀라는 바람에 빅터도 약간 긴장했다. "그럴 리가요…… 그가 그럴 리가 없어요…… 돈, 정말 미안하지만 나도 아까부터 그를 기다리는 중이에요. 6시쯤 준한테도 전화했어요…… 오늘 하루 종일 기다리기만 했어요…… 네." 그러면서 그녀는 한숨을 내쉬었다.

빅터는 어떤 이야기가 오갔는지 짐작할 수 있었다. 돈은 이혼 수속을 시작한 걸 축하하며 멜린다와 캐머런에게 칵테일을 들자고 했을 것이다. 마지막에 '네'라고 대답한 건 빅터가 집에 있느냐는 질문에 대한 대답이었을 것이다. 빅터는 예전에도 그런 식으로 '네'라고 대답하는 걸 자주 들었다.

"미안해요, 돈…… 랠프에게 안부 전해줘요……"

오늘 밤 적군 캠프에 구름이 낄 것이다.

멜린다가 거실로 나오자 빅터는 마음을 바꿔먹고 물었다. "캐머런이 지쳤대?"

"어딘가에서 늦게까지 일했을 거야."

"아마 지쳤을 거야." 빅터가 말했다.

"뭐에 지쳤단 말이야?"

"당신한테."

"그는 날 원해."

"남자한테는 굉장한 부담인데 당신은 잘 모르는 것 같아. 캐머런은 감당해내지 못할 거야."

"무슨 부담?"

"캐머런이 앞으로 해야 할 일들. 멕시코시티행 티켓 두 장 가운데 한 장을 썼을지도 모르지." 빅터의 말에 멜린다는 서성이던 걸음을 멈추고 그를 쳐다보았다. 멜린다는 캐머런이 그랬을 리가 없다고 얼굴에 써놓은 것 같은 표정이었다.

"관심 있는 것 같으니 말해줄게." 그녀가 말했다. "그는 웨슬리에 차를 세우고 차창을 잠그지도 않고 차 안에 신문과 소지품을 두고 내렸어. 그러니 멕시코로 갔을 리가 없어."

"음, 난 관심 없는 일이야. 내가 생각하기엔 그는 지쳤을 거고, 그가 다시 연락할지 의문이야."

로저가 다가와 빅터의 발치에 앉더니, 둘만의 비밀이라도 공유하듯이 웃는 얼굴로 그를 올려다보았다. 빅터는 손을 뻗어 로저의 머리를 쓰다듬어주었다.

"로저 먹이 줬어?" 그가 물었다.

"나야 모르지."

"로저, 밥 먹었어?" 그는 로저에게 물어보고는 소파에서 일어나 복도를 지나 트릭시의 방문을 두드렸다.

"들어가도 될까?"

트릭시는 베개에 기대어 책을 읽고 있었다.

"로저 먹이 줬어?"

"네, 5시에요."

"잘했어. 이번에도 너무 많이 준 거 아니지?"

"로저는 안 아파요." 트릭시는 눈썹을 치켜세우며 쌀쌀맞게 말했다.

"잘했어. 그런데 배고프지 않아?"

"아빠랑 엄마랑 같이 먹을 거예요." 트릭시는 자기 혼자 먼저 저녁 식사를 하지 않겠다고 미리 말해두듯이 벌써 얼굴을 찡그렸다.

"엄마가 집에서 저녁 식사를 할지 모르겠어. 토니 아저씨랑 외식할 수도 있어."

"그럼 아빠랑 나랑 같이 먹어요."

빅터가 환하게 웃었다. "좋아. 부엌으로 와서 저녁 식사 준비하는 거 도와줄래?"

빅터와 트릭시는 3인분을 준비했다. 식탁 차림도 3인용으로 했지만 멜린다는 함께 식사하지 않겠다고 했다. 멜린다가 최근에 장을 보지 않았으므로 빅터는 오랫동안 선반에 두고 잊어버렸던 닭 통조림을 꺼냈다. 주류 보관 찬장에서는 니어슈타이너 화이트 와인을 꺼내 얼음조각 두 개를 넣은 와인 잔에 따랐고 트릭시에게도 조금 따라주었다. 그는 구운 마시멜로를 얹은 으깬 고구마를 만들었다. 트릭시가 좋아하는 음식이었다. 빅터는 트릭시와 와인에 관해 오랫동안 이야기를 나누었다. 와인을 어떻게 만드는지, 왜 각각 색깔이 다른지. 트릭시는 와인에 살짝 취한 나머지 자신이 무척 좋아하는 루트비어(사리사 뿌리로 만든 알코올 함량이 거의 없는 청량음료-

옮긴이)도 와인에 포함시켜야 한다고 우겼다. 빅터는 딸아이의 생각을 바로 잡아주는 대신 그렇게 하자고 했다.

"어린애한테 술을 주다니, 뭣하는 거야?" 벌써 너덧 잔째 술을 마신 멜린다가 지나가며 물었다.

"한 잔 반밖에 마시지 않았어." 빅터가 말했다. "잠이 더 잘 올 테니 오히려 고맙지."

멜린다는 거실로 가버렸지만, 그녀의 침울한 기분이 집 안에 가득 찬 것 같았다. 램프를 던지거나 잡지를 벽에 던지는 소리 혹은 현관문을 활짝 열어젖히는 소리가 들려도 놀라지 않을 것이다. 현관문을 닫지 않고 그냥 열어두면 차가운 공기가 들어올 테지만, 멜린다는 문을 닫지 않고 잔디밭에 나가거나 차를 타고 어디론가 갈 것이다. 트릭시는 바지 엉덩이에 책을 넣고 다닐 수 있는 남자아이 얘기를 하면서 까르르 웃었고, 너무 웃어서 숨이 막힐 것 같았다.

멜린다가 통화하는 소리를 듣던 빅터는 어느 순간 담배를 피우고 싶어서 거실로 갔다. 그러자 멜린다가 캐머런이 묵고 있는 웨슬리에 있는 호텔에 전화해서 그에게 연락이 왔는지 묻는 소리가 들렸다. 호텔 측에서는 아무 연락도 없었다고 했다. 빅터는 트릭시가 좋아하는 디저트인 단맛 휘핑크림을 챙겨주었다. 작은 그릇에 휘핑크림을 나선형으로 만들어 마라스키노 증류주에 절인 체리를 얹어주었다.

그는 담배를 피우고 와인을 마시며 트릭시와 계속 다정하게 이야기를 나누었지만, 의자에 앉은 트릭시는 금방이라도 잠이 들 것 같았다.

"두 사람 뭘 축하하는 거야?" 멜린다가 부엌으로 이어지는 출입문에 기대어 물었다.

"인생과 와인에 대해서." 그는 잔을 들어 올리며 말했다.

멜린다는 상체를 천천히 꼿꼿하게 세웠다. 립스틱을 바른 입술을 깨물어서 화장이 흐릿하게 지워진 것처럼, 그녀의 머릿속 생각 역시 혼미해진 것 같았다. 빅터는 그녀의 눈빛이 흐릿해졌는지 쳐다보았다. 그녀가 얼마나 취했는지 알아보려면 먼저 눈빛을 확인하면 되었다. 하지만 지금 그녀의 눈빛은 그를 똑바로 응시하고 있었다.

"토니에게 뭐라고 말했어?" 멜린다가 물었다.

"오늘 만난 적 없어." 빅터가 말했다.

"만난 적 없다고?"

"응."

"토니 포니!" 트릭시가 운율에 맞추어 소리치며 까르르 웃었다.

멜린다는 술잔을 들어 한 모금 길게 마시고는 얼굴을 찡그렸다. "그 사람한테 뭐라고 했느냐니까?" 그녀가 재차 물었다.

"아무 말도 안 했어."

"웨슬리에서 만나지 않았어?"

"안 만났어." 빅터는 자신이 캐머런과 함께 있는 모습을 돈 윌슨이 우연히 봤을지도 모른다는 생각이 들었다.

"오늘 밤 왜 그렇게 기분이 좋은 거야?"

"토니 아저씨가 집에 없으니까." 트릭시가 크게 소리쳤다.

"입 다물어, 트릭시. 도대체 그를 어떻게 했어?" 멜린다가 그에게 다가서며 물었다.

"어떻게 했느냐고? 그를 만난 적도 없다니까."

"오후 내내 어디에 있었어?"

"사무실에 있었어." 빅터가 말했다.

멜린다는 부엌으로 가서 술을 한 잔 더 따랐다.

트릭시는 의자에 앉은 채 졸고 있었다. 빅터는 트릭시가 옆으로 쓰러지면 잡아주려고 의자를 가까이 당겨 앉았다.

멜린다는 방금 부엌에서 끔찍한 것을 본 것처럼 술에 취해 굳은 표정으로 거실로 되돌아왔다. 빅터가 무슨 일이냐고 물어보려던 순간, 그녀가 말했다.

"그를 죽였어? 또 살인을 저질렀어?"

"멜린다, 말도 안 되는 소리 하지 마."

"토니는 나한테 전화하는 걸 두려워하지 않아. 잊어버리는 일도 없고. 그는 아무것도 두려워하지 않고 심지어 당신도 두려워하지 않아."

"그가 날 두려워한다고 생각한 적 없어." 빅터가 말했다. "그건 분명해."

"그러니까 그가 잊어버릴 리가 없다는 거야." 멜린다는 숨을 몰아쉬기 시작했다. "그에게 무슨 일이 생겼다고 생각하는 것도 그 때문이야. 그리고 이제 모든 사람들한테 말할 거야." 그녀가 술잔을 테이블에 힘껏 내려놓는 순간, 요란한 천둥소리가 멀리서 울렸다. 빅터는 오후 4시 무렵부터 내린 비가 오늘 밤 내내 올 거라는 생각이 들었다. 비가 오면 혹시라도 자동차 타이어에 묻어 있을 흙먼지를 씻어줄 것이고, 비가 제법 오면 희뿌연 바윗덩어리에 묻은 핏자국도 깨끗이 씻어 내릴 것이다.

멜린다는 자기 방에서 겉옷을 입고 있는 것 같았다. 빅터는 그녀가 누군가에게 무슨 말을 할지 전혀 두렵지 않았지만, 그런 상태로 운전하다가 무슨 일이 생길지도 모른다는 걱정이 들었다. 자리에서 일어나 멜린다의 방으로 가려는 순간 트릭시가 옆으로 몸을 기댔고, 그는 왼쪽 팔을 얼른 뻗어서 트릭시의 머리를 받쳐주었다. 그는 트릭시를 안고서 멜린다의 방으로 갔다.

"여보, 이런 상태로 운전하면 안 돼." 그가 말했다.

"더 나쁜 상태에서도 운전했어. 멜러 부부, 집에 있어?"

빅터는 실소를 터뜨렸다. 멜러 부부의 집은 웨슬리에 사는 코원 부부나 맥퍼슨 부부, 그리고 윌슨 부부나 랠프의 집보다도 멀었다. 멜린다가 멜러 부부가 집에 있느냐고 물어본 것은, 혹시 헛걸음을 할 수도 있었기 때문이다. 크림색 외투를 걸친 채 화장대에 앉아 립스틱과 열쇠를 챙기는 그녀의 모습을 지켜보던 빅터는 오늘 밤 그녀에게 무슨 일이 일어나든 상관없다는 생각이 문득 들었다. 그를 비방하러 나가는 길이므로, 속도를 늦추지 않고 모퉁이를 돌다가 나무를 들이받거나 도랑에 처박혀도 자업자득일 것이다. 그러자 그의 집과 멜러 부부의 집 중간 지점에 있는 언덕의 U자 모양의 길이 떠올랐다. 그곳 아래는 절벽이었고 오늘 밤은 도로가 미끄러울 것이다. 그 아래에 있는 캐머런의 시신은 아무 소리도 없이 마지막 경사면에서 미끄러져 내려가 꿈쩍도 하지 않을 것이다.

"어디 가고 싶어? 내가 태워다줄게." 그가 말했다.

"고맙기도 해라." 휙 돌아선 그녀는 얼굴을 찌푸리고 흐릿한 눈을 깜박이며 그를 쳐다보려 했다. "고마워 죽을 지경이로군." 그녀는 흐릿한 눈빛과는 달리 날카롭고 분명한 목소리로 소리쳤다.

빅터는 가슴받이가 달린 멜빵바지를 입은 트릭시의 부드러운 허벅지를 불안한 손길로 쓰다듬었다. 그러고는 트릭시를 재워야겠다는 생각이 문득 들어 그녀의 방으로 가서 침대에 조심스럽게 눕혔다. 멜린다의 방으로 들어가려는 순간, 서둘러 나오는 그녀와 부딪칠 뻔했다. 그러자 두 사람 모두 비틀거리며 뒤로 물러섰고, 순간 빅터는 이성을 잃고 말았다. 멜린다를 침대에 눕히고는 그녀의 팔을 붙잡으려던 그는 한쪽 팔은 붙잡아 침대에 고정했지만 다른 한쪽 팔은 붙잡히지 않았다.

"지금은 운전할 상태가 아니야!" 그가 소리쳤다.

멜린다의 무릎이 그의 가슴팍에 닿더니, 갑자기 엄청난 힘으로 그를 밀어냈다. 순식간에 뒤로 밀려난 그는 거의 공중제비를 하듯 뒤로 넘어졌고, 고막이 터지는 것처럼 귀가 얼얼했다. 잠시 아무 소리도 들리지 않는 멍한 상태가 지속되자 그는 바보처럼 웃었다. 발치에 놓인 회색 러그의 한 올

한 올이 잠시 동안 무척 또렷하게 보였고, 그는 발에 힘을 주고 한쪽 무릎을 세워 일어서려 하고 있었다. 약간 비틀거리며 일어서자 회색 러그에 붉은 점 열두어 개가 보였고, 바깥에서는 멜린다가 시동을 거는 소리가 들렸다. 그 소리에 속이 메슥거렸고, 바로 그때 셔츠 깃 뒤에서 뜨듯한 피가 흘러내리는 느낌이 들었다.

그는 몸을 일으켜 거의 자동적으로 욕실로 향했다. 하얗게 질린 자신의 얼굴에 깜짝 놀라서 거울을 쳐다볼 수 없었다. 피로 얼룩진 뒤통수를 더듬으며 상처 자국을 찾았다. 머리칼 사이로 활짝 웃는 입 모양의 상처 자국이 생겼고, 꿰매야 할 것 같았다. 그는 의사에게 전화하기 전에 위스키를 한 잔 마실지, 혹은 위스키를 마시고 의사를 부르기 전에 쓰러질지도 모른다는 생각을 번갈아 했다. 멍청하게도 한참을 생각하던 그는 곧장 멜린다의 방으로 갔다.

그는 교환원에게 전화해서 프랭클린 의사를 연결해달라고 했다가 리틀 웨슬리에 사는 시웰 의사를 연결해달라고 번복했다. 프랭클린 의사에게는 집안 문제를 보여주고 싶지 않았다. 시웰 의사와는 한 번도 만난 적 없으므로 그는 먼저 자기소개부터 했다.

"안녕하세요, 시웰 의사 선생님. 펜들턴 거리에 사는 빅터 반 앨런이라고 합니다…… 네, 안녕하세요." 앞에 보이는 연한 복숭아색 벽이 금방이라도 무너져 내릴 것 같았지만 그는 목소리를 진정시켰다. "오늘 밤 상처 자국을 꿰맬 도구를 챙겨 저희 집으로 왕진해주실 수 있나요?"

23

빅터는 자신이나 호러스 멜러처럼 정해진 습관대로 살아가는 사람이 아무런 말도 없이 갑자기 사라지면 어떻게 될지 가끔 의구심이 들었다. 사람들이 얼마나 빨리 알아차릴지, 수사가 얼마나 논리적으로 진행될지도 의문스러웠다. 캐머런 사건이 진행되는 과정에서 그 의구심을 풀 기회가 생길 수도 있을 것이다.

머리를 다친 다음 날 아침, 트릭시와 아침 식사를 하고 있는데 전화벨이 울렸다. 빅터가 전화를 받자 수화기 너머로 멜린다가 중얼거리는 소리가 잠시 들리다가 다른 사람의 목소리가 들렸다. "안녕하세요, 반 앨런 부인, 버나드 페리스입니다." 빅터는 전화를 끊었다. 몇 분 뒤 멜린다가 다이닝룸을 지나 부엌으로 가서 오렌지주스를 따랐다.

"토니의 고객이야." 그녀가 말했다. "토니의 주변 인물들이 철저히 수사하겠다고 했대."

빅터는 아무 대꾸도 하지 않았다. 출혈 때문에 기운이 없는 것 같았고, 어젯밤 의사에게 받은 수면제 때문에 머리가 약간 띵한 것 같기도 했다. 무척 깊게 잠들어서 멜린다가 들어오는 소리도 듣지 못했다.

"머리는 왜 그래요?" 트릭시가 물었다. 빅터의 머리에서 밴드를 발견하고 깜짝 놀란 그녀는 눈을 동그랗게 떴지만, 빅터는 대수롭지 않다는 듯이 부엌에서 부딪쳤다고 했다.

"토니 아저씨가 실종된 것 같구나." 그가 말했다.

"아무도 토니 아저씨가 어디 있는지 모른대요?"

"응, 모르는 것 같아."

트릭시가 웃으며 물었다. "토니 아저씨가 어디로 숨은 거예요?"

"그럴지도." 빅터가 말했다.

"왜요?" 트릭시가 물었다.

"그건 아빠도 모르지."

오늘 아침 멜린다가 서두르는 모습을 본 빅터는 그녀가 페리스와 약속을 잡은 것 같다고 생각했다. 캐머런의 지인들은 오늘이나 내일 사립탐정을 보낼 것이다. 빅터는 평소 출근하는 시간에 사무실로 갔다. 스티븐과 칼라일, 인쇄소에서 쓰레기를 치워주는 인부가 빅터에게 머리를 왜 다쳤는지 물었다. 빅터가 수도승들이 주로 머리를 삭발하는 부분에 음반 모양의 두툼한 밴드를 붙이고 있었기 때문이다. 빅터는 부엌에 있는 철제 장식장에 부딪치는 바람에 살이 움푹 들어갔다고 했다.

오후 5시 무렵, 멜린다가 사립탐정과 함께 사무실로 왔다. 사립탐정은 뉴욕에 있는 스타 수사 사무실 소속인 피트 헤이버멀이라고 자기를 소개했다. 그는 웨슬리에 사는 그랜트 휴스턴 씨가 어제 오전 11시에서 정오 사이에 빅터가 차를 몰고 가던 길거리에서 캐머런이 차를 타는 모습을 봤다고 했다.

"네, 맞습니다." 빅터가 말했다. "친구를 만나고 나서 캐머런을 우연히 봤습니다……"

"우연히 봤다니, 그게 무슨 말이죠?" 사립탐정이 무례하게 끼어들었다.

"그가 담배 가게에서 나와서 내 차 앞에서 길을 건너는 걸 봤다는 뜻입니다. 어딘가에 차로 태워줄지 물었습니다."

"어젯밤 왜 그 얘길 하지 않았어?" 멜린다가 큰 소리로 빅터에게 묻고는 사립탐정에게 말했다. "남편은 토니를 만난 적이 없다고 했어요."

"캐머런은 자기 차가 근처에 있다고 했습니다." 빅터가 말을 이었다. "그러면서 할 이야기가 있다면서 내 차에 탔습니다."

"그리고 어디로 갔습니까?" 탐정이 물었다.

"아무 데도 가지 않았습니다. 주차할 수 있는 곳이었다면 차를 움직이지도 않았을 텐데, 주차한 상태는 아니었죠."

"어디로 갔습니까?" 탐정은 다시금 물으면서 수첩에 메모를 하기 시작했다. 그는 땅딸막하고 인상이 거칠었다. 눈은 비즈니스맨처럼 작았고 40대 초반으로 보였다. 필요할 때면 거칠게 나올 수 있을 것 같은 인상이었다.

"정확히 남동쪽 방향으로 두어 블록을 돌았습니다." 빅터는 침 뱉는 그릇을 손에 들고 인쇄실 문 옆에 서서 넋을 잃고 듣고 있는 칼라일을 쳐다보며 말했다. "칼라일, 중요한 일 아니니 나가봐요."

칼라일은 타구를 든 채 느릿느릿 인쇄실로 들어갔다.

"두어 블록을 도는 데 시간이 얼마나 걸렸습니까?" 탐정이 물었다.

"15분 정도일 겁니다."

"그러고 나서는요?"

"그러고 나서 캐머런 씨를 차 앞에 내려줬습니다."

"말도 안 돼." 멜린다가 말했다.

"캐머런이 차에 탔나요?" 탐정이 물었다.

빅터는 기억을 떠올리는 척했다. "잘 모르겠습니다. 유심히 보지 않았거든요."

"그때가 몇 시였죠?"

"11시 반이었을 겁니다."

"그러고 나서 뭘 했습니까?"

"딸의 합창 경연을 보러 차를 몰고 볼링어로 갔습니다."

"그때는 몇 시였죠?"

"정오 직전이었습니다. 합창 대회는 12시에 시작했습니다."

"거기 가셨습니까, 반 앨런 부인?"

"아니요." 그녀가 대답했다.

"합창 경연에서 아는 분을 만났나요?" 탐정이 곁눈으로 그를 흘겨보며 물었다.

"아닙니다…… 아, 피터슨 부부를 만났습니다. 잠시 이야기도 나눴고요."

"피터슨 부부라," 탐정은 이름을 메모하며 말했다. "그리고 그땐 몇 시였죠?"

빅터는 똑같은 질문이 지겨워 어이없는 웃음을 지었다. "정확히는 모르죠. 피터슨 부부가 알 수도 있겠죠."

"음, 캐머런 씨는 무슨 얘기를 하고 싶어 했습니까?"

빅터는 이번에도 곰곰이 생각하는 척했다. "아, 앞으로 몇 년 내에 볼링이나 웨슬리에 건물이 더 들어설 거라고 예상하는지 물었습니다. 난 잘 모르겠다고 대답했고요. 최근에는 건물이 별로 들어서지 않았지요."

"캐머런이 또 어떤 이야기를 했습니까?"

"괜히 시간 낭비 하지 말아요." 멜린다가 사립탐정에게 불쑥 말했다.

"모르겠습니다. 약간 불안해하고 불편해 보였습니다. 시골이 좋아서 이곳에서 자기 사업을 시작하고 싶다는 얘길 했지만, 단정적이지는 않았습니다."

멜린다는 믿을 수 없다는 듯이 콧방귀를 뀌었다. "여기서 사업을 시작한다는 얘기는 들은 적 없어요."

"그는 어떻게 불안해 보였습니까?" 탐정이 물었다. "왜 불안한지 혹은 그날 무슨 일을 할지 얘기했나요?"

"헤이버멀 씨, 캐머런이 무슨 일을 할 예정이었는지 한 가지만 말씀드리죠." 빅터는 애써 분노를 가라앉히며 말을 이었다. "그는 자신과 결혼할 목적으로 내게 이혼 수속을 시작할 참이었던 내 아내를 만날 예정이었습니다. 두 사람에게는 멕시코시티행 비행기 티켓도 있었어요. 그 이야기는 금시초문인 것 같군요. 아내가 말하지 않던가요? 아니면 내가 캐머런을 죽였다고 말하던가요?"

사립탐정의 표정으로 보아, 멜린다가 이혼에 관해서는 일언반구도 하지 않았음을 알 수 있었다. 헤이버멀은 빅터와 멜린다를 번갈아보았다. "사실인가요, 반 앨런 부인?"

"네, 사실이에요." 그녀는 시무룩한 표정으로 단호하게 말했다.

"캐머런 씨가 나와 함께 있으면서 왜 불편했는지 아무에게도 물어볼 필요 없을 겁니다." 빅터가 말했다. "놀라운 건 그가 사업 계획에 관해 내 의견을 물어봤고 내 차를 탔다는 겁니다."

"당신이 그를 태워주겠다고 한 점도 놀랍습니다." 탐정이 말했다.

빅터는 한숨을 내쉬었다. "나는 늘 사람들에게 예의를 지키려고 노력하는 편입니다. 아내에게 들어서 알 테지만, 캐머런 씨는 우리 집을 자주 찾아왔습니다. 내가 월요일에 캐머런을 본 적이 없다고 한 이유는 그를 보는 데 질렸고, 전날 저녁 그가 내 아내와의 데이트 약속을 지키지 않았고, 아내는 화가 나서 술에 취했기 때문입니다. 캐머런 얘기라면 아내 앞에서 입도 벙긋하고 싶지 않았습니다. 당신도 이해할 겁니다."

탐정이 멜린다를 쳐다보았다. "캐머런과 알고 지낸 지 한 달 정도 되었다고 하지 않았나요?"

"네, 그 정도 됐어요." 멜린다가 대답했다.

"그런데 그와 결혼할 생각이었나요?" 탐정은 멜린다가 제정신인지 의심하는 듯한 표정으로 쳐다보았다.

"네." 멜린다는 잘못을 저지른 여자아이처럼 잠시 고개를 숙였다가 다시 들었다.

"그와 결혼하기로 마음먹은 지 얼마나 됐습니까?"

"며칠 됐습니다." 빅터가 나서서 대답했다.

탐정이 날카로운 눈빛으로 빅터를 쳐다보았다. "당신은 캐머런을 좋아하지 않았겠군요."

"그렇습니다."

"아시다시피 캐머런은 어제 오후 1시 전에 실종되었습니다. 점심 약속이 있었는데 나타나지 않았죠." 탐정이 말했다.

"그건 몰랐습니다." 빅터가 아무 상관 없다는 듯이 말했다.

"점심 약속이 있었습니다."

빅터는 사무실 책상에 놓인 담뱃갑에서 담배를 꺼냈다. "그는 무척 이상한 사람이었습니다." 그는 캐머런이 이제 고인인 듯이 고의적으로 과거 시제로 말했다. "항상 친절하게 대해주고 나의 좋은 면을 보려 했는데, 왜 그랬는지는 모르겠습니다. 안 그래, 여보?" 그가 아무 거리낌 없이 물었다.

멜린다는 그를 보며 얼굴을 찡그렸다. "11시 반에서 정오 사이에 그를 어떻게 해버릴 시간이 있었을 거야."

"웨슬리 중심가인 커머스 거리에서?" 빅터가 반문했다.

"어디론가 갈 시간이 있었어. 당신이 그를 차에서 내려준 걸 본 사람은 아무도 없어." 그녀가 말했다.

"당신이 그걸 어떻게 알아? 웨슬리 사람들 모두에게 물어봤어?" 빅터는 이어서 사립탐정에게 말했다. "난 캐머런이 원치 않는 일은 아무것도 할 수 없었습니다. 덩치가 내 배는 됐으니까요."

탐정은 생각에 잠긴 듯 아무 말이 없었다.

"어제는 겁에 질린 듯한 인상을 받았습니다." 빅터가 말했다. "내 아내와 시작한 일 때문에 그랬을 겁니다. 전반적인 상황에 지친 것 같았습니다."

"반 앨런 씨, 캐머런에게 떠나라고 말하지는 않았겠죠?"

"네, 아내 얘기조차 꺼내지 않았습니다."

"토니는 두려워하지 않았어요." 멜린다가 당당하게 말했다.

탐정은 여전히 놀란 표정이었다.

"어제 캐머런을 다시 만났습니까?"

"아니요, 오후 시간은 사무실에 있었습니다." 빅터가 말했다.

"머리는 어쩌다 다쳤습니까?" 사립탐정이 전혀 동정하지 않는 기색으로 물었다.

"부엌에 있는 찬장에 부딪쳤습니다." 그러면서 빅터는 멜린다에게 약간 웃어 보였다.

"그렇군요." 사립탐정은 전문가답게 의미를 알 수 없는 눈빛으로 잠시 빅터를 쳐다보았다. 약간 벌린 입은 미소 짓거나 부자연스러운 웃음을 짓는 것일 수도, 혹은 경멸적으로 쳐다보는 것일 수도 있었다. "알겠습니다, 반 앨런 씨. 자, 오늘은 여기까지 하고 다음에 또 뵙겠습니다."

"그러시죠." 빅터는 탐정과 멜린다를 문까지 바래다주었다.

탐정은 멜린다에게 캐머런과의 관계에 대해 몇 가지 물어볼 것이다. 그러면 다른 각도에서 사건을 바라보게 될 게 분명했다. 빅터는 곧이어 어떤 일이 벌어질지 궁금해하며 한숨을 내쉬고는 빙긋 웃었다.

『뉴 웨슬리언』 석간신문에 캐머런의 사진이 자그마하게 실렸다. 웃지 않고 약간 놀란 것 같은 각진 얼굴은 채석장 가장자리에 가기 직전의 표정 같았다. 기사 제목은 '이 사람을 본 적 있습니까?'였다. 캐머런의 주변 인물들은 어제 늦은 밤 실종 신고를 했다. 그가 속한 뉴욕에 있는 퍼글리즈 마컴 도급회사는 그에 관해 철저한 수사를 하면서 웨슬리에 탐정을 파견했다. 신문에는 '그가 하는 업무의 속성상 사고가 일어났을 수도 있다.'는 표현도 서슴지 않았다.

7시가 조금 지난 시각, 호러스는 빅터에게 전화해서 캐머런이 어디 있는지 혹은 그에게 무슨 일이 일어났는지 아느냐고 물었다. 빅터가 모른다고 하자 호러스는 그 뒤로는 그 일에 별다른 관심을 보이지 않았다. 그는 메인 주에 사는 친구가 냉동 포장으로 랍스터 한 상자를 보내왔으니 멜린다와 함께 저녁 식사를 하러 오지 않겠느냐고 물었다. 빅터는 벌써 집에서 저녁을 준비하고 있다면서 정중히 사양했다. 그는 저녁 식사를 준비 중이었지만 멜린다는 집에 없었다. 그녀는 사립탐정이나 윌슨 부부와 함께 있을 것이며, 전화도 하지 않고 집에 들어오지 않을 수도 있었다.

그로부터 한 시간도 지나지 않아 빅터와 트릭시는 식사를 마쳤다. 바로 그때 밖에 차를 세우는 소리가 들렸다. 호러스가 화가 나서 도착했다. 빅터는 무슨 일이 일어났는지 눈치챘다.

"당신 방이나 다른 데로 갈까요? 트릭시에게는……" 그러면서 그는 트릭시를 흘긋 쳐다보았다.

빅터는 트릭시에게 가서 안고 뺨에 입을 맞추었다. "트릭시, 잠깐 자리 좀 비켜줄래? 할 이야기가 있어서 그래. 우유 마시고 케이크 있으면 조금만 먹어. 알았지?"

빅터는 호러스와 함께 차고를 지나 방으로 갔다. 하나밖에 없는 편안한 의자를 권했지만 호러스는 자리에 앉으려 하지 않았다. 빅터는 침대에 걸터앉았다.

"짐작했겠지만, 사립탐정이 우리 집을 다녀갔어요." 호러스가 말했다.

"멜린다도 함께 있었나요?"

"아니요, 함께 오지는 않았어요. 멜린다가 다시 당신 험담을 하고 있어요." 호러스가 불쑥 말했다. "결국 사립탐정을 쫓아냈지만 그 전에 그에게 몇 가지 말을 했어요. 아내도 그랬고요."

"탐정 이름은 헤이버멀인데 그는 잘못이 없습니다. 자기가 해야 할 일을 하는 거죠."

"아닙니다. 그는 누구든 주먹을 날리고 싶도록 만드는 유형입니다. 거실에 들어오라고 했더니, 당신의 친한 친구가 너무 화가 난 나머지 누군가를 죽이고 싶었을 거라고 생각하지 않느냐고 묻더군요. 적어도 그를 마을에서 내쫓아야 합니다. 빅터 반 앨런은 그랬을 리가 없다고 했어요. 캐머런이 멜린다보다 마음에 드는 금발 여자와 다른 곳으로 떠났을 거라고 했지요."

빅터는 가벼운 웃음을 지었다.

"당신이 그를 마지막으로 본 목격자라는 게 무슨 얘기인가요?"

"모르겠습니다. 내가 마지막 목격자라던가요? 어제 11시 반에 그를 만났습니다만."

호러스는 좁은 어깨를 으쓱했다. "정오 이후로는 그를 본 사람을 아무도 찾아내지 못한 것 같아요. 그리고 멜린다가 그와 결혼하려고 이혼 수속을 시작했다는 황당한 이야기도 들었어요. 헤이버멀에게는 그 이야기를 퍼뜨리지 말라고 당부했어요. 멜린다와는 당신과 마찬가지로 잘 아는 사이고, 그녀는 화가 나면 앞뒤 가리지 않고 으름장을 놓는 성격이라고 말했습니다."

"호러스, 단순히 으름장은 아닐 겁니다. 아내는 며칠 전에 이혼을 결심한 것 같아요."

"뭐라고요? 하지만 실제로 수속을 밟기 시작한 건 아니잖아요. 물어봤더니 그렇다고 대답하더군요. 이혼을 뒷받침할 만한 구체적인 증거가 있느냐고 사립탐정에게 묻자 없다고 대답했고요."

빅터는 아무 말이 없었다.

마침내 호러스는 자리에 앉았다. "빅터, 캐머런을 차에 태우고 주변을 돌 때 무슨 일이 있었어요?"

빅터는 자신을 보호하려는 듯 눈을 크게 뜨고 호러스를 쳐다보았다.

"아무 일도 없었어요. 멜린다 얘기도 하지 않았고요. 그가 이야기를 꺼냈는데, 그렇게 확신이 없는 모습은 처음 봤어요." 빅터는 탐정에게 그랬듯이 호러스에게도 운에 맡기고 밀어붙였다. "그러자 아내가 꺼냈던 이혼 이야기가 진심이라는 생각이 들었어요. 사실, 그녀는 어제 이혼 수속을 시작할 참이었어요. 변호사와 약속을 잡지 않았을 수도 있지만, 아무튼 어제 시작할 생각이라고 제게 말했어요. 그러고는 캐머런에게 멕시코시티행 티켓이 두 장 있고 그와 함께 떠날 거라고 했어요. 캐머런이 나와 함께 있으며 불편해했던 것도 당연하지요. 물론 굳이 그를 내 차에 태울 필요는 없었지만, 그가 어떤 사람인지 잘 알잖습니까. 그는 행동이 앞서고 생각은 나중에 하는 유형이죠. 그가 어제 오후 아내와 변호사 사무실에서 만나기로 했을지도 모른다는 생각이 문득 들었어요. 그는 이혼 서류를 준비하는 곳에 함께 가서 곁에 앉아 있을 만큼 아둔한 사람이죠."

호러스는 넌더리 난다는 듯 고개를 절레절레 흔들었다.

"하지만 새로 온 사립탐정에게 말했듯이," 빅터는 말을 이었다. "캐머런은 모든 것으로부터 지쳤을지도 모릅니다. 자기 일에도 지쳤을 텐데, 적어도 이번에 맡은 일은 그런 것 같았습니다. 지치고 나서는 리틀 웨슬리에 사는 내 아내와 마주할 수 없었을 테고요."

"맞아요, 무슨 말인지 알 것 같아요." 호러스가 곰곰이 생각에 잠겨 말했다. "그런 이유로 그랬을지도 모르겠군요."

빅터는 자리에서 일어나 책상 아래쪽에 놓인 선반을 열었다. "한잔하실 거죠?" 그는 호러스가 언제 술을 마시고 싶어 하는지 알았다. "건너가서 얼음 좀 가져올게요."

"괜찮아요. 난 얼음 없어도 괜찮아요. 약이라고 생각하고 마시는 겁니다. 얼음을 넣지 않을 때 효과가 더 좋은 것 같더군요."

빅터는 책상에 놓인 술잔을 좁은 욕실로 가져가 씻고, 자신은 양치 컵을 가져왔다. 각자의 술잔에 5, 6센티미터만큼 술을 따랐다. 호러스는 음미하듯이 술을 조금씩 마셨다.

"술을 마셔야 할 것 같아요." 호러스가 말했다. "당신보다 내게 더 필요한 거예요."

"네, 그런 것 같네요." 빅터가 미소 지으며 말했다.

"또다시 이런 상황에 처했군요. 드 리슬 사건 이후와 비슷한 상황입니다."

"올해엔 사립탐정 사무소에서 탐정을 여럿 보내는군요." 빅터의 말에 호러스가 그를 쳐다보았다. 호러스는 지금껏 카펜터가 탐정이었는지 빅터에게 단도직입적으로 물어본 적이 없었다.

"캐머런 주변 인물들이 뉴욕이나 마이애미 혹은 그가 갈 만한 곳을 찾아보지 않는 게 이상해요." 호러스가 말했다. "멕시코시티에 있을 수도 있을 텐데 말이죠. 아마 그곳에서 찾고 있을 수도 있겠죠."

의도적으로 화제를 살짝 바꾼 빅터는 호주로 도피한 사람을 찾아낼 가능성이 얼마나 될지 이야기했다. 이민국을 통과해 호주로 들어갔다면 찾아낼 가능성이 거의 없을 것이다. 두 사람은 혈액을 통한 신원 확인에 관해서도 이야기했다. 호러스는 실종되고 나서 서너 달 뒤에 발견된 미량의 혈흔을 통해서도 신원을 확인할 수 있다고 했다. 빅터 역시 그런 얘기를 들은 적이 있었다.

"하지만 그 사람을 찾아낼 수 없다면요?" 빅터의 말에 호러스는 웃음을 터뜨렸다.

빅터는 채석장의 희뿌연 암석에 묻은 캐머런의 혈흔과 10미터 수심 아래에 있을 그의 시신을 떠올렸다. 혈흔을 찾아낸다면 당연히 물속에 있는 시신도 찾아내겠지만, 몸에는 핏자국이 남아 있지 않을 것이고 지문도 모두 훼손됐을 것이다. 그럼에도 캐머런의 신원은 확인할 수 있을 것이다. 빅터는 그곳에 다시 가서 혈흔을 확인하고 지우고 싶었지만, 다른 사람들 눈에 띌까 두려워 용기가 나지 않았다. 흔적을 남기고 싶지 않은 곳에 흔적을 남기고 그렇게 중요한 일을 제대로 처리하지 못하다니, 그렇게 부주의하고 멍청한 짓은 평생 처음인 것 같았다.

그곳을 나서려던 호러스는 자리에서 일어나며 웃음을 터뜨렸다. 평소와는 다른 웃음이었다. 그는 애써 유쾌한 척 가장하며 말했다. "빅터, 정말 많은 우여곡절이 있었죠? 어디에선가 캐머런을 찾아낼 겁니다. 대도시 경찰들에게도 알렸을 거고요. 늘 그렇게 하니까요."

빅터는 찾아와줘서 고맙다는 인사를 했고 호러스는 집을 나섰다. 차고에 서서 호러스의 차가 멀어지는 소리를 듣던 그는 호러스가 멜린다가 어디 있는지 혹은 언제 돌아올지 묻지 않았다는 데 생각이 미쳤다. 빅터가 잘 모를 것이고 그 질문에 당혹스러워할 것임을 짐작했기 때문일 것이다. 그는 달팽이 수족관이 있는 곳으로 갔다.

호르텐스와 에드거가 사랑을 나누고 있었다. 에드거가 작은 돌덩이를 타고 내려와 호르텐스에게 입을 맞추었다. 발끝을 디디며 뒤로 물러서던 호르텐스는 음악에 매혹되어 느릿하게 춤추는 무희처럼 에드거의 다정한 손길에 맞추어 몸을 흔들거렸다. 빅터는 아무 생각도 없이, 심지어 달팽이 생각도 하지 않고 5분 동안 멍하니 지켜보았다. 그러다 에드거와 호르텐스의 머리 오른쪽에 컵 모양의 이상한 물질이 생겼음을 알아차렸다. 둘은 서로를 어찌나 사랑하고, 함께 있으면 얼마나 완벽한지! 끈적끈적한 컵 모양의 물질이 점점 더 커져서 가장자리가 서로 맞닿았다. 둘은 맞붙었던 입을 떼어냈다.

빅터는 손목시계를 확인했다. 9시 50분이었다. 이상하리만치 우울하게 느껴지는 시간이었다. 집 안에는 아무 소리도 없이 정적이 감돌았다. 트릭시는 잠들었을까? 헛기침을 하자 나지막한 소리가 자갈길을 밟는 발걸음처럼 요란하게 들렸다.

달팽이들은 소리를 내지 않았다. 호르텐스가 먼저 더듬이를 내밀었지만 놓치고 말았다. 혹시 게임을 하는 걸까? 얼마 후 에드거가 다시 시도했지만 역시 놓쳤고, 뒤로 물러나서 다시 시도한 끝에 더듬이를 정확한 지점에 맞췄다. 그러자 호르텐스도 에드거를 따라서 다시 시도했다. 호르텐스는 힘겹게 위쪽을 조준했지만, 그렇게 세 번을 시도한 끝에 어렵사리 해낼 수 있었다. 그러고 나서 마치 혼수상태에 빠진 것처럼 고개를 약간 뒤로 젖히고는 더듬이를 움츠렸다. 빅터는 달팽이의 눈에 눈꺼풀이 있다면 분명히 눈꺼풀을 닫을 거라는 생각이 들었다. 이제 달팽이는 꼼짝도 하지 않았다. 가만히 지켜보고 있자, 컵 모양의 물질 가장자리가 서로 떨어지려는 징후가 보였다. 잠시 주차장을 왔다 갔다 하던 그에게 평소와 달리 불안감이 엄습했다. 멜린다 생각이 떠오르자, 그는 그녀 생각을 몰아내려고 다시 달팽이가 있는 데로 갔다.

10시 45분이었다. 멜린다는 윌슨 부부 집에 있을까? 모두들 떠들고 있을까? 사립탐정도 함께 있을까 아니면 힘든 하루를 보내고 잠들었을까? 혹시 누군가가 채석장을 떠올릴까?

빅터는 이제 상체를 숙이고는 확대경으로 달팽이를 들여다보았다. 호르텐스와 에드거는 이제 두 더듬이로만 연결되어 있었다. 적어도 한 시간 동안은 그런 자세로 있을 것이다. 오늘 밤 빅터는 인내심이 없었다. 그는 책을 읽으러 방으로 들어갔다.

24

닷새 후, 호르텐스는 24시간에 걸쳐서 알을 낳았다. 여전히 마을 이곳 저곳을 헤매 다니는 헤이버멀 탐정은 드 리슬 사건을 맡았던 카펜터보다 더 철저하고 공개적으로 수사했다. 그가 만난 사람은 코원 부부, 맥퍼슨 부부, 스티븐 하이네스, 피터슨 부부, 나이 든 칼라일, 식료품점 주인 핸슨, 철물점 주인 에드 클락(빅터는 철물점 주인에게 두터운 신망을 얻었고 웬만한 손님들보다 돈을 많이 썼다), 로드 체스터필드 바에 근무하는 샘, 빅터의 집에 신문을 배달해주는 리글리 씨, 각각 인쇄소와 빅터의 집에서 쓰레기를 수 거해가는 피트 라차리와 조지 앤더슨 등이었다. 헤이버멀 탐정은 캐머런의 실종에 대한 책임을 빅터에게 물으려는 분명한 목적을 갖고 그들을 찾아 갔고, 단도직입적으로 물었다. 질문을 받은 사람들은 대개 헤이버멀 탐정에게 말하는 걸 무척 조심스러워하거나 화를 냈다고 했다. 마을 사람들의 반감을 산 건 헤이버멀 탐정에게는 불행이었다. 심지어 쓰레기 처리부들처럼 소박한 사람들도 헤이버멀 탐정의 속내를 알아차리고 부정적인 반응을 보였다.

피트 라차리가 빅터에게 말했다. "아내 분이 무슨 말을 했는지 난 관심 없다고 했습니다. 아내 분이 가끔 술을 마신다는 건 압니다. 살인죄로 몰아가려는 건 말도 안 됩니다. 당신과 알고 지낸 지 6년째이고 마을 사람들 가운데 당신처럼 좋은 사람은 없다고 했어요. 그런 엉터리 소문은 나도 들어서 알고 있다고 했습니다. 그자가 쓰레기를 잔뜩 실은 내 트럭에 올라타서 그렇게 말하는 겁니다." 라차리는 두 다리가 없는 장애인이었지만, 무거운 쓰레기를 3미터도 넘는 트럭 위로 가볍게 던져 올릴 수 있었다.

헤이버멀 탐정이 두 번째로 찾아오자 호러스는 그를 문전박대했다. 스티븐 하인즈는 '유죄가 입증되기 전까지는 무죄'라는 영국식 원칙이 있는데 미국에서는 헤이버멀 탐정처럼 교육받지 못하고 비열한 사람들 때문에 지켜지지 않는다며 일장 연설을 했다.

멜린다는 비행기 티켓을 확인했으며 캐머런은 탑승하지 않았다는 사실을 빅터에게 알려주었다. 하지만 캐머런이 사둔 티켓은 두 장이었다. 헤이버멀 탐정은 그 사실을 알아냈고, 앤서니 캐머런 부부의 이름으로 구입했다는 사실도 알아냈다. "자기 티켓을 제시하고는 다른 이름으로 한 장 구입했을 수 있을 거야." 빅터가 말했다.

"아니, 그랬을 리 없어." 멜린다가 당당하게 말했다. "멕시코에 입국하려면 관광객 카드가 필요한데, 뉴욕에서 떠나기 전에 그 카드를 먼저 확인해. 토니한테 들었어."

빅터가 웃음 띤 얼굴로 말했다. "2년 전 코원 부부가 멕시코에 가면서 우리한테 했던 얘기 기억나? 에벌린이 출생증명서를 잃어버렸고 다시 발급받을 시간이 없었는데, 아무런 증명서도 요구하지 않고 관광객 카드를 발급해주었댔어. 관광객 카드는 멕시코에 입국하는 누구든 3달러쯤 벌금을 내면 받을 수 있어. 그렇지 않으면 다른 나라들처럼 여권을 보고 들여보내주겠지."

멜린다는 반박할 말이 없었다. 헤이버멀 탐정이 일주일째 마을에 머무르자 그녀는 불안하고 낙담한 것 같았다. 헤이버멀 탐정은 모든 시도를 다해보았다. 멜린다가 말하길, 그는 차를 타고 웨슬리의 시골 곳곳을 돌아다녔고, 35분이 걸리는 볼링어에도 다녀왔다고 했다. 빅터는 헤이버멀 탐정이 채석장을 발견했는지 여부는 알 수 없었다. 헤이버멀 탐정은 그 지역 지도를 갖고 다녔을 텐데, 몇몇 지도에는 채석장이 나오지 않았다. 빅터는 헤이버멀 탐정이 채석장을 찾아냈는지 멜린다에게 물어보지 않는 일을 운에 맡기기로 했다.

헤이버멀 탐정이 리틀 웨슬리에 온 이후로 폭우가 두 차례 쏟아졌다. 채석 장비들이 놓여 있었거나 혹은 지금도 여전히 놓여 있는 평평한 암석 위에 녹물 자국이 있었다. 어느 자국이 핏자국인지 녹물 자국인지 구분하기 힘들 것이다. 빅터는 헤이버멀 탐정이 아직까지 채석장을 둘러보지 않은 게 믿기지 않았지만, 아직까지 가보지 않은 게 분명했다. 멜린다가 말했듯이 그는 마을 이곳저곳을 돌아다니는 데 대부분의 시간을 할애하며 관목 아래에서 시신을 찾고 있었다.

헤이버멀 탐정은 사무실에 있는 빅터를 한 번 더 찾아왔다. 돈 월슨이 제기했던 부정적인 의견 말고는 빅터에게 제시할 구체적인 증거가 없었다. "돈 월슨은 자신이 당신의 성격을 간파하고 있다고 생각합니다. 그는 드 리슬 역시 당신이 죽였다고 생각합니다. 두 사건에 분명한 동기를 가진 사람이 우연하게도 두 희생자의 마지막 목격자라는 사실이 꽤 이상합니다." 헤이버멀 탐정이 말했다.

"캐머런의 시신을 찾았단 말인가요?" 빅터는 눈을 동그랗게 뜨고 물었지만, 헤이버멀과 이야기를 나누는 건 전혀 흥미롭지 않았다.

"네, 시신을 찾았습니다." 헤이버멀 탐정이 두 눈을 똑바로 쳐다보고 말했다. 빅터는 사실이 아님을 알아차렸지만 순진하게 믿는 척 가장했다.

"어디에서요? 왜 그런 말을 하지 않았죠?"

헤이버멀 탐정은 거만한 태도로 아무 대답도 하지 않았고, 잠시 후 다른 얘기를 꺼냈다. 다시 돈 월슨 얘기를 꺼내자 빅터는 부드러운 미소를 지었다.

"돈 월슨은 조심해야 할 겁니다. 명예 훼손죄로 고발될 수 있는데 그는 소송을 감당할 만한 여력이 없을 겁니다. 그의 아내는 무척 다정한 사람이지요, 안 그래요?"

"아둔하기도 하더군요." 헤이버멀 탐정이 말했다.

"음," 빅터는 여전히 친절한 어투로 말했다. "마을 사람을 험담하면 이곳 사람들에게서 많은 걸 알아낼 수 없을 텐데요."

"충고 고맙습니다." 헤이버멀 탐정은 거들먹거리듯 말했다.

"당신이 리틀 웨슬리를 떠나기 전에, 당신에게 고마워할 게 한 가지 있습니다." 빅터가 말했다. "나에 대한 마을 사람들의 신뢰가 얼마나 확고한 지 알게 되었으니 말입니다. 마을 사람들의 인심을 얻으려고 애쓰거나 특별히 바란 적도 없는데, 인심이 좋다는 걸 알게 되니 무척 기분이 좋군요."

헤이버멀 탐정은 그와 눈빛을 교환하지도 않고서 곧바로 사무실을 나갔다. 빅터는 헤이버멀 탐정이 바닥에 짓이긴 담배꽁초 두 개를 집어 쓰레기통에 넣었다. 그러고는 인쇄실로 가서, 오크나무 낙엽과 평평하게 편 고치를 브라이언의 시 아래에 멋지게 구성해서 정렬해보았다.

그날 저녁 빅터는 마을 사람들의 신임을 다시 한번 확인했다. 웨슬리에서 발행하는 『뉴 웨슬리언』의 편집자인 할 파이퍼가 전화해서, 헤이버멀이라는 사립탐정이 사무실로 찾아와서 캐머런 사건에 빅터 반 앨런과 그의 아내가 개입됐을지도 모른다고 모략하면서 지역 신문에 실어달라고 했는데, 짧게 이야기를 나누고 돌려보냈다고 했다.

"반 앨런 씨, 당신을 만난 적은 없지만 이야기는 들었습니다." 파이퍼 씨가 수화기에 대고 말했다. "이 일로 혹시 걱정할지도 모른다는 생각이 들어서 알려드리는 겁니다. 『뉴 웨슬리언』은 헤이버멀 탐정 같은 사람과는 엮이고 싶지 않습니다."

빅터는 그 일을 멜린다에게 알려주었다.

심지어 빅터가 가는 세탁소에서도 이야기를 엿듣게 되었다. 빅터가 옷을 찾으러 가자, 가게 주인인 프레드 워너가 카운터에 상체를 숙이고 그 사립탐정이 찾아와서는 빅터 반 앨런이 최근에 맡긴 옷을 보려 했다고 말했다. 사립탐정은 핏자국이 묻은 바지를 찾아냈지만, 함께 온 반 앨런 부인이 빅터가 어느 날 저녁 머리를 다쳐서 피가 묻은 거라고 설명했다고 했다.

"핏자국은 대부분 바지 뒷부분에 묻어 있었습니다." 워너가 키득거리며 웃었다. "윗부분에요. 머리를 다치면서 흘린 핏자국이 분명해지자, 사립탐정이 얼마나 실망했는지 모를 겁니다. 집요하긴 하지만 썩 훌륭한 탐정은 아닌 것 같죠, 반 앨런 씨?"

빅터가 보기에, 마을 사람 모두 안도의 한숨을 내쉬는 것 같았다. 마을 사람들은 서로 단결해서 밉상스러운 외지인을 물리쳤다고 말하는 듯이 서로를 쳐다보며 예전보다 더 자주 웃곤 했다. 파티가 벌어졌다. 피터슨 부부조차 빅터와 멜린다를 파티에 초대했고, 그곳에서 처음 보는 사람들은 무척 존경스러운 태도로 빅터를 대했다. 파티에 참석한 빅터가 제일 먼저 알아차렸던 것은, 멜린다가 평소에 깔보던 사람들을 대하는 태도가 달라졌다는 점이었다. 드 리슬 사건 이후 늘 그랬듯이 그녀는 특별히 다정하거나 매력적인 태도를 보이지는 않았지만, 사람들에게 심지어 빅터에게도 웃어 보였고 입맛에 맞지 않은 펀치를 마시고도 얼굴을 찡그리지 않았고, 다른 사람에게 못된 말을 하지도 않았다. 그러자 빅터의 머릿속에 이런저런 생각이 떠올랐다. 멜린다는 사람들에게 빅터에 관한 험담을 늘어놓지도 않았는데, 이젠 그럴 필요가 없었기 때문이다. 그녀는 시무룩한 척 가장하고 사람들을 미워하는 데 신물이 난 걸까? 증오는 사람을 지치게 하는 감정이었지만, 멜린다와는 상관없는 일이었다. 그녀는 피터슨이 주최한 파티에서 빅터가 사람들의 존중을 받는 걸 보고 기분이 좋았던 걸까? 하지만 예전에는 그런 일로 기뻐한 적이 없었다. 그녀는 헤이버멀 탐정과 공모해서 빅터에게 긴장감을 풀게 하고서 아직 말하지 않은 증거를 내보이려는 속셈일까? 그렇지 않을 것이다. 빅터는 헤이버멀 사립탐정이 리틀 웨슬리에서 마지막 시도를 했지만 결국 실패했다는 확신이 들었다. 요즘 멜린다가 흡족해할 일은 없었다. 다만 좀 더 다정해지고 부드러워졌을 뿐이다. 돌이켜보면, 그녀가 집에서 웃는 모습을 몇 차례 본 것 같기도 했다. 그리고 일주일이 지나도록 돈 윌슨을 만나지도 않은 것 같았다.

"돈 윌슨은 어떻게 지내?" 빅터가 파티에서 돌아와 물었다. "요즘 그에 관한 얘기를 듣지 못한 것 같아."

"내가 얘기 안 했었나?" 멜린다가 물었지만 목소리는 호전적이지 않았다.

"응, 안 했어." 빅터가 말했다. "요즘 어떻게 지내? 일은 잘돼간대?"

"뭔가를 고심하고 있어." 멜린다가 이상하게도 넋이 나간 목소리로 말하자 빅터는 그녀를 쳐다보았다. 그녀는 소파에 앉아 구두를 벗고는 그를 올려다보았다. 희미한 미소를 짓고 있었고 술은 마시지 않았다. "그건 왜 물어봐?"

"최근에 소식을 듣지 못했으니까."

"한때는 지겹도록 들었잖아. 헤이버멀 탐정이 돈 윌슨이 한 말을 당신에게 전했다고 했어."

"처음도 아닌데 뭘. 신경 쓰지 않았어."

"그는 아무것도 알아내지 못했겠지, 그렇지?"

빅터는 당혹스러워하며 그녀를 쳐다보았지만 차분하고 유쾌한 표정을 가면처럼 가장했다. "맞아. 그를 다른 데로 보내고 싶어?"

"난 사실을 알고 싶었던 것 같아." 그녀는 평소처럼 거만하게 담뱃불을 붙이고는 성냥을 벽난로에 던졌지만 훨씬 못 미치고 바닥에 떨어졌다. "돈은 가설을 잘 세우는 것 같아. 하지만 가설에 지나지 않았던 것 같아." 그녀는 그가 자기 말을 믿어줄 거라고 기대하지 않는 것처럼 수줍게 말했다.

빅터는 그녀의 말을 믿지 않았다. 그녀는 일종의 게임을 하고 있었다. 그는 파이프에 담배를 채우며 그녀가 게임을 계속하고 있을 시간을 흘려보냈다. 그는 게임을 계속하지도 않겠지만, 당장 자기 방으로 가고 싶은 마음을 억누르며 자리에 앉아 있었다.

"오늘 밤 당신이 이겼어." 마침내 그녀가 다시 말문을 열었다.

"다윗은 거대한 골리앗에 맞서 싸워 결국 이겼어. 나도 그렇지?" 그는 모호한 웃음을 지으며 물었다. 그 웃음은 멜린다에게도 모호해 보일 것이다.

그를 빤히 쳐다보던 멜린다는 다음에 어떻게 해야 할지 숙고하는 기색이 역력했다. 그녀는 손을 맞부딪치며 자리에서 일어나 말했다. "그 분홍색 레몬에이드를 마셨으니 술 한잔하는 게 어때? 맛이 정말이지 끔찍했어." 그녀는 부엌으로 향했다.

"난 괜찮아. 시간이 늦었어."

"2신데? 할 일이라도 있어?"

"졸려서 그래." 그가 웃는 얼굴로 그녀에게 다가가며 말했다. 그가 뺨에 입을 맞추자 그녀는 석상처럼 굳었다. 꼼짝도 하지 않는 모습이 무관심한 것보다 더 낯설었다.

"잘 자, 여보. 트릭시는 내일 하루 종일 제이니 집에 있겠지?" 트릭시는 엄마 아빠와 함께 피터슨 집에 가서, 10시쯤 제이니와 침실에서 함께 잠들었다.

"그러겠지."

"그럼 잘 자." 그가 문을 열고 차고로 나가자, 그녀는 혼자 술을 마실지 말지 결정하지 못한 것처럼 서 있었다.

빅터는 호러스에게서 또 다른 놀라운 소식을 듣게 되었다. 멜린다가 호러스의 아내인 메리를 찾아와서 자신은 무척 상심했으며, 자신이 빅터에 대해 험담하고 돌아다녔던 것이 안타깝고, 그렇게 바보스럽고 충직하지 못한 아내로 살아온 걸 후회하며, 과거의 잘못을 씻을 수 있을지 모르겠다고 말했다는 것이다.

"멜린다는 '여러 가지 면에서 바보였다'고 말했어요." 호러스는 빅터에게 그대로 전하려 애쓰며 고쳐 말했다. "아내가 내 연구실에 전화해서 알려줬을 정도예요."

"그렇군요." 빅터는 두 번째로 말했다. "최근에 달라진 건 알아차렸지만, 후회하면서 아내 분에게 심경을 털어놓을 줄은 생각지도 못했어요."

"음……" 호러스는 기뻐하는 빅터의 반응을 보며 안타까워하는 것 같았다. "아내는 멜린다의 태도가 무척 다정했다고 했어요. 어젯밤에 전화해서 만날 수 있는지 물어보려 했는데, 외출 중이더군요."

"아내하고 트릭시가 보고 싶어 하는 영화를 보러 나갔었습니다." 빅터가 말했다. 호러스는 빅터 부부가 함께 영화를 보러 갔었다는 말에 흐뭇한 듯이 미소 지었다.

"상황이 좋아지는 것 같네요. 이틀 후면 라이더의 시집이 나오니 읽어보기 바랍니다. 시집에 실제 깃털과 낙엽, 곤충을 사용한다고 말했던 거 기억하세요?"

"기억하고말고요. 제시간에 나오면 한 부 사서 아내한테 크리스마스 선물로 주려고 합니다."

"제시간에 나올 겁니다. 부인에게 드릴 것은 제가 한 부 드리지요. 새 깃털 말고도 시가 꽤 훌륭해요."

"내가 직접 사야지요. 그렇게 책을 나눠주면 그린스퍼 출판사는 어떻게 운영이 됩니까?"

"좋으실 대로요, 호러스."

"그런데 빅터……"

두 사람은 얼마 전 우연히 마주쳤던 메인 거리와 트럼벌 거리가 만나는 모퉁이에 서 있었다. 저녁 7시라 어둑어둑했고, 동쪽 산악지대에서 차가운 바람이 불어왔다. 기분이 들어맞을 때면, 가을바람을 맞으면 활력이 생기고 기분이 좋아졌다.

"멜린다가 아내를 찾아와 이야기를 나눠서 기뻐요." 호러스가 말했다. "아내가 기분이 훨씬 더 좋아졌어요. 아내는 당신과 멜린다, 두 사람 모두와 잘 지내기 바라죠."

"네, 잘 압니다."

"아내는 멜린다에게는 그런 감정이 아니었는데, 이제 곧 그렇게 될 것 같아요."

"그러길 바랍니다. 만나서 반가웠습니다."

두 사람은 한 손을 들어 인사하고는 각자 차로 향했다.

빅터는 집으로 돌아가는 길에 휘파람을 불었다. 멜린다의 행복이 얼마나 오랫동안 지속될지 알 수 없었지만, 집에 가면 거실을 정돈하고 저녁 식사를 준비해두고 기분 좋게 웃으며 건네는 인사를 받을 거라는 생각만으로도 기분이 좋았다.

25

12월 3일은 빅터의 생일이었다. 그는 먹색 잉크를 주문할 날짜를 계산하던 11월 29일에야 생일이 다가왔음을 알아차렸다. 멜린다와 트릭시는 그때까지 생일 얘기를 꺼내지 않았다. 지난 두세 해 동안은 스티븐과 칼라일 이외에 아무도 그의 생일을 챙겨주지 않고 지나갔다. 스티븐과 칼라일은 매년 그의 생일을 기억하고는 각자 혹은 함께 생일 선물을 주었다. 12월 3일, 스티븐은 18세기 영국 판화가 실린 커다랗고 값진 책을 선물했고, 칼라일에게 선물받은 브랜디는 곧바로 따서 함께 시음했다.

그날 저녁, 빅터가 차고에서 나와 거실로 들어가자, 멜린다와 트릭시, 그리고 멜러 부부가 생일 축하 노래를 큰 소리로 불러주었다. 식탁에는 촛불이 켜져 있었고, 흰색과 분홍색이 어우러진 케이크 위에는 나이에 맞게 자그마한 분홍색 양초가 꽂혀 있었다. 빅터는 양초가 서른일곱 개일 거라고 생각했다. 그는 방금 차고 문설주에서 찾아낸 잠자는 달팽이를 수족관에 넣어주고 거실로 왔다. 소파 한쪽 끝에는 선물 상자가 잔뜩 쌓여 있었다.

"맙소사." 빅터가 말했다. "사람들을 어떻게 집 안으로 들인 거야? 날아오기라도 했어?"

"내가 차로 태워 와서 당신이 들어올 때 차가 보이지 않았던 거야." 멜린다가 대답했다. 그녀는 어깨에 검정 레이스 장식이 있는 무척 여성스럽고 시선을 끄는 검정 원피스를 입고 있었다.

"나중에 우리를 집에 데려다줘야 해요." 호러스가 말했다. "그러니 난 오늘 밤에 원하는 만큼 많이 마실 겁니다. 벌써 한잔했지만, 술잔을 들어 당신 건강을 위해 건배합시다."

그들은 술잔을 들고서 생일 축하 노래를 함께 불렀고, 노래를 하는 내내 로저가 짖었다. 심지어 로저도 목덜미에 빨간색 리본을 맸다. 잠시 후 선물을 개봉했다. 멜린다는 브룩스 브라더스 가게에서 구입한 선물 세 개를 하나로 묶은 상자를 내밀었다. 상자마다 옷이 들어 있었다. 하나는 겨자색 스웨터였고, 다른 하나는 파란색과 빨간색이 어우러진 이탈리아산 스웨터, 그리고 빨간색 줄무늬가 들어간 흰색 테니스복이었다. 빅터는 품질 좋은 스웨터를 무척 좋아했다. 그는 멜린다의 선물 세 개를 받자 목구멍에 뭔가 걸린 것처럼 감동했다. 호러스는 전기면도기를 선물하면서, 면도칼로 바꿔보라고 몇 년 동안 권했는데 전기면도기를 손에 쥐여주는 것 말고는 달리 방법이 없노라고 말했다. 트릭시는 흑단색 브러시와 얇은 빗을, 로저는 울 소재 넥타이를 선물했다. 메리는 최근에 나온 목공 서적을 선물했다. 빅터는 목공 서적이라면 거의 다 구입했는데, 그 판본은 아직 구입하지 않은 것이었다.

"다른 선물을 지금 줘야 할지 아니면 식사 후에 줘야 할지 모르겠어요." 멜린다가 조바심을 내며 멜러 부부에게 말했다.

멜러 부부가 지금 주라고 하자, 멜린다는 자기 방으로 가서 금색 종이로 싼 커다란 상자를 가져와 바닥에 내려놓았다.

"어떻게 작동하는 건지 몰라서 어두운 옷장 뒤쪽에 뒀어." 그녀가 말했다.

호러스는 웃음을 터뜨렸다. 상자 안에 뭐가 들어 있는지 아는 호러스와 메리는 빅터가 포장지를 풀고 골판지 상자를 열어보는 모습을 지켜보았다.

그것은 헤드폰과 탐침과 어깨끈이 달린 가이거 계수관이었다. 심지어 광석 샘플도 있었다. 빅터는 너무나 기뻐서 할 말을 잃었다. 그는 멜린다를 꼭 껴안았다.

"고마워, 여보." 그는 그렇게 말하며 그녀의 뺨에 입을 맞추었다.

멜러 부부는 흐뭇한 미소를 지으며 빅터와 멜린다를 바라보았다. 빅터는 갑자기 쑥스럽고 약간 바보스럽게 굴었다는 생각이 들었다. 평소 성격과는 다르게 처신한 것 같았다. 멜린다가 평소 성격과 달라졌기 때문일 것이다. 빅터가 예전에 마음속의 감정과 태도와 반대로 연기했던 것처럼, 그녀 역시 연기를 하고 있었다. 그와 멜린다의 태도가 완전히 뒤바뀐 것 같았다. 빅터는 지금 자신의 태도가 지난 몇 년 동안보다 더 진실해진 것 같았고, 멜린다는 선의를 가장하고 있는 것 같았다.

비둘기 요리, 으깬 감자, 살짝 튀겨서 약한 불에 끓인 엔다이브, 양갓냉이 샐러드로 저녁 식사를 하는 동안, 빅터는 긴장을 풀고 아무 생각도 하지 않으려 했다. 머릿속으로는 단서를 찾고 있었기 때문이다. 처음 들어와 본 어두운 방에서 전구를 켜는 줄이 있는 줄 알지만 어디에 있는지 몰라 헤매는 사람처럼. 그는 멍하니 있는 동안 멜린다가 선의를 베푸는 이유를 우연히 문득 알아낼 수 있기를 바랐다. 드 리슬이 죽고 나서 그녀는 다른 사람들에게만 예의를 차렸을 뿐 그에게는 그렇지 않았다. 그런데 지금 그녀는 주변에 아무도 없을 때도 그를 사려 깊게 대했고 예의를 갖추었다. 두 번째 살인사건이 일어나자, 사람들의 반응이 달라진 점도 당연히 그녀에게 영향을 주었을 것이다. 그는 마음속으로 '살인사건'이라고 부르는 것에 다소 놀랐다. 캐머런보다는 드 리슬 사건이 일어났을 때 사람들이 그를 훨씬 더 의심했었다. 헤이버멀 탐정이 사람들의 호의를 얻지 못한 점이 그에게는 행운이었다. 헤이버멀이 멜린다와 캐머런이 눈이 맞아 달아나려고 했을 거라고 말하자, 그 이야기를 들은 대부분의 마을 사람들은 무척 의심스러워하며 심하게 과장되었다고 여겼다.

집에 돌아온 트릭시가 그를 모함하는 와전된 소식을 한마디도 전하지 않았다는 사실도 무척 고무적이었다. 트릭시가 유일하게 전해준 말은, 학급 친구 가운데 하나가 부모님이 사람들은 자신과 다른 사람들을 헐뜯기 좋아한다고 말했다는 것이다. 트릭시는 자기가 하는 말뜻을 잘 몰랐고 빅터 역시 곰곰이 생각하고서야 이해할 수 있었다. 그건 체제 순응자가 비순응자들에게 하는 이야기인 것 같았다. 이번 경우에 그가 비순응자에 속하는 이유는 그의 수입, 이익을 내지 못하는 출판 사업, 아내의 외도를 참아주는 태도, 집에 텔레비전이 없는 것, 그리고 심지어 아주 오래된 자동차도 해당될 것이다. 그는 역사의 예를 들면서 박해받은 소수민족과 개인에 관해 트릭시에게 이야기해주었다. 트릭시는 유년기 이후에 뛰어난 학업 성적으로 체제 순응자가 되겠지만, 빅터는 그녀의 마음속에 비순응자들을 이해하는 작은 문을 열어주었을 거라 생각했다. 그는 갈릴레이 얘기를 최대한 흥미진진하게 들려주었다.

멜러 부부를 집에 태워다줄 시간이 되자, 멜린다도 함께 가고 싶다고 했다. 그녀가 따라나선 건 몇 년 만이었다.

그날 저녁은 꽤나 멋진 시간이었다. 9년 전 멜린다가 리틀 웨슬리에서 처음으로 준비해준 생일날에도 그렇게 멋진 시간을 보냈는데, 그때도 멜러 부부를 초대했었다. 하지만 스웨터와 가이거 계수관을 들고 거실을 나서서 차고로 향하자, 당시 멜린다와 가까웠던 순간과 지금의 고독함이 너무나 대조적이어서 그는 발걸음을 되돌려 다시 거실로 갔다.

멜린다는 자기 방에서 원피스를 벗고 있었다.

"당신에게 고맙다는 인사를 충분히 했는지 모르겠어." 빅터가 말했다. "최고의 생일이었어."

"고맙다는 인사 충분히 했어." 그녀가 웃으며 말했다. "이것 좀 풀어줄래? 중간 부분에 손이 닿지 않아."

그는 들고 있던 것을 전부 침대에 내려두고는 등에 부착된 후크를 모두 풀어주었다. "잠글 땐 누가 잠가줬어?"

"트릭시. 지금은 자고 있으니까. 자기 전에 한 잔 마실래?"

그는 등골이 서서히 오싹해졌다. "괜찮아. 방으로 건너가서 가이거 계수관으로 방에 있는 돌덩어리를 측정해봐야겠어."

"어떤 돌덩어리?"

"몇 달 전부터 있던 건데 당신은 본 적 없을 거야. 파일 캐비닛 옆 구석에 있어." 멜린다는 뭔가 말하려다 마는 것 같았다. "같이 가서 보여줄게." 그는 그녀가 함께 가는 걸 바라지 않았다.

멜린다는 함께 가지 않았다. 그녀는 그를 바라보던 시선을 아래로 내리고는 몸을 돌려 원피스를 머리 위로 올려 벗었다.

"그럼 잘 자." 빅터가 방문으로 가면서 말했다.

"잘 자. 그리고 생일 축하해."

빅터는 설명서에 적힌 지시사항대로 가이거 계수관을 시험해보았다. 잠시 후 째깍거리는 소리가 들리더니 한 번 더 들렸고, 좀 더 오래 있다가 세 번 더 들렸다. 돌덩이들은 물론 다양한 시대에 만들어진 것이었다. 그는 피곤하기도 하고 약간 불안하기도 해서 가이거 계수관을 옆으로 치웠다. 침대에 눕자마자 멜린다가 전혀 모르는 사람에게 하듯이 자기 전에 한 잔 마시겠느냐고 물어보던 생각이 났다. 정말 그랬던 걸까? 다시금 불쾌하게 등골이 오싹해지는 것 같았다. 두려움이 들었는데, 왜 그런 걸까? 그녀의 침대에 앉아 술을 한 잔 마시거나 혹은 침대에서 잠든다 해도, 뭘 두려워해야 한단 말인가? 그는 더 이상 상상하지 않고 아까 느꼈던 두려운 감정으로 되돌아왔다. 그는 멜린다가 왜 그렇게 다정해졌는지 알 수 없었다. 사소한 부분이지만 중요한 부분이라는 생각이 들었다. 그는 좀 더 조심스럽게, 냉담하게 대하거나 거부하지 않고 그저 조심스럽게 지켜보기로 마음먹었다. 지금껏 그녀의 미끼를 덥석 물어 낚싯줄에 걸려든 적이 한두 번이 아니었다. 그는 자신이 원하는 건 집안의 평화임을 다시 한번 상기했다. 일단 신뢰할 만한 진정한 평화가 찾아오면, 거기서 더 나아갈 수 있을 것이다.

다음 날 저녁, 그럴 계획이 전혀 없던 빅터는 멜린다의 방에 가서, 자기 전에 마시는 술을 한 잔 마셨다. 그녀가 그를 불러들인 건 아니었고, 그가 하이볼 잔을 들고 방에 들어가 의자에 앉았다. 하지만 방에 들어가자마자 어색해진 그는 방에 새로 커튼을 달자는 얘기를 꺼냈다.

"난 괜찮아." 멜린다가 말했다. "무척 비싼 데다가 볼 사람도 아무도 없잖아."

"맞아, 볼 사람은 없지만…… 당신이 보잖아."

"나도 안 봐." 그녀는 장식장 앞에 앉아 머리를 빗었다. "토니와 함께 떠나지 않은 게 다행이야. 당신이 더 좋아졌어." 그녀는 사실대로 말했다. "당신도 괜찮지?"

"응."

"정말 괜찮아?" 그녀가 미소 지으며 물었다.

그녀가 수줍어하는 모습은 빅터에게 무척이나 매혹적으로 느껴졌다. "응, 괜찮아."

"당신이 그렇게 처신해서 다행이야. 찰리에 대해서도 그랬고."

"그렇게 처신하다니, 무슨 말이야?"

"두 사람을 좋아하지 않고 사라져주기를 바라면서도 자제력을 잃은 적은 한 번도 없었잖아. 토니는 그냥 다른 도시로 떠나버렸는지도 몰라." 그녀는 잠자코 기다렸다.

"그걸 깨달았다니 다행이야." 그는 다정하게 말하고는 잠시 뜸을 들였다. "언젠가 사과의 편지가 도착할 거야. 그는 양심적인 사람이니까."

"그가 양심적이라고 생각해?"

"드 리슬보다는 그랬던 것 같아."

"다시는 연락 오지 않을 거야."

"그렇게 냉혈한은 아닐 거야. 불쌍한 사람일 뿐이야."

"당신과 비교하면 둘 다 보잘것없는 사람들이야." 그녀는 테이블 옆 램프 옆에 서서 손톱 줄로 손톱을 매만졌다.

"갑자기 왜 그런 생각이 들어?"

"당신도 그렇게 생각하잖아, 안 그래?"

"응. 하지만 당신은 신혼 때도 그렇게 생각하지 않았잖아."

"여보, 그렇지 않아!"

"결혼하자마자 어땠는지 기억나. 당신은 행복하면서도 행복하지 않았어. 실수를 하거나, 더 잘할 수 있었는데 그렇지 못했을 때면 마음을 다잡지 못했어. 그때부터 당신은 이리저리 두리번거리기 시작했어."

"난 그저 사람들을 둘러봤을 뿐이야." 그녀가 수줍은 미소를 지으며 말했다.

그도 그녀에게 웃어 보였다.

"최근엔 내 눈빛이 당신을 향하지 않았어?"

"맞아. 왜 그러는 거야?"

"이유가 있어서야."

"그럴 테지." 그러면서 그는 웃음을 터뜨렸다.

그녀는 눈을 동그랗게 뜨고는 어쩔 줄 몰라 했다. "그렇게 놀리지 마, 여보."

"트릭시가 오늘 들었다는 농담 들었어? 거북이 두 마리가 걸어가는데……"

"화제 바꾸지 마. 난 당신한테 잘하려고 애쓰고 있단 말이야!" 그녀가 목소리를 높여 말했다.

그는 흐뭇한 미소를 지었다. 이제 다시 그녀다운 목소리로 돌아온 것 같았다.

"당신 모습을 보고 감탄하고 당신을 좋아한다고 말하고 싶었던 것뿐이야. 당신이 하는 모든 게 좋아. 당신이 기르는 달팽이조차. 예전에 당신한테 그렇게 대했던 점 미안해."

"졸업식 고별사처럼 어려운 이야기로군."

"음, 어렵지 않아. 내가 그렇게 만들었지. 잘못한 게 많으니 보완해야 할 것도 많은 것 같아."

"멜린다, 당신이 원하는 게 뭐야?"

그녀가 그에게 다가오며 말했다. "여보, 우리 다시 시작할 수 있을까?"

"물론이지." 그가 웃으며 말했다. "난 늘 노력해왔어."

"나도 알아." 그녀가 그의 머리칼에 손을 갖다 댔다.

빅터는 움찔했고, 방 저쪽에 놓인 러그 모서리를 내려다보았다. 그녀의 손길이 닿는 게 무척 싫었다. 지금껏 일어났던 모든 일을 생각하면 모욕적이었다. 모욕적인 감정뿐이었다. 그녀가 손길을 거두자 그는 안도했다.

"내일 토요일인데 트릭시 데리고 어디로 소풍 갈까?" 그녀가 말했다.

"그러고 싶지만 웨슬리에 가서 건축 자재를 골라주기로 호러스하고 약속했어. 헛간을 짓는다고 해. 소풍 가기에는 약간 춥지 않을까?"

"괜찮을 거야."

"일요일은 어때?"

"트릭시가 할 일이 있을 거야."

"음, 그럼 당신하고 나하고 둘이 일요일에 소풍 가면 되겠네." 그가 기분 좋게 말했다. "잘 자, 멜린다." 그는 푹 자라는 인사를 하고 방에서 나왔다.

26

트릭시는 일요일에 할 일이 있었다. 조지 트립이라는 남자아이의 생일 파티에 초대받아 가고 싶어 했다. 빅터는 오후 1시에 트릭시를 데려다줘야 했다. 트릭시는 시내에서 벗어나 시골에 있는 그 집에 가본 적이 있어서 길을 안다고 했다. 하지만 길을 잃어버리는 바람에 빅터는 그날 아침 조지 트립의 어머니가 전화로 알려준 약도를 챙기려고 집으로 되돌아왔다. 집에 왔을 때 멜린다는 돈 윌슨과 통화 중이었다. 그녀는 방 안에서 그를 등진 채 서 있었다. 그가 차 문을 닫지 않았기 때문인지 그녀는 그가 집으로 들어오는 소리를 듣지 못했다. 그녀의 목소리가 격양된 걸로 보아, 그가 온 걸 전혀 눈치채지 못한 게 분명했다.

"모르겠어요, 돈. 아무것도 말할 수 없어요…… 네." 빅터는 고무바닥을 댄 운동화를 신고 있었지만 조용히 걷지 않고 발소리를 내며 복도로 걸어 갔다. 멜린다는 깜짝 놀란 표정으로 뒤돌아보았다. 그녀는 수화기에 대고 급히 말했다. "지금은 그래요. 이만 끊어야겠어요, 그럼."

"약도를 가져갈걸 그랬어." 빅터가 말했다. "트릭시가 길을 잃어버렸어."

멜린다는 침대 옆 테이블에서 메모지를 집어 그에게 건네주었다. 겁에 질려 화들짝 놀란 그녀의 표정을 보자 어제 밤늦게 스크램블드에그를 먹여줄 때의 표정이 떠올랐다. 지금은 술에 취하지 않은 점이 다를 뿐이다.

"돈은 잘 지내?" 빅터는 몸을 돌려 집을 나서며 물었다.

"응, 그런 것 같아."

"그럼 30분 후에 만나." 그가 웃으며 말했다. "조금 더 걸릴 수도 있고."

빅터는 35분 후에 돌아왔고, 두 사람은 곧장 출발했다.

"채석장으로 가도 될까?" 멜린다가 물었다. "트릭시도 없으니 괜찮지 않을까?"

"괜찮아. 안 될 것 없지." 그가 기분 좋게 대답했다. 그러고는 그녀의 어조를 되짚어보며 혹시 채석장에 관해 뭔가 의심하는 건 아닌지 알아내려고 애썼다. 그러다가 그런 상황과 자신의 보잘것없는 생각에 진저리가 나기도 했다. 그녀가 채석장을 의심한다면 어떻게 할까? 그는 동요하지 않을 것이다. 잠시 후 두 사람은 지붕도 없는 동굴에서 바람에 날리는 모닥불을 피우고 닭고기를 먹고 있을 것이다. 그는 웃음이 났다.

"왜 그래?" 그녀가 물었다.

"그냥 기분이 좋아서."

"당신은 가끔 제정신이 아닌 것 같아. 그런 생각 해본 적 없어?"

"벌써 몇 년 됐을 테니 새삼스레 걱정할 것 없어." 그는 채석장으로 향하는, 수풀과 관목이 우거진 좁은 길로 접어들며 말했다. "이곳이었나?"

"당신 몰라?"

"오랫동안 오지 않았잖아."

그녀는 아무 대꾸도 하지 않았다.

좁은 길을 지나자 나뭇가지와 예전보다 더 무성하게 자란 나뭇잎에 차 측면이 긁혔다. 얼마 후 채석장 앞에 있는 평지가 나왔고 그는 차를 세웠다. 빅터가 날씨가 맑고 좋다고 하자, 멜린다가 뭔가 나지막이 중얼거렸다. 그녀는 또다시 어떤 계략을 곰곰이 생각하는 것 같았다. 하지만 채석장에 관한 계략은 아닐 거라고, 빅터는 마음속으로 생각했다. 그는 휘파람을 불며 모닥불을 피울 재료를 모았다. 캐머런의 발길이 닿았던 2미터 남짓 반경의 채석장 가장자리를 벗어나지는 않았다. 캐머런의 시신이 가라앉은 곳은 반쯤 그늘져 있었지만, 물 위에는 아무것도 떠 있지 않았다. 그 높이에서는 어떤 자국도 보이지 않았지만, 그는 쭈그려 앉아 턱을 괴고서 혹시나 자국이 남아 있는지 살폈다. 그가 보기에는 아무것도 없었다. 몸을 돌려 일어서자, 멜린다가 1.5미터 거리에 있었다. 그녀가 엄숙한 표정으로 다가오자 그는 본능적으로 발에 힘을 주며 미소 지었다.

"이렇게 많이 모았어." 그는 주워 모은 나뭇가지를 들어 보이며 말했다. "불 피울까?" 그는 불을 피우기로 한 바위로 향했지만 그녀는 따라오지 않았다. 빅터가 바위에 도착해 뒤돌아보자, 그녀는 채석장을 내려다보고 있었다. 그는 그녀가 오솔길을 따라 아래로 내려가자고 할 수도 있다는 생각이 들었고, 어떤 경우에도 그렇게 하지 않겠다고 마음먹었다. 마음이 불편해질까 두려워서가 아니라 혹시라도 남아 있을 핏자국을 그녀가 찾아낼 수도 있었기 때문이다. 핏자국이 녹물 자국처럼 보이지는 않을 것이다. 하지만 지금 이 순간 그녀는 그럴 계획이 없는 것 같았다. 채석장 가장자리를 바라보는 그녀의 느긋한 눈빛을 보면 알 수 있었다. 잠시 후 그녀는 그에게 되돌아와서 술이나 한잔하자고 했다.

그들은 스카치위스키와 얼음물을 섞어 보냉병에 넣어둔 것을 잔에 따랐고 데빌드에그(삶은 달걀의 노른자를 빼고 여러 가지 재료로 속을 채워 차갑게 먹는 전채 요리-옮긴이)를 먹었다. 처음에는 잘 붙지 않던 불이 이윽고 잘 타올랐다. 날씨는 따뜻하지 않았지만 멜린다는 굳이 폴로 코트를 벗어 바닥에 깔고는 다리를 쭉 뻗고 모닥불을 마주 보았다. 그녀는 오래된 담황색 코듀로이 바지에 오래되어 팔꿈치에 구멍이 난 갈색 스웨터 차림이었다. 그는 무릎 담요를 챙겨오지 않았다는 생각이 들었다. 그는 멜린다 옆에 다소 불편한 자세로 앉았다.

"토니가 당신 차를 탔을 때 정확히 무슨 말을 했어?" 멜린다가 느닷없이 물었다.

"뭐라고 했는지 말해줬잖아."

"믿을 수가 없어."

"왜?"

그녀는 여전히 모닥불을 응시했다. "그를 근처에 데려가서 어딘가에 밀어서 죽여버린 거 아니야?"

"어떻게 죽여?"

"목을 졸랐을 수도 있겠지." 그녀는 놀라울 만큼 차분하게 말했다. "어딘가 숲 속에 버리지 않았어?"

빅터는 잠시 헛웃음이 났다. "그럴 리가." 그는 그녀가 머릿속으로 채석장을 떠올리기를 기다렸다. 시신을 버렸을지도 모르는 숲 속은 이미 다 훑어보았을 것이다. 멜린다는 이곳 주변의 길을 아주 잘 알았다. 채석장 생각을 벌써 하지 않았을까? 혹은 빅터가 캐머런처럼 덩치가 큰 남자를 상대할 수 없었을 거라고 생각할까? 빅터가 생각하기에, 그녀가 채석장을 떠올리지 않았다면 이유는 그것뿐일 것이다.

"배고프지 않아?" 빅터가 물었다. "난 닭고기 먹고 싶은데."

멜린다는 빅터에게 다가와 소풍 바구니 안에 든 걸 끄집어내는 걸 도와주었다. 로저는 닭고기에 무척 관심을 보였지만 한 조각도 줄 수 없었다. 빅터는 막대로 로저를 쫓아냈다. 잠시 후, 빅터가 예상했던 대로 두 사람은 모닥불 근처로 다가가 닭고기를 먹었다. 빅터는 원시시대에 결혼한 남녀도 이렇게 서로 불신할 수 있을지 문득 의구심이 들었다. 멜린다는 몇 분 전에 나누었던 대화 때문에 식욕이 없어진 것 같지는 않았다. 닭 가슴살을 먹느라 여념이 없는 멜린다를 보자 빅터는 웃음이 났다. 크리스마스 선물로 트릭시에게 자전거를 사주자는 이야기도 했다. 그건 빅터가 떠올린 생각이었다.

그러자 멜린다가 말했다. "여보, 난 당신이 찰리하고 토니를 죽였다고 생각해. 왜 나한테 털어놓지 않는 거야? 난 받아들일 수 있어."

의구심이 확신으로 변하자 빅터의 입가에 미소가 떠올랐다. 그녀가 최근 그에게 다정하게 대해준 건 그녀가 자기편이라고 믿게 하기 위해서였다.

"그러면 내가 자백했다고 경찰에 가서 신고하려고?"

"아내는 남편을 상대로 증언할 수 없다고 들었어."

"반드시 그럴 필요는 없고, 원하면 할 수 있다고 들었어."

"하지만 내가 아는 한……."

"당신이 윌슨하고 꾸민 꿍꿍이는 이게 다야?" 그가 물었다. "별로 신통치 않아."

"그렇다면 인정하는 거야?" 그녀는 승리감에 가득 찬 눈빛으로 그를 쳐다보았다.

"아니, 그렇지 않아." 그는 분노가 치밀었지만 나지막이 말했다. 분노가 아니라 그녀를 향한 당혹감일 수도 있었다. 그녀가 방에서 당혹스럽게도 애정 어린 태도를 가장하던 순간이 떠올랐다. 분노가 점점 더 치밀어 올랐다. 그는 채석장 가장자리로 가서 아래를 내려다보았다.

반짝이는 물속에, 그것이 보였다. 그가 캐머런의 시신을 밀어 넣었던 계단 바로 옆으로, 혹시라도 시신이 떠오른다면 그쯤일 거라고 짐작했던 계단 가장자리와 수평 지점에 시신이 떠올라 있었던 것이다.

"커피 마실래?" 멜린다가 말했다.

그는 멜린다의 호기심을 자극하지 않으려고 상체를 숙이지 않은 채 눈을 가늘게 뜨고 내려다보았다. 하지만 너무 긴장한 탓에 잘 보이지 않았다. 한쪽 끝이 다른 쪽 끝보다 낮았다. 베이지 색깔처럼 보였지만, 캐머런의 갈색 트위드 재킷이 물살에 반짝거려서 그렇게 보일 수도 있었다. 한쪽 끝이 더 가라앉은 것은 바지 사이에 넣은 돌덩이 때문일 것이다. 아무튼 스노체인은 끊어졌다.

"커피 마시고 싶지 않아?" 멜린다가 다시금 물었다.

그는 마지막으로 한 번 더 살피고는, 아무런 의심 없이 내려다보는 사람에게는 얼마나 눈에 띌지 가늠해보았다. 그걸 보는 사람이라면 누구나 두어 번 유심히 볼 것이고, 캐머런 사건을 떠올린다면 오솔길을 내려가 확인해볼 수도 있을 것이다.

빅터가 천천히 몸을 돌리고는 그녀에게 걸어가며 말했다. "지금 가고 있어."

빅터는 일요일 오후에 늘 듣는 라디오 콘서트를 들으러 지금 당장 가자고 말하고 싶었지만, 그러면 불안한 속내를 내보일 것 같았다. 그는 멜린다가 커피를 마시고 담배를 피울 때까지 기다렸다가 그만 가자고 했다. 둘은 함께 바구니를 챙겼다.

집에 도착하자 3시 25분이었고, 빅터는 곧장 거실에 있는 라디오를 켰다. 박진감 넘치는 쇼스타코비치 5번 교향곡의 4악장이 흘러나오고 있었다. 그가 듣기에는 4악장 같았는데, 실제로 그런지 그렇지 않은지는 신경 쓸 기분이 아니었다. 음악이 다소 거슬렸지만 그냥 켜두었다.

교향곡이 끝나기 전에 멜린다는 방에서 나와 그의 차로 가서 다시 거실로 들어왔다. "스카프를 두고 왔어. 바위틈에 넣어두고 잊어버린 것 같아."

"내가 가서 찾아올까?" 그가 말했다.

"아니야, 지금 음악 듣고 있잖아. 내일 사무실에 출근할 때나 퇴근할 때 들러줄래? 아니면 내가 다녀오고. 내가 좋아하는 스카프거든. 스카프를 접어서 모닥불을 마주 보는 데서 왼쪽 바위 밑에 넣어두었어."

"알았어. 내일 점심때 가져올게." 빅터는 스카프에 돌을 올려 고정해두었던 기억이 났다. 다른 물건을 챙길 때 그걸 잊어버렸다니, 자신이 얼마나 불안했었는지 짐작이 갔다.

그날 저녁, 식사를 마친 빅터가 거실에서 책을 읽고 있는데 멜린다가 방에서 나와 잠자기 전에 술을 한잔할지 물었다. 그는 괜찮다고 했다. 빅터는 부엌에 가서 자기가 마실 술을 한 잔 따랐다. 그녀는 거실을 지나 자기 방으로 향하면서 말했다. "내일 정오에 스카프 가지러 가고 싶지 않으면 갈 필요 없어. 점심 약속이 있어서 정오엔 집에 없을 거니까."

"알았어." 그가 말했다. 그는 아무것도 물어보지 않을 것이다. 그가 생각하기에, 멜린다는 그날 밤 방에서 적어도 두 통화는 한 것 같았다.

　다음 날, 점심 식사를 하러 집으로 향하던 빅터는 평소보다 15분 일찍 사무실을 나섰다. 하지만 점심시간이나 퇴근 시간이 불규칙한 탓에 그 15분의 차이를 알아차린 사람은 아무도 없을 것이다. 그는 웨슬리와 이스트라임 사이에 위치한 채석장으로 차를 몰고 갔다. 이번에는 빨랫줄로 사용하는 튼튼한 밧줄을 차고에서 챙겼다. 밧줄 한쪽을 큼지막한 바위에 묶고는 다른 한쪽을 캐머런의 시신 상체에 묶을 작정이었다. 햇빛이 비치는 맑은 날이었으므로, 그는 오솔길을 내려가기 전에 물속에 있는 시신을 다시 보고 싶지 않았다. 그는 바지가 찢기거나 신발이 끌리지 않도록 조심스럽게 오솔길을 따라 내려갔다.

　평지에 내려온 그는 애써 시신을 외면하면서 계단 가장자리 근처까지 천천히 다가갔다.

　둘둘 만 종이였다. 물에 젖은 종이는 끝부분이 너덜너덜했고, 자세히 보니 꼰 실로 두 군데가 묶여 있었다. 깜짝 놀랄 만한 어처구니없는 상황에 그는 잠시 화가 치밀었다. 그는 한숨을 내쉬었고, 자신이 얼마나 긴장했는지 깨닫자 몸에 통증이 느껴졌다.

　고개를 들자 푸른 하늘과 채석장 반대편의 삐죽삐죽한 암석이 눈에 들어왔다. 나무 몇 그루만이 그를 내려다보고 있을 뿐이었다. 그는 다시 종이를 내려다보았다. 한쪽 끝이 다른 끝보다 더 내려가 있었고, 5분의 4는 물에 가라앉아 있었다. 그는 무엇 때문에 종이가 떠 있는지, 혹시 한가운데에 나무 실패 같은 것이 들어 있지 않을지 괜한 궁금증이 일었다. 발에 닿는다면 밖으로 끄집어내겠지만, 발을 뻗어도 닿지 않았다. 그것은 몇 달째 채석장에서 바람 부는 대로 이리저리 떠다녔을 것이다. 그는 가장자리 가까이에 다가가 캐머런의 시신이 사라졌던 지점을 내려다보았다. 물속 몇 미터 아래에 섬뜩한 계단이 희미하게 보였고, 아무것도 없었던 것처럼 희뿌옜다.

그는 주변을 둘러보며 핏자국을 찾았지만 전혀 보이지 않았다. 마치 또 다른 속임수에 당한 것 같았다. 바로 그때, 자그마한 돌멩이 사이로 불그스름한 자국이 보였다. 비가 오고 바람이 불면서 석회암 가루가 날려 자그마한 돌멩이 조각이 핏자국을 덮은 것 같았다. 발로 돌멩이를 치우자 핏자국이 드러났다. 10센티미터 길이에 폭은 3센티미터 정도로, 신경 쓸 필요는 없었다. 그는 조심스럽게 주변을 살폈다. 그가 드러낸 자국 말고는 한 군데도 없었다. 그곳까지 굳이 내려올 필요도 없었다는 생각이 들었다. 그는 돌멩이와 석회암 가루를 조심스럽게 손으로 모아 핏자국을 덮었다.

"안녕하세요." 누군가의 목소리가 들렸고 채석장 반대편에 메아리가 되어 울렸다.

빅터가 위를 올려다보자, 절벽 가장자리에 남자의 머리와 어깨가 보였고, 그가 돈 윌슨임을 단박에 알아차릴 수 있었다.

"안녕하세요." 빅터가 자리에서 일어나 소리쳤다. 아무렇지 않은 듯 오솔길을 올라가던 그에게 갑자기 두려움과 수치심이 밀려왔다. 2분 전쯤, 멀리서 희미하게 들려서 신경 쓰지 않았던 소리가 돈 윌슨이 차 문을 닫는 소리였을 거라는 생각이 들었기 때문이다. 조심했더라면 상황에 대처할 수 있었겠지만, 그의 차가 있는 평지보다 더 먼 곳에서 들리는 소리라고 짐작했었다.

빅터를 향해 다가오던 윌슨은 오솔길을 찾고 있는 게 분명했다. 그는 길을 찾아내어 밑으로 내려왔다. 너무 좁아서 한 사람만 지나갈 수 있는 지점에 이른 빅터는 올라온 거리만큼 되돌아갔다. 윌슨은 미끄러지고 관목을 붙잡으며 재빨리 내려왔다.

"여긴 어쩐 일이에요?" 윌슨이 물었다.

"그냥 산책 삼아서요. 아내가 어딘가에 스카프를 두고 왔거든요."

"알아요. 내가 찾았어요." 윌슨이 스카프를 들어 보였다. "밧줄은 왜 갖고 있어요?"

"우연히 찾았어요." 빅터가 말했다. "거의 새것 같아요."

윌슨은 고개를 끄덕이고는 주변을 둘러보았고, 순간 그의 눈빛이 물속의 종이로 향했다.

"돈, 그동안 어떻게 지냈어요? 아내 분은 잘 지내요?"

윌슨은 더 자세히 보려고 평지로 내려갔다. 갈색 종이를 발견하고는 그역시 깜짝 놀란 것 같았다. 잠시 후 윌슨은 바위에 무언가 있는지 찾으려는 듯 주변을 둘러보았다. 빅터는 다시 오솔길을 올라갔다. 빅터가 생각하기에, 멜린다는 돈 윌슨과 점심 약속이 있었고 리틀 웨슬리로 가는 길에 스카프를 가져다달라고 부탁했을 것이다. 그렇게 간단히 추론할 수 있었다. 간단하지만 섬뜩한 추론이었다.

"잠시만요!" 윌슨이 소리쳤다.

빅터는 걸음을 멈추고 뒤돌아보았다. 두 사람은 서로 마주 보고 있었다. 윌슨은 빅터가 핏자국을 찾아냈던 지점을 고개를 숙인 채 들여다보고 있었다.

"이걸 찾고 있었나요? 핏자국처럼 보이는군요. 이건 핏자국이 분명해요!"

빅터는 일부러 머뭇거렸다. "나도 그렇게 생각했지만 녹물 자국인 것 같아요." 그는 그렇게 말하고 다시 오솔길을 올라갔다.

윌슨은 핏자국을 따라 물가로 갔다. "잠시만 기다려요!" 윌슨은 트렌치

코트 주머니에 손을 찔러 넣고 얼굴을 찌푸린 채 그에게 다가왔다. 바위에 발이 걸렸지만 계속 걸어왔다. "자국을 왜 감추려 했나요?"

"감추려 한 적 없습니다." 빅터는 그렇게 말하고 다시 오솔길을 올라갔다.

"빅터, 여기서 캐머런을 죽였어요? 경찰에 신고해서 여기를 둘러보라고 할 겁니다. 물속도 확인하라고 할 거고요. 자, 이제 기분이 어때요?"

그는 온 세상에 발가벗겨진 기분이었다. 윌슨을 등진 채 오솔길을 올라가는 게 무척 싫었다. 올라와서 보니, 윌슨의 차는 숲 속 깊은 곳 좁은 길에 서 있었다. 윌슨은 빅터의 차가 있는 걸 알고 일부러 차 소리가 들리지 않는 곳에 몰래 차를 세웠을 것이다.

"차가 좁은 길을 막고 있다면 뒤로 빼주겠어요? 아니면 먼저 지나가겠어요?" 그는 아까 오솔길을 올라오면서 윌슨에게 물었었다.

윌슨은 잠시 혼란스럽고 화가 난 것 같았지만, 차가 세워진 좁은 길로 서둘러 갔다. 잠시 후 윌슨이 시동을 거는 소리가 들렸고, 빅터는 윌슨이 어떻게 할지 잠시 지켜보면서 자동차가 다가오는 걸 보았다. 빅터도 차에 올라타 시동을 걸었다. 차 트렁크에 있는 스노체인 하나를 버리면, 캐머런의 시신을 묶었던 스노체인과 일치하는 증거물이 되지 않을 것이다. 하지만 멜린다가 그 스노체인을 보고 그의 것이라고 진술할 것이다. 그리고 그녀가 실제로 스노체인을 구분할 수 있는지 여부는 아무도 상관하지 않을 것이다. 빅터는 돈에게 손을 흔들어 인사하고는 재빨리 차를 몰았다.

우선, 윌슨이 경찰에게 채석장에 가보자고 설득하는 데 실패할 수도 있다. 하지만 경찰이 핏자국을 확인한다면(불행하게도 그렇게 될 것이다), 물속을 조사할 필요도 없을 것이다. 빅터는 사이드미러로 돈 윌슨의 차를 확인했다. 그는 차를 보지 않고서 흙길을 벗어나 리틀 웨슬리로 가는 고속도로로 진입했다. 돈은 좁은 길을 빠져나오느라 애를 먹고 있을 것이다.

빅터가 생각하기에, 윌슨은 리틀 웨슬리에 도착하자마자 경찰에게 갈 터였다. 그가 차분하게 점심 식사를 준비하거나 심지어 식사를 하는 와중에 경찰이 들이닥칠 모습을 상상해보았다. 그는 또다시 윌슨을 궁지로 몰아넣어야 할 것이다. 경찰은 윌슨이 이런저런 문제를 일으키는 사람임을 이미 알고 있었다. 경찰은 결국 빅터의 편에 설 것이다. 경찰에게 핏자국을 확인하러 갈 필요가 없다고 설득할 수도 있을 것이다. 그에게 필요한 건 냉정함뿐이었다.

하지만 그는 그런 식으로 되지 않을 것임을 알았다. 경찰은 핏자국을 확인할 것이다. 경찰이 가지 않는다면, 윌슨은 캐머런 주변 인물들과 헤이버멀 탐정에게 알릴 것이다.

빅터는 어떻게 해야 할지 몰랐다.

트릭시 생각이 났다. 그에게 무슨 일이 생긴다면 피터슨 부부가 트릭시를 데려갈 것이다. 그는 그런 생각은 더 이상 하지 않기로 했다. 패배주의에 빠질 뿐이었다. 아무튼 멜린다가 트릭시를 키우게 될 텐데, 오히려 그게 더 최악이었다.

하지만 그는 어떻게 해야 할지 여전히 알 수 없었다.

자기 일을 계속해나가는 것, 그 길뿐인 것 같았다.

집에 도착했을 때 그는 멜린다가 없기를 바랐지만, 그녀의 차는 차고에 세워져 있었다. 그는 차 문을 닫지 않고 조용히 차에서 내려 거실로 갔다. 멜린다는 방에서 통화 중이었고, 그가 집에 온 걸 눈치채고 얼른 통화를 마치려는 것 같았다.

그녀가 거실로 나오자, 빅터는 그녀의 표정으로 보아 돈 윌슨에게 이야기를 들었음을 알 수 있었다. 놀라움과 승리감과 두려움이 한데 뒤섞인 혼란스러운 표정이었다. 그가 다가가자 그녀는 한 걸음 뒤로 물러섰다. 그는 그녀를 보며 미소 지었다. 외출복 차림인 그녀는 아마도 로드 체스터필드 바에서 돈 윌슨을 만날 예정일 것이다.

"방금 돈과 통화했어." 그녀는 굳이 그렇게 말했다.

"음, 방금 돈과 통화했군. 그럼 전화기가 없다면 어떻게 할 거야?" 그러면서 그는 그녀를 지나 전화선을 손목에 감아 힘껏 잡아당겼다. "자, 이제 전화기 한 대가 없어졌네." 그러고 나서 그는 거실을 지나 복도로 가서 같은 방법으로 선을 잡아당겼다. 너무 힘껏 잡아당기는 바람에 전화기가 벽에서 떨어졌다.

멜린다는 축음기 옆에 서서 몸을 잔뜩 움츠리고 있었다. 과장되게 겁에 질린 듯한 표정이었는데, 비극에 등장하는 가면처럼 입은 벌린 채 입꼬리는 내려와 있었다. 아이들을 토막 내서 살해하고 남편들을 거세하는 메데이아(그리스 신화에 나오는 여자 마술사-옮긴이)의 가면..마침내 운명이 그녀를 덮친 것이다. 빅터의 입가엔 희미한 미소가 감도는 듯했다. 결국 그는 어떻게 하게 될까? 그는 그녀에게 다가갔다.

"여보."

"왜 그래, 여보?"

"다가오지 마!" 그녀는 숨을 몰아쉬었다. "나한테 아무 짓도 하지 마!"

그는 그녀의 머리 측면을 때렸다. "돈 윌슨 그리고 또 누가 올까?" 그는 다시 그녀를 때렸다.

그녀는 축음기 위에 놓인 칠보 세공 화병을 집으려다가 넘어뜨리고 말았다. 그가 한 번 더 때리자 그녀는 두 손을 짚고 무릎을 꿇으며 바닥에 쓰러졌다.

"여보! ……살려줘!"

그녀는 늘 사람들에게 소리친다! 그는 양손으로 그녀의 목을 조르며 흔들었다. 그녀의 눈빛에 멍한 두려움이 스치자 그는 손을 더 힘껏 눌렀다. 그러다 갑자기 그녀를 놔주었다. "일어나." 결국 그는 그녀를 죽이고 싶지 않았다. 그녀가 기침을 했다.

"멜린다……"

바로 그때 바깥에서 자동차 소리가 들리자, 분노가 마지막 경계선을 허물며 폭발했고 그는 그녀를 덮쳤다. 현관문에서 돈 윌슨의 비쩍 마른 몸과 찌푸린 얼굴을 언뜻 본 것 같기도 했다. 빅터는 온 힘을 다해 멜린다의 목을 졸랐다. 미칠 듯이 화가 났던 건 그녀가 그를 그렇게 만들었기 때문이다. 그는 그녀가 없었다면 그 분노를 이겨낼 수 있었을 거라는 생각이 들었다. 조조와 래리와 랠프와 드 리슬과 캐머런을 집 안으로 끌어들인 전화기가 없었다면 이겨낼 수 있었을 것이다. 랠프는 마마보이고 캐머런은 미련하고 아둔한 놈이었다.

현관문에서 외침이 들렸고, 독선적이고 웃음이 없고 남의 일에 간섭하기 좋아하는 윌슨이 멜린다에게 몸을 숙이며 말을 걸었다. 그녀의 입술은 벌어져 있었다. 눈가의 푸르스름한 얼룩은 마스카라 자국이었던가 아니면 환영이었던가? 윌슨이 그녀가 죽었다고 허공에 대고 중얼거리는 소리를 들은 빅터는 윌슨이 쳐다보는 곳으로 시선을 돌렸다. 경찰이 서 있었다.

"뭘 보고 웃는 겁니까?" 경찰이 웃음기 없는 표정으로 물었다.

빅터가 '믿음과 희망과 자비를 향해……'라고 대답하려던 순간, 경찰이 그의 팔을 붙잡았다. 빅터는 자리에서 일어섰고 경찰의 불쾌한 손길을 견뎠다. 하지만 잠시 후 평소처럼 순순히 받아들이자, 경찰의 손길이 겁에 질린 멜린다의 표정처럼 우스꽝스럽게 느껴졌다. 돈 윌슨이 뒤에서 떠드는 소리가 들렸고, '채석장', '드 리슬', '캐머런의 피'라는 단어가 들렸다. 빅터는 몸집이 둔해 보이는 경찰들과 함께 걸음을 옮겼다. 트릭시가 정원에서 달려오더니 경찰과 함께 있는 아빠를 보고 깜짝 놀란 것 같았다. 빅터는 얼굴을 찌푸리며 잔디밭을 바라보았고, 방금 트릭시의 모습은 환영이었음을 알아차렸다. 햇빛이 반짝였고 트릭시는 어딘가에 살아 있을 것이다.

하지만 멜린다는 죽었고, 빅터는 자신 역시 죽었다는 생각이 들었다. 그는 왜 마음이 허전한지 알 것 같았다. 자신의 삶과 죄의식과 수치심, 성공과 실패, 시행착오들, 그리고 마지막 잔인한 복수의 몸짓까지 모두 집에 두고 왔기 때문이다.

그는 가볍게 발걸음을 옮겼다. 진입로 맨 끝에 있는 경찰차까지의 거리가 한없이 멀게만 보였다. 갑자기 자유롭고, 활력이 느껴지고, 죄책감도 들지 않았다. 옆에서 걸어오며 계속 무언가 중얼거리는 윌슨을 쳐다보자 마음이 무척 침착해지고 행복했다. 끊임없이 떠들어대는 윌슨을 보자 그런 유형이 세상 사람들의 절반을 차지할 거라는 생각이 들었고, 그들과 떨어져 지내는 것도 그다지 나쁘지 않을 거라는 생각이 들었다. 날개가 없는 추한 새들. 영원히 평범할 평범한 사람들, 그걸 위해 싸우고 죽어가는 사람들. 빅터는 윌슨의 얼굴을 보며 미소 지었다. 세상은 나 덕분에 돌아간다는 음울하고 회한에 찬 윌슨의 얼굴 뒤에는 보잘것없고 멍청한 생각뿐이었다. 빅터는 그의 얼굴과 그 얼굴에 나타나는 모든 것을 저주했다. 아무 말도 없이 미소를 지으며, 남은 온 힘을 다해 저주했다.

퍼트리샤 하이스미스를 설명하는 수식어는 수없이 많을 것이다. 『리플리』의 작가. 『열차 안의 낯선 자들』로 혜성처럼 데뷔한 소설가. 거장의 반열에 오른 심리 스릴러의 대가. 반세기가 훨씬 넘도록 영화 등 다양한 장르로 끊임없이 리메이크되는 작품들의 원작자 등. 그녀를 가리키는 수식어는 독자들의 성향에 따라 여러 갈래로 나뉘겠지만, 인간 심리의 심연에 이르기 위해 평생 자신을 괴롭히며 글쓰기에 천착한 작가라는 수식어에는 대부분의 독자들이 동의할 듯싶다.

1950년 20대 후반의 나이로 문단에 돌풍을 일으키며 등장한 하이스미스는 1955년 그 유명한 리플리 시리즈를 발표하며 자국을 넘어 유럽 등 전 세계에 이름을 알리게 된다. 화려하게 데뷔한 신인 작가가 전 세계 독자들에게 자신의 이름을 각인시킨 것이다. 그리고 『심연』은 리플리 시리즈의 첫 번째 권인 『재능있는 리플리』를 발표하고 나서 얼마 지나지 않은 1957년 서른여섯의 나이에 패기 있게 세상에 내놓은 작품이다. 리플리 시리즈로 세계적 명성을 얻은 그녀는 다음 작품을 집필하면서 적잖이 부담감을 느꼈을 터이다. 하지만 그녀는 더 대중적이거나 강렬한 소재를 찾는 대신 오히려 어느 평범한 부부의 관계가 서서히 허물어져가는 과정을 보여주며 인간 내면의 가장 깊숙한 곳을 들여다보는 대담한 작가적 역량을 보여주었다.

『심연』에 등장하는 인물들은 언뜻 보기에 이렇다 할 만한 개성이나 특색이 도드라지지 않는다. 소설을 이끌어가는 가장 큰 틀은 빅터와 멜린다, 겉보기에는 지극히 평범한 중산층 부부의 갈등이다. 결혼이라는 일상적인 제도 속에서 한 아이를 낳고 살아가는 부부의 모습과 그 주변을 둘러싸고 있는 다양한 인물들의 면면을 통해, 지극히 평범해 보이지만 결코 평범하지 않은 인간 내면을 심도 있게 보여준다.

빅터는 규모는 작지만 문학적 가치를 우선으로 여기는 출판사를 운영하는 전형적인 중산층 인물이다. 어린 시절 중산층으로 성장했고, 안정적이면서도 확고한 가치관을 갖고 살아간다. 반면 빅터의 아내인 멜린다는 꽤 다른 모습으로 그려진다. 구속된 틀에 갇히는 걸 견디지 못하는 그녀는 늘 자유를 갈망하고, 자신의 느낌을 거리낌 없이 표출하고, 남들의 시선에 아랑곳하지 않는 성격의 소유자이다. 그리고 두 인물 사이에 존재하는 갈등의 고리는 멜린다의 남자 문제이다.

아내와 얽히고설킨 남자 문제에 빅터가 불같이 화를 내거나 격한 대립에 이른다면, 둘의 갈등은 그대로 끝나버릴 것이다. 하지만 빅터는 안정적인 겉모습과는 달리 자신조차 가늠하기 힘들 정도로 복잡한 심리를 가진 인물이다. 자신조차 가늠하기 힘든 복잡한 심리, 어쩌면 그것은 우리네 모두가 평생 짊어지고 가야 하는 인간의 숙명 같은 것이 아닐까? 독자들이 소설 속 인물에 공감하며 책을 읽어나가는 것은 그 때문일지도 모른다. 빅터는 아내의 남자 문제를 부정하거나 폭력적으로 대응하기는커녕, 오히려 짐짓 아무렇지 않은 척 가장한다. 처음에는 호수처럼 고요하던 빅터의 마음속에서 미묘한 흔들림이 감지되고, 이윽고 걷잡을 수 없는 격랑으로 치솟아 오르며, 마침내 선과 악, 평온과 불안, 태연함과 죄의식, 공존과 파괴, 생명과 죽음 등 인간 심리의 극단적인 양면이 섬세하면서도 명징하게 그려진다.

책의 원제인 『딥 워터(Deep water)』에는 여러 의미가 내포되어 있을 것이다. 물속은 멜린다의 한 님자인 찰리 드 리슬이 결국 죽음을 맞게 되는 비극적인 장소이며, 멜린다의 또 다른 남자인 캐머런이 비명횡사하는 곳도 깊은 물속이다.

하이스미스에게 물과 심연은 꽤 특별한 장치인 듯하다. 『재능있는 리플리』에서 리플리의 부모는 물에 빠져 죽음으로써 세상을 떠났고, 리플리가 난생처음 살인을 저지르는 장소도 다름 아닌 바다였다. 그리고 리플리 시리즈의 마지막 권인 『심연의 리플리(Ripley under water)』는 그가 교각에 서서 지그시 강물을 내려다보는 모습으로 대단원의 막을 내린다. 이렇듯 물과 바다 그리고 심연은 하이스미스가 즐겨 보여주는 사건의 무대라기보다는, 죽음을 내포하고 있는 추상적인 의미에 가까운 듯하다. 겉으로는 잔잔해 보이지만 저 깊은 곳에서는 어떤 풍랑이 이는지 전혀 알 길이 없는, 운명의 깊은 수렁의 상징으로도 볼 수 있을 것이다.

걸출한 스릴러 작가가 등장할 때마다 '제2의 에드거 앨런 포'라는 수식어가 통과의례처럼 따라붙는다. 하지만 퍼트리샤 하이스미스만큼 그 수식어가 잘 어울리는 작가가 또 있을까? 그녀를 설명하는 수많은 수식어 가운데 어쩌면 그보다 더 완벽한 수식어는 없을지도 모른다. 그리고 이번 작품 『심연』에서는 어느 평범한 인물인 빅터가 자신도 미처 알지 못했던, 아내가 아니었다면 나락으로 떨어지지 않았을 거라고 쓸쓸하게 되뇌는 인간 심리의 처절함을 보여준다. 하이스미스의 소설이 반세기가 지난 지금까지 폭넓은 독자의 공감을 얻는 것은 바로 그러한 인간 심리에 대한 깊은 고찰 덕분일 것이다.

홍성영